HEYNE BÜCHER

SCIENCE FICTION

Herausgegeben
von Wolfgang Jeschke

Von **SHADOWRUN™** erschienen in der Reihe
HEYNE SCIENCE FICTION & FANTASY:

1. Jordan K. Weisman (Hrsg.): *Der Weg in die Schatten* · 06/4844

TRILOGIE GEHEIMNISSE DER MACHT

2. Robert N. Charrette: *Laß ab von Drachen* · 06/4845
3. Robert N. Charrette: *Wähl deine Feinde mit Bedacht* · 06/4846
4. Robert N. Charrette: *Such deine eigene Wahrheit* · 06/4847

5. Nigel Findley: *2 X S* · 06/4983
6. Chris Kubasik: *Der Wechselbalg* · 06/4984
7. Robert N. Charrette: *Trau keinem Elf* · 06/4985
8. Nigel Findley: *Schattenspiele* · 06/5068
9. Carl Sargent: *Blutige Straßen* · 06/5087

TRILOGIE DEUTSCHLAND IN DEN SCHATTEN

10. Hans Joachim Alpers: *Das zerrissene Land* · 06/5104
11. Hans Joachim Alpers: *Die Augen des Riggers* · 06/5105
12. Hans Joachim Alpers: *Die graue Eminenz* · 06/5106

13. Tom Dowd: *Spielball der Nacht* · 06/5186
14. Nyx Smith: *Die Attentäterin* · 06/5294
15. Nigel Findley: *Der Einzelgänger* · 06/5305
16. Nyx Smith: *In die Dunkelheit* · 06/5324
17. Carl Sargent/Marc Gascoigne: *Nosferatu 2055* · 06/5343
18. Tom Dowd: *Nuke City* · 06/5354
19. Nyx Smith: *Jäger und Gejagte* · 06/5384

NYX SMITH

JÄGER UND GEJAGTE

Neunzehnter Band
des
SHADOWRUN™-ZYKLUS

Deutsche Erstausgabe

WILHELM HEYNE VERLAG
MÜNCHEN

HEYNE SCIENCE FICTION & FANTASY
Band 06/5384

Titel der Originalausgabe
WHO HUNTS THE HUNTER
Übersetzung aus dem Amerikanischen von
Christian Jentzsch
Das Umschlagbild malte Romas Croallus

Redaktion: Rainer Michael Rahn

Printed in Germany 1996
Umschlaggestaltung: Atelier Ingrid Schütz, München
Technische Betreuung: M. Spinola
Satz: Schaber Satz- und Datentechnik, Wels
Druck und Bindung: Elsnerdruck, Berlin

ISBN 3-453-09447-6

Für Artie Falbush, Jr.

Für mehr Dinge, als uns einfallen,
Für Dinge, die kein anderer geschafft hätte,
Für Anteilnahme, für Versuche, für Tatkraft
Und dafür, es jedesmal hinzubekommen …

When the stars threw down their spears
And water'd heaven with their tears,
Did he smile his work to see?
Did he who made the Lamb make thee?

The Tyger, William Blake

1

Lautlos pirscht sich der Tod an. Von Deckung zu Deckung, von Baum zu Strauch zu Senke. Im erlöschenden Licht der untergehenden Sonne ist sie ein vierbeiniges Phantom in blutrotem, schwarz gestreiftem Fell. Ihre Augen und Ohren, ihre Sinne, ihr ganzes Wesen, alles konzentriert sich auf das geweihtragende Geschöpf, kaum zehn Meter entfernt.

Das Geschöpf stutzt und wendet den Kopf. Es röhrt mißvergnügt. Weiß es Bescheid? Sieht es, wittert es?

Warten ... Das Phantom erstarrt. Beobachten, wittern, lauschen. Vorwärtskriechen. Ohren flach angelegt. Schwanz abwärts gerichtet. Fast nah genug jetzt ...

Noch ein Schritt ...

Der Wald hat sich in seinen Wintermantel gehüllt, Schnee und Eis bedecken den Boden, und für einen flüchtigen Augenblick befindet sich die kalte klare Luft im trügerischen Zustand absoluter Stille.

Der Elch dreht sich schwerfällig um und schaut weg.

Das Phantom schießt durch das Unterholz, pflügt durch Schneewehen, springt, stürzt, wirft sich über einen umgestürzten Baumstamm. Sie ist nicht Tikki, nicht Striper. Sie ist 350 Kilogramm schwere, primitive, fleischfressende Wildheit. Sie ist die Inkarnation des Raubtiers.

Der Elch erkennt die Gefahr – hört, riecht, sieht sie kommen – und kämpft sich durch den Schnee, um zu fliehen, doch Tikki überwindet die Entfernung in Sekunden.

Und im letzten Augenblick wirft sich der Elch herum, um sich ihr zu stellen.

Tikki fintiert, weicht dem bedrohlichen Geweih aus, wirft sich gegen die Flanke des Elchs und schnappt im letzten, gnadenlosen Sprung nach dem Hals des Tieres.

Das ist ihr Todesgriff, ihr Tötungsbiß. Ihre Kiefer sind wie eine Stahlklammer, die den Hals des Elchs umschließt, Knochen bricht und Fleisch durchreißt, während sie das Tier obendrein noch mit ihren tödlichen Pranken bearbeitet. Der Elch wankt und geht unter ihrem Ansturm zu Boden. Seine kurzen, japsenden Atemzüge nehmen einen verzweifelten, stampfenden Rhythmus an, der die letzten Augenblicke seines Lebens begleitet.

Dann endet es. So, wie die Natur es beabsichtigt hat.

Blut tropft in den Schnee. Der Elchkadaver dampft in der kalten Luft. Der Geruch des Todes steigt auf. Tikki hebt die Nase, saugt den Geruch ein, schwelgt darin und knurrt mit gebleckten Zähnen aus tiefster Kehle. Ihre Instinkte sind befriedigt.

Das ist genau richtig. So, wie es sein sollte. Die richtige Art, die Dinge zu beenden. Sie ist eine Waffe der Natur, zur Jagd geboren, zum Töten geschaffen, genauso wie dieser Elch und alle anderen schwächeren Geschöpfe als Beute gedacht sind. Niemand, der sie in diesem Augenblick in ihrer natürlichen Gestalt sehen könnte, würde daran zweifeln. Niemand, am wenigsten sie selbst, würde bezweifeln, daß sie ein natürliches Recht auf das Geschöpf hat, das unter ihr liegt. Es ist ein bestimmender Augenblick, ein Beweis für alles, was sie je von sich geglaubt hat, und eine Zurückweisung aller menschlichen und metamenschlichen Dinge.

Zweibeiner. Sie kann sie jetzt nicht gebrauchen. Tatsächlich ist sie ohne sie sogar besser daran. Sie machen die Dinge kompliziert.

Hier in der Wildnis ist das Überleben ihre einzige Sorge.

Tikki betrachtet den toten Elch und senkt den Kopf, um ihn zu beschnüffeln. Der Elch ist groß, sogar größer als sie. Ihn durch diese verschneiten Wälder zu zerren, wird nicht leicht sein. Ein Jammer, daß sie keine andere Wahl hat.

Ihr Junges braucht Fleisch. Das Junge kann nicht zum Fleisch gehen, also muß das Fleisch zum Jungen kommen. Tikki hat drei Junge bekommen. Eines war aus irgendeinem unerfindlichen Grund nicht lebensfähig und starb kurz nach der Geburt. Das zweite wurde von Höllenhunden getötet, die Feuer atmeten – Hunden, die sie systematisch gejagt und abgeschlachtet hat. Das dritte, das kleinste aus dem Wurf, wurde von den Hunden verwundet und schien sich dann sehr langsam zu erholen. Seitdem hat sie es in der alten Hütte untergebracht, wo sie ihre Vorräte und Ausrüstung aufbewahrt. Dort ist es für andere Tiere unerreichbar und, in die Felle der toten Hunde eingewickelt, auch vor der Kälte geschützt.

Das Junge ist jetzt wieder gesund. Es wird kräftiger. Bald wird es groß und stark genug sein, um sie auf der Jagd zu begleiten, ihr aus der Deckung der Bäume und Sträucher zuzusehen, wie man Beute macht, die lautlosen Bewegungen, der plötzliche Angriff, der tödliche Biß… eben alles, was zum Beutemachen gehört. Das wird das Leben weniger schwierig machen.

Tikki könnte sich den Rückweg zur Hütte dadurch erleichtern, daß sie sich zuerst sättigt, aber der Geruch des vielen Blutes wird alle möglichen Aasfresser anlocken, und das würde sie aufhalten. Sie wird den ganzen Kadaver zu einer Stelle nahe der Hütte schleifen, so nahe, daß das Junge ihn problemlos erreichen kann, aber nicht nah genug, um andere Raubtiere auf ihren Unterschlupf aufmerksam zu machen.

Sie schließt ihre mächtigen Kiefer um den Hals des Elchs und fängt an zu zerren. Der Weg ist lang und hart. Der Kadaver ist schwer, und ihn wegzuschleifen, erweist sich als mühselig und anstrengend. An manchen Stellen liegt der Schnee einen Meter hoch oder höher. Das Geweih des Elchs bleibt immer wieder an Baumwurzeln und Büschen hängen. Und ihr Instinkt läßt ihr keine Ruhe. Beute, die es wert ist, gejagt und gefangen zu werden, ist in diesen nördlichen Wäldern selten. Hasen und andere Kleintiere gibt es im Überfluß, aber wenn sie sie nicht im Schlaf überraschen kann, sind sie den Aufwand nicht wert.

Tikki hat viele Tage gehungert, seit die kalten Winde des Herbstes gekommen sind. Und jetzt knurrt ihr Magen. Ihre Pranken zucken angesichts des Drangs, sich über den Elch herzumachen. Ihre Ohren zucken voller Ungeduld. Ihr Instinkt fordert sie auf, sich an dem Kadaver gütlich zu tun, sich den Bauch bis zum Bersten mit dem lebensspendenden Fleisch zu füllen – jetzt! sofort! –, solange sie noch die Möglichkeit hat. Sie würde es auch ohne zu zögern tun, würde sie nicht von einem einzigen Gedanken beherrscht, der Vorstellung von ihrem Jungen, wie es in der weit entfernten Hütte auf sie wartet.

Das Junge hat alles verändert. Dieses junge Leben ist für Tikki mittlerweile genauso wichtig wie ihr eigenes. Sie versteht eigentlich nicht, wie das möglich ist. Sie hat darüber nachgedacht, bis ihr der Kopf vom Denken weh tat, und ist dennoch zu keinem Ergebnis gekommen. Das Junge in ihrem Bauch auszutragen und dann zu gebären, war mit großen Anstrengungen verbunden; sie hat auch früher schon große Anstrengungen auf sich genommen, aber keine hat sie so stark beeinflußt. Vielleicht hängt es damit zusammen, daß sie das Junge gesäugt hat. Vielleicht ist es auch irgendeine Magie.

Sie weiß nur, daß sie ihr Leben für das Junge opfern würde – das weiß sie mit absoluter Gewißheit –, und so kommt es auch, daß sie sich mit dem einen Punkt abgefunden hat, der der unglaublichste von allen ist. Daß ihr manche Dinge, vielleicht auch nur dieses eine, wichtiger als ihr eigenes Überleben sind.

Bis jetzt hat sie das nicht für möglich gehalten. Bis jetzt hat sie gedacht, daß ihr Leben Vorrang vor praktisch allem anderen auf der Welt hat. Wie kann das sein? Darüber denkt sie ständig nach.

Vielleicht übersteigt es ihr Begriffsvermögen.

Die schwelende Sonne versinkt hinter den Berggipfeln. Die Dämmerung geht in das düstere Grau der Nacht über. Aus der Ferne kommt das bedrohliche Heulen eines Wesens, das Tikki erst einmal gesehen hat – eine seltsame zweibeinige Bestie mit Flügeln und einem Horn. Das Wesen ist kein gewöhnlicher Zweibeiner. Tikki läßt den Elch los, um den Kopf zu heben und eine Warnung zu brüllen. Nur Schweigen antwortet ihr, und das ist gut. Sie hat ein großes Revier abgesteckt, das sie eifersüchtig bewacht. Gute Beute ist selten. Ihre Domäne mit anderen Jägern zu teilen, hieße, weniger Nahrung für sie und weniger für das Junge.

Sie setzt ihren beschwerlichen Weg fort. Kurz darauf erspäht sie den Schädel eines bärähnlichen Tiers, aber mit kurzen, gekrümmten Hauern, der auf einen Baumstumpf gespießt ist. Weitere Schädel: ein Hirsch, ein Elen, etwas wie ein Wolf, aber größer, etwas, das einem Löwen ähnelt. Viele dieser Schädel, die von Aasfressern sauber abgenagt worden sind, hängen in Bäumen oder stecken auf Pfählen. Sie sind ihre Warnungen an die Zweibeiner, an Wesen, deren Sinne zu stumpf sind, um die deutlichen und offensichtlichen Markierungen wahrzunehmen, die sie in kilometerweitem Umkreis um die Hütte an Bäumen und Sträuchern hinterlassen hat, Markierungen, die diesen Teil des Waldes als ihren persönlichen Besitz kennzeichnen.

Der Schnee unter ihren Pfoten wird hart und krustig, da er mit Eiskristallen durchsetzt ist. Merkwürdige Gerüche dringen an ihre Nase. Tikki hebt den Kopf, um zu wittern. Die Gerüche sind schwach, aber durchdringend und lassen ihre Nervenenden zucken. Sie künden von Menschen und ihren Maschinen. Zuletzt hat sie am Winteranfang Maschinen gerochen, als Raman, der Vater ihres Jungen, mit seinem Motorrad weggefahren ist. Die Kälte war für ihn unerträglich. Bei dem Gedanken an Schnee wanderten seine Gedanken beständig nach Süden. Er sagte, er würde im Frühling wieder hierher nach Maine zurückkehren, und der Frühling ist noch ein paar Wochen entfernt.

Tikki läßt den Elch los und eilt mit weiten Sätzen der Hütte entgegen. Als sie das Geräusch eines Motors im Leerlauf hört, rennt sie, so schnell sie kann. Das Geräusch ist falsch. Falsch, falsch, falsch. Es klingt nicht wie Ramans Motorrad. Es klingt eher wie das Heulen einer Panzerturbine.

Weitere Gerüche dringen an ihre Nase. Gerüche von Waffen und Kunstleder. Und die unverkennbaren Gerüche von Eindringlingen. Zweibeinern.

Elfen.

Entsetzen und Wut lassen sie durch das Gebüsch brechen und eisige Hänge hinunterschlittern. Ihre Beine bewegen sich wie rasend. Der Atem röhrt durch ihren Hals. Hier und da unter dem Schnee liegende Knochen ehemaliger Beutetiere knacken und brechen unter ihren stampfenden Pfoten.

Die Hütte kommt in Sicht und mit ihr die schneebedeckte Lichtung, die von hoch aufragenden, weiß bestäubten Pinien umringt ist. Vor der Hütte steht ein klobiges Luftkissenfahrzeug, ein Mostrans Hovertruck, der bäuchlings im Schnee liegt. Vor der Fahrerkabine des Luftkissenfahrzeugs steht eine schlaksige, hochgewachsene Gestalt, ein Mann in grauweißem Tarnanzug mit einem Sturmgewehr in der Hand. Die Kevlarmaske vor seinem Gesicht und die Kapuze auf dem Kopf können seinen Elfengeruch nicht verbergen. Auch nicht den der beiden Elfenfrauen, die gerade mit einem großen grauen Kasten zwischen sich die Hütte verlassen.

Verschiedene Gerüche in der Luft verraten Tikki, daß sich ihr Junges außerhalb der Hütte aufhält. Wo? Ganz in der Nähe. So nah, daß sie es eigentlich sehen müßte, und doch sieht sie nur die Elfen und den großen grauen Kasten.

Ihr Instinkt füllt die Leerstellen. *Ihr Junges ist in der Kiste!*

Tikki jagt den Elfen entgegen. Die beiden Frauen schleppen die graue Kiste zur Laderaumtür des Mostrans. Der Mann weicht ein paar Schritte zurück. Ihre Gerüche künden von Aufmerksamkeit, Wachsamkeit und von einem Anflug wachsender Anspannung oder Furcht. Tikki ist kaum noch zehn Meter entfernt, als sich auf dem Dach der Fahrerkabine des Mostrans eine Luke öffnet, hinter der eine Autokanone sichtbar wird, die Tikki bereits im Visier hat.

Der erste stotternde Feuerstoß trifft ihre Brust und ihren Kopf. Fell reißt, Rippen brechen. Etwas Unsichtbares zupft an ihrem rechten Auge. Sie stolpert und gleitet auf einer Eisscholle aus. Das Heulen der Turbine des Mostrans wird lauter. Die beiden Elfenfrauen wuchten die graue Kiste durch die Laderaumtür des Luftkissenfahrzeugs. Tikki krallt sich in die kristalline Erde unter ihren Pfoten und wirft sich vorwärts. Eine zweite Salve trifft ihre Flanke und bricht ihr das rechte Hinterbein. Sie geht zu Boden und rappelt sich wieder auf. Der männliche Elf zielt mit seinem Sturmgewehr. Das grelle Licht eines Laserzielrohrs huscht über Tikkis Gesicht wie Feuer. Das Gewehr hustet, die Autokanone stottert. Sie wird in Kopf, Schulter und Rumpf getroffen. Die Treffer bringen sie aus dem Gleichgewicht und lassen sie zu Boden gehen. Nach einem weiteren Versuch, sich auf die Elfen zu stürzen, ist sie auf beiden Augen blind, ihre Ohren rauschen, und in ihrem Maul sammelt sich Blut.

Die Laderaumtür des Mostrans wird krachend zugeschlagen. Tikki rafft sich noch einmal auf. Eine weitere Salve aus der Autokanone trennt ihr fast das rechte Vorderbein von der Schulter. Sie sinkt in den Schnee, saugt die Luft in gewaltigen, gurgelnden Atemzügen in sich hinein. Der Mostrans heult, Schnee wird wie Graupel durch die Luft gewirbelt, und das Fahrzeug jagt davon.

Mit ihm verschwindet auch die Witterung ihres Jungen.

Tikki öffnet das Maul, um zu brüllen, aber die Schmerzen sind überwältigend, und sie fällt durch ein Nichts in die umfassende endlose Dunkelheit einer riesigen Grube.

2

Das Schild leuchtet in stroboskopischer Farbe:

WILLKOMMEN AUF DER NEW BRONX PLAZA
SITZ DER VILLIERS-ARCOLOGIE
EINEM NEXUS GOLDENER GELEGENHEITEN
& QUALITÄTSWAREN

Die Plaza erstreckt sich über mehrere Blocks in alle Richtungen. Die Mauern der Villiers-Arcologie erheben sich vierzig Stockwerke hoch in die neonerhellte Nacht. Das gewaltige Projekt ist von Verzögerungen wie der Terroristenbombe heimgesucht worden, die eine geschwärzte Narbe in einer der Mauern hinterlassen hat. Das skelettartige Gerüst stützender Stahlträger erhebt sich weitere zwanzig oder dreißig Stockwerke, scheint jedoch nie seinen Zenit zu erreichen.

In der Zeit, in der die Arcologie diesen halbfertigen Zustand erreicht hat, sind überall um die Plaza und am Ufer des Harlem River scharenweise Apartmentsilos und Bürohochhäuser aus dem Boden geschossen. Die Leute nennen es eine Renaissance, die Wiederbelebung eines Teils der Südbronx, der seit Jahrzehnten verfällt, von Gangs heimgesucht und mit bösartigen Teufelsratten verseucht ist. Bandit fragt sich, ob das stimmt. Man schreibt das Jahr 2056, und die Herren der Konzernwelt, die vermutlichen Initiatoren dieser Renaissance, sind ihm nie besonders altruistisch vorgekommen.

Die meisten Leute, die in den neuen Silos wohnen und in den neuen Wolkenkratzern arbeiten, sehen wie Lohnsklaven und Execs aus Manhattan aus. Das gleiche gilt für die Tausende von Pinkeln, die jetzt die goldfarbenen Fliesen der Plaza überqueren. Werbebojen schweben über sie hinweg, und die am Himmel leuchtenden Laserreklamen künden von den erstaunlichen Vorzügen von Cyberersatzteilen für jeden Körper, Maßanzügen, Luxuslimousinen und exklusiven Sicherheitswohnungen. Wenn die SIN-losen und Bedürftigen irgendeinen Platz in dieser sogenannten Renaissance haben, kann Bandit ihn jedenfalls nicht sehen. Aber das ist der Lauf der Welt. Oder jedenfalls scheint es so.

Bandit sitzt auf dem kreisförmigen Rand des Springbrunnens, der irgendeinem alten Samurai mit zwei Schwertern und zahlreichen Ringen gewidmet ist. Er spielt auf seiner Holzflöte und beobachtet die vorbeigehenden Pinkel. Das Lied, das er spielt, kommt aus seinem tiefsten Innern. Die Magie, die er wirkt, ist subtil, aber überzeugend, verführerisch, einladend. Der Pinkel, der stehenbleibt, um ein paar Münzen auf den Betteller neben Bandit zu werfen, wendet sich ab, hält dann aber noch einmal inne, um auf den Teller zu starren, und legt noch ein paar Scheine nach. Bandit nickt auf eine ganz bestimmte Art und Weise, als wolle er sich bedanken, und spielt eine ganz bestimmte Tonfolge auf seiner Flöte. Der Pinkel zögert, fügt der Sammlung auf dem Teller noch einen silbernen Kredstab hinzu und geht dann seiner Wege. Das ist ebenfalls der Lauf der Welt.

Der Lauf der Welt ist der Lauf der Natur, und Waschbär und seine Art sind ebenso Teil der Natur wie alles andere: Leute, Tiere, Berge und Flüsse. Städte und Wüsten. Nuyen und New Guinea. Waschbär ist natürlich eine Art Dieb. Er bevorzugt Strategie und Tricks anstelle jeglicher Art von Konfrontation, weil Gewalttätigkeiten zwischen denkenden Wesen eine Verschwendung der Energie des Lebens und wahrscheinlich ein Affront gegen die Natur selbst sind. Waschbär geht seinen eigenen Weg, auf dem er Werte und interessante Dinge wie zum Beispiel mächtige Gegenstände sucht, die für seine besondere Art der Magie nützlich sind. Normalerweise sind kleine Diebereien unter seiner

Würde. Aber wenn die Art und Weise des Diebstahls schlau und der Zweck gut ist, nun ... das ändert alles. Einen Sararimann, vielleicht sogar ein Mitglied der Konzernelite, dazu zu bewegen, seine Nuyen den Armen zu überlassen ... Nun, das ist in der Tat ein guter Trick.

Er hat nur einen winzig kleinen Haken.

Ein schwaches Glimmen in der Luft erregt Bandits Aufmerksamkeit. Er wechselt auf astrale Wahrnehmung. Der kleine Geist, der neben seinem Betteller hockt, hat die Gestalt eines Waschbärs. Das ist der Beobachter, den er damit beauftragt hat, das astrale Gelände in der Umgebung des Springbrunnens im Auge zu behalten.

Der Geist deutet auf eine Stelle. *»Meister, sieh doch!«*

Bandit sieht.

Die tausend und noch mehr Auren der Pinkel auf der Plaza werden von einigen besonders hellen überstrahlt, die vor Wut, Entschlossenheit und der Bereitschaft, gewalttätig zu werden, rotglühend leuchten. Bandit braucht gar nicht erst die schwarzgrauen Uniformen der Konzernsicherheitstruppen zu sehen, um zu wissen, wer diese Leute sind und was sie vorhaben. Er hat keine Systemidentifikationsnummer, keine Konzernidentität. Er befindet sich auf einer Plaza, die Villiers International wie sein ausschließliches Eigentum verteidigt. Die Wachen kommen immer. Das gehört zum Lauf der Dinge, gehört zur Natur.

Aber die Wachen werden noch ein paar Augenblicke brauchen, bevor sie sich durch die abendlichen Massen einen Weg zu ihm gebahnt haben. Er hat reichlich Zeit. Bandit stellt einen gefalteten Papierdrachen auf das Fundament des Springbrunnens. Ein kleines Ding von großer Schönheit im Austausch für das Geld, das er eingenommen hat. Ein fairer Austausch. Mehr als fair. Denn Waschbär brauchte überhaupt nichts für das zu geben, was er sich nimmt, und diesmal hat er nur Geld genommen. Geld mag seinen Nutzen haben, aber im wesentlichen handelt es sich dabei um wertlose Papierschnipsel oder kleine Metallstäbe mit elektronischer Verschlüsselung, die in magischer Hinsicht völlig unnütz sind.

»Aus dem Weg!« bellt eine Stimme.

Rasch stopft sich Bandit das Geld und die Kredstäbe in die Taschen seines langen Mantels, hebt den Betteller auf und läuft los.

»DU!« ruft jemand. »BLEIB STEHEN!«

Die Wachen sind nah, und die Menge ist dicht. Bandit beschreibt eine Geste mit seiner Flöte und flüstert ein Wort. Vor ihm öffnet sich diskret ein gewundener Pfad, als die Leute ihm Platz machen. Und wie Strömungen, die an einem Baumstumpf oder Felsen vorbeifließen, vereinigen sie sich hinter ihm wieder zu einem zusammenhängenden Fluß.

»Über dir, Meister!« flüstert ihm eine Stimme ins Ohr.

Aus der neonbeschienenen Nacht taucht der Rumpf eines Hubschraubers mit blinkenden roten und gelben Positionsleuchten auf. Bandit weiß, daß er seinetwegen gekommen ist. Er ist den Wachen, die diese Plaza schützen, schon oft entkommen. Die Erfahrung lehrt, daß es die Art der Megakonzerne ist, sich über jene zu ärgern, die ihren Wachen entkommen, und so bieten sie jedesmal, wenn er kommt, mehr Ressourcen auf.

Doch Bandit ist bereit. Er ist vorbereitet. Auf ein Wort von ihm hebt sich der runde goldene Deckel eines Versorgungsschachts aus der Halterung im gefliesten Boden der Plaza. Bandit steigt in den Schacht, schlingt Hände und Füße um die Seitenholme der hinabführenden Leiter und rutscht zum Boden des Tunnels herunter.

»O je«, flüstert sein Beobachter.

Der Tunnel hat einen Durchmesser von zwei Metern und wird von Leuchtröhren in der Decke erhellt; an

Wänden und Decke verlaufen ungezählte Röhren und Leitungen. Als Bandit die Leiter losläßt und sich umdreht, sieht er sich einem Trupp wartender Wachen gegenüber, Orks, noch dazu schwerbewaffnet. Es sind fünf, und sie bilden einen Halbkreis, der ihm den Weg versperrt.

»Erwischt«, sagt einer.

Bandit nickt und sagt: »Nicht schießen.«

Der Zauber wird sofort aktiv. Eine Wolke aus glühendem Weiß wallt um ihn auf und dehnt sich rasch aus, um den gesamten Tunnel auszufüllen. Wachen rufen durcheinander. Bandit duckt sich unter suchenden Händen hinweg und weicht umherirrenden, stolpernden Leibern aus. Er löst sich von den Orks und läuft los.

Waschbär wäre erfreut.

»Wo ist er?«

»Da! *Da!*«

»SCHNAPPT IHN EUCH!«

Wachen tauchen aus der Wolke auf und verfolgen ihn. Bandit biegt um eine Ecke und läuft in einen Nebentunnel. Kaum drei Meter vor ihm wartet eine Konzernmagierin in einem langen schwarzen Gewand, das mit mystischen Symbolen bestickt ist. Die Magierin hebt die Arme, um einen Zauber zu wirken. Bandit zeigt mit dem Finger auf sie und schießt. Die Magierin niest, und ihre Magie geht fehl. Bandit duckt sich und springt an der Magierin vorbei. Eine Explosion tost in seinem Rücken. Jemand schreit vor Schmerzen auf. Bandit spürt die Hitze der Explosion im Nacken, läuft jedoch weiter.

Magie, die sowohl einfach als auch schnell zu wirken ist, hat ihre Vorteile gegenüber komplexer Zauberei. Das ist etwas, das die Magier aus den Wolkenkratzern der Konzernwelt anscheinend nie begreifen werden.

Die Wachen bleiben ihm auf den Fersen.

Bandit biegt um eine weitere Ecke. Der neue Tunnel

endet nach drei Metern plötzlich, da er von einer Platte mit roten und gelben Warnstreifen versperrt wird. Diese Platte war vor kurzem noch nicht hier.

Bandit ist verwirrt.

Die neue Platte sieht aus, als sei sie aus Stahl. Sie trägt das Logo von Villiers' Sicherheitstruppen, fällt Bandit auf. Auf der Astralebene wirbelt unablässig Magie um sie. Die Platte ist mit einer Schutzvorrichtung gesichert, und diese Schutzvorrichtung ist sehr kraftvoll. In der Zeit, die Bandit noch bleibt, ist sie wahrscheinlich undurchdringlich, und das ist ziemlich ärgerlich.

»Meister, hinter dir!«

Stiefelabsätze hallen immer lauter, kommen immer näher. Bandit dreht sich um und sieht drei Orks hinter ihm um die Ecke biegen. Sie bleiben einen Meter vor ihm stehen und richten die Waffen auf ihn.

»Du stehst unter Arrest, Zauberbubi«, sagt einer grinsend.

»Magier«, schnaubt ein anderer verächtlich.

Bandit nickt verstehend. Er ist kein Magier, aber Normalsterbliche treffen diese Unterscheidung nur selten. Er ist ein *Schamane*. Er folgt *Waschbär*. Er hat mit Magiern etwa so viel gemeinsam wie ein Künstler mit einem Wissenschaftler. Er könnte versuchen, es den Orks zu erklären, will seine Zeit aber lieber nicht verschwenden. »Sei eins mit der Welt.«

»Hä?« knurrt der führende Ork.

Bandit wendet sich zur Seite und tritt nach rechts. Die Augen eines Normalsterblichen sehen jetzt, wie er durch die Tunnelwand geht und verschwindet. Das ist eine Art Illusion. Die Wachen stehen mit offenem Mund da und rufen irgend etwas, zögern jedoch, ihm zu folgen. Bis sie schließlich herausgefunden haben werden, was geschehen ist, wird Bandit längst weg sein.

Wieder einmal sind die Wachen vom einfallsreichen

Waschbär überlistet worden. Auch das liegt in der Natur der Dinge. Nur ist jetzt Bandits kleines Geheimnis, seine geheime Öffnung, kompromittiert worden. Er spitzt die Lippen und verzieht das Gesicht.

»Verdammt.«

3

Die Sonne ist längst untergegangen, als das Sehvermögen zurückkehrt.

Tikkis Fell ist mit getrocknetem Blut verklebt, und im Umkreis von mehreren Metern ist der Schnee rot von ihrem Blut, aber ihr Fell ist wieder ganz und ihre Knochen sind wieder heil. Ihre Muskeln erwachen zuckend zu neuem Leben. Mit einem grollenden Atemzug, der in ein wütendes Brüllen überzugehen droht, springt Tikki auf, rennt zur Hütte und fegt durch die geschlossene Tür. Dann ist kein Zweifel mehr möglich. Das Junge ist verschwunden.

Sie brüllt, da die Wut in ihr brennt, hört jedoch abrupt auf. Die Erfahrung warnt sie. Sie war schon oft in dieser Situation – bekämpft von Zweibeinern, angegriffen von Menschen, verraten und betrogen von Elfen und Orks. Mit Verrat und Niedertracht konfrontiert und gezwungen, sich damit auseinanderzusetzen. Nun, da der Mond aufgeht, schreien ihre Instinkte nach Vergeltung, und doch weiß sie, daß das nicht der richtige Weg ist.

Um Erfolg zu haben, um sich in der Welt der Zweibeiner durchzusetzen, muß sie die Wildheit ihrer Instinkte niederringen und ihren Verstand benutzen. Sie muß denken. Analysieren. Abwägen. Überlegen, welcher Weg der beste ist und welcher vermieden werden sollte.

Sie geht wieder nach draußen und starrt ins graue Dunkel der Nacht. Der Gestank des Mostrans steht geradezu in der Luft. Das Luftkissen des Hovertrucks hat eine deutliche Spur im Schnee hinterlassen. Die Witterung und die Spur werden sich noch stundenlang halten, vielleicht sogar tagelang. Sie wird ihnen folgen, aber zuerst geht sie wieder in die Hütte. Es gibt Dinge, die sie untersuchen, und Entscheidungen, die sie treffen muß.

Die Hütte ist alt: roh behauene Wände aus abgelagertem Holz, Blätter und Piniennadeln. Der Gestank der Elfen hängt in der Luft. Tikki trinkt ihn förmlich, saugt die Witterung ganz tief in ihre Lungen, denn sie will sie sich in ihr Gedächtnis brennen, will sich so deutlich daran erinnern, daß sie auch die kleinste Spur wiedererkennt, und wenn sie in einer noch so flüchtigen Brise an ihr vorbeiweht. Sie geht zu dem kleinen Berg mit Hundefellen in einer Ecke und vergräbt ihre Nase darin, beschnuppert die Duftrückstände, die das Junge hinterlassen hat. Auch daran wird sie sich erinnern.

Sie wird die Elfen jagen, sie jagen, bis entweder sie tot oder das Junge wieder bei ihr ist. Sollte sie das Junge tot vorfinden, wird sie die Elfen verstümmeln, sie vernichten, sie in Stücke reißen und dann ihr Fleisch den Krähen zum Fraß vorwerfen.

So oder so wird sie es den Elfen heimzahlen.

Nun zu den Entscheidungen. Durch Ramans Abreise fehlt ihr ein Transportmittel. Bis jetzt hat Tikki das nichts ausgemacht. Sie hatte nicht vor, irgendwohin zu gehen, bevor das Junge alt genug zum Reisen ist und alles über die Zweibeiner weiß. Also hat sie ein Problem. Sie hat Waffen und andere Werkzeuge, die ihr bei ihrer Jagd nützlich sein könnten, aber keine Möglichkeit, sie mitzunehmen, keine Hände, um sie zu halten, keine Schultern, um sie zu tragen, wenn sie nicht ihre menschliche Gestalt annimmt und auf zwei Beinen reist.

Die Natur hat ihre vierbeinige Gestalt mit allen Waffen und Werkzeugen versehen, die sie für das Leben in der Wildnis je brauchen wird.

Und in der Welt der Metamenschen …?

Es spielt keine Rolle. Waffen und andere Werkzeuge kann sie sich überall besorgen. Zeit ist jetzt das wesentliche Element. Sie muß sofort mit der Jagd beginnen, bevor die Elfen einen zu großen Vorsprung haben und ihre Fährte kalt wird. Bevor die Witterung verfliegt und der Schnee schmilzt.

Sie muß schnell sein. Auf vier Beinen laufen.

Ihr Gedankengang wird von unterdrückten Lauten unterbrochen, entferntem Knurren und Kläffen. Mit den Lauten kommen Gerüche, und beides zusammen bringt sie auf andere Gedanken, erinnert sie an gewisse Dinge, gewisse grundsätzliche Wahrheiten. Sie sagen ihr, was sie als nächstes tun muß. Ihr Magen knurrt. Sie hat bei ihrem Angriff auf die Elfen einen Großteil ihrer Reserven verbraucht. Bevor sie irgend etwas unternimmt, irgendwohin geht, muß sie essen.

In der Hütte gibt es nichts, was sie braucht. Sie läuft in den Wald, stürmt vereiste Hänge hinauf, springt zwischen hohen Bäumen hindurch. Diesmal sind es Wölfe, große Wölfe mit dunklem Fell. Fünf von ihnen haben die von ihr erlegte Beute umringt. Das größte Männchen und das größte Weibchen reißen Fleischstücke aus dem Kadaver und schnappen nach jedem von den anderen dreien, der es wagt, ihnen zu nah zu kommen.

Gleichzeitig fliegen ihre Köpfe herum, und sie begegnen Tikkis Blick.

Sie brüllt und greift an. Die drei kleineren Wölfe springen auseinander. Sie riechen nach Furcht und Überraschung. Das größte Männchen und das Weibchen blecken die Zähne, knurren und stellen alle Wildheit zur Schau, die sie aufbringen können, bis Tikki sie fast erreicht hat. Abrupt werfen sie sich herum und springen auseinander.

Tikki kommt am hinteren Ende des Elchs zum Stehen, und jetzt beginnt der Kampf ernsthaft. Das Rudel umkreist sie. Die Wölfe lechzen nach dem Fleisch und erfüllen die Luft mit verzweifelter Wut. Das größte Weibchen springt knurrend hin und her und versucht es mit Drohgebärden. Tikki brüllt dem Weibchen eine

Warnung zu, während sich das größte Männchen von hinten an sie heranpirscht. Tikki wirbelt herum, richtet sich auf die Hinterbeine auf, die Vorderbeine ausgebreitet, Zähne gebleckt und Krallen ausgefahren, und das Männchen schießt davon, während sich jetzt die anderen auf sie stürzen.

Wieder und wieder greifen die Wölfe an, kratzen, beißen, verletzen sie an Flanke und Hinterbeinen. Es sind schnelle und kräftige Tiere, und sie sind zu fünft, während sie allein ist, aber sie ist groß und stark, und ihre Waffen sind unerbittlich.

Und ihr blutender Körper heilt schon, wenn sie zu einem der Angreifer herumfährt.

Dreimal treffen ihre Krallen auf Widerstand, und dreimal schießt ein blutender Wolf, vor Schmerzen und Entsetzen heulend, davon. Beim dritten Mal ist es das größte Männchen, und das ist das Ende. Das Rudel zieht sich tiefer in den Wald zurück, bis es fast außer Sicht ist. Dort bleiben die Wölfe stehen, und dort warten sie. Tikki macht sich über den Elchkadaver her, wobei sie jedoch immer auf der Hut und bereit ist, einem neuen Angriff zu begegnen.

Der Kampf ums Überleben ist einfach. Es ist ein Kampf einer gegen alle, und er endet erst mit dem Tod. Es gibt Raubtiere und Beute, Jäger und Gejagte, und sonst nichts, was wirklich zählt. Das ist die Lektion, die sie von ihrer Mutter gelernt hat, und das ist die Denkweise, die sie in die Welt der Zweibeiner mitgenommen hat.

Es gibt keine andere Herangehensweise an das Leben in der Wildnis, an das Leben, wie es ihre Vorfahren gelebt haben, aber sie ist nicht sicher, ob diese Herangehensweise auch für die absonderliche Welt der Zweibeiner Gültigkeit hat. Ihre Zeit in den Städten der Menschen hat ihr viel Grund zum Nachdenken gegeben. Sie hat sogar überlegt, ob die Doppelnatur ihrer Gestalt nicht impliziert, daß sie irgendwie mehr ist – besser, stärker, höherstehend – als gewöhnliche Lebewesen, obwohl sie sich nicht vorstellen kann, was das bedeuten könnte, wenn es denn tatsächlich stimmte.

Aber die Elfen haben alles wieder auf einen einfachen Nenner gebracht. Die Zeit für müßige Gedankenspielereien ist vorbei.

Jetzt ist sie wieder auf der Jagd.

4

Der U-Bahn-Zug donnert in den Bahnhof Tremont Avenue, klappernd, bebend und mit kreischenden Bremsen. Bandit beobachtet die Leute bei ihrem Kampf, ein- oder auszusteigen. Als die Schlacht beinahe geschlagen ist, schiebt er sich durch die dicht gedrängt stehende Menge und schafft es gerade noch durch die Tür auf den Bahnsteig, bevor die Preßluft zischt und die Türen ihrerseits den Kampf gegen den Druck der Leiber aufnehmen, bis sie sich schließlich zögernd – klemmend und wieder lösend – schließen.

Auf dem grauen Beton des Bahnsteigs drängen sich die Leute genauso wie im Zug. Leiber stoßen Bandit in die Seite und den Rücken und zwingen ihn nach rechts oder links oder kommen sogar direkt auf ihn zu. Das Gedränge wird um so schlimmer, je näher er dem Ausgang kommt. Es wird zu einer unwiderstehlichen Strömung, die ihn die schmutzige, mit Graffitis bedeckte Treppe zur Straße hinaufbefördert.

Das Herz der Bronx ist wie Newarks Sektor 3, nur schlimmer. Die Straßen werden von Häusern aus bröckeligem Beton und fadenscheinigem Duraplast gesäumt. Schilder und Anzeigetafeln flackern und leuchten, aber die Produkte, für die geworben wird, stammen durchweg aus der untersten Schublade: Soykaf, Soyburger, Plastikklamotten, Fastfood, Straßen-Docs, Ramboic 14. Die meisten der hier Lebenden sind SIN-los und arm. Sie wohnen wie Sardinen, in Plastikbüchsen, die Apartmentsilos genannt werden, und in Wohnungen, die aus einem einzigen Zimmer bestehen. Die Straßen sind Tag und Nacht voll von denen, die Arbeit, Nahrung, Unterkunft und all die Tausende von Dingen suchen, die sie brauchen, und die Mittel, um sie zu bekommen. In manchen Nächten hat es fast den Anschein, daß jede Person, die Bandit sieht, entweder ein Krimineller auf Beutezug und bereit ist, für einen locker verdienten Nuyen alles zu tun, notfalls sogar zu töten, oder ein Opfer, das jeden Augenblick ausgeraubt und vielleicht totgeschlagen, mit Sicherheit aber um seine mageren Habseligkeiten erleichtert wird. Die Verbrecher sind hier ebenso arm wie alle anderen. Die Yakuza und andere haben ihre Außenposten, ihre kleinen Schwindelunternehmen, ihre Spielhöllen, ihre BTL-Labors, aber die Straßen werden von Gangs beherrscht: Elfen-Gangs, asiatischen Gangs, Troll-Gangs. Die Trolle sind die schlimmsten. Die Schlimmsten der Schlimmsten nennen sich Kong Destroyers, und am besten geht man ihnen grundsätzlich aus dem Weg.

Vor den Häusern, den Schwindelgeschäften, Läden und SimSinn-Kinos sitzen jene, die zu arm sind, um sich eine persönliche Unterkunft leisten zu können, die Bettler.

Bandit bleibt stehen und sucht sich einen der Bettler aus, offensichtlich ein Ork, der in mehrere Lagen verschlissener, fadenscheiniger Kleidung eingehüllt und mit einer derartig dicken Schmutzschicht bedeckt ist, daß Bandit zuerst nicht erkennen kann, ob es sich um einen Mann oder eine Frau handelt. Seine Aura weist ihn als Mann aus. Bandit geht zu ihm und hält ihm eine Münze im Wert von fünf Nuyen hin. Der Bettler greift danach, umklammert Bandits Arm mit einer zitternden Hand, dann mit beiden Händen, und fängt an, um mehr zu betteln, zu flehen, zu jammern und zu schluchzen. Der rechte und der linke Nachbar des Orks fallen in das Gejammer ein und greifen ebenfalls nach ihm. Bandit zeigt ihnen seine leeren Hände. Alle drei verlieren das Interesse. Sie lehnen sich wieder gegen die Hausmauer und starren ins Nichts. Und das, so scheint es, ist die Natur der Bettler. Jedenfalls der meisten. Was man ihnen auch gibt, sie wollen immer noch mehr. Und wenn nicht mehr kommt, richten sie ihre Aufmerksamkeit auf etwas anderes. Die meisten sagen nicht einmal danke.

Sie sind nicht sehr dankbar.

Vielleicht sind sie entartet.

Zwei Blocks weiter biegt Bandit in eine lange dunkle Gasse ein, die auf beiden Seiten mit Unterschlüpfen aus Plastikkartons und Kisten gesäumt ist. Die Leute, die hier leben, scheinen fast tot zu sein. Sie liegen reglos in ihren armseligen Behelfsunterkünften. Viele sehen nicht einmal auf. Sie sind mager und in Lumpen gehüllt. Ihre Aura ist gedämpft. Bandit bleibt stehen, um einen oder zwei anzusprechen, bekommt aber keine Antwort. Es scheint fast so, als warteten sie auf den Tod.

Die Gasse mündet in eine andere, breitere Gasse, die mit Müll, Abfällen, ausrangierten Elektro- und Haushaltsgeräten sowie diversem Schrott vollgestopft ist. Teufelsratten flitzen überall herum, wohin er sich auch dreht und wendet, aber immer nur am Rande seines Gesichtsfeldes. Sie huschen immer flink außer Sicht. Eine Katze von der Größe eines kleinen Hundes liegt auf dem verrosteten Gerippe eines Automobils, faucht und bleckt die Zähne, als Bandit in ihre Nähe kommt und an ihr vorbeigeht.

Eine Tür führt in ein dunkles Treppenhaus.

Bandit sieht sich um, auch astral, und geht dann rasch hindurch.

Drüben in Newark ist ihm der Boden zu heiß unter den Füßen geworden. Gewisse Konzerne haben Einwände gegen gewisse Dinge, die er getan oder an denen er teilgenommen hat, und sähen ihn lieber tot als lebendig. Und wenn nicht tot, dann zumindest ›neutralisiert‹. Ein Tapetenwechsel schien angebracht. Zu viele Leute kannten seinen Namen und hatten ihre Vorstellungen, wo er gefunden werden könnte. Hier in der Bronx ist er praktisch unbekannt. Und einstweilen soll es auch so bleiben. Im Augenblick hat er wenig oder kein Interesse an Megakonzernen und ihren diversen Besitzungen. Er ist mit wichtigeren Dingen beschäftigt.

Die nach unten führende Treppe endet vor einer Tür. Die Tür fliegt plötzlich auf, und eine Horde kleiner Kinder schießt rufend und schreiend heraus und umringt ihn. Sie springen auf und ab, zupfen an seinen Ärmeln und rufen: »Mach den Ball! *Mach den Ball! Mach den BALL!*«

»Wartet.«

Und plötzlich sind sie still, stehen alle mit runden, geweiteten Augen um ihn herum und sehen erwartungsvoll zu ihm auf. Es ist schon merkwürdig, wie sie ihn zu respektieren scheinen, wie sie seinen Worten Beachtung schenken. Als könne ein leise gesprochenes Wort irgendwie die Kraft eines gebieterischen Befehls annehmen. Bandit versteht das nicht. Diese Kinder haben keine Ahnung von Magie. Sie wissen nichts von Waschbär und von den Dingen, zu denen er fähig ist. Meistens scheinen sie sich nur für den Ball zu interessieren.

Den Ball zu machen, ist ganz einfach, triviale Magie, aber er ist jetzt müde und muß sich darauf konzentrieren. Er legt die Hände zu einer Schale zusammen. Sofort sammelt sich die Energie darin und verfestigt sich langsam zu einer warm leuchtenden gelben Kugel, die auf einer Handfläche ruht.

Als er diese Hand hebt, fliegt die Kugel aufwärts und schwebt.

Und plötzlich schreien die Kinder wieder durcheinander, springen hoch, schnappen nach dem Ball und schlagen ihn hin und her wie einen Ballon.

Und dann kommt Shell durch die klapprige Tür.

»Hoi«, sagt sie mit einem Lächeln.

Sie ist jung, jedenfalls jünger als Bandit. Sie flicht sich

ihr Haar zu dünnen Zöpfen, die ihr wie widerspenstige Ranken auf die Schultern fallen. Ihr Körper ist schlank und auf eine feminine Weise gerundet. Bandit nimmt an, daß sie attraktiv ist. Im Dunkel des Treppenhauses sieht ihre Haut schwarz wie die Nacht aus. In Wahrheit hat sie die Farbe von Soykaf, hellbraun. Sie ist für die Straße gekleidet: Jeans, Kunstleder und Turnschuhe. Schockhandschuhe baumeln an ihrem Gürtel. In diesem Gürtel steckt noch eine Narcoject-Nadelpistole. Bandit macht sich nichts aus Pistolen, aber er versteht, warum Shell eine hat. Die Kinder sind noch klein, und Shell verfügt über keine oder so wenig Magie, daß sie kaum eine Rolle spielt, und diese Räumlichkeiten hier im Keller sind ihre Kubikmeter in Gold wert. Sie haben sie ganz für sich, nur er, Shell und die Kinder. Sie müssen vorsichtig sein. Würden diese Räumlichkeiten entdeckt, würde kurz darauf eine kleine Straßenarmee um den Zutritt kämpfen.

»Jozzie, verriegle die Tür!« sagt Shell, indem sie die Stimme über den Lärm der Kinder erhebt, und eines der älteren Mädchen läuft die Treppe hinauf zur Tür nach draußen. Die Tür ist nur dann nicht verriegelt, wenn jemand hinausgeht. Oft stellen sie sogar eine Wache auf.

Shell lächelt und dreht sich um, und sie und Bandit gehen in die Wohnung. Das Wohnzimmer mißt fast vier Meter im Quadrat. Für die Bronx ist das gewaltig. Das Sofa steht vor einem Tifun DX-2 Telekom mit Videoschirm, der unablässig läuft. Polster, Kissen und Decken, auf denen die Kinder schlafen, füllen den größten Teil des übrigen Fußbodens.

Shell berührt Bandits Arm und stellt sich auf die Zehenspitzen, um ihn auf die Wange zu küssen. »Sind die Zonies wieder durchgedreht?«

»Sie haben mich verfolgt.«

»Aber du bist ihnen entwischt.« Shell lächelt. »Du bist der Beste.«

»Woher weißt du das?«

»Ich weiß es.« Shell verschränkt die Arme vor der Brust und grinst noch breiter. »Du folgst Waschbär, und Waschbär ist zu schlau, um sich fangen zu lassen, stimmt's?«

Bandit nimmt an, daß es wohl so ist. Zumindest theoretisch. Der Witz ist, daß Waschbär viele Tricks beherrscht. Das ist sein Vorteil. Das Entscheidende ist aber, daß Waschbär so schlau ist, nie unvorbereitet zu sein. Die richtigen Vorbereitungen springen in die Bresche, wenn einfache Tricks und Schlauheit versagen, was ab und zu vorkommt.

»Stimmt's?«

Bandit nickt, gibt Shell seinen Betteltellerund leert dann die Kredstäbe und das Geld aus seinen Taschen. Shells Grinsen wird noch breiter, als sich der Teller füllt, und das ist ihre Natur. Geld ist wichtig für sie. Waschbär würde es normalerweise nicht gutheißen, daß er Shell die ganzen Kreds gibt, aber hier sind besondere Umstände im Spiel. Daß er sich die Wohnung mit Shell und den Kindern teilt, ist ebenfalls ein besonderer Umstand.

Als seine Taschen leer sind, nimmt Shell seine Hand und führt ihn durch einen Perlenvorhang in die Nische dahinter, ihre Küche. Die Nische ist gerade groß genug für einen Schrank, eine Mikrowelle, einen kleinen Kühlschrank und einen Tisch, der für zwei Personen ausreicht, wenn es den beiden nichts ausmacht, daß sich ihre Knie aneinander reiben. Bandit setzt sich. Shell bringt ihm ein Glas Wasser und zählt dann das Geld, indem sie die Kredstäbe auf eine Seite legt und das Bargeld auf die andere. Als sie fertig ist, versteckt sie alles in dem Geheimfach im Boden des Küchenschranks. Shell hat Pläne mit dem Geld, das sie einnehmen. Sie hofft, daß sie eines Tages genug hat, um sich eine Eigentumswohnung in den Vororten kaufen und die Kinder in die Schule schicken zu können. Wie sie das ohne SIN für sich und die Kinder schaffen will, weiß Bandit nicht. Er vermutet, daß Systemidentifikationsnummern gekauft werden können. Er hat es nie selbst versucht, aber nach allem, was die Leute reden, geschieht es jeden Tag.

Shell tritt hinter ihn, legt ihm die Arme um den Hals, küßt ihn auf die Wange und sagt: »Gehst du heute abend in dein Zimmer?«

Sie meint sein Versteck, seinen Ort für langwierige Magie, sein Medizinzelt. Shell weiß, wo das ist, und das beunruhigt ihn. Seit seiner ersten Bekanntschaft mit den höheren Mysterien hat Bandit diesen überaus wichtigen Ort, wo er auch war, vor allen geheimgehalten. Er bewahrt viele wertvolle Dinge dort auf, Gegenstände, die sehr interessant und sehr mächtig sind. Sein Medizinzelt ist durch Magie und andere Dinge geschützt, aber kein Ort ist vor Diebstahl sicher. Die Tatsache, daß er Shell diesen Ort selbst gezeigt hat, beunruhigt ihn am meisten. Das war eine sehr untypische Handlung für Waschbär.

Oder vielleicht auch nicht. Manchmal ist es nicht leicht herauszufinden, was richtig und was falsch ist. Er läßt Shell und ihre Kinder hier in diesen Räumlichkeiten wohnen, weil sie sonst nirgendwohin können, weil er sich auf Leute einstimmen muß, weil Leute Teil der Natur sind. Aber welches Risiko geht er ein? Er könnte so viel verlieren.

»Bandit?«

Er wendet den Kopf, um sie anzusehen. Sie betrachtet ihn mit einem komischen Gesichtsausdruck. Sie lächelt, dann blinzelt sie und runzelt die Stirn.

»Was ist los?«

»Los?«

»Stört dich irgendwas?«

Wie kann er diese Frage beantworten? Wenn er ihr von seinen Überlegungen in bezug auf sein Medizinzelt erzählte, würde sie das nicht verstehen. Er hat es schon einmal versucht, und da war sie gekränkt und hat ihm angeboten zu gehen. Sie hat gesagt, sie sei vielleicht eine Diebin, würde ihn aber nach allem, was er für sie und die Kinder getan hat, nie bestehlen. Sie hat gesagt, er bedeutete ihr zuviel, als daß sie ihn je hintergehen würde. Aus alledem scheint hervorzugehen, daß er ihr trauen kann und sollte, aber das ist leichter gesagt als getan. Shell ist vielleicht eine Diebin, aber sie ist keine Schamanin. Sie mag seine Worte nachplappern, aber sie versteht Waschbär nicht.

Was eine altbekannte Frage aufwirft. Wie kann er bei seiner Magie Erfolg haben, wie kann er sich auf Leute und damit auf die Natur einstimmen, wenn er nicht einmal eine Entscheidung in bezug auf diese eine Frau fällen kann? Vielleicht hat er die Grenzen seines Begriffsvermögens erreicht. Vielleicht werden ihm die tieferen Geheimnisse der Welt für immer verschlossen bleiben.

Woher soll er das wissen? Wie soll er ihre Frage beantworten?

»Bandit?«

»Ich bin müde.« Er reibt sich die Augen. Er hat Kopfschmerzen. Er wünschte, er wüßte einen Zauber, der Kopfschmerzen vertreibt. Er kennt jemanden, der einen weiß, aber danach zu fragen, wäre eine Beleidigung. Als bitte er Waschbär um einen Gefallen. »Ich habe Hunger.«

»Ich mache dir was.«

»Okay.«

Das Zeug, das sie ihm bringt, ist eine seltsame Mischung: Bohnen, Soyburger, Teile von Tiefkühlmahlzeiten, die sie in verschiedenen Läden gestohlen hat. Seven Hexes Pizzas. Shell hortet Geld wie er interessante Gegenstände. Sie kauft nur dann etwas, wenn es sich unmöglich stehlen läßt. Das liegt daran, daß an Geld nur schwer heranzukommen ist, daß Geld nur schwer zu stehlen ist – oder war, bis Bandit einen Weg gefunden hat.

Natürlich könnte er sich immer an einen Schieber wenden und bei einem Shadowrun mitmachen, aber das wäre Zeitverschwendung und, was noch schlimmer ist, würde ihn zwingen, seine Aufmerksamkeit auf andere Dinge zu richten. Im Moment zählt nur, daß er sich auf Leute einstimmt. Was das Geld betrifft, so reichen ihm seine Einnahmen mit dem Betteltellter und das, was Shell an Land zieht.

»Du machst heute einen ziemlich abwesenden Eindruck.«

»Ja?«

Sie nickt, lächelt, setzt sich auf den anderen kleinen Stuhl und holt eine Brieftasche heraus. »Die habe ich heute auf der Plaza abgestaubt. Ist sie nicht Sahne?«

»Ist sie das?«

Um die Wahrheit zu sagen, sieht sie nicht nach viel aus. Es ist nur eine burgunderrote Brieftasche, wie sie Execs mit sich herumschleppen. Er kann keine Spur von Magie an ihr erkennen. Shell öffnet sie, um ihm das Innere zu zeigen. Die drei silbernen Kredstäbe darin könnten an einen Hehler für gestohlene Stäbe verkauft werden, aber das ist es auch schon. Shell zieht eine Karte aus einem Fach in der Brieftasche und lächelt. Es ist irgendein Konzernausweis. Unnützer Kram. Auf die Karte sind große schwarze Buchstaben gedruckt, die für irgendeinen Konzern stehen, von dem Bandit noch nie gehört hat. Außerdem ist das Hologramm einer Frau darauf.

Bandit nimmt die Karte in die Hand und untersucht sie eingehend, dann durchsucht er jedes Fach und jede Falte in der Brieftasche. Er findet eine weitere, aufwendiger gestaltete Karte. Es ist genau die Art Karte, die ein Mann oder eine Frau der Elite auf einer Party weitergeben würde. Die Adresse auf der Karte ist eine Büroadresse. Aber man braucht nur auf das Ende der

Karte zu drücken, und schon erscheint eine andere Adresse. Die Privatwohnung. Mit Matrixadresse und Telekomnummer.

»Bandit?«

Bandit starrt ungläubig auf die Karte.

5

Die breiten Fenster auf der Rückseite von Amy Bermans Büro bieten einen Panoramablick auf die New Bronx Plaza einschließlich des Hafenviertels, der Wohnhäuser, der Springbrunnen und der immer noch nicht fertiggestellten Villiers Arcologie. In der Ferne erheben sich die schlanken Wolkenkratzer Manhattans.

Der Morgen ist strahlend und ungewöhnlich sonnig. Das Grau des Himmels scheint fast eine bläuliche Färbung zu haben.

An jedem anderen Tag wäre Amy vielleicht vor den Fenstern stehengeblieben, nur um den Anblick auf sich wirken zu lassen und ein paar Augenblicke ruhiger Besinnlichkeit zu genießen. Heute sieht sie nur ihr eigenes Spiegelbild in den Fensterscheiben. Heute trägt sie ihren elegantesten grauen Anzug aus imitiertem Gabardine und dazu passende Schuhe, ihre Uhr von Cartier und einen Onyxring. Ihr Make-up soll auf subtile Art und Weise ihre Augen und Wangen betonen und gleichzeitig ihren Mund verkleinern. Sie wollte wie schiere unternehmerische Kraft aussehen, derart stark unter Strom, daß man förmlich die Funken sprühen sieht, aber das tut sie nicht, und das ist ihre eigene Schuld.

Sie hätte ihr Haar zurücknehmen und es so streng wie möglich aussehen lassen müssen. Was, zum Teufel, hat sie sich nur dabei gedacht? Nun, da ihr dichter Schopf brauner Locken ihr Gesicht einrahmt und sanft auf ihre Schultern fällt, sieht sie warm und struppig aus, offensichtlich und übermäßig feminin.

Wahrscheinlich wird man sie mit jemandes Privatsekretärin verwechseln.

Sie schließt die Augen und schüttelt den Kopf, dann schlägt sie sich mit der flachen Hand gegen die Stirn.

Einer Frau in ihrer Position dürfen solche Fehler einfach nicht unterlaufen. Es ist unglaublich.

Aber in Wahrheit liegt es an der heutigen Besprechung. Sie hat in der Nacht kaum geschlafen, sondern nur daran gedacht. Was, zur Hölle, will jemand wie Enoshi Ken überhaupt hier? Es kann nur Ärger bedeuten. Angeblich hat dieser Mann einen direkten Draht zum Vorstand in Tokio, und Tokio bedeutet immer Ärger. Leute wie Enoshi Ken reden von nichts anderem als davon, nur das Wohl aller im Auge zu haben, aber was sie sagen und was sie meinen ... Was sie wirklich meinen ... Wenn man das je sagen kann ... Wenn man es je wirklich herausfindet ... Wenn es bis dahin nicht längst zu spät ist ...

Ihr Telekom summt.

Es ist Laurena, ihre leitende Assistentin. »Oben sind sie soweit«, sagt sie.

»In Ordnung«, erwidert Amy. »Schnappen Sie sich Ihr Notepad.«

Sie hat noch Zeit für einen letzten Blick auf ihr Haar, aber keine Zeit mehr, ihre Frisur zu ändern. Sie geht durch die Tür in ihr Vorzimmer. Laurena springt mit dem Palmtop in der Hand auf, und gemeinsam gehen sie auf den Flur. Sie sind beide so offensichtlich angloamerikanischer Abstammung, daß man Angst bekommen könnte. Und obendrein ist Laurena naturblond, noch dazu goldblond. Kann eine Person überhaupt weniger asiatisch aussehen?

Das wird ihnen nicht gerade eine Hilfe sein.

Der Fahrstuhl läutet. Sie steigen ein. Die Türen schließen sich, und die Kabine setzt sich in Bewegung. Laurena streicht sich das Haar zurück und sagt: »Worum geht es bei dieser Besprechung überhaupt?«

»Ich nehme an, daß alles von Tokio ausgeht.«

»O Gott.«

Es sind nur zwei Silben, aber die Besorgnis ist nicht zu überhören. Amy wendet den Kopf gerade weit genug, um Laurenas Blick zu begegnen, und sagt: »Vergessen Sie Ihre Maske nicht.«

»Tut mir leid, Boß.« Laurena unternimmt eine sichtliche Anstrengung, sich zu fassen. Sie ist neu in den Chefetagen und an den Kontakt mit hochrangigen Japanern nicht gewöhnt. Aber sie wird zurechtkommen, solange sie ihre Maske nicht vergißt.

Die Maske ist ein wesentlicher Bestandteil des Konzernlebens, zumindest dann, wenn Tokio anklingelt. Man kann denken und fühlen, was man will, aber man darf sich nichts anmerken lassen. Die japanische Vorstellung von einem fähigen Konzernexec betont die geschäftliche Seite. Man muß seinen Job erledigen, und zwar richtig erledigen, und zum Teufel mit allem anderen. Das stellt ein Problem für Laurena dar, schlicht und einfach deshalb, weil sie ein Herz hat. Menschen bedeuten ihr etwas, und sie ist von Natur aus nicht reserviert. Das ist einer der Hauptgründe, warum Amy sie zu ihrer Assistentin gemacht hat. Sie ist sehr unjapanisch: offen, ausdrucksvoll, mitfühlend. Sie ist sehr menschlich, sehr warm, und sie kümmert sich um Dinge und nicht nur um die Organisation. Sie kümmert sich um Menschen. Amys Ansicht nach braucht die Konzernwelt im allgemeinen und Hurley-Cooper Laboratories im besonderen von diesen Qualitäten so viel, wie sich überhaupt nur bekommen läßt.

Unpersönliche Robot-Angestellte mögen für automatisierte Fabriken in Ordnung sein, aber wenn Menschen in die Gleichung einbezogen werden, muß mehr berücksichtigt werden als simple Nuyen, bloße Effizienz und die legendäre Bilanz.

An diesem Morgen muß sie diese Ansichten natürlich für sich behalten. Tokio wird sie nicht hören wollen.

Der Fahrstuhl läutet, die Türen gleiten auseinander.

Mit Laurena neben sich schreitet Amy forsch in den üppig eingerichteten Empfangsbereich für das ›Verwaltungshaus‹, wie es genannt wird. Das ist eine der wenigen Stellen, wo Hurley-Cooper beträchtliche Geldsummen in etwas investiert hat, das auf bloße Fensterdekoration hinausläuft. Links und rechts befinden sich die Büroflüchten von Hurley-Coopers geschäftsführendem Leiter und dem Verwaltungsdirektor. Geradeaus, hinter dem kreisförmigen Empfangstresen, glänzen die Rosenholztüren des Konferenzzimmers.

Heute morgen werden diese Türen von einem Paar entschieden asiatischer Männer mit betont ausdrucksloser Miene und auf Hochleistung getrimmtem Körper flankiert. Die Anstecknadeln am Revers ihrer dunkelblauen Anzüge tragen das Abzeichen der grünen Weide von Kono-Furata-Ko International, der Muttergesellschaft von Hurley-Cooper. Amy vermutet, daß diese Männer Sicherheitsagenten sind, Leibwachen der Abordnung aus Tokio. Sie hat gehört, daß KFK eine große, verdeckt arbeitende Sicherheitsorganisation hat, weiß aber wenig darüber. Offiziell existiert sie überhaupt nicht. Falls sie einen Namen hat, kennt sie ihn nicht.

Einer der Agenten nickt ihr zu. Sie geht durch die offenen Türen und in das Konferenzzimmer. Es ist so groß, daß es schon fast lächerlich ist, und üppigst eingerichtet: Wand- und Deckenpaneele aus Holzimitat, goldgerahmte Porträts verschiedener Konzerngrößen und eine komplette elektronische Einrichtung, darunter auch ein wandgroßer Videoschirm. Der Konferenztisch, offenbar aus Mahagoni, ist groß genug, um mit Leichtigkeit die halbe Belegschaft daran unterzubringen. Jeder Platz am Tisch ist mit einem direkt mit dem Computernetz des Hauptquartiers verbundenen Miniterminal ausgestattet. Die Stühle sehen ebenfalls nach Mahagoni aus, obwohl sie mit weinrotem Leder oder Kunstleder gepolstert sind.

Laurena setzt sich auf einen Stuhl an der Wand und stöpselt ihren Palmtop in das Netz ein, dann führt sie einen zweiten Platinstecker zu ihrer Schläfe. Amy geht nach vorn durch, um sich der Gruppe dort anzuschließen. Die kleineren Leuchten sind alle anwesend: die Direktoren für Systemtechnik, Informationsmanagement, Marketing und Patente, Produktentwicklung und Finanzen. Amy hält ihrerseits den Posten des Direktors für Konzernressourcen. Unter ihre Domäne fallen Personal, Einkauf und Verbrauchskontrolle. Sie und Chang, der Geldmann – Finanzen und Kontoführung –, tauschen sich regelmäßig aus. Normalerweise in bezug auf Nuyen.

Chang wirft ihr einen nervösen Seitenblick zu.

Amy antwortet mit einem raschen, fragenden Hochziehen der Augenbraue.

Doch dann schwingen die Türen am Kopfende des Zimmers auf, und die Besprechung hat praktisch begonnen. Der Verwaltungsdirektor und irgendein asiatischer Mann, den Amy nicht kennt, betreten das Zimmer. Ihnen folgen Hurley-Coopers Geschäftsführer Vernon Janasova und KFKs Direktor für Konzerninterne Zusammenarbeit Nordamerika, Enoshi Ken. Enoshi sieht wie das Musterbeispiel des korrekten asiatischen Execs aus, untadelig in seinem dunkelblauen Anzug mit der KFK-Anstecknadel am Revers. Janasova sieht genauso aus wie immer: kariertes Sportsakko und enge Hose, hellblaue Krawatte über einem pastellgelben Hemd. Das eine Ende des Hemdkragens steckt säuberlich unter einem Kragenspiegel aus Platin. Der andere Spiegel steht offen, und das Ende steht in einem bizarren Winkel ab. Im Vergleich dazu fällt das Chaos seiner dünnen grauen Haare kaum auf. Amy zwingt sich, eine unziemliche Reaktion – etwa ein Augenrollen oder einen Seufzer der Bestürzung – zu unterdrücken.

Janasova beginnt sofort mit Enoshis Vorstellung.

»Ja, ich erinnere mich«, sagt Enoshi, indem er Amy kurz die Hand schüttelt. »Es ist mir ein Vergnügen, Ms. Berman.«

»Ganz meinerseits«, erwidert Amy.

Und dann, wie aus heiterem Himmel, lächelt Enoshi.

Amy unterdrückt ihre Reaktion und gibt sich alle Mühe, gefaßt zu wirken, als sei nichts geschehen.

Im Laufe seines rapiden Aufstiegs hat sich Enoshi Ken rasch den Ruf einer Sphinx erworben. Er lächelt niemals, und wenn doch, wirkt das Lächeln wie ein nachträglicher Einfall und ist meistens so unpassend, daß es auf etwas anderes als Fröhlichkeit hinzuweisen scheint. Abgesehen von einem plötzlichen Frösteln und einem nervösen Druck in der Magengegend überkommt Amy eine dunkle Vorahnung. Sie fühlt sich in ihrem Verdacht bestätigt, daß aus dieser Besprechung nichts Gutes erwachsen wird. Überhaupt nichts Gutes.

Sie werden aufgefordert, Platz zu nehmen. Janasova eröffnet die Besprechung auf seine übliche witzige Art, indem er sagt, daß Enoshi alle nordamerikanischen Tochtergesellschaften von KFK besucht, »um sich ein Bild davon zu machen, was bei uns läuft«, und um sich zu vergewissern, »daß wir alle brave Jungen und Mädchen sind«. Amy hebt die Hand, um ihre untere Gesichtshälfte abzuschirmen und das Zucken ihrer Mundwinkel zu verbergen, und um, wie sie hofft, von der Zornesröte abzulenken, von der sie spürt, daß sie ihr zu Kopf steigt. Janasova ist ein kluger Kopf, ein ausgezeichneter wissenschaftlicher Leiter und ein guter Geschäftsführer für ein Unternehmen wie Hurley-Cooper. Amy wünschte nur, er würde mit seinen albernen Scherzen aufhören. Das ist weder die Zeit noch der Ort für seine unbeschwerte, onkelhafte Art.

Ein Mann wie Enoshi Ken ist nicht der Typ, der Komik im Konferenzzimmer oder auch in einem anderen Zimmer gutheißt. Vermutlich müßte man lange suchen, um einen korrekteren Pinkel als ihn zu finden. Bei ihm ist immer alles Geschäft, und zwar voll und ganz.

Enoshi ergreift das Wort. Seine einleitenden Bemerkungen sind dem Konzept des *Daikazoku* gewidmet, der Einheit des Konzerns und aller seiner Tochtergesellschaften, der Idee einer großen Familie. Amy kennt diese Platte schon. Sie gehört zu Hurley-Coopers Orientierungsprogramm für neue Angestellte. Und Amys Ansicht nach hinkt der Vergleich. Jede Familie, die sie kennt, könnte als Mannigfaltigkeit der Ansichten und Ziele charakterisiert werden, während es das Ziel eines Konzerns ist, daß alle am selben Strang ziehen. Um das zu erreichen, bedarf es mehr als Morgenansprachen, mehr als Gruppendrill, mehr als Vorlesungen über die ›Einheit des Seins‹ oder über Zen und die Kunst der erfolgreichen Konzernführung und mehr als nette Vergleiche. Um einen Konzern erfolgreich zu machen, muß man den Leuten das Gefühl geben, daß sie ein integraler Bestandteil von etwas Größerem als sie selbst sind. Man muß sich um die Sorgen, die Enttäuschungen, die Beschwerden und die Einwände der Leute kümmern. Man muß versuchen, ihr Leben zu verbessern, sowohl innerhalb als auch außerhalb des Jobs. Und man muß persönlich werden – das ist es, was Leute wie Enoshi Ken und andere Tokioter Pinkel anscheinend nicht begreifen.

Oder vielleicht begreifen sie es sogar, weigern sich aber, ihren Worten auch entsprechende Taten folgen zu lassen, wenn sie es mit Nicht-Asiaten zu tun haben.

Oder vielleicht wissen sie auch nicht, wie.

Enoshi zitiert den amerikanischen Herausgeber und Kritiker H. L. Mencken. »Neunmal von zehnmal«, sagt er, »gibt es sowohl in der Kunst als auch im Leben nichts zu entdecken, sondern nur Irrtümer aufzudecken.«

Amy läßt sich diese Bemerkung unter Berücksichtigung der Tatsache durch den Kopf gehen, daß Hurley-Cooper sich auf biomedizinische Forschung spezialisiert hat.

Was soll das?

»Ich möchte Ihnen jetzt Mr. Kurushima Jussai vorstellen. Mr. Kurushima ist vom Vorstand von KFK, Abteilung Nordamerika, beauftragt worden, uns bei der Begutachtung der nordamerikanischen Tochtergesellschaften zu helfen. Mr. Kurushima ist Absolvent der Universität Tokio, und er und sein Stab sind hochqualifiziert.«

Kurushima erweist sich natürlich als der Asiat, der Hurley-Coopers Verwaltungsdirektor in das Konferenzzimmer begleitet hat. Sein Anzug ist ebenso schwarz wie sein Haar. Er ergreift das Wort und schwadroniert fast eine Stunde lang, aber der Grund seiner Anwesenheit ist schnell klar. Kurushima ist ein Rechnungsprüfer. Sein Stab besteht aus Rechnungsprüfern. Sie sind hier, um die Bücher und Konten von Hurley-Cooper zu prüfen, und zwar alles, von den Einnahmen über die Ausgaben bis hin zu den Transaktionen zwischen den Abteilungen, und keine einzige Unterlage ist von der Prüfung ausgenommen.

Janasova lächelt lediglich väterlich und nickt, als sei er hocherfreut, Kurushima jeden noch so unbedeutenden Wunsch von den Augen abzulesen. Amy wirft einen raschen Blick auf Chang. Über seinen Brauen glitzern Schweißperlen.

»Unser Ziel ist, die Revision binnen zwei Wochen abzuschließen«, fährt Kurushima fort. »Ich habe die leitenden Mitglieder meines Stabes angewiesen, die Arbeit mit jedem ihrer Verantwortungsbereiche zu koordinieren …«

»Was glauben Sie, wie umfassend diese Revision sein wird?«

Janasovas Blick irrt den Tisch entlang. »Amy …«

»Das ist wichtig, Vernon.« Amy hebt die Hand, um weiteren Einwänden Janasovas zuvorzukommen, dann wendet sie sich wieder an Kurushima. Die Unterbrechung scheint ihn nicht im geringsten zu stören. Die ausdruckslose Maske seines Gesichts ist perfekt.

»Was mir in erster Linie Sorgen bereitet«, erklärt Amy, »ist das Potential für Störungen und Dissonanzen in unseren Forschungsgruppen. Wir haben viele hochklassige Leute in unserem Forschungsstab, die sich ihrer Arbeit mit sehr viel Hingabe widmen. Sie mögen keine Unterbrechungen. Das Management von Hurley-Cooper hat wiederholt Anstrengungen unternommen, die Auswirkungen gewisser im Geschäftsleben üblicher Praktiken auf unsere Forschungsgruppen zu minimieren. Forschung«, fährt Amy fort, als sich kein anderer zu Wort meldet, »ist etwas ganz anderes als Herstellung. Forschung ist ein Vorgang, der zumindest teilweise auf Kreativität und Phantasie beruht. Wie einer unserer führenden Wissenschaftler einmal bemerkt hat: Forschung ist zur Hälfte Kunst und zur Hälfte ein Ratespiel. Unangemessene Ablenkungen könnten diesen Vorgang stören und haben das Potential, irreparable Schäden anzurichten.«

Kurushima starrt Amy mehrere Augenblicke lang ungerührt an, dann zieht er einen Palmtop zu Rate. »Vielleicht beziehen Sie sich auf Dr. Liron Phalen von der Forschungsgruppe Metawissenschaften?«

Amy zögert, aber nur für einen Moment. Kurushima ist offenbar nicht unvorbereitet gekommen. Sie fragt sich, warum er überhaupt einen Wissenschaftler herauspickt. Wie es der Zufall will, stimmt seine Vermutung, aber was bezweckt er damit?

Was will Tokio wirklich?

»Dr. Phalen ist ein ausgezeichnetes Beispiel für das, was ich meine«, erwidert Amy. »Er ist für seine Arbeit auf dem Gebiet der Metaserologie zweimal für den Nobelpreis vorgeschlagen worden. Wir verdanken seiner Forschungsgruppe einige unserer bedeutendsten Patente. Offen gesagt, ist sein Wert für Hurley-Cooper unermeßlich. Aber er ist nicht nur brillant, sondern auch exzentrisch. Er könnte sein Gehalt leicht verdreifachen, sollte er es irgendwann vorziehen, sich anderswo eine Anstellung zu suchen. Er bleibt bei Hurley-Cooper, weil er seine Kollegen hier sehr schätzt und ihm die Art und Weise gefällt, wie wir das Unternehmen führen.«

Am Kopfende des Tisches spielt Janasova mit seiner Krawatte. Er lächelt immer noch, sieht aber mittlerweile aus, als fühle er sich unbehaglich.

Auf der anderen Seite des Tisches wirft Greg Vanderlinde, der Direktor für Forschung und Entwicklung, Amy einen raschen Blick zu und nickt einmal unmerklich, als wolle er bestätigen, was sie gerade gesagt hat. Was er auch laut sagen sollte. Greg ist ein guter Mann mit einem starken wissenschaftlichen Hintergrund und einer unglaublichen Phantasie, aber er hat nicht den Nerv, um irgendwem, geschweige denn einem von Tokio beauftragten Revisor, zu widersprechen. Wie er den Direktorenposten für Forschung und Entwicklung bekommen hat, ist wirklich ein Rätsel. Amy nimmt an, daß diese letzte Beförderung seine Kompetenz um eine Stufe übersteigt.

Changs Schweißfilm hat sich mittlerweile auf seine Wangen ausgedehnt.

Kurushima sieht Amy ungerührt an und öffnet den Mund zu einer Erwiderung, doch da hat sich bereits Enoshi Ken erhoben und redet wieder über *Daikazoku* und darüber, wie sich alles zum größeren Nutzen des gesamten Konzerns regeln läßt.

Amy glaubt das keine Sekunde lang. Sie sieht einen Zusammenstoß voraus. Die Revisoren aus Tokio rasen direkt auf sie zu, ob sie es wissen oder nicht und unabhängig davon, was sie wirklich wollen, und sie hat zuviel Zeit und Mühe in ihre Arbeit und in diesen Konzern gesteckt, um das Steuer jetzt einfach herumzureißen.

Sie hofft nur, daß ihr Sicherheitsgurt hält.

6

Es ist kurz nach Mittag, als Brian Guerney seinen verbeulten braungrünen Mitsubishi Sunset Runner durch Manhattans Lower East Side fährt. Brian hat irgendwo gehört, daß dieser Stadtteil auch Die Grube genannt wird, und der Grund dafür ist unschwer zu erkennen. Die Häuser sind ziemlich verfallen, die Straßen sind mit Abfall übersät, und das Straßenvolk sieht aus wie eine Ansammlung von Grusel- und Motorradgangs.

Straßenschilder gibt es nicht. Die Hausnummern sind entweder irgendwo hinter Gittern aus Stahl oder Maschendraht oder unter ungefähr vierzig Millionen Schichten vielfarbiger und größtenteils unleserlicher Graffiti verborgen. Brians Abteilungsleiter hat ihm gesagt, wonach er Ausschau halten soll, aber das einzige, was er wirklich erkennt, als er in die Straße einbiegt, ist die kleine Gruppe von Mitgliedern der Sisters Sinister-Gang an der rechten und der Trupp Blood Monkeys an der linken Ecke. Er hat sie schon auf Staten Island und in Brooklyn gesehen, aber was sie hier im Schatten der Manhattan Bridge wollen, vielleicht zwei Blocks vom erhöhten FDR Drive entfernt, kann er nicht einmal vermuten. Und er würde es auch nicht tun, selbst wenn er es könnte. Die Gangmitglieder sehen so häßlich wie immer aus und tragen zusätzlich zu ihren üblichen Waffen Maschinenpistolen, während der größte Teil des übrigen Straßenvolks darauf bedacht zu sein scheint, sich schnellstens so weit wie möglich zu entfernen.

Etwa in der Mitte des Blocks befindet sich eine DocWagon-Klinik mit Metallgittern vor der graffitibesprühten Fensterfront. Brian fragt sich, wie die Graffitikünstler ihre Sprühdosen durch die Gitterstäbe bekommen haben. Direkt gegenüber von der Klinik ist ein kleines Gebäude zwischen zwei Wohnhäusern der Slum-Kategorie eingequetscht, das aussieht, als sei es aus einem Block grauen Schiefers gehauen worden. Ausgehend von der Beschreibung seines Vorgesetzten mutmaßt Brian, daß dieses Haus sein Ziel ist, und parkt am Randstein.

Als er die Zündung ausschaltet, bricht plötzlich das Knattern automatischer Waffen los. Brian legt sich über die Vordersitze, bedeckt den Hinterkopf mit seinem himmelblauen Schutzhelm des Stadtamts für Wasser und Abwässer und wartet dann. Der Eröffnungssalve folgt das Donnern unzähliger Schußwaffen, als hätte das Erste Marinekorps der UCAS soeben das Feuer eröffnet. Daran schließt sich ein Knall und ein Krach an, der von einer ganzen Reihe verschiedener offensiver und defensiver Sprengstoffe stammen könnte, aber am wahrscheinlichsten sind Granaten. Weiteres Knallen, Donnern, Hämmern und Knattern folgt. Brian geht das Risiko ein, eine Hand zu heben, um die Sonnenblende auf der Beifahrerseite herunterzuklappen, damit er seine leuchtend orangefarbene Parkgenehmigung vom Stadtamt für Wasser und Abwässer mit dem Vermerk ›Nur für den offiziellen Gebrauch‹ zeigen kann, die ihm gestattet, überall zu parken, auch unter Verletzung der Straßenverkehrsordnung. Damit will er darauf aufmerksam machen, daß er nichts mit dem Kampf zu tun hat. Er ist nur der Bursche vom SAWA, dem ›Wasseramt‹. Er belästigt niemanden, und niemand belästigt ihn. Meistens jedenfalls.

Ein paar Minuten verstreichen. Das Gewehrfeuer läßt nach und kommt schließlich ganz zum Erliegen. Brian richtet sich vorsichtig auf, sieht sich gründlich um und setzt sich den Schutzhelm richtig auf. Gut, daß er den Aufpreis für den mit Kevlar-3 isolierten Schutzhelm bezahlt hat, für alle Fälle. Wenn ihn sein Abteilungsleiter auch weiterhin in solche Gegenden schickt, muß er auch die Anschaffung eines dazu passenden Körperpanzers mit Vollvisier in Erwägung ziehen.

Die Stille hält an. Das Straßenvolk kehrt wieder auf die Bürgersteige zurück. Ein paar Autos fahren vorbei. An der Straßenecke liegen ein paar reglose Gestalten, aber niemand sieht aus, als wolle er noch mehr Fahrkarten in die Hölle knipsen.

Brian hebt seinen Werkzeuggürtel vom Boden vor dem Beifahrersitz auf und steigt aus. Zusätzlich zu seinem Schutzhelm trägt er seinen himmelblauen SAWA-Overall. Keiner der Passanten wirft mehr als einen flüchtigen Blick in seine Richtung. Er ist unsichtbar oder wenigstens fast. Nur einer von vielen Arbeitssklaven der Stadt auf seiner täglichen Runde. Ein Jammer, daß er nicht auch kugelsicher ist.

Er geht über den Bürgersteig zu dem grauen Steingebäude mit der rauhen Fassade. Hier ist er noch nie gewesen, aber das ist nicht weiter überraschend. Das SAWA hat buchstäblich Tausende von Einrichtungen, die im ganzen Metroplex verteilt sind, von Managementbüros in der Innenstadt bis hin zu Abwasserkanälen draußen in Queens. Brian bemerkt, daß das Gebäude vor ihm mit Sicherheit einfach genug, zweckdienlich genug aussieht, um ein Außenposten des SAWA zu sein. Es gibt ein fahrzeuggroßes Tor und eine menschengroße Tür, beide schwarz. Neben der letzteren befindet sich ein schwarzer Knopf wie für eine Türklingel. Unmittelbar über dem Knopf ist ein mit einem Gitter verkleideter Lautsprecher angebracht und direkt darüber die Linse einer Überwachungskamera.

Brian hebt einen Finger, um auf den schwarzen Knopf zu drücken, aber eine metallisch klingende Stimme aus dem Lautsprecher kommt ihm zuvor. »Zeig mal deinen Ausweis, Junge.«

Muß sich um ein automatisches Stimmenprogramm handeln, das vielleicht mit Annäherungssensoren gekoppelt ist. Schick. Man sollte nicht glauben, daß sich irgend jemand die Mühe macht, in Gebäude einzubrechen, die ausschließlich der Wasserversorgung oder der Kanalisation dienen, aber, Mann, Spinner gibt es überall, also ist die Sicherheit Routine. Brian hält seinen SAWA-Ausweis vor die Kameralinse.

»In Ordnung, Junge«, sagt die Stimme aus dem Lautsprecher.

Die Tür summt und klickt. Es gibt weder eine Klinke noch einen Türknauf, also tritt Brian vor und drückt, und die Tür schwingt nach innen auf. Er ist bereits zwei oder drei Schritte durch die Tür, bevor ihm klar wird, daß es im Innern nicht nur viel dunkler ist als in der Sonne draußen und seine Augen nicht nur einen oder zwei Augenblicke länger brauchen, um sich an das Dunkel zu gewöhnen. Die Tür knallt hinter ihm zu, und er ist in eine undurchdringliche Schwärze gehüllt, eine Dunkelheit, die so vollkommen ist, daß er nicht das geringste sehen kann.

»Äh … hallo?«

»Wer bist du?« fragt eine schroffe Stimme.

»Machen Sie das Licht an, ja?«

»Ich habe dir eine Frage gestellt, Junge.«

So viel zu automatischen Sicherheitssystemen. Name, Dienstgrad und Erkennungsnummer: nichts Neues für ihn. »Guerney. Brian. Von Metro Zwo. Mein Abteilungsleiter hat mir aufgetragen, mich …«

»Wer ist der stellvertretende Leiter der Metro Operations?«

»Was?«

»Beantworte die Frage!«

»Äh …« Wie war noch gleich der verdammte Name? »Ich glaube, das ist Orly. Michele Orly, glaube ich.«

Ein Streichholz flammt so dicht vor Brians Gesicht auf, daß er unwillkürlich zurückzuckt. Im Licht der kleinen Flamme sieht er das runde Gesicht eines Mannes mit beinahe kahlem Schädel, einem dichten schwarzen Schnurrbart, dichten schwarzen Augenbrauen und Augen, die ihn intensiv mustern. »Nicht ganz, aber nah genug dran«, sagt der Bursche.

»Wer, zum Teufel, sind Sie?« fragt Brian.

Der Bursche senkt das Streichholz. Er trägt eine schwarze Weste, die nach Panzerweste aussieht. Auf der linken Brust ist ein ovales Abzeichen mit unvollständigen Druckbuchstaben, die das Wort ›Art‹ ergeben.

»Sind Sie hier der Manager?« sagt Brian.

»Du stellst zu viele Fragen, Junge.«

Was soll nur dieser ›Junge‹-Quatsch? Und was, zum Teufel, geht hier überhaupt vor? Dieser Bursche, ›Art‹, kommt ihm langsam ziemlich balla-balla vor. »Hey, wenn das ein Problem ist, kann ich auch zurück zu Metro Zwo. Ist sowieso gleich Mittagspause. *Art*.«

Art grinst höhnisch. »Gewerkschaftler.«

»Kennen Sie einen Arbeiter beim SAWA, der keiner ist?«

»Ich bin ein G-67. Was sagt dir das?«

Brian runzelt unsicher die Stirn. Er selbst ist ein G-8. Sein Abteilungsleiter ist ein G-12. »Niemand hat so einen hohen Tech-Grad.«

»Du mußt noch viel lernen, Junge.«

Ohne Vorwarnung gehen die Lichter an. Brian blinzelt ein paarmal, dann kann er einen ersten ungetrübten Blick auf seine Umgebung und auf ›Art‹ werfen. Sie stehen in einem engen Flur, der zur Rückseite des Gebäudes führt. Art ist in etwa so groß wie Brian, also mittelgroß, aber er ist untersetzt, stämmig. Seine Miene hat irgend etwas von einem Pitbull an sich, was darauf hindeutet, daß er im Kampf ein gefährlicher Gegner sein könnte. Unter der Weste trägt er schwarzen Drillich, dessen Hosenbeine in die Militärstiefel gestopft sind.

Sie beobachten einander einen Augenblick, dann greift Art hinter seinen Rücken und bringt etwas zum Vorschein, das Brian als großkalibrige israelische Automatik identifiziert. »Weißt du, wie man damit umgeht?«

»Wovon reden Sie, zum Teufel?«

Art wirft ihm die Pistole zu. Brian hat die Wahl, sie mit den Händen oder mit dem Gesicht aufzufangen. Er benutzt die Hände. Art drückt sich sofort mit dem Rücken links an die Wand und zeigt auf das Ende des Flurs, der in Dunkelheit getaucht ist. »Da ist dein Ziel!«

Irgend etwas kommt aus der Dunkelheit gerast. Es sieht aus wie ein Gangmitglied, vielleicht wie einer von den Blood Monkeys. Der Kerl trägt glänzendes Kunstleder, Beschläge, Dornen und Ketten. Er richtet eine Maschinenpistole auf Brians Gesicht. Brian reagiert fast automatisch. Er sinkt in die Hocke und gibt drei schnelle Schüsse ab: zwei in die Brust, einen ins Gesicht.

»Bingo«, sagt Art. »Wir haben einen Volltreffer.«

In diesem Augenblick kommt die Gestalt, die durch den Flur rast, voll ins Licht. Es ist eine Attrappe wie eine Schaufensterpuppe, die an einem Draht von der Decke hängt. Die Waffe der Puppe sieht jedoch absolut echt aus. Es handelt sich um eine Sandler TMP.

»Die nehme ich«, sagt Art, indem er die Hand ausstreckt.

Brian betrachtet die schwere Automatik in seiner Hand und den Mann vor sich. Ganz klar, Balla-balla-Land. Brian entfernt das Magazin, lädt durch, so daß die eine Patrone im Lauf ausgeworfen wird, und gibt Art die Pistole, behält aber das Magazin. »Das behalte ich, wenn es Ihnen nichts ausmacht.«

»Bedien dich.« Art sieht nicht besonders erfreut aus, aber dann greift er in seine Westentasche, zieht noch ein Magazin heraus, rammt es in die Pistole, legt dann den Sicherungsflügel um und steckt die Waffe dorthin zurück, wo er sie hergeholt hat, irgendwo hinter seinem Rücken.

»Nicht schlecht«, sagt er und begutachtet dann die

Puppe. »Die Brustschüsse sind okay, aber der Kopfschuß wäre tödlich gewesen. Ich schätze, du mußt gut sein, wenn du es ins Kommando Eins geschafft hast.«

»Wovon reden Sie?«

Art dreht sich um, sieht ihn von oben bis unten an und nickt. »Klar, Junge. Wenn du dich dumm stellen willst, nur zu. Null Problemo. Wir tun so, als hättest du nie von Kommando Eins gehört. Du bist nie bei der Ersten Division der UCAS-Marines gewesen. Und du warst nicht bei diesem kleinen Unternehmen in Marokko dabei. Du hast nicht die Eingeweide aus dem Bauch deines vorgesetzten Offiziers quellen sehen, und das hat nichts damit zu tun, daß du in den Plex zurückgegangen bist und dich einer friedliebenden Organisation wie dem SAWA angeschlossen hast. Wenn du es so willst, bitte.«

Brian sagt zögernd: »Wer sind Sie, zum Teufel?«

»Du stellst zu viele Fragen.«

»Jedenfalls gehören Sie nicht zum Wasseramt.«

»Ach nein?« Art tritt näher, so nah an Brian heran, daß dieser seinen Pfefferminzatem riechen kann. Der Ausdruck in seinen Augen wird durchdringend, seine Miene ist wie Granit. Wenn das seine Imitation eines Ausbilders der Marines ist, nicht schlecht. »Dann will ich dich mal was fragen«, sagt er gelassen. »Was glaubst du, warum du hier bist?«

»Ich habe keine Ahnung.«

Art starrt ihn an, dann sagt er: »Ich erzähle dir eine kleine Geschichte, Junge. Es gibt vielleicht zwanzig Millionen Leute in diesem Megaplex, Jersey eingeschlossen. Was glaubst du, wovon das Leben dieser Leute mehr als alles andere abhängt? Was glaubst du, würde passieren, wenn irgendein häßliches Sechste-Welt-Virus in die Wasserversorgung gelangte? Hast du irgendeine Vorstellung, wie schnell dieser ganze Plex den Bach runtergehen könnte?«

Das ist alles völlig unwirklich. Brian fragt sich, ob er

halluziniert. Niemand außerhalb des Militärs weiß, daß er beim Kommando Eins war und in Marokko, und auch den Rest nicht. Art muß massive Verbindungen zu den Bundesbehörden haben, aber bei diesem ganzen Gerede über Wasser ...

»Wovon reden Sie überhaupt?«

»Du hast mich schon verstanden.«

»Was wollen Sie mir hier eigentlich erzählen? Daß Sie hier irgendein Sicherheitsbetrieb sind, um die Wasserversorgung zu schützen?«

»Wir tun, was wir tun müssen, Junge.«

Brian verkneift sich einen jähen Temperamentsausbruch. Es reicht jetzt mit diesem ›Junge‹-Quatsch. Er wird nächste Woche dreißig, verdammt noch mal. »Was meinen Sie mit ›wir‹? Wer ist ›wir‹?«

»Du. Ich. Jeder, den das Amt braucht.«

»Das *Wasser*amt?«

Art nickt. »SAWA.«

»Und Sie wollen mich haben.«

»Ja.«

»Um was zu tun?«

»Alles, was nötig ist.«

»Das ist doch Novadrek.«

Art starrt ihn ein paar Sekunden an, dann sagt er: »Wie hört sich dreieinhalbfaches Gehalt an?«

Brian gafft ihn an. »Sie machen Witze.«

»Das ist mein voller Ernst.«

»Niemand wird so gut bezahlt.«

»Glaubst du nicht, daß das Leben von zwanzig Millionen Leuten ein paar Extra-Nuyen wert ist?«

»Ich kann nicht glauben, daß das Wasseramt ...«

»Junge, du weißt nicht mal die Hälfte.«

»Und vielleicht will ich es auch gar nicht wissen ...«

»Gut. Du stellst sowieso zu verdammt viele Fragen.«

Art wendet sich ab und geht den Flur entlang zur Rückseite des Gebäudes. Die Leuchtröhren an der Decke springen vor ihm an und erlöschen hinter ihm.

Brian erwägt einen raschen Vorstoß Richtung Ausgang, fragt sich aber, ob er es lebend bis auf die Straße schaffen würde.

»Kommst du?« fragt Art vom anderen Ende des Flurs.

»Ich denke gerade darüber nach«, erwidert Brian. Dreieinhalbfaches Gehalt. Das ist verlockend, auch wenn Art balla-balla ist.

»Denk nicht zu lange nach, Junge.«

»Im Gewerkschaftsvertrag steht nichts über Drek wie diesen.«

Art nickt. »Du hast recht. Vergiß es, Junge. Es ist nicht dein Job. Ich bin sicher, irgendwo im Amt muß es noch einen anderen Burschen mit deinen Qualifikationen geben. Verzieh dich. Ich werde mein Leben keinem Schlappschwanz anvertrauen, der es nicht bringt ...«

»Augenblick mal, ja!«

»Junge, entweder hast du Mumm oder nicht.«

»Für wen halten Sie sich eigentlich ...«, fängt Brian so wütend an, daß er glaubt, platzen zu müssen, aber dann tritt Art durch eine Tür und ist verschwunden. Die Leuchtröhren an der Decke erlöschen, und der Flur wird dunkel.

Echt Sahne.

7

Wirbelnde Gewitterwolken verwandeln Tageslicht in Dämmerung. Schweiß wischt das Blut aus ihrem Fell und gefriert dann. Die kalte stechende Luft brennt in Kehle und Lungen, aber das Brennen läßt rasch nach. Ihre Glieder schmerzen vor Erschöpfung, aber die Schmerzen lassen ebenfalls nach. Tikki springt und läuft. Sie hat die Fährte klar vor Augen – die Witterung, die Spuren im Schnee –, und das treibt sie vorwärts. Sie wird nicht ruhen, nicht rasten, bis sie ihr Junges wieder und die Rechnung mit den Elfen beglichen hat.

Die Spur des Luftkissenfahrzeugs der Elfen folgt dem alten Weg durch den Wald, um den Fuß des Berges herum, bergauf und bergab, durch dicht bewaldetes Gebiet und über halb zugefrorene Flüsse. Jeder Schritt, jeder Atemzug, jede Luftströmung, die an ihrer Nase vorbeizieht und ihr dichtes Fell zerzaust, erinnert sie an die Winter in Sibirien und der Mandschurei. Sie und ihre Mutter waren einmal wochenlang unterwegs auf der Suche nach Beute, ständig in Bewegung, witternd, nach Spuren potentieller Beutetiere Ausschau haltend und ständig im Kampf gegen andere Wesen, um ihr Recht auf die Beute, die sie jagten, unter Beweis zu stellen. Bei dieser Gelegenheit hat sie gelernt, welche Kraft ihr die Natur mitgegeben hat, daß sie sich immer wieder bis über den Punkt totaler Erschöpfung hinaus verausgaben und die Jagd trotzdem fortsetzen kann.

Jetzt pflügt sie durch eine zwei Meter hohe Schneewehe und erreicht plötzlich die Stelle, wo der schneebedeckte Weg durch den Wald auf einen schmalen Streifen Asphalt trifft, der Straße nach Nirgendwo genannt wird.

Die Ortsansässigen haben der Straße diesen Namen gegeben, aber Tikki weiß, daß jede Straße irgendwohin führt, und sie hat genug gesehen und gewittert und gehört, um zu wissen, was los ist. Im Sommer führt die Straße nach Nirgendwo direkt zur Grenze zwischen den Vereinigten Kanadischen und Amerikanischen Staaten und der Republik Québec. Die Leute, die diese Straße mit allen möglichen bewaffneten und gepanzerten Wagen befahren, transportieren Cyberware, Chips und SimSinn-Ausrüstungen nach Québec. Diese Dinge werden dort sehr hoch besteuert, so hoch, daß der Schmuggel ein lukratives Geschäft ist. In der Nacht, wenn alles ruhig ist, die Öfen vor Hitze glühen und der Geruch von Schnaps in der Luft liegt, hat sie Zweibeiner von den Vermögen prahlen hören, die es auf der Straße nach Nirgendwo zu verdienen gibt.

Zwei Kilometer weiter steht die letzte Zwischenstation auf der Straße: ein klappriges Holzhaus, das früher einmal eine Scheune oder vielleicht sogar ein Wohnhaus war, jetzt aber inmitten der Bäume und des Schnees als Tränke, als Oase dient.

Ein Hund fängt an zu bellen, als Tikki sich nähert, aber sie weiß, daß der Hund an einen kleinen Anbau am rückwärtigen Ende der Kneipe angekettet ist und keine Gefahr bedeutet. Sie stößt ein leises warnendes Grollen aus, und das Tier verstummt abrupt und verströmt einen Geruch nach Angst.

Zwischen der Taverne und der vereisten Straße wartet eine ganze Reihe von Fahrzeugen, ein Sikorsky-Bell Red Ranger, klein, schnell und schwerbewaffnet, ein Chrysler-Nissan G12A und andere, Lieferwagen, Pickups, alle mit speziellen, nicht serienmäßigen Fahrgestellen und übergroßen Reifen. In dieser Reihe steht auch ein klobiges Mostrans KVP-14T Luftkissenfahrzeug. Es hat eine Geschützluke auf dem Dach der Fahrerkabine. Tikki schleicht durch die Schatten zum Fahrzeug und schnüffelt an der Laderaumtür. Zuerst ist sie nicht sicher, was sie riecht, aber dann verändert sich etwas in der Luft, und sie schnappt die Witterung ihres Jungen auf. Der Geruch kommt aus dem Innern des Luftkissenfahrzeugs, dessen ist sie gewiß. Aber er ist alt. Ihr Junges war hier, aber jetzt ist es verschwunden. Wohin verschwunden? Sie sieht sich um und wittert, dann wartet sie.

Dunklere Wolken ballen sich am Himmel zusammen. In der Ferne blitzt es. Die Taverntür fliegt knarrend auf und knallt wieder zu. Ein Mann nähert sich, ein Mensch, der Kleidung aus Naturfasern und seltsame Schmuckstücke trägt und nach Alkohol riecht. An seinem Gürtel hängen ein großes Jagdmesser und eine abgesägte Schrotflinte und schlagen beim Gehen gegen seine Hüfte. Er rutscht auf dem hartgefrorenen und festgestampften Schnee vor der Taverne aus und stolpert betrunken. Er öffnet die Tür des Mostrans. Tikki tritt hinter dem Heck des Fahrzeugs hervor.

»Hoi.«

Der Mann zuckt zusammen, als sei er erschrocken, grunzt etwas und dreht sich dann zu ihr um. Sie hat jetzt ihre menschliche Gestalt angenommen, und sie ist nackt. Sie tritt näher. Ein schwacher Film aus geschmolzenem Eis glänzt auf ihrer Haut. Der Mann starrt sie an, dann lächelt er. Er sagt etwas in einer unbekannten Sprache, dann wechselt er auf Englisch mit einem merkwürdigen Akzent. »Woher kommst du?«

»Ich suche nach Freunden.«

»Hier bin ich.«

Tikki schüttelt den Kopf. »Elfen.«

»Wir brauchen keine verdammten Elfen.«

Der Plan funktioniert nicht, wird Tikki klar, und das ist ziemlich ärgerlich. Das hat sie davon, daß sie es mit Raffinesse versucht hat. In praktisch jedem Actionvideo, das sie bisher gesehen hat, funktioniert es: Die Frau bietet ihren Körper an, der Mann gibt der Frau alles, was sie will. Aber dieser dämliche, verdammte Zweibeiner-Mann sieht sie nackt und denkt nur an Sex – gleich hier und gleich jetzt. Sie kann es riechen. Und ihre Zeit ist zu knapp, um das Spiel weiterzutreiben.

Sie wirft sich auf ihn, wobei sie ihre Hände wie Keulen benutzt, die sie ihm ins Gesicht und über den Kopf schlägt, nur daß ihre Hände mächtige Pfoten und ihre Arme fellbedeckt sind, und sie wirft ihn zu Boden, in den Schnee.

Die Gegenwehr des Mannes wird immer verzweifelter. Worte der Angst sprudeln aus seinem Mund. Tikki hockt sich auf seine Brust, hält seine Arme fest und beugt sich vor, bis ihr Gesicht nur noch einen Hauch von seinem entfernt ist. Als sie spricht, glitzern spitze Fänge zwischen ihren Zähnen. Sie verspürt einen plötzlichen Drang, ihre Kiefer um seinen Hals zu schließen und das Leben aus ihm herauszuquetschen, aber sie widersteht ihm. »Die Elfen sind wo?«

Der Mann stammelt etwas und versucht alles, um sich freizumachen. Seine Augen sind vor Entsetzen geweitet. »Keine Ahnung! Nach Süden gefahren ...«

Das ist nichts Neues. Zweibeiner auf der Straße nach Nirgendwo fahren nur in zwei Richtungen, und sie weiß bereits, daß die Elfen nicht nach Norden gefahren sind. »Ihre Namen.«

»T-Tang ... *einen haben sie Tang genannt!*«

Straßenname. Angenommener Name. Runner? Konzernmann? Krimineller? Was? »Sie waren zu dritt.«

»Keine Ahnung, wie die Schnallen heißen!«

Dann heißt der Mann also Tang. »Sie haben dich wie bezahlt?«

»Mit Kreds. Kredstab.«

»Gib ihn mir.«

»In meiner Tasche!«

Tikki zieht und zerrt. Ein Kredstab fällt in den Schnee. Sie hebt ihn auf, dann senkt sie den Kopf, bis sich ihr Gesicht genau über dem des Mannes befindet. Der Atem grollt in ihrer Kehle. Sie spürt, wie ihr im Gesicht Fell wächst, wie sich ihre Eckzähne verlängern und ihre Schultern und Arme anschwellen. »Die Elfen haben deinen Hovertruck benutzt«, knurrt sie mit unmenschlich tiefer Stimme. »Was haben sie dir erzählt?«

»Jagen ... sie wollten jagen!«

»Was wollten sie jagen?«

»Elche! Keine Ahnung!«

Das ist eine Lüge, aber es riecht nicht wie eine. Der Mann ist zu verängstigt, um zu lügen, also müssen die Elfen ihn belogen haben. Kein Tier würde so lange warten, bis sich ein Jäger aus einem lärmenden Luftkissenfahrzeug angeschlichen hätte. Nur ein Junges, das zu jung und zu schwach ist, um zu fliehen. Oder ein Junges, das glaubte, sich gut versteckt zu haben.

Tikki zieht dem Mann eine Pfote über das Gesicht, so fest, daß es schmerzen muß. Das ist der Lohn, den der Mann für die Hilfe verdient, die er den Elfen geleistet hat. Er wird schlaff, ist bewußtlos. Er hat Glück, daß er noch lebt. Tikki erhebt sich.

Der Kredstab in ihrer Hand glänzt matt. Er sieht wie ein beglaubigter Kredstab aus. Solche Stäbe können von jedem benutzt werden. Anders als normale Kredstäbe sind sie nicht mit elektronischen Codes versehen, die den Besitzer identifizieren. Dafür sind sie mit Codes versehen, die den Konzern oder die Bank identifizieren, welche sie ausgegeben hat, und das könnte sie zu dem Elf namens Tang und den beiden Frauen führen.

Tikki betrachtet den Mann zu ihren Füßen und das Mostrans Luftkissenfahrzeug, verwirft jedoch beide und geht zur Tür der Taverne. Eine Wolke von Zweibeiner-Schweiß, abgestandenem Bier und Zigarettenrauch dringt an ihre Nase, lange bevor sie die Tür aufstößt und hineingeht.

Der Schankraum ist klein und rustikal und scheint

wie die Außenwände aus Holz zu bestehen. Die Musik, die leise aus der neonleuchtenden Box in der Ecke dringt, hinkt fast zehn Jahre hinter der Mode her. Die Zweibeiner sitzen auf Hockern an der Bar und an im Raum verteilten Tischen und tragen ramponierte Naturfasern und billige Plastikklamotten. Einer oder zwei tragen Federn und anderen Schmuck, der auf amerindianische Abstammung hinweist.

Neben der Tür befindet sich ein Münztelekom. Tikki stellt sich davor, steckt den Kredstab ihres Freundes von draußen in den Schlitz und tippt eine Nummer ein. Am anderen Ende klingelt es einmal. Die Stimme, die sich meldet, klingt wie zwei Stimmen, eine männliche und eine weibliche, die gleichzeitig reden.

»Deine Nummer?«

Tikki gibt eine Nummer ein. Es handelt sich um einen vorher vereinbarten Code, der sie als Besitzer eines Kontos mit reichlich Nuyen ausweist. Während der nächsten Sekunden beobachtet Tikki den kleinen Sichtschirm des Münztelekoms. An die Stelle des normalen Rufzeichens tritt nach und nach ein stilisiertes Gesicht, eine Art Zeichentrickfigur, die jedoch viel zu groß für den Schirm ist. Nur die Augen sind zu sehen. Sie scheinen zu funkeln.

»Hier spricht Orakel«, sagt die Stimme.

»Ich brauche eine Analyse.«

»Identifizieren.«

»Der Kredstab in diesem Telekom. Wer hat ihn gekauft? Wo befindet sich der Käufer jetzt? Alles.«

»Abtastung.«

Ein paar Sekunden vergehen.

»Bericht in fünf Stunden.«

Der Anruf ist beendet. Tikki hängt ein und wendet sich von der Wand ab. Die neonleuchtende Musikbox in der Ecke ist verstummt. Jeder Zweibeiner in dem Raum starrt sie an. Mehrere zeigen die Zähne und lächeln. Ihr wird klar, warum, als eine Frau zu ihr geht und auf sie zeigt. »Hey, Schätzchen«, sagt die Frau, »du siehst aus, als würde dir was fehlen.«

Tikki nickt verstehend. »Gib mir deine Sachen.«

Die Frau runzelt die Stirn und starrt sie an, dann wirft sie den Kopf in den Nacken und lacht. Dieses Lachen soll nicht etwa Belustigung zum Ausdruck bringen, sondern Spott, Verachtung und Dominanz. Tikki packt die Frau an der Kehle, reißt sie herum und schleudert sie gegen die Wand.

»Gib mir deine Sachen.«

Schlagartig hat sich die Situation verändert. Die Frau plappert unzusammenhängend, duckt sich vor Angst und sackt zu Boden. Ein großer Mann erhebt sich von einem Tisch in der Nähe und nähert sich Tikki von links. Er riecht nach Wut und ballt eine Faust, und das ist ein Fehler. Bevor er zuschlagen kann, treibt ihm Tikki ihre Ferse in die Brust, dann springt sie vor und knallt ihm ihren Schädel unter das Kinn.

Der Mann geht zu Boden, doch jetzt springen andere auf. Zwei Männer greifen sie gemeinsam an, und da ist es zu spät, um noch aufzuhören. Es riecht nach Gewalt, und dieser Geruch spricht ihren Instinkt an. Blutrotes Fell mit schwarzen Streifen überzieht ihre Hüften, dann ihr Gesicht und schließlich ihre Arme. Ihre Hände verwandeln sich in Pfoten, und ihr Oberkörper schwillt an. Sie schleudert einen Mann durch ein Fenster und wirft einen anderen zu Boden. Andere brüllen und schreien, und der Gestank der Furcht läßt sie die Lippen zurückziehen und ihre lang und spitz gewordenen Zähne blecken. Eine Schrotflinte donnert, und irgend etwas zerfetzt ihre linke Hüfte. Der sich aus der Wunde ergießende Blutstrom wird zu einem Rinnsal und versiegt schließlich ganz. Eine Frau kreischt vor Entsetzen laut und schrill auf. Der Mann hinter der Bar beeilt sich nachzuladen. Tikki stürmt los, wirft sich über die Bar, trifft den Mann frontal und schleudert ihn mit ein paar Schlägen gegen Kopf und Brust zu Boden.

Als sie sich umdreht, windet sich die Zweibeiner-Frau, mit der alles begonnen hat, hektisch aus ihren Kleidern. Sie rennt kreischend und nackt zur Tür. Tikki zieht sich an, dann wendet sie sich an die wenigen, die noch übrig sind.

Jetzt braucht sie noch ein Fahrzeug.

8

Sie bauschen die Sache zu sehr auf.«

»Ich stehe für meine Überzeugung ein.«

Das Büro ist feudal und vertäfelt. In den Ecken stehen künstliche Bäume. Auf einem besonderen Tisch an der Seite steht ein neunzig Jahre alter Bonsai. Vernon Janasova sitzt hinter seinem glänzenden Onyxschreibtisch. Amy sitzt ihm gegenüber auf der anderen Seite. Sie sieht zur Decke, als Janasova lächelt. Es ist noch kein herablassendes Lächeln, kommt diesem aber doch so nah, daß es sie aufbringt.

»Amy«, sagt er, indem er die Hände auf den Schreibtisch legt und faltet, »unsere Firma befindet sich vollständig in Fremdbesitz. Diese Leute sind unsere Bosse. Wir können ihnen nicht sagen, nein, tut uns leid, keine Revision. Es ist unvernünftig, so eine Haltung auch nur in Erwägung zu ziehen.«

»Also halten Sie mich für unvernünftig.«

Janasovas Miene nimmt einen warmen und zugleich ernsten Ausdruck an. »Ich halte Sie für eine sehr engagierte Abteilungsleiterin. Sie haben sehr hart gearbeitet, um Ihre Abteilung zu verbessern. Ich persönlich glaube, daß Sie fabelhafte Arbeit geleistet haben. Der Wissenschaftsstab liebt die Veränderungen, die Sie am Kaufsystem vorgenommen haben. Ich sage nur, daß wir realistischerweise mit den Revisoren kooperieren müssen. Wenn sich das Forschungspersonal darüber aufregt… tja, dann tun wir eben, was wir können, um die Wogen zu glätten.«

Amy findet es schwierig, sich mit jemandem zu streiten, der so offensichtlich entschlossen ist, so *vernünftig* zu sein. Janasova wird den Revisoren ganz eindeutig keine Steine in den Weg legen. Um so mehr Grund für Amy, jetzt hart zu bleiben. Hartnäckig und fordernd.

Auch wenn sie sich wie ein selbstgerechtes Miststück benimmt. Sie verkündet: »Ich werde nicht zusehen, wie Kurushima und seine Meute über mich und diese Organisation hinwegtrampeln.«

»Amy, bitte ...« Das aufreizende Lächeln ist wieder da. »Niemand verlangt das von Ihnen. Das wissen Sie.«

»Ich will nicht, daß Kurushima glaubt, er kann gehen, wohin er will, und anfangen, in den Akten der Leute herumzuschnüffeln.«

»Er hat das Recht dazu ...«

Bevor Janasova ausreden kann, hebt Amy die Stimme und ruft: »*Wenn ich kooperieren muß, werde ich das auch tun!* Aber ich will jederzeit ganz genau wissen, was los ist, wonach Kurushima sucht und was er will.«

Janasova starrt auf seine Schreibtischplatte. Sein Gesicht hat sich ein wenig gerötet. Er kann nicht sehr gut mit Konfrontationen umgehen. Wütende Personen bringen ihn aus der Fassung. »Ich verstehe wirklich nicht, warum Sie sich so aufregen«, sagt er leise. »Der Revisorenstab scheint sehr gut durchorganisiert zu sein. Ich bin sicher, daß es nur minimale Störungen geben wird.«

»Vernon, was für Sie und mich minimal ist, muß für jemanden in der Forschung noch lange nicht minimal sein.«

»Aber Amy, die Forschungsgruppen fallen doch überhaupt nicht in Ihr Ressort.«

»Erzählen Sie mir nichts über Ressorts! Ich bin ein Direktor dieses Unternehmens. Es kümmert mich einen Drek, was hier los ist.«

»Amy, bitte ...«

Sie starrt wieder an die Decke.

»Ich habe den Eindruck, daß Mr. Enoshi ein sehr vernünftiger Mann ist. Und ich bin sicher, daß Mr. Kurushima Sie gerne über alle Einzelheiten hinsichtlich Ihrer Gruppen auf dem laufenden halten wird.«

»O ja, gewiß.«

»Lassen Sie uns doch nicht darüber streiten. Wirklich, ich zähle Sie zu meinen besten Leuten. Wir hatten immer eine gute Beziehung. Aber Sie müssen verstehen… Wir müssen mit den Revisoren auskommen. Denken Sie daran, was es für einen Eindruck machen wird, wenn Tokio erfährt, daß wir nicht kooperieren.«

»Ich bin sicher, es würde nicht sehr gut aussehen.«

»Dann verstehen Sie meinen Standpunkt.«

»Ja, natürlich.«

Amy steht auf und verabschiedet sich von Vernon Janasova. Ihr Magen hat sich zu einem Knoten verkrampft, und ihr Blutdruck steigt. Es hat keinen Sinn, noch weiter mit dem Mann zu reden. Sie verschwendet hier nur ihre Zeit.

Am Empfang hält sie inne und sieht hinüber zur Büroflucht des Verwaltungsdirektors. Ein Gespräch mit dieser Frau könnte etwas bewirken oder auch nicht. Unglücklicherweise hat sich Amy bereits an die Spitze gewandt. Janasova würde gewiß einschreiten, wenn er die Vorstellung bekäme, daß Amy versucht hat, seine Autorität zu untergraben. Er könnte die beiden Direktoren sogar der Verschwörung gegen ihn bezichtigen. Janasova ist in solchen Dingen sehr empfindlich.

In mancherlei Hinsicht viel zu empfindlich.

Was würde sie im Moment für einen Geschäftsführer mit eiserner Faust anstelle des rückgratlosen Vernon Janasova geben. Im normalen Geschäftsverlauf führt er Hurley-Cooper sehr gut, da er immer um Kompromisse und Konsens bemüht ist. Gegenüber ihrer Muttergesellschaft ist er allzu rückgratlos.

Einer der Männer am Empfang sieht hinter seinem Tresen auf, begegnet Amys Blick, lächelt und erhebt sich dann. Sein Name ist Bryce, und er hat einen ausgeprägten britischen Akzent. Außerdem ist er ziemlich attraktiv, wenn einem der drahtige Typ gefällt. Er war die Antwort des Verwaltungsdirektors auf Janasovas Einstellung einer hübschen Empfangsdame, die zufällig japanischer Abstammung ist, ein Punkt, der wahrscheinlich irrelevant ist, vielleicht abgesehen davon, daß er ein bezeichnendes Licht auf Janasovas Haltung gegenüber Tokio wirft.

»Mr. Kurushima hat mich gerade gebeten, Sie anzuklingeln«, sagt Bryce mit einem zuckersüßen Lächeln. »Wenn Sie eine Minute Zeit haben …«

Amy zeigt auf die Türen des Konferenzraums. »Dort drinnen?«

Bryce nickt und sagt: »Ja, das ist das neue Revisions-HQ.«

9

Die Raststätte befindet sich hundert Kilometer nördlich von Bangor. Regen und Graupel durchschneiden den düsteren Himmel wie kleine Dolche. Eine harte Schicht aus gepreßtem Schnee und Eis bedeckt den Boden. Tikki steigt aus ihrem gestohlenen Pick-up aus und steckt den Kredstab in den Schlitz eines öffentlichen Telekoms.

Orakel berichtet.

»Kredstab erworben bei der Bayerischen Vereinsbank in Boston von einem Agenten der Union Affiliates Corporation. Handelte im Auftrag der in der Schweiz eingetragenen Firma Solothurn Trading. Fassade für die in Brüssel eingetragene Firma Anderlecht Travel Associates. Scheintochter der im Freistaat Kalifornien eingetragenen Firma Vonnegut Athletics. Scheintochter der in New York eingetragenen Firma NewMan Management Systems, Hauptgeschäftsführer Elgin O'Keefe alias Ogin alias Pointman alias Tang. Ehemals Unteroffizier bei der Ares Fire Force. Erfahrung in den Wüstenkriegen. Experte für Waffen, Sprengstoff, Verhörmethoden, Verfolgung, Luftkissenfahrzeuge. Freischaffender Spezialist für das Einfangen von Flüchtlingen.«

Ja. Auf solche Informationen hat Tikki gehofft. Fakten. Der Elf, der ihr Junges gestohlen hat, wird Tang genannt. Sein richtiger Name ist O'Keefe, und er ist Kopfgeldjäger. Das sind die wesentlichen Informationen in Orakels Bericht. Der Rest besteht aus den Lügen und Halbwahrheiten, die O'Keefe benutzt, um seine Identität geheimzuhalten.

»Kürzlich erfolgte Zahlungen mit Kredstab in Massachusetts, New Hampshire, Maine. Fragen?«

»Die größte Zahlung mit Kredstab?«

»Boston. Zweihundert K Nuyen. Bezahlt an die in

Boston eingetragene Firma Dynamic Enterprises, Hauptgeschäftsführer Charles Kant alias Spinner alias Clutch.«

Tikkis Lippen verziehen sich zu einem Grinsen. Sie kennt diesen Zweibeiner namens Clutch persönlich. »O'Keefes Partner?«

»Keine aktuellen Einträge.«

»Adresse.«

Die Adresse, die Orakel nennt, ist alt und befindet sich irgendwo nördlich von New York City. Tikki spürt, wie ihr Instinkt sie drängt, direkt zu dieser Adresse zu gehen, jedes Hindernis aus dem Weg zu räumen und sich O'Keefe vorzunehmen, aber sie weiß, daß das dumm wäre. Das ist die Wildheit, die aus ihr spricht. O'Keefe ist kein Amateur aus irgendeinem Loch für Gossenpunks. Zuerst muß sie mehr erfahren. Sie muß sich vorbereiten. Sie muß Boston einen Besuch abstatten und das Stück Drek verhören, das O'Keefe ihren Aufenthaltsort verraten hat.

Sie muß einen Mann verhören, der so gut wie tot ist.

10

Der Raum ist ein Waffenarsenal. Brian sieht ein Gestell mit Colt M22A2-Sturmgewehren, ein mittleres Maschinengewehr vom Typ FN-MAG 5, einen tragbaren Laser von Ares, ein Gyro-Halterungssystem für schwere Waffen, Granatwerfer, Mörser, eine Vindicator-Minikanone, Splittergranaten. Eine ganze Wand ist mit Kisten voller Hochgeschwindigkeitsmunition vollgestapelt.

»Was ist das für Drek?«

»Werkzeug«, erwidert Art. »Das solltest du eigentlich wissen.«

»Schützen wir die Wasservorräte oder bereiten wir uns auf einen Krieg vor?«

»Nenn es, wie du willst.«

Art reicht ihm einen kompletten Körperpanzer von Kelmar Tech mit Helm und Gesichtsmaske, um sich dann selbst auszurüsten. Er schnallt sich an beide Fußknöchel eine kleine Holdout-Pistole und eine dritte an den linken Unterarm. Eine Scorpion-Maschinenpistole wandert in das Halfter an der rechten Hüfte, die schwere israelische Automatik in das unter der linken Schulter. Er packt sich mit Messern voll. Danach wirft er sich einen Schultergurt mit Schrotpatronen, Granaten und einer Leuchtpistole um.

»Die schwere Artillerie brauchen wir heute nicht«, sagt Art.

»Ach nein?« erwidert Brian. Das ist genau das, was er hören wollte. Als erwarte sie heute ein Spaziergang und Art nehme nur so zum Spaß fünf Schußwaffen mit. »Du rechnest mit Opposition?«

»Das ist immer eine Möglichkeit.«

»Wie sieht der Plan aus?«

»Wir machen einen raschen Rundgang.«

»Einen Rundgang wohin?«

»Wir fangen mit der alten Hauptleitung unter der Seventh Avenue an. Mit dem Dreieinhalb-Meter-Rohr. Danach, wer weiß? Mal sehen, wohin es uns führt.«

»Ich dachte, diese alten Dreieinhalb-Meter-Rohre wären bei dem Erdbeben im Jahr 2005 verschüttet worden.«

Art bleibt stehen und betrachtet ihn mit Augen, die denen einer zum Angriff bereiten Viper gleichen. »Junge«, sagt er mit einem bedrohlichen Unterton, »du mußt noch viel lernen.«

11

Der Club im Herzen Bostons wird Blind Puppies genannt. Angstrock dröhnt und donnert durch die Hauptebene, aber in der schallisolierten Wohnung darüber ist es ruhig. Cherry hält inne, um ihre Frisur und das glitzernde Neomonochromkleid in den verspiegelten Paneelen im Flur zu begutachten, dann geht sie ins Wohnzimmer. Sie hat einen Körper wie der SimSinn-Star Taffy Lee, wenn man von ihrer hellbraunen Haut absieht: volle Brüste, ausladende Hüften und endlos lange Fingernägel – ein Körper, der für das Vergnügen, und zwar eine Menge davon, geschaffen ist, aber das kann sie nicht davon abhalten, für ihren Macker einzutreten und zu sagen, was gesagt werden muß.

»Halt endlich die Klappe und verschwinde, du halbe Portion. Mein Macker kriegt Kopfschmerzen von deinem Gelaber.«

Ihr Macker und der Zwerg sitzen auf dem blauen gesprenkelten Sofa im Wohnzimmer. Der niedrige Tisch vor ihnen ist mit Papieren übersät. Clutch lehnt sich zurück und lächelt, betrachtet sie von oben bis unten, wobei ihm offensichtlich gefällt, was er sieht. Die halbe Portion neben ihm funkelt Cherry an, aber das kann sie nicht schrecken. Cherry läßt sich von niemandem Drek bieten. Besonders nicht von jemandem mit einer Datenbuchse im Schädel und einem Notepad am Gürtel.

Verdammter drekfressender Steuerberater.

»Warum gehst du nicht irgendwohin und rechnest irgendwas aus.«

Clutch grinst und greift nach ihr. Er zieht sie an sich und küßt sie hart auf den Mund. Eine Hand gleitet zwischen ihre glatten, wohlgerundeten Oberschenkel. Ein Schauer des Wohlbehagens läuft ihr den Rücken herunter, und ein Zittern durchläuft sie. Clutch kichert und sagt: »Du solltest Mr. Zahlenmagier nicht solchen Drek erzählen. Er hat gerade ein paar Nuyen gefunden, von denen ich nicht mal wußte, daß ich sie habe.«

Cherry lächelt. »Genug, um mir was echt Cooles zu kaufen?«

»So cool, wie du willst«, gurrt Clutch. »Zweihundert coole Riesen.«

»Zweihundert K Nuyen?«

Clutch nickt. Cherry staunt. Man stelle sich nur mal vor, er macht so viel Geld, daß er's gar nicht mehr überreißen kann. Sie hat immer gewußt, daß das Leben mit Clutch entweder wie Gold glänzen oder wie Diamanten funkeln würde.

Cherry lacht entzückt.

Clutch lacht ebenfalls.

12

In den wenigen Stunden seit der morgendlichen Besprechung hat sich der Konferenzraum in eine örtliche Niederlassung von Kono-Furata-Ko International verwandelt. Der lange Tisch ist jetzt mit Mitgliedern des Tokioter Revisionsstabs besetzt. Alle tragen schwarze Blazer und KFK-Anstecknadeln. Viele haben Palmtops oder auch richtige Cyberdecks in die Terminals des Konferenztisches gestöpselt. An den Wänden stehen mehrere Wägelchen mit zusätzlicher Ausrüstung, wobei es sich allem Anschein nach in erster Linie um Massenspeichermodule handelt.

Am Kopfende des Raumes stehen jetzt drei schwarze Schreibtische. Der mittlere Schreibtisch ist von einer kleinen Menschentraube umgeben, noch mehr schwarze Blazer und KFK-Anstecknadeln. Amy geht zum linken Schreibtisch und sieht Kurushima Jussai am mittleren Tisch. Offenbar ist er gerade dabei, seinen Truppen Befehle zu erteilen. Er spricht das Japanisch viel zu schnell und flüssig, als daß sie mehr als ein paar Brocken oder gar etwas von Gehalt aufschnappen könnte.

Plötzlich wendet Kurushima den Kopf und sieht sie, und für einen winzigen Augenblick löst sich seine ausdruckslose Maske auf. Seine Augenbrauen zucken, als sei er überrascht. Er erhebt sich. Seine Truppen zerstreuen sich. Amy tritt auf Kurushima zu und verbeugt sich, dann schütteln sie sich die Hände. Jemand bringt ihr einen Stuhl. Zwei andere bringen hohe lackierte Wandschirme nach asiatischer Art und stellen sie auf, offenbar in der Absicht, die Illusion einer gewissen Abgeschiedenheit zu errichten.

»Vielen Dank für Ihr Kommen, Ms. Berman«, beginnt Kurushima. »Bevor wir uns offiziellen Dingen zuwenden, würde ich Ihnen gern ein paar Dinge erklären. Natürlich werden wir beziehungsweise unsere Stäbe, was diese Revision betrifft, eng zusammenarbeiten. Daher will es mir wünschenswert erscheinen, daß wir einander verstehen.«

Amy nickt. »Ich bin ganz Ihrer Meinung.«

»Vielen Dank«, sagt Kurushima, ebenfalls nickend. »Als Revisor bin ich es gewohnt, mich mit Fakten auseinanderzusetzen, in erster Linie mit Rechnungsdaten, die, wie Sie zweifellos wissen, notwendigerweise sehr präzise sein müssen.«

»Gewiß.«

»Aufgrund dessen lege ich manchmal zu wenig Geschick im Umgang mit Leuten an den Tag. Mir ist nicht entgangen, daß dies bei der Besprechung heute morgen der Fall gewesen sein könnte, besonders was meine Äußerungen gegenüber den Direktoren, Sie selbst eingeschlossen, hinsichtlich dieser Revision betrifft. Ich hoffe, ich habe Sie nicht beleidigt.«

Das ist fast eine Enttäuschung. Amy hatte mit einem Kampf gerechnet. Es wird schwierig werden, diesen Kampf in Gang zu setzen, wenn Kurushima weiterhin darauf besteht, so höflich zu sein, fast so *vernünftig* wie Vernon Janasova.

»Ich stamme aus New York, Mr. Kurushima«, sagt Amy. »Ich bin es gewohnt, daß beleidigende Leute beleidigende Dinge sagen. Aber ich habe weder Sie noch irgend etwas von dem, das Sie gesagt haben, als beleidigend empfunden.«

In der Pause, die sie absichtlich zwischen den beiden Sätzen einlegt, weiten sich Kurushimas Augen, aber dann sitzt seine ausdruckslose Maske wieder perfekt. »Ich hatte gehofft, daß dies der Fall sein würde, Ms. Berman«, sagt Kurushima. »Es war meine Absicht, mich so klar wie möglich auszudrücken. Vielleicht wollte ich zuviel sagen, zu viele Details vermitteln, anstatt mich ganz allgemein über die Methodik zu äußern, die unserer Revision zugrunde liegt. Ich will damit sagen, Ms. Berman, daß ich vielleicht zu direkt war.«

»Vielleicht war auch ich zu direkt.«

Kurushima zögert. »Das könnte ich nur schwerlich behaupten, Ms. Berman. Gewiß, Sie haben Ihre Meinung sehr deutlich zum Ausdruck gebracht. Da sich der Standort von Hurley-Cooper Laboratories in New York befindet, ist es nur selbstverständlich, daß seine Direktoren der westlichen Art des Managements den Vorzug geben.«

Amy kann sich mühelos vorstellen, was Kurushima von der ›westlichen Art‹ des Managements hält. Das gleiche, was vermutlich auch seine Vorgesetzten davon halten. Daher auch die Revision. »Ich verstehe Ihren Standpunkt«, erwidert Amy. »Mein Standpunkt war der, daß wissenschaftliche Forschung äußerst empfindlich auf bürokratische Störungen reagieren kann.«

»Tatsächlich«, sagt Kurushima, »habe ich Sie ebenfalls sehr genau verstanden, Ms. Berman. Seien Sie versichert, daß wir alle Anstrengungen unternehmen werden, um alle eventuellen Störungen zu minimieren, die die Revision verursachen könnte. Des weiteren habe ich meinen Stab angewiesen, sich ausschließlich an das Verwaltungspersonal von Hurley-Cooper zu halten, soweit dies möglich ist, und die Wissenschaftler nicht zu behelligen.«

»Das freut mich zu hören.« Dieses Gespräch nimmt in der Tat einen enttäuschenden Verlauf, falls Amy ihm glauben kann. Damit hat sie jedoch Probleme. Sie hat zu viele japanische Execs kennengelernt, auf die die typische Beschreibung der Elfen zutrifft, wie man sie auf der Straße hört: sechs Gesichter und drei Herzen. Unmöglich zu durchschauen. Unberechenbar. Nicht vertrauenswürdig.

»Natürlich könnte das unglücklicherweise dazu

führen, daß dem Verwaltungsstab zeitweilig eine größere Last auferlegt wird.«

»Mr. Kurushima«, erwidert Amy entschlossen, »ich war schon immer der Überzeugung, daß die Aufgabe des Verwaltungsstabes darin besteht, den wissenschaftlichen Stab zu unterstützen. Hurley-Cooper ist in der Forschungsbranche tätig. Alles andere ist zweitrangig. Daher ist alles, was ich tun kann, um die Forschung zu fördern, genau das, was ich auch tun sollte. Wenn meine Leute und ich ein wenig härter arbeiten müssen, um zu verhindern, daß die Forschungsabteilung durch diese Revision gestört wird, dann ist das genau das, was wir auch tun werden.«

Falls Kurushima aufrichtig erfreut ist, das zu hören, zeigt er es jedenfalls nicht. Er sagt lediglich: »Derartige Ansichten sind sehr lobenswert, haben sie doch die strategischen Ziele Hurley-Coopers anstelle der Ziele Ihres spezifischen Verantwortungsbereichs im Auge.«

»Ich bin froh, daß Sie es so sehen.«

»Das tue ich in der Tat. Und tatsächlich überrascht mich diese Ansicht auch nicht. Ich bin mir Ihrer Bemühungen, aus Hurley-Cooper eine effizientere Organisation zu machen, durchaus bewußt. Ich denke da insbesondere an die Einkaufsabteilung und das Einkaufsverfahren, beziehungsweise dessen Auswirkungen auf die Forschungsgruppen.«

»Ach?«

»Mit Ihrer Erlaubnis würde ich gerne gewisse Dinge in bezug auf die Einkaufsabteilung und ihre Verfahrensweisen mit Ihnen besprechen.«

Einen Augenblick lang sagt Amy gar nichts. Sie haben um den heißen Brei herumgeredet und eine Reihe von Komplimenten oder Beinahekomplimenten ausgetauscht. Vielleicht werden jetzt die Samthandschuhe ausgezogen. »Bitte, nur zu.«

»Bei KFK-Tochtergesellschaften ist es üblicherweise so«, sagt Kurushima, »daß alle Materialanforderungen die Verwaltungshierarchie durchlaufen. Sie werden vom betreffenden Abteilungsleiter gestellt und schließlich vom Abteilungsdirektor gegengezeichnet.«

Amy nickt rasch. Das ist ihr nicht neu. »Wir haben ein dezentralisiertes Zuteilungsprogramm eingeführt, um den Einkaufsvorgang zu beschleunigen, insbesondere im Hinblick auf die Forschungsgruppen. Das Zuteilungskomitee ordnet jeder Gruppe ein Budget zu, dessen Höhe von einer Vielzahl verschiedener Faktoren abhängt, unter anderem auch von der Höhe der Wahrscheinlichkeit, daß die Forschungsresultate einer bestimmten Gruppe die investierten Gelder wieder hereinholen. Danach liegt die Entscheidung, wie das Budget einer Gruppe ausgegeben werden sollte, im wesentlichen bei dem betreffenden Abteilungsleiter.«

»Könnte diese Dezentralisierung Gegenstand eines eventuellen Mißbrauchs sein?«

»Jedes Programm kann mißbraucht werden. Wir haben Vertrauen in die Integrität unserer Leute.«

»Ich bin sicher, Ihr Vertrauen ist vollkommen gerechtfertigt. Ich wollte gewiß nicht den Eindruck erwecken, daß Ihr Einkaufssystem mißbraucht worden ist oder es den Angestellten Hurley-Coopers an Integrität mangelt. Ich bitte um Verzeihung, falls Sie meine Bemerkung so aufgefaßt haben sollten.«

»Das habe ich nicht. Bitte fahren Sie fort.«

»Natürlich gehört es in meiner Rolle als Revisor zu meinen Aufgaben, Fragen zu stellen und Antworten zu suchen, und zwar auch dort, wo die Antworten offensichtlich oder von untergeordneter Bedeutung zu sein scheinen. Das muß so sein, damit unsere Vorgesetzten sicher sein können, daß die Geschäfte auf eine profitable und effiziente Art und Weise geführt werden.«

»Ich verstehe.«

»Was das Einkaufssystem betrifft, würde ich Ihnen gern ein paar Fragen in bezug auf die Metawissenschaftsgruppe stellen, die von Dr. Liron Phalen geleitet wird. Meine einleitenden Erkundigungen haben ergeben, daß Dr. Phalen der Abteilungsleiter ist. Sollte es dann nicht auch so sein, daß alle Materialanforderungen dieser Abteilung von Dr. Phalen ausgehen oder zumindest von ihm gegengezeichnet werden?«

Amy schüttelt den Kopf. »Die Metawissenschaftsgruppe ist ein Sonderfall. Sie haben recht. Rein technisch ist Dr. Phalen Abteilungsleiter. Wie ich heute morgen bereits erwähnt habe, ist er außerdem ein brillanter Wissenschaftler und ein wenig exzentrisch. Er zieht es vor, sich ganz der Forschung zu widmen, und wir gewähren ihm die Freiheit, genau das zu tun. Dr. Phalens Chefassistent, Dr. Benjamin Hill, ist vom Verwaltungsrat ausdrücklich befugt worden, in Dr. Phalens Namen Materialanforderungen zu stellen.«

»Wer würde im normalen Geschäftsbetrieb diese Anforderungen von Dr. Hill gegenzeichnen?«

»Das hängt vom Wert der Anforderung in Nuyen ab.«

»Sie zeichnen natürlich nicht alle Anforderungen persönlich gegen.«

»Nein, dafür haben wir Einkäufer.«

»Ja, das ist wohl korrekt. Es hat jedoch den Anschein, Ms. Berman, als würde der Forschungsdirektor diese Anforderungen ebenfalls nicht gegenzeichnen.«

Das ist offensichtlich. Kurushima versucht anscheinend, aus einer nicht vorhandenen Mücke einen Elefant zu machen. Amy erwidert: »Das ist eine Frage des Werts. In einem Fall, wenn es sich um triviale Summen handelt, zum Beispiel bei Büromaterial, wird die Materialanforderung von einem meiner Einkäufer gegengezeichnet und der Forschungsdirektor durch ein Memorandum von der Anforderung in Kenntnis gesetzt. Wenn größere Summen im Spiel sind, zeichnen mein Chefeinkäufer oder ich selbst gegen.«

»Stimmt es, Ms. Berman, daß der Forschungsdirektor

sozusagen außen vor ist, solange die zu bewilligenden Summen nicht eine Million Nuyen übersteigen?«

»Nein, das stimmt nicht. Der Forschungsdirektor wird über alles informiert. Es ist nur so, daß der Einkaufsvorgang in dieser Zeit nicht ruht.«

»Wenn ich Sie richtig verstehe, könnte man den Einkaufsvorgang als vorgreifend bezeichnen. Er schreitet unter der Annahme voran, daß überall, wo erforderlich, gegengezeichnet wird, bis einmal ein Direktor eine Materialanforderung ablehnt.«

Das ist eine ziemlich verdrehte Art, die Dinge zu sehen, und Amy gefällt sie nicht. Sie erwidert mit Nachdruck: »Es werden nur zwei Annahmen gemacht: Erstens, das Zuteilungskomitee weiß, was es tut, wenn es Forschungsbudgets bewilligt; zweitens, die einzelnen Forschungsgruppenleiter wissen am besten, wie und wofür sie die ihnen anvertrauten Gelder ausgeben.«

»Aber nicht alle Materialanforderungen gehen von den Forschungsgruppenleitern aus.«

»Haben wir das nicht gerade besprochen?«

»Gewiß, Ms. Berman. Doch vom Standpunkt des Revisors betrachtet, bleibt dies ein Punkt der Besorgnis. Ich bin insbesondere besorgt, was die Metawissenschaftliche Forschungsgruppe betrifft, und zwar wegen der beträchtlichen Geldsummen, die dieser Gruppe zur Verfügung gestellt werden.«

»Sie wollen doch nicht etwa andeuten, daß Dr. Phalen oder Dr. Hill Forschungsgelder für illegale oder persönliche Zwecke abgezweigt haben?«

»Nein, das will ich nicht, Ms. Berman. Verzeihen Sie, wenn ich solch einen irrigen Eindruck erweckt habe. Meine Sorge ist vielmehr die, ob diese Gelder auf eine Weise ausgegeben werden, die den Interessen und Zielen von Hurley-Cooper Laboratories am förderlichsten ist. Meine Sorge ist die, daß der Assistent des Abteilungsleiters der Metawissenschaftsgruppe anstelle des

Abteilungsleiters festzulegen scheint, wie die Gelder ausgegeben werden.«

Amy verkneift sich eine zornige Erwiderung und sagt dann spitz: »Dr. Hill ist nicht nur ein Assistent. Er ist selbst ein brillanter Wissenschaftler. Und er arbeitet Seite an Seite mit Dr. Phalen.«

»Natürlich akzeptiere ich das«, sagt Kurushima. »Ich nehme doch an, daß dies der Fall ist, sonst wäre Dr. Hill nicht der Chefassistent des Abteilungsleiters. Außerdem nehme ich an, daß es Gründe dafür gibt, warum Dr. Phalen die Verantwortung für diese Gruppe trägt und nicht Dr. Hill.«

Amy schüttelt den Kopf. Kurushima spielt mit Worten, und diese Worte beinhalten offensichtliche Implikationen. »Das ist keine faire Beurteilung. Dr. Phalens Rang als Wissenschaftler ist außergewöhnlich. Er wird als Genie betrachtet, während die meisten anderen Mitglieder unseres wissenschaftlichen Stabs lediglich brillant sind. Sollte Dr. Phalen Hurley-Cooper morgen verlassen, würde Dr. Hill sofort seine Nachfolge als Abteilungsleiter der Metawissenschaftsgruppe antreten.«

»Aber Fakt ist, daß Dr. Hill die Verantwortung für diese Gruppe gegenwärtig nicht trägt.«

Amy widersteht dem Drang, Kurushima anzuschreien, und fragt statt dessen: »Warum reiten Sie so auf diesem Punkt herum?«

»Mir ist aufgefallen, Ms. Berman, daß die Metawissenschaftsgruppe einen signifikanten Anteil von Hurley-Coopers Forschungsbudget verschlingt. Ich habe noch keine detaillierten Zahlen, aber der Anteil der Metawissenschaften am Gesamtbudget scheint nahe bei dreißig Prozent zu liegen. Das ist eine ziemlich bedeutende Summe.«

Amy nickt. Auch das ist eine offensichtliche Feststellung. Sie kontert mit einer offensichtlichen Feststellung ihrerseits. »Die metawissenschaftliche Forschung ist nicht billig. Viele der Apparaturen, Geräte und Vorrichtungen, die von der Gruppe benutzt werden, müssen speziell entworfen und hergestellt werden. Und natürlich macht die Gruppe ausgedehnten Gebrauch von Materialien, die arkaner Natur und daher extrem teuer sind.«

»Ja, gewiß«, sagt Kurushima. »Vielen Dank, ich verstehe. Gestatten Sie mir zu erklären, Ms. Berman, daß es als Revisor zu meinen Pflichten gehört, meinen Vorgesetzten zu versichern, daß diese Gelder mit aller gebührenden Sorgfalt zugeteilt werden. Die Tatsache, daß der Abteilungsleiter der Metawissenschaftsgruppe seine administrativen Pflichten seinem Assistenten überläßt, ist nicht notwendigerweise ein Umstand, der meine Vorgesetzten mit Zuversicht erfüllen wird.«

»Ich glaube, ich erwähnte bereits, daß der Verwaltungsrat von Hurley-Cooper Dr. Hill ausdrücklich ermächtigt hat, in Dr. Phalens Namen zu handeln.«

»Ja, gewiß«, erwidert Kurushima. »Ich bin sicher, daß der Verwaltungsrat dazu absolut berechtigt war. Aber ich bin gleichermaßen sicher, daß er seine Gründe hatte, als er Dr. Hill nicht zum Leiter der Metawissenschaftsgruppe gemacht hat.«

»Vorhin habe ich Sie gefragt, warum Sie so auf diesem Punkt herumreiten. Ich hätte gern eine Antwort auf diese Frage.«

»Ja, natürlich. Bitte entschuldigen Sie, wenn ich auf gewisse Themen immer wieder zu sprechen komme.« Kurushima zieht seinen Palmtop zu Rate. »Eine erste Durchsicht der Bücher des Einkaufs hat mich auf gewisse Dinge aufmerksam gemacht.«

Anscheinend hat der Revisionsstab freie Hand, alles zu untersuchen, was er will, ohne jemanden um Erlaubnis zu fragen. Offensichtlich war Amys Gespräch mit Vernon Janasova komplette Zeitverschwendung. »Fahren Sie fort«, erwidert sie.

»Vor einigen Monaten ist eine auf eine Materialanforderung von Dr. Hill zurückgehende Kauforder für einen Gegenstand ergangen. Bei diesem Gegenstand handelt es sich um das Anhängsel eines Drachen. Der Wert dieses Anhängsels wurde mit fünfhunderttausend Nuyen beziffert.«

»Darf ich mal sehen?«

»Gewiß.«

Ein Blick auf Kurushimas Palmtop frischt ihr Gedächtnis auf. Diese spezielle Kauforder ist ihr damals merkwürdig vorgekommen, als sie über ihren Schreibtisch wanderte. Viele Dinge in Verbindung mit der metawissenschaftlichen Forschung kommen ihr merkwürdig vor. Das liegt wahrscheinlich daran, daß sie kein Wissenschaftler und ganz gewiß kein Magier ist. »Diese Kauforder müßte mit einem ergänzenden Bericht versehen sein, der den Bedarf für diesen speziellen Gegenstand erklärt. Bei dem sogenannten ›Anhängsel‹ handelte es sich um eine Schuppe vom Schwanz eines lebenden Drachen. Wie Sie sich wahrscheinlich vorstellen können, lieben Drachen ihre Schuppen und sind im allgemeinen nicht geneigt, sie einfach so wegzugeben. Die Schuppe mußte gekauft werden. Der Preis betrug fünfhundert K Nuyen.«

»War das das billigste Angebot?«

»Es war das einzige. Mein Chefeinkäufer hat sich persönlich um diese Anforderung gekümmert. Von den wenigen Drachen, mit denen wir Kontakt aufnehmen konnten, war nur einer bereit, die Angelegenheit überhaupt zu besprechen. Sein Preis betrug fünfhundert K Nuyen.«

»Wissen Sie, ob dieser Gegenstand je benutzt worden ist?«

»Das müßte in dem ergänzenden Bericht stehen.«

»Ich habe diesen Bericht gelesen, Ms. Berman, und finde keinerlei Anzeichen dafür, daß der Gegenstand je benutzt worden ist. Das wirft die Frage auf, ob dieser Gegenstand vielleicht verfrüht gekauft wurde. Sie werden mir sicherlich zustimmen, daß fünfhundert

K Nuyen eine bedeutende Summe sind, die in der Regel nicht investiert wird, bevor ein Gegenstand auch tatsächlich benötigt wird.«

»Selbstverständlich.«

»Meine erste Durchsicht aller Unterlagen hat mehrere andere Gegenstände ähnlicher Natur zutage gefördert. Gegenstände, die zwar gekauft, aber anscheinend nie benutzt wurden. Die insgesamt in diese Gegenstände investierten Gelder belaufen sich auf eine ziemlich beträchtliche Summe.«

»Geben Sie mir eine Aufstellung. Ich werde mich darum kümmern.«

»Ich weiß Ihre Bereitschaft zur Zusammenarbeit sehr zu schätzen, Ms. Berman. Ich möchte in diesem Zusammenhang meiner Erwartung Ausdruck verleihen, daß wir durch gute Zusammenarbeit diese Revision zu einem zufriedenstellenden und pünktlichen Ende bringen werden.«

Amy nickt und zwingt sich zu einem Lächeln. »Das wollen wir hoffen.«

13

In diesem Raum sollte es nichts als Erleichterung geben, sagt sich Bandit. Das träge, stete Wispern von Shells Atem, ihre Wärme, der sanfte Druck ihres Körpers, der ganz leicht an seine Brust gelehnt ist. Die Atmosphäre der Abgeschiedenheit. Die schattige Dunkelheit. Und auf der Astralebene die pulsierenden Rhythmen des Lebens, die subtilen Farben, die ruhige Intensität eines fest schlafenden Lebewesens.

Er könnte einen Zauber gegen sich wirken, sich in den Schlaf lullen, würde er so einen Zauber kennen und wollte er wirklich schlafen. Aber beides ist nicht der Fall. Er hat beschlossen, den Nachmittag in innerer Einkehr zu verbringen. Shell hat beschlossen, ihm Gesellschaft zu leisten, und dann beschlossen, ein Nickerchen zu machen. Die Kinder sind alle draußen. Das Nachdenken müßte ihm leichtfallen, aber das tut es nicht.

Behutsam formuliert er die Worte für einen kleinen Zauber, eine Art Trick. Bei Shadowruns hat er ihn schon sehr oft benutzt. Es gibt viele Anwendungsmöglichkeiten für ihn. Jetzt benutzt er ihn, um eine Art Schild um Shell zu errichten, so daß sie nicht spürt, wie er sich bewegt, nicht hört, wie er sich vom Sofa erhebt und leise durch das Zimmer geht. Er will sie nicht stören. Sie hat genügend eigene Probleme und würde sich Sorgen machen, wenn sie wüßte, daß ihn etwas bedrückt.

Shell ist eine erstaunliche Person, wie ihm bisher nur ganz wenige begegnet sind. Alles über sie zu erfahren, sie kennenzulernen, sie vielleicht sogar ein wenig zu verstehen, hat ihm mehr dabei geholfen, sich auf Leute – und damit auf die ganze Natur – einzustimmen, als alles andere, was er versucht hat, seitdem er Newark verlassen hat. Sie tut Dinge für Leute, ohne dafür je eine Gegenleistung zu verlangen. Die Kinder sind nicht einmal ihre eigenen. Sie sind Waisen, Ausgesetzte, die für niemanden außer Shell von Bedeutung sind. Sie nennt sie ihre Familie, ihren kleinen Stamm. Als Bandit sie kennengelernt hat, waren es nur sechs. Mittlerweile sind es acht. Shell liest sie auf, wo sie sie sieht, wenn sie glaubt, daß sie ihnen helfen kann. Sie lehrt einige der Älteren die harten Lektionen des Sprawl, wie man überlebt, wie man sich beschafft, was man braucht, aber sie besteht darauf, sie von dem zu ernähren und zu kleiden, was sie selbst oder Bandit anschafft. Sie nimmt nichts von dem, was die Kinder selbst abstauben. Sie will von niemandem etwas, nichts... außer vielleicht Liebe.

Das ist eine andere Sache, die ihn bedrückt. Seine Gefühle für Shell sind schwer zu definieren. Er ist nicht sicher, ob seine Gefühle für sie dem entsprechen, was sie Liebe nennen würde. Er hat sich noch nicht viele Gedanken über die Liebe gemacht. Bevor er Newark verließ, bevor er Shell kennenlernte, hat er keinen einzigen daran verschwendet. Er hätte sich nie träumen lassen, daß Liebe tatsächlich eine Rolle spielt.

Waschbär ist ein Einzelgänger, aber muß er immer allein sein? Könnte in seinem Leben nicht auch noch Platz für jemand anders sein?

Es ist schwer, den richtigen Weg zu finden.

Leise schließt Bandit die Tür zum Treppenhaus. Unter den Stufen, den Stufen zur Haustür, ist ein kleiner Schlupfwinkel etwa von der Größe eines großen Schranks. Shells Kinder spielen manchmal hier. Es ist ein guter Ort, um sich zu verstecken und vertrauliche Gespräche zu führen. Die Rückwand macht einen soliden Eindruck, ist aber nicht solider als eine Wolke. Hinter der Wolke ist eine weitere Wand mit einer soliden Metalltür und vielen Schlössern. Bandit flüstert die Worte, um die Schutzvorrichtungen zu deaktivieren, dann kümmert er sich um die Schlösser. Zu seiner

Überraschung sieht er sich plötzlich einem Geist gegenüber, einem Geist der Natur, der Menschheit.

Der Geist sieht wie eine Art Zwerg mit groben Gesichtszügen und einem mächtigen Bart aus, aber er trägt Kleidung, die alt und vornehm aussieht und mit Rüschen und Spitze verziert ist. Mit einer Stimme so tief wie die Erde sagt der Geist: »Du bist willkommen an meinem Herd.«

Bandit erwidert: »Ich danke dir.«

Der Geist verbeugt sich, dann sagt er: »Es ist viele Jahre her, daß der Lärm umhertollender Kinder durch meine Vestibüle und Flure gehallt ist. Ich bin alt. Die Jahre haben meinen Ziegeln die Farbe und meinem Mörtel die Kraft geraubt. Bald wird die Zeit kommen, wenn meine Domäne nur noch von Erinnerungen bewohnt wird, und das wird sehr traurig sein. Denn was bin ich, wenn ich keine Zuflucht mehr gewähren kann? Ich hätte keinen Zweck. Ich hätte keine Bande mehr zur Ebene meiner eigenen Substanz.« Der Geist hält inne und lächelt. »Ich bin sehr dankbar, daß ich wieder den fröhlichen Lärm von Kindern höre. Sie sind hier willkommen. Und sie, die sie hergebracht hat, ist am meisten von allen willkommen.«

»Ich danke dir.«

Der Geist verbeugt sich und verblaßt vor Bandits Augen. Bandit macht einen weiteren Schritt und betritt sein Medizinzelt. Und dann ist er allein.

Allein an seinem Ort der Abgeschiedenheit, seinem Ort für langwierige Magie.

Der Ort ist nicht groß, gerade hoch genug, um stehen zu können, gerade groß genug, um Magie wirken und alles verstauen zu können, was an einem sicheren und geheimen Ort verstaut werden muß. Das Zelt befindet sich ebenso wie die Wohnung im Keller dieses Hauses, das von niemandem mehr bewohnt wird außer ihm, Shell und den Kindern. Bevor er Änderungen vornahm, bevor er dieses Versteck schuf, hat er den ungewöhnlichen Schritt unternommen, den Geist dieses Hauses zu konsultieren. Der Geist hat ihn willkommen geheißen und ihn eingeladen, sich sein Versteck zu schaffen und seine Magie hier zu wirken. Er schien froh zu sein, eine Art Unterschlupf bereitstellen zu können. Seitdem hat er sich oft manifestiert, um mit ihm zu reden, um ihm von Geistern wie ihm selbst und von den Menschen zu erzählen.

Aber es sind nicht die Menschen, die ihn heute abend beunruhigen. Es ist die Brieftasche, die Shell gestern gestohlen hat, die Ausweiskarte in der Brieftasche, das Bild der Frau auf dieser Karte. Das Bild der Frau ähnelt jemandem, den er einst kannte. Er fragt sich, ob das Zufall ist oder nicht und was er deswegen unternehmen soll.

Eine Zeitlang sitzt er mit gekreuzten Beinen vor der Truhe, die ihm als ritueller Altar dient. Die Kerze, die dort brennt, wirft genug Licht, damit er die vielen Artefakte in seinem Zelt sehen kann: die Behälter mit farbigem Sand und Mineralien, Kästchen mit Kristallen, Tierfelle, Knochen, Trommeln, Rasseln. Was ihm das Kerzenlicht nicht zeigt, ist die Antwort, die er sucht.

Er hebt seine Flöte, befingert das sorgfältig bearbeitete Holz, beobachtet, wie der Kerzenschein über den wachsartigen Lack flackert. Als er die Flöte an die Lippen hebt, spielt er keine bestimmte Notenfolge, keine feste Melodie. Er läßt die Musik aus seinem Innern fließen. Er läßt seinen Geist das Lied gestalten.

Nach kurzer Zeit flackert das Kerzenlicht. Bandit geht auf, daß er nicht mehr allein ist.

Die Gestalt im hinteren Teil seines Medizinzelts sieht wie ein alter Mann aus. Bandit nennt ihn Alter Mann. Dieser Name erscheint ihm angemessen. Er hat einmal gedacht, Alter Mann sehe irgendwie asiatisch aus, aber er hat sich geirrt. Alter Mann sieht amerindianisch aus. Sein dünnes graues Haar fällt ihm über die Schultern. Er trägt Kleidung aus ockerfarbenem und dunkelbraunem Leder und Ketten und Perlen, wie sie die eingeborenen Völker lange vor dem Erwachen trugen. Bandit hat einmal gedacht, Alter Mann könnte Waschbär mit einer menschlichen Maske oder irgendeine Art von Geistführer sein. Auch darin hat er sich geirrt.

»Ich nehme an, du willst etwas«, sagt Alter Mann. »Du hast mich gerufen.«

Bandit nickt. Er erwägt, sich zu Alter Mann umzudrehen, entscheidet sich aber dagegen. Er sitzt der Vorderseite seines Medizinzelts gegenüber, dem Brennpunkt seiner Magie. Das ist so, wie es sein sollte. Das ist die Art des Schamanen. »Ich mache mir Sorgen.«

»Das habe ich mir schon gedacht. Was für Sorgen?«

Bandit holt tief Luft und sagt: »Der Weg des Schamanen ist manchmal schwer zu finden. Ich habe begonnen, indem ich Magie gelernt und die Leute ignoriert habe. Ich habe das Unmögliche versucht. Der Schamane muß eins mit der Natur sein. Die Leute sind ein Teil der Natur und dürfen nicht ignoriert werden. Ich versuchte die Natur kennenzulernen, aber nicht die ganze Natur, also war meine Magie fehlerhaft, und ich bin nicht weitergekommen.«

»Das weiß ich alles«, sagt Alter Mann. »Komm zur Sache.«

»Jetzt versuche ich alles über die Leute zu lernen. Ich habe mich den Leuten geöffnet, glaube ich. Ich lerne wieder. Und entdecke ganz neue Dinge.«

»Und?« Alter Mann klingt ungeduldig.

»Meine Gedanken beunruhigen mich.«

»Das ist nichts Neues.«

»Diese Gedanken sind neu. Ich glaube, Shell hat sie hervorgerufen. Sie bringt mich zum Nachdenken. Über Leute. Es reicht nicht, nur die Leute kennenzulernen, denen man auf der Straße begegnet. Das ist nur der Anfang. Leute sind Individuen. Sie haben verschiedene Persönlichkeiten und Stimmungen und ...«

»Ja?«

»Sie haben verschiedene Beziehungen.«

»Niemand würde das bestreiten.«

»Manche Leute sind Mutter oder Vater. Manche sind nur Freunde. Manche sind gute Freunde und fast so wichtig wie Brüder oder Schwestern.«

Längere Zeit herrscht Schweigen, dann sagt Alter Mann: »Ich weiß nicht, warum du mir das erzählst. Ich bin nur ein alter Mann. Ich habe keine Antworten. Und wenn doch, hätte ich sie wahrscheinlich längst vergessen. Und was würden sie dir nützen? Du bist ein Schamane. Du weißt einiges über die Welt. Du mußt entscheiden. Du mußt eigene Antworten finden.«

»Das weiß ich.«

»Einmal hörte ich einen Mann zu einem anderen sagen: Was soll das alles? Der andere Mann versuchte es ihm immer wieder zu erklären, aber er konnte ihm einfach nicht seine Ansicht vermitteln. Er verstand die Frage nicht. Das konnte er auch gar nicht. Der Mann, der die Frage gestellt hatte, war der einzige, der wirklich wußte, was sie bedeutete. Wie hätten ihm andere seine Frage beantworten können, wenn sie sie doch nicht einmal verstanden?«

»Du verstehst nicht, wovon ich rede?«

»Verstehst du es?«

»Ich glaube schon.«

»Dann laß deine Erklärung hören.«

»Ich bin nicht sicher, ob ich das kann.«

»Das ist keine Antwort. Du bist klüger. Du bist ein Schamane. Du hast sämtliche Feuerproben bestanden. Du hättest die Macht des Initiaten nicht erlangt, wenn du nicht in der Lage wärst, dich dem Schmerz zu stellen. Du wirst nicht weiterkommen, wenn du dich dem Schmerz nicht stellen kannst. Das weißt du. Schmerz ist ein Teil der Welt, und du mußt dich den schlimmsten Schmerzen stellen. Deshalb ist das Einstimmen auf die Leute so wichtig. Der Schmerz von Mutter Erde ist groß, aber was ist das im Vergleich zum Schmerz der

Leute und zum Schmerz in dir selbst? Was gibt es für einen größeren Schmerz als den, welchen du im Augenblick empfindest?«

»Du hast recht.«

Alter Mann hat recht, sagt sich Bandit noch einmal. Der Schmerz, den er jetzt empfindet, ist schlimmer als alles andere. Es ist eine Mischung aus Angst und Schuldbewußtsein und einem Kummer, der so intensiv, so rein und so konzentriert ist, daß er die Tränen nicht unterdrücken kann. Kaum atmen kann, ohne daß sich seine Kehle zuschnürt. »Ich habe so viele Leute ignoriert ... so viel Zeit nur mit Magie verbracht ... Ich hätte mich beinahe damit umgebracht ... das erkenne ich jetzt ... ich habe mich eines Teils meiner selbst beraubt ... ich glaube ... ich glaube ... ich muß ihn mir zurückholen ...«

»Was hat dich als erstes darauf gebracht?«

»Es war Shell ... etwas, das sie gesagt hat. Sie nannte mich ... sie sagte ... Sie sagte, ich sei eine in mich gekehrte Person ... so habe ich mich nie gesehen ... Ich bin ein Schamane ... folge Waschbär ... Das ist alles ...«

»Du bist auch eine Person.«

Bandit nickt. »Ich muß wieder vollständig werden. Eine vollständige Person.«

»Ich nehme an, du weißt, was du zu tun hast.«

Bandit nickt erneut, wischt sich über die Augen. Das Bild der Frau auf der Karte, die Shell gestohlen hat, gibt ihm Gewißheit.

»Ich schätze, du bist jetzt bereit.«

Bandit nickt.

Bereit zu allem.

14

Die Straße ist ein waberndes Phantom, das ihr entgegenströmt, weiße verschwommene Linien, die im grellen Scheinwerferlicht des Pick-ups leuchten. Sie befindet sich irgendwo südlich von Bangor und nähert sich Portland. Der Motor des Pick-ups heult, Anzeigen sind nah am oder im roten Bereich. Die Jagd nach ihrem Jungen führt sie jetzt nach Boston. Dort wird sie die einzige lebende Person finden, die gewußt hat, daß sie in der Hütte an der Straße nach Nirgendwo sein würde.

Diese Person hat sie verraten. Ob dieser Verrat absichtlich erfolgt ist oder das Resultat eines dummen Versehens war, ist unerheblich. Der Verrat ist sie teuer zu stehen gekommen, und sie wird ihre Schulden eintreiben. Dabei sollte sie mehr über den Kopfgeldjäger O'Keefe und die anderen Elfen erfahren, die ihr Junges gestohlen haben, zum Beispiel ihren Aufenthaltsort.

Kann es Boston sein? Das wäre zu einfach.

Plötzlich jault eine Sirene. Tikki wirft einen Blick in den Rückspiegel und sieht hinter sich ein Blinklicht. Irgendein Streifenwagen ist nur dreißig Meter hinter ihr und schließt rasch auf. Die Geschwindigkeit, mit der er aufschließt, weckt den Wunsch in Tikki, einen schnelleren Wagen als diesen Pick-up zu haben.

Sie schlägt das Steuer nach rechts ein und fährt auf die rechte Fahrbahn, aber der Streifenwagen wird plötzlich langsamer, anstatt sie zu überholen, und folgt ihr nach rechts.

Die Sirene jault und kreischt.

Eine Stimme donnert: »*FAHREN SIE RECHTS RAN!*«

Und jetzt muß sie eine Entscheidung treffen. Wahrscheinlich halten sie diese Polizisten wegen etwas ganz Trivialen wie Geschwindigkeitsübertretung an. Sie sind möglicherweise völlig ahnungslos, werden aber rasch erkennen, daß der Wagen gestohlen ist, auch wenn sie vielleicht nur dämliche Hinterwäldler-Cops oder Konzern-Zonies sind. Sie könnte sie ignorieren und einfach weiterfahren, aber dann würden mehr Zweibeiner kommen und eine Konfrontation erzwingen. Sie könnte den Pick-up aufgeben und fliehen, aber das würde sie Zeit kosten, und jeder Augenblick, der verstreicht, steigert ihre Wut und droht das vernünftige Denken durch die wildesten Regungen ihres Instinkts zu ersetzen. Sie kann sich die mit ihrem Instinkt verbundenen Kosten ebensowenig leisten wie einen weiteren Zeitverlust. Im Grunde hat sie nur eine Möglichkeit.

Sie setzt den rechten Blinker, bremst und fährt auf den rechten Randstreifen. Der Streifenwagen folgt ihr dichtauf. Als sie anhält, bleibt der Streifenwagen etwa fünf Meter hinter ihr stehen. Sie zählt bis drei, wobei sie das Blinklicht beobachtet, dann legt sie den Rückwärtsgang ein und gibt Vollgas.

Der Motor des Pick-ups heult auf. Reifen quietschen und kreischen und wühlen sich in den nicht asphaltierten Boden. Der Pick-up beschleunigt rasch, aber nicht sehr lange. Sein Heck prallt gegen die Front des Streifenwagens. Plastistahl wird eingedrückt, und der Aufprall schleudert Tikki gegen die Rückenlehne ihres Sitzes. Der damit verbundene Schock kostet sie eine halbe Sekunde, aber dann stürzt sie zur Fahrertür hinaus, stürmt auf den Streifenwagen los, katapultiert sich durch die Luft und über die eingedrückte Fronthaube des Streifenwagens.

Beim Absprung streckt sich ihr Körper und schwillt an. Kleidung reißt und platzt förmlich von ihr ab. Schwarzgestreiftes blutrotes Fell überzieht ihre Haut. Die Kiefer wachsen enorm. Hände werden zu mächtigen krallenbewehrten Pranken, die die Windschutzscheibe des Streifenwagens zerschmettern.

Die Cops schreien panikerfüllt; sie stinken nach

Angst und Entsetzen, aber dann ist sie im Wagen – wirft sich herum, dreht und wendet sich, reißt Gürtel von Uniformen und Sprechfunkverbindungen aus dem Armaturenbrett.

In der Hektik dieser Augenblicke dröhnt eine Pistole neben ihrem Ohr auf, aber sie hört das Geräusch kaum und spürt das Brennen noch weniger, als ihr ein Streifen Fell und Haut von der Seite ihres Kopfes weggerissen wird. Sie trifft einen Kopf mit ihrer Pfote, und der Kopf knallt gegen das Fenster in der Beifahrertür, und einer der Cops wird schlaff. Er lebt noch, ist aber bewußtlos. Den anderen setzt sie ebenso rasch außer Gefecht.

Damit bleibt ein Problem, mit dem sie langsam allzu vertraut ist. Was soll sie anziehen?

Ihr Blick fällt auf die blauen Uniformen der Cops.

15

»Amy? … *Amy!*«
Erschrocken sieht Amy auf und sich um.

Heute abend trägt sie ihr neustes, teuerstes Abendkleid, ihr Armante Starlight-Kleid aus hautengem, mit unechten Diamanten besetzten Goldstoff, der sie mit einem subtilen goldenen Schein umgibt. Eigentlich sollte das Kleid von jemandem mit einer viel üppigeren Figur als ihrer getragen werden, aber sie hat sich dazu durchgerungen, die Investition zu tätigen und das damit verbundene Risiko einzugehen, und zwar um des Mannes willen, der ihr gegenübersitzt.

Auf der anderen Seite des funkelnden Kristalltisches sitzt Harman Franck-Natali in seinem Saville Nights-Anzug, in dem er ganz wie der erfolgreiche Exec aussieht. Amy bemerkt, daß Harman sie ansieht, als sei er entweder verwirrt oder wütend, und das ist merkwürdig. Harman ist normalerweise die Beherrschung in Person. Was ist los?

Neben dem Tisch steht ein älterer grauhaariger Mann, ein Kellner im Frack, ein Spiegelbild der Würde und Eleganz der Alten Welt. Er paßt perfekt in die Umgebung. Der Hauptspeisesaal des Avant Tout ist durch das gedämpfte Licht der Kristalltische indirekt beleuchtet. An der Decke leuchten Regenbögen. Aus verborgenen Lautsprechern schallt leise der Gesang der Wale. Die Atmosphäre läßt sich als zurückhaltend opulent beschreiben.

»Würde es dir etwas ausmachen zu bestellen?« fragt Harman.

Auf dem Tisch vor ihr wartet die glitzernde Speisekarte. Natürlich hat sie sie sich kaum angesehen, und jetzt warten alle auf ihre Entscheidung. Harman wartet schon wieder. Früher am Abend hat sie ihn fast eine halbe Stunde warten lassen, in der sie sich angekleidet hat. »Was nimmst du?« fragt sie.

»Es dauert noch ein paar Minuten«, sagt Harman zum Kellner.

»Selbstverständlich, Sir. Madame.« Der Kellner verbeugt sich und geht.

Harman hebt die rechte Hand, Handfläche nach oben, als wolle er fragen, was los ist, und sagt: »Wirke ich so einschläfernd auf dich?«

»Entschuldige«, sagt Amy, die plötzlich die Enttäuschung in seinen Augen sieht. Sie kann gerade noch ein Stöhnen unterdrücken. »Ich verderbe alles.«

»Das verstehe ich nicht.«

»Es ist die Arbeit. Ich bekomme sie einfach nicht aus dem Kopf.«

Harman zögert einen Augenblick, wobei er sie mustert, dann sagt er: »Warum vergessen wir das Essen nicht einfach? Für mich war es auch ein langer Tag. Wir können uns irgendwo etwas zu essen holen, und ich fahre dich nach Hause. Unterwegs können wir uns unterhalten.«

Amy nickt, dankbar, traurig und enttäuscht, aber resigniert.

Harman hat gewollt, daß dies ein besonderer Abend wird. Sie treffen sich jetzt seit genau einem Jahr, und es hat den Anschein, als würde es etwas mit ihrer Beziehung. In letzter Zeit reden sie immer von ›wir‹ und ›uns‹, wenn sie sich über die Zukunft unterhalten. Amy gefällt das. Es hat lange gedauert, bis sie jemandem begegnet ist, mit dem sie solche Gespräche führen kann wie mit Harman. Sie hat das sichere Gefühl, daß er derjenige sein könnte, mit dem sie den Rest ihres Lebens verbringen kann. Sie hofft es. Sie hofft, er versteht, daß ihre Probleme heute abend nichts mit ihren Gefühlen für ihn zu tun haben.

Sie gehen zur Tür. Harman holt ihren Schal aus der Garderobe und legt ihn ihr behutsam um die Schultern.

Ihr gelingt ein Lächeln des Dankes. Ein befrackter Türsteher begleitet sie nach draußen und zu dem breiten, halbkreisförmigen Weg, der um den Springbrunnen vor dem Haupteingang des Restaurants herumführt. Ein Parkwächter im schwarzen Anzug bringt Harmans stattlichen Mitsubishi Patrician. Der Türsteher öffnet Amys Tür.

»Au revoir, Madame.«

»Ja. Vielen Dank. Gute Nacht.«

Harman fährt auf die Siebte und Richtung Innenstadt. Nur ein paar Blocks nördlich vom Times Square befindet sich einer der kleinen Schätze dieser Stadt: Das Delikatessengeschäft auf der Second Avenue. Touristen suchen es in der Gegend der Turtle Bay, aber tatsächlich befindet es sich direkt hier im Herzen der Stadt am Duffy Square. Harman geht allein hinein und holt ihnen heiße Pastrami-Sandwiches, eine Karaffe Wein und zwei Tassen Kaffee. Sie essen im Wagen, der direkt am Randstein geparkt ist, zur Begleitung klassischer Melodien aus Harmans reichhaltiger Stereo-Kollektion.

»Picknick in der Stadtmitte«, sagt Harman.

»Es ist wunderbar.«

Gibt es einen besseren Platz, um zu essen, als so nah am Theaterviertel, wo sich die Dramen der Autoren bemühen, das Drama des Lebens zu erhellen? Und es ist durchaus sicher. Wagen der NYPD Inc. fahren ständig vorbei. Zwei uniformierte Beamte von Winter Systems stehen direkt vor dem Delikatessengeschäft und haben ein wachsames Auge auf alles.

»Es muß an deinen Revisoren aus Tokio liegen«, sagt Harman. »Mischen sie sich in alles ein?«

Amy nickt. Sie nimmt an, daß es jetzt wohl Zeit für die Unterhaltung ist, die Harman erwähnt hat. Sie will ihn nicht mit ihren Arbeitsproblemen belasten, aber sie will ihn auch nicht ausschließen. Sie ringt mit diesem kleinen Dilemma und kommt schließlich zu dem Schluß, daß es wichtig ist, daß er es erfährt. Er ist ihr mittlerweile ebenso wichtig wie ihre Karriere, vielleicht sogar noch wichtiger. Sie sollte keine Geheimnisse vor ihm haben. Doch wo soll sie beginnen? »Du weißt, was für ein Chaos bei HC geherrscht hat, als ich dort angefangen habe. Ein paar Abteilungen brauchten Monate, nur um ein neues Softwarepaket zu bestellen.«

Harman nickt und lächelt. »Du hast verdammt gute Arbeit geleistet, das in Ordnung zu bringen.«

»Ich habe getan, was ich konnte«, stimmt Amy zu, »aber ich bin ganz allein. Die Priorität des Einkaufs war offensichtlich. Unglücklicherweise gibt es noch eine Menge auf der anderen Seite der Gleichung zu tun, und genau die nehmen die Revisoren gerade unter die Lupe.«

»Den Verbrauch der Ressourcen?«

»Verbrauchskontrolle …«, nickt Amy, die sich an ihre ›Unterhaltung‹ mit Kurushima Jussai erinnert. »Für irgendein metawissenschaftliches Experiment haben wir den Niednagel eines Drachen gekauft. Haben wir ihn je benutzt? Tja, er hat uns eine halbe Million Nuyen gekostet. Warum können Sie die Frage nicht beantworten?«

»Ich wußte gar nicht, daß Drachen Niednägel bekommen können.«

»Ich habe nur Spaß gemacht.«

»Ich auch.« Harmans entschuldigendes Lächeln wird warm und mitfühlend. »Es tut mir leid. Ich will mich nicht über deine Situation lustig machen. Es ist nur irgendwie überraschend … eine halbe Million Nuyen. Manchmal kommt es mir so vor, als würden meine Leute in einer Woche so viel für Getränke ausgeben.«

»Ich weiß.« Amy beobachtet das Spiel der Gefühle in Harmans Gesicht, dann beugt sie sich vor und küßt ihn auf die Wange. »Ich weiß ganz genau, was du meinst.«

Und tatsächlich ist Harmans Reaktion völlig normal. Er ist Verkaufsdirektor bei Mitsuhama Systems Engineering, einem Zweig von Mitsuhama UCAS. Mitsuhama ist einer der mächtigsten Megakonzerne der Welt.

Hurley-Coopers Muttergesellschaft, KFK International, ist auch ziemlich groß, aber HC mit Harmans MSE zu vergleichen, wäre einfach lächerlich. Harmans Verkaufsabteilung umspannt den ganzen Globus und verdient Milliarden. Hurley-Cooper Laboratories leistet wichtige Arbeit und erwirtschaftet einen anständigen Profit, aber in Nuyen ausgedrückt, sind es kleine Fische.

»Habt ihr keinen Direktor für Ressourcen?« fragt Harman.

»Doch, Bob Ganz«, erwidert Amy. »Er ist der Direktor für Ressourcen-Management. Das ist ein weiteres Problem.«

»Erzähl.«

Vor einem Jahr hätte sie Harman verwundert angesehen und sich gefragt, warum der Verkaufsdirektor von Mitsuhama Systems Engineering so interessiert an ihren Problemen ist. Diese Zweifel sind mittlerweile verflogen. Harmans Stimme ist sanft, seine Miene drückt Anteilnahme aus. Er würde keine Sekunde mit einer kleinen Firma wie Hurley-Cooper verschwenden, aber es ist ihre kleine Firma, und das macht einen großen Unterschied. Sie ist sicher, daß er nichts, was sie ihm erzählt, ausplaudern wird.

»Bob ist nicht sehr phantasievoll.«

»Das ist nicht gut.«

»Und er benutzt BTLs.«

Sie wissen beide, was das bedeutet. Durch das Wunder des virtuellen Erlebens vermitteln BTLs Erfahrungen, die *Better Than Life*, besser als das Leben, sind. Es handelt sich um erlebnisdichte SimSinn-Chips mit Megaoutput, die absolut süchtig machen. »Dann sollte er gehen«, sagt Harman leise.

»So einfach ist das nicht.«

»Chipheads sind weder gut für HC noch gut für dich.«

»Bob ist jetzt seit fast dreißig Jahren bei HC. Er hat

sich von ganz unten hochgearbeitet. Er ist einer von diesen Menschen, die immer doppelt so hart arbeiten wie alle anderen, weil sie ihre Grenzen kennen. Ich glaube, daß er deshalb bei den BTLs gelandet ist. Er wollte einfach mehr aus sich herausholen.«

»Früher oder später wird er ausbrennen.«

»Vielleicht. Ich habe mit ihm geredet und ihm ein Ultimatum gestellt: Sie sind ein guter Mann, und Sie leisten gute Arbeit, aber unterziehen Sie sich einer Behandlung. Werden Sie clean, oder Sie sind draußen. Ich glaube, er macht Fortschritte.«

»Und du glaubst, er hat eine Chance verdient.«

»Ja, das glaube ich.«

»Also hängt deine Ressourcen-Gruppe momentan in der Luft, und jetzt bleibt es an dir hängen.«

Amy sieht ihn an und nickt.

»Ist es das wert?«

Das ist eine Frage, die sich Amy schon mindestens ein paar millionenmal gestellt hat. Irgendwie findet sie immer dieselbe Antwort. Sie zwingt sich, sie jetzt mit Überzeugung vorzutragen. »Wenn ich nicht bereit bin, für meine Überzeugungen einzustehen, sollte ich mich aus dem Spiel zurückziehen.«

»Ich bewundere deine Beharrlichkeit.«

»Du würdest das gleiche tun.«

»In deiner Situation? Das würde ich gerne glauben. Ich hoffe, ich hätte deine Courage. Es gibt einige Veränderungen, die ich gerade im Moment gerne vornehmen würde, aber ich bin von Haien umgeben.«

»Harman, du brauchst dich nicht zu entschuldigen.«

»Ich will, daß du mich verstehst.«

»Ich verstehe dich ja. Wirklich.«

Harman befindet sich in einer ganz anderen Situation als sie. Menschen spielen weder bei Mitsuhama noch in Harmans Zweig eine Rolle. Dort gibt es nur ein Thema, und das heißt ›Produkt‹ oder ›Verkauf‹. Harman scheint den größten Teil seiner Zeit Abwehrschlachten gegen Vorgesetzte, die ihm möglichst viele Knüppel zwischen die Beine werfen wollen, und Untergebene zu führen, die ihm den Boden unter den Füßen wegziehen wollen, vorzugsweise so blutig wie möglich. Harman kann sich nicht die Zeit nehmen, sich um menschliche Fragen zu kümmern. Er wäre ein Narr, es auch nur zu versuchen. So brutal sind seine Arbeitsbedingungen.

»Überlegst du immer noch, bei MSE auszusteigen?«

»Ich überlege es mir sehr ernsthaft«, sagt Harman entschlossen. »Ich beneide dich wirklich um deine Stellung. Das geht mir wirklich an die Nieren, weißt du. Du bist Direktor bei einer kleinen Laborgruppe, aber deine Arbeit gibt dir das Gefühl, daß du etwas zur Welt beisteuerst. Ich habe Leute auf der ganzen Welt und das Gefühl, durch einen Teich voller Piranhas zu schwimmen und trotzdem nichts zu erreichen.«

»Willst du meine Meinung hören?«

»Die kenne ich bereits.« Er lächelt und nimmt ihre Hand. Ihre Finger verschränken sich. »Weißt du, eigentlich wollte ich heute abend über uns reden.«

»Es tut mir so leid.«

»Ist schon in Ordnung. Wir hatten beide einen schrecklichen Tag, glaube ich. Vielleicht können wir es nächste Woche noch einmal versuchen, wenn du die Revisoren los bist. In der Zwischenzeit möchte ich, daß du über uns nachdenkst und auch darüber, was du willst. Du weißt, was ich meine.«

Amy nickt. »Ich liebe dich.«

»Und ich liebe dich.« Harman hält inne, lächelt und sagt leise: »Sollen wir es dabei belassen?«

Amy nickt, lächelt. »Ja. Das wäre gut.«

Sie machen sich auf die Heimfahrt. Vor der Triborough Bridge kriecht der Verkehr nur noch im Schrittempo. Amy sieht aus dem Seitenfenster in die Nacht hinaus. Ihre Sorgen bezüglich Hurley-Cooper und KFK und vor allem Kurushima Jussai nehmen sie wieder gefangen.

Bis zum Spätnachmittag war die Liste nicht belegter Ressourcen – Materialien, Ausrüstung, arkane Gegenstände – sehr lang geworden, hatte tatsächlich sogar krisenhafte Proportionen angenommen. Einerseits kann Amy nicht glauben, daß über hundert einzelne Gegenstände einfach vergessen oder übersehen worden sind. Andererseits haben sich ihre schlimmsten Befürchtungen in bezug auf die Tokioter Revisoren bestätigt.

»Amy. Schatz?«

Harman berührt ihre Schulter. Sie merkt auf und stellt fest, daß er sie erwartungsvoll ansieht. Das gilt auch für den uniformierten Beamten der Hafenbehörde, der durch Harmans Fenster in den Wagen schaut.

»Vielleicht noch irgendwann heute nacht, Lady?« bemerkt der Beamte beißend.

Amy wird plötzlich klar, was los ist. Das ist einer der wirklich bezaubernden Aspekte eines Besuchs in Manhattan. Man braucht den richtigen Ausweis, um hinein- oder herauszukommen, ansonsten kann man sich auf eine deftige Auseinandersetzung mit der Polizei gefaßt machen. Amy hat ihren Ausweis durch Hurley-Cooper bekommen, zusammen mit anderen Execs, und zwar aufgrund der Tatsache, daß HC Büroräume in der New Bronx Plaza gemietet hat. Sie fischt die graue Karte aus ihrer Brieftasche. Bevor sie auch nur aufsehen kann, winkt der Beamte sie bereits durch.

Harman fährt über die Brücke und auf den Bruckner Expressway, dann weiter nach Scarsdale, dem Konzernviertel der Stadt. Amy hat ihren Anwohnerausweis bereits in der Hand, als Harman vor dem Wächterhaus ihres Wohnkomplexes anhält.

»Ich wünsche Ihnen eine bessere Zukunft«, sagt der Wachmann gutgelaunt.

Mit einem Anflug von Galgenhumor erwidert Harman: »Das können Sie zweimal sagen.«

16

Die Reifen des Lieferwagens quietschen, als sie um eine Ecke biegen und dabei mit zwei Reifen abheben. Monk greift nach der Tür und hält sich mit der anderen Hand am Armaturenbrett fest, so daß es ihm gelingt, einigermaßen aufrecht auf seinem Sitz zu bleiben. Blinkende Schilder, Verkehrsampeln, die Scheinwerfer anderer Fahrzeuge und Menschentrauben auf Übergängen, Bürgersteigen und in Passagen huschen alle in einem einzigen verschwommenen Nebel vorbei.

Minx wirft ihm einen Blick zu und grinst. »Halt dich fest, *du Kick!*« ruft sie. Und die Reifen quietschen wieder.

Monk schwankt über die Mittelkonsole und wieder zurück. Er nimmt einen letzten tiefen Zug von seiner Zigarette, dann wirft er den Stummel aus dem Fenster. Es ist nur eine ganz gewöhnliche Millennium Red, aber sie weckt in ihm das Gefühl, als fliege er, fliege ganz hoch, direkt in den Orbit.

Wusch! *Und ab geht's!*

Und hier sind sie, Minx und er, und fliegen durch die Straßen von Sektor 10, dem überbevölkerten, schmutzigen, drekverkrusteten Industrieviertel des Newarker Plex', das ›The Stacks‹ – die Schlote – genannt wird. Lagerhäuser und Fabriken rauschen vorbei. Große Laster dröhnen, Dreiklanghörner hupen. Kurven werden genommen. Null Streß, keine Action. Keine Chance, daß er sich in die Hose macht. Der Lieferwagen schlingert durch einen Slalomkurs aus Autos und Motorrädern, die überall auf der Straße und dem Bürgersteig stehen beziehungsweise auch auf dem Dach liegen, und bremst abrupt. Null Problemo, *Omae*.

»Also los, du Kick!« ruft Minx.

Sie steigen aus, beide mit Gesichtsmasken, Handschuhen, großen schwarzen wasser- und blutabweisenden Stiefeln und dunkelgrauen Overalls mit der Aufschrift GERICHTSMEDIZIN bekleidet. Ein Cop in voller Kampfmontur einschließlich Vollvisier, Körperpanzer und Maschinenpistole deutet auf die Straße und sagt mit metallisch klingender Stimme: »Da liegt das Fleisch. Bedient euch.«

»Sahne«, erwidert Minx. »Sechs-zwo und glatt.«

»Ende und aus«, fügt Monk hinzu.

Minx stößt ihm in die Rippen und kichert.

Monk grinst.

Die Straße sieht wie ein Kriegsgebiet aus. Abgesehen von den überall herumstehenden Autos und Motorrädern und den Abschleppwagen, Leichenwagen, Feuerlöschzügen und Cop-Kutschen, sieht Monk drei Häuser mit zerschmetterten Fenstern und ein kleineres Gebäude, ein SimSinn-Theater, dem jetzt der größte Teil des ersten Stocks fehlt, da besagtes Stockwerk nur noch ein Haufen Drek ist, der auf der Straße liegt. Überall sind Leichen, sie liegen im Rinnstein, hängen halb aus ausgebrannten, umgekippten Wagen, liegen unter Schutt und Geröll.

Welche Leichen wollen sie? fragt sich Monk. Das ist offensichtlich. Die besten.

Die besten sind manchmal schwer zu finden. Sie sehen eigentlich genauso aus wie diejenigen, die wirklich tot sind – so tot, wie sie nur sein können. Ganz blutig mit vorstehenden Knochen und aus den Höhlen gequollenen Augen und ähnlichem Drek. Total eklig und vollkommen daneben. Die besten können genauso zermatscht und verstümmelt aussehen, aber es gibt einen Unterschied. Was Minx den ›subtilen Glanz des Lebens‹ nennt, ist noch da. Wie eine Aura. Sehr subtil. Diesen schwachen Glanz vor dem grellroten Dunst des Tageslichts zu sehen, ist nicht leicht. Glücklicherweise haben sie die Nachtschicht. Der schwach rötliche Glanz des Lebens hebt sich ziemlich klar vom matten, brütenden rötlichen Dunst der Nacht ab.

»Die da«, sagt Minx, auf eine Leiche deutend. »Und die.«

Minx hat reichlich Erfahrung.

Der Cop zuckt die Achseln. »Schafft sie weg.«

Sie schnappen sich jeder eine Bahre aus dem Laderaum des Lieferwagens und eilen zu den Leichen. Die erste sieht aus wie ein Gangmitglied in Kunstleder: Stacheln und haufenweise Farben und Tätowierungen. Die zweite sieht wie ein normaler Bürger aus, wie irgendein Pinkel. Die Todesursache ist nicht unbedingt offensichtlich, und Monk ist sie auch völlig egal. Nachdem man die ersten hundert Leichen gesehen hat – zermatscht, verstümmelt, erschossen, erstochen, zerstückelt wie für eine Mahlzeit –, wird es schnell zur Routine. Sie laden erst die eine, dann die andere Bahre in den Lieferwagen und knallen die Türen zu.

Aus einem Impuls heraus winkt Monk dem Cop zu und sagt schlicht: »Mach's gut.«

»Bis zum nächsten Mal«, erwidert der Cop.

Minx kichert.

Fünf Blocks entfernt parkt Minx den Lieferwagen vor einem Voodoo Chili und stellt den Motor ab. Sie gehen in den Laderaum. Die Leichen liegen dort auf den Bahren, liegen dort wie tot. Die schwachen Spuren des Lebens werden von Minute zu Minute schwächer, aber das macht nichts, weil jetzt alles geregelt ist. Niemand wird sie stören, weil Seiten, Front und Heck des Lieferwagens mit der Aufschrift ›Stadt Newark. Gerichtsmedizin‹ versehen sind. Die meisten Leute wissen, daß das gleichbedeutend ist mit ›eklige Abgekratzte an Bord‹. Und niemand mag eklige Abgekratzte.

Nun … Fast niemand.

»Ich will den Pinkel«, sagt Minx.

Minx holt ihre Sony Budcam heraus und schießt ein paar Bilder von den Leichen für ihre Sammlung. Monk hebt den schlaffen Arm des Gangmitglieds und wedelt mit ihm vor Minx' Gesicht herum. »Ich komm dich jetzt holen, Jessica«, ächzt Monk.

»Iiiihhhh!« kreischt Minx. »Okay, *laß es uns tun, Kicky!*«

Monk beugt sich herab, preßt seinen Mund auf den des Gangmitglieds und atmet dann langsam ein. Es ist so ähnlich wie Mund-zu-Mund-Beatmung, nur umgekehrt. Der Hauch des Lebens? Es richtig zu machen, ist schwierig. Man kann ebenso leicht Leben geben, anstatt es einfach zu nehmen, und das kann echt abgedrehte Folgen haben. Aber diesmal geht alles gut. Die Woge, die seine Lungen füllt, ruft ein Prickeln in ihm hervor und steigt ihm zu Kopf, bis ihm schwindlig wird. Alles in allem ist das damit verbundene Hochgefühl besser als Sex.

Er setzt sich, seufzend, grinsend, satt und zufrieden. Minx zieht ihre Hand aus der Hosentasche des Pinkels und hält zwei silberne Kredstäbe hoch.

»Sieh mal, was ich gefunden habe«, sagt sie leise.

Im dunkelroten Dämmerlicht des Laderaums glühen Minx' Augen wie Vulkan-Lava, die echt feurig und heiß sein soll. »Nova.«

Monk grinst.

17

Es ist nach vier Uhr morgens, als Amy laut seufzt und sich schließlich von der Vorstellung löst, wieder einschlafen zu können. Am Abend zuvor ist sie dank einer Schlaftablette wie ein Stein eingenickt, kaum daß sie sich hingelegt hatte, aber die Wirkung der Schlaftablette hat nicht lange angehalten. Eine Weile ist sie zwischen Dösen und Wachliegen gependelt, aber seit einer Stunde liegt sie nur noch da und starrt ins Dunkel. Dies ist eine der Gelegenheiten, bei denen sie froh ist, allein zu leben. Es ist niemand da, den sie stören würde.

Warum kann sie nicht schlafen? Sie kennt den Grund. Und es hat keinen Sinn, es noch länger aufzuschieben.

Sie wählt Harmans Privatnummer und seufzt erleichtert, als sich sein Anrufbeantworter meldet. Es ist noch früh. Sie will ihn nicht wecken.

»Liebling«, sagt sie leise. »Ich gehe früh zur Arbeit und werde den ganzen Tag nicht im Büro sein. Ich weiß nicht, wann ich nach Hause komme, also rede ich morgen mit dir.«

Nach einem Augenblick des Zögerns fügt sie hinzu: »Warum versuchen wir es nicht am Freitag noch mal mit Abendessen? Vielleicht auf Long Island? Entscheide du. Ich liebe dich. Bis dann.«

Eine Dusche spült ihr die Spinnweben aus dem Kopf. Sie zieht sich an, schluckt Vitamine, trinkt Saft, schnappt sich ihre Aktentasche und bleibt dann vor dem Kleiderschrank an der Wohnungstür stehen, um Jacken und Mäntel zu begutachten. Die offensichtliche Wahl, ihr schwarzer Zoé-Trench, würde es heute nicht bringen. Darin sieht sie zu sehr nach Pinkel aus, nach dem braven Konzernmädchen, das sich der schicken Konzernmode anpaßt. Kurzum, in dem Trench würde sie zu sehr den Vorstellungen der Leute aus Tokio entsprechen.

Gestern hat sie zuviel von den Revisoren hingenommen, hat sich von ihnen deprimieren und herunterziehen lassen, und das hat dazu geführt, daß sie einen potentiell bezaubernden Abend in der Stadt ruiniert hat.

Es reicht.

Heute wird sie die Initiative ergreifen und dafür sorgen, daß alles geradegebogen wird. Sie will Antworten, und sie wird Antworten bekommen oder zumindest alles versuchen.

Sie zieht ihre fluoreszierende gelbe Kunstlederjacke an und nimmt dazu passende Handschuhe und einen Helm aus dem Schrank. Dann tauscht sie die Aktentasche gegen einen Rucksack aus, ebenfalls fluoreszierend gelb, und zieht Stiefel mit flachen Absätzen an.

Der Fahrstuhl befördert sie ins unterirdische Parkhaus des Wohnkomplexes. Neben ihrem Toyota Arbiter GX steht eine Harley Roadraider. Der Toyota ist silbergrau und würdevoll, schiere exekutive Kraft. Die Harley ist fluoreszierend gelb, grell genug, um einem Betrachter die Augen zu verbrennen, und hat so viel mit einem Pinkel gemein wie, tja … sie weiß nicht, was.

Sie schnallt sich den Rucksack auf den Rücken und setzt den Helm auf. Die Harley erwacht grollend zum Leben. Sie läßt sie aufheulen und fährt dann die Rampe hinauf. Es ist noch nicht einmal fünf Uhr früh. Die hohen silbrigen Straßenlaternen vor dem Wohnkomplex werfen ein orangefarbenes Licht. Amy steuert die Haupteinfahrt des Wohnkomplexes an.

Ob hinein oder heraus, die Wachen wollen einen Ausweis sehen. Amy hält an, klappt ihr verspiegeltes Visier hoch und zeigt ihren Ausweis. Der Wachmann grinst. Er heißt Mo – ›Mo‹ *Rasheen*. Was für ein Name. Mit tiefer, musikalischer Stimme sagt er: »Wie ich sehe, sind Sie heute in der Stimmung, dem Ärger ein Schnippchen zu schlagen, Ms. Amy.«

Amy lächelt und sagt: »Das wird sich noch herausstellen.«

»Nun, ich wünsche Ihnen jedenfalls einen guten Tag!«

»Danke.«

Ein Kilometer Nebenstraßen bringen sie zur Auffahrt des Hutchinson River Parkway – fünf Fahrspuren aus Asphalt, der so glatt wie Glas ist und auf dem zu ihrer Überraschung so gut wie kein Verkehr herrscht. Sie gehört keiner Motorradgang an, beschließt jedoch, daß heute ein guter Tag ist, um die Harley laufen zu lassen. Sie hat die Autobahn noch nie so leer gesehen. Sie gibt Gas, bis der Motor laut heult und sie hundertsiebzig, hundertachtzig erreicht. Schnell genug für ein saftiges Bußgeld, aber nicht so schnell, daß es Wahnsinn wäre.

Der Cross Country Parkway bringt sie zur Schnellstraße. Sie rauscht mit überhöhter Geschwindigkeit an einem auf dem Randstreifen geparkten Polizeiwagen vorbei, doch nichts geschieht. Vielleicht ist es Karma. Vielleicht ist heute ihr Tag.

Sie erreicht die Bronx und nimmt die Ausfahrt zum Van Cortlandt Industriegebiet, in dem von Chemiefabriken über Bürohochhäuser bis zu kleinen Firmen, die Subprozessorchips und Servos für Cyberware bauen, alles ansässig ist. Das Ende der Ausfahrt wird von dunkelblauen Limousinen und Lieferwagen von Apollo Services versperrt. Apollo Services ist eine Yamatetsu-Tochter, die sich auf die Sicherheit von Industriegebieten, Einkaufszentren und so weiter spezialisiert hat.

Amy hält an, um ihren Ausweis zu zeigen, dann fährt sie in den nordöstlichen Quadranten. Die metawissenschaftliche Anlage von Hurley-Cooper ist von einer hohen Hecke und einem Zyklon-Zaun umgeben. Amy hält vor dem Eingang. Zwei rot und schwarz uniformierte Wachen treten aus ihrer Stube und mustern sie von oben bis unten, als wollten sie sagen: *Wer ist die Schlampe?*

Ihre Haltung ändert sich radikal, als sie ihren Ausweis zeigt, die Karte mit ihrem Holo und dem Aufdruck ›DIREKTOR‹ in großen schwarzen Druckbuchstaben. »Ms. Berman!« der Sergeant grinst und kichert unterdrückt. »Ich wußte gar nicht, daß Sie einen Hobel fahren.«

»Das ist eine Harley, Sergeant.«

»Das ist eine *Harley*? Sie sieht aus wie ...« Der Sergeant unterbricht sich, sieht sie an und sagt: »Ich meine ... na ja ...«

Amy nickt. »Sie haben ganz recht.«

Aus irgendeinem unerfindlichen Grund stellen sich die Leute so etwas wie eine Honda Viking vor, wenn sie Harley hören: groß, klobig und genug Dampf, um einem Troll Flügel zu verleihen. Ihre Roadraider sieht absolut nicht so aus, noch weniger ›Harley‹ als die Harley Scorpion. Das heißt nichts anderes, als daß sie nach Tempo aussieht, nach halsbrecherischen Jagden durch Seitenstraßen mit noch halsbrecherischen Geschwindigkeiten und nach mühelosem Meistern von Kurven, neben denen sich SimSinn-Star Holly Brighton so glatt wie ein Junge ausnimmt.

Sie hat ein gewisses *je ne sais quoi*.

Man könnte es auch Stil nennen.

Die Tore öffnen sich. Amy fährt hindurch und an dem fast leeren Parkplatz vorbei zum Haupteingang des Gebäudes. Bei dem Gebäude handelt es sich um ein zweistöckiges Ziegelhaus, das zum Teil mit Efeu bewachsen ist. Was ihm an Höhe fehlt, gleicht es durch Länge und Breite aus.

Hinter dem Empfang in der Lobby sitzt ein weiterer Wachmann anstelle der üblichen Empfangsdame, die erst später am Morgen kommt. Als Amy eintritt, steht der Wachmann da wie eine Salzsäule und starrt wie versteinert auf ein paar Überwachungsmonitore hinter dem Tresen. Er sieht auf, als Amys Stiefelabsätze den Boden der Lobby betreten. Er lächelt und sagt: »Willkommen bei Hurley-Cooper Laboratories, Ma'am. Dürfte ich Ihren Ausweis sehen?«

Es ist schwierig, sich ein Lächeln zu verkneifen.

»Vielen Dank, Ms. Berman. Ich wünsche noch einen guten Tag.«

»Gleichfalls ... Sergeant Frank-o ...«

»Frankavello, Ma'am.«

»Sergeant Frankavello.«

»Jawohl, Ma'am. Danke Ma'am.«

Die Ähnlichkeit mit Harmans Nachname hat gereicht, um sie zu verblüffen. Frankavello, Franck-Natali. Sie lächelt. Der Wachmann lächelt und nickt, und Amy tritt durch die Doppeltür und in den Flur.

COMPUTERRAUM besagt das kleine Schild im Flur. Amys Ausweis öffnet die feuerfeste Tür. Sie betritt einen Raum, der wie ein Banktresor konstruiert ist.

Die Wand zur Linken wird von dem Gestell ausgefüllt, das die Massenspeichermodule für den Renraku System 80 enthält. Rechts befindet sich die Hauptkonsole von der Größe eines normalen Schreibtischs und daneben der große grüne Kasten, der Prozessoren, RAM-Speicher und verschiedene Hardware enthält. Die Frau im pinkfarbenen Pullover und den orangefarbenen Turnschuhen, die die Füße auf die Hauptkonsole gelegt hat, muß der Sys-Op sein. Die Nachtschicht. Sie zuckt zusammen, dreht sich um und fällt fast vom Stuhl, als Amy eintritt.

»Morgen!« ruft der Sys-Op. Die Frau fängt sich wieder und schaltet dann einen dröhnenden Ghettoblaster aus. »Äh ... was liegt an?«

Amy zieht sich einen Stuhl heran, holt ihren Palmtop aus dem Rucksack und reicht dem Sys-Op ein Kabel. »Stöpseln Sie mich ein. Und sehen Sie bitte zu, daß Sie diese Pizza loswerden.«

»Jawohl, Sir! Ma'am! Ich meine ...«

Genau.

Der Renraku System 80 ist im wesentlichen ein Netzwerk-Server, eine immense Bank von Datenarchiven. Er stellt die Interfaces zwischen den Usern der Metawissenschaftsgruppe und netzwerkweiten Operationen primär verwaltungstechnischer Art wie zum Beispiel der Verbrauchskontrolle bereit. Unglücklicherweise ist die Software der Verbrauchskontrolle fehlerhaft. Sie übersieht Dinge, wenn die Eingaben in die wissenschaftlichen Datenbanken nicht nach einem genau festgelegten Schema erfolgen. Es gibt Protokolle und Formate für die Dateneingabe, aber sie sind nicht narrensicher, und Wissenschaftler, die sich zum Beispiel der Erforschung des Blutplasmas verschrieben haben, sind nicht notwendigerweise gut im Eingeben von Daten. Die verschiedenen Abteilungen der Metawissenschaftsgruppe haben Verwaltungsassistenten, die sich um solche Aufgaben kümmern sollten, aber die meisten dieser Assistenten sind Wissenschaftler mit wissenschaftlich orientierten Ambitionen und keine Spezialisten für Computer- oder Verwaltungsfragen.

Die Experten in Hurley-Coopers eigener Computerabteilung haben unzählige Verbesserungen an der Verbrauchskontroll-Software vorgenommen, wodurch sich die Situation ein wenig entspannt hat, aber es gibt nur eine begrenzte Anzahl von Experten, die jedesmal nur eine begrenzte Menge Codes korrigieren können. Und die Software ist so komplex, daß selbst kleinere Korrekturen manchmal zu unvorhergesehenen Bugs führen. Amy hat sich mögliche Verbesserungen angesehen, sogar ganz neue Softwarepakete, darunter auch einige von Mitsuhama – wobei sie im übrigen Harman kennengelernt hat –, aber bis jetzt erledigt nichts, was sie gesehen hat, den Job so, wie sie sich das vorstellt.

Hinzu kommt, daß Renraku-Computer auf Renraku-Computercode laufen, der idiosynkratisch veranlagt ist und, wenn er überhaupt interagiert, am besten mit Codes interagiert, die von Renraku und sonst niemandem geschrieben sind.

Um das Verbrauchskontrollsystem tatsächlich auf Vordermann zu bringen, wird Amy wohl Vernon Janasova dazu bewegen müssen, einen Haufen Maschinen und einen Haufen Software zu ersetzen, was, allgemein gesprochen, einen Haufen Geld kosten wird. Unglücklicherweise hat sie noch keine Zeit für eine anständige Schätzung und Beurteilung gehabt. Sie ist gerade einmal dazu gekommen, ein paar Seiten mit Notizen darüber zu füllen, wie das verbesserte/ersetzte System letzten Endes funktionieren soll. Und solange das nicht erledigt ist, sitzt sie fest. Alle sitzen fest und sind auf das angewiesen, was sie haben.

Ob die Leute in Tokio ihnen das Geld zur Verfügung stellen, um dieses Problem sofort zu lösen? Diesen Vorschlag wird sie Kurushima um die Ohren hauen, wenn sie ihm seine Antworten präsentiert.

Dem Revisor seine Antworten zu beschaffen, wird einige Zeit dauern. Der erste Schritt ist das Einstöpseln. Amys Palmtop tut, was er in ihrem Büro auf der New Bronx Plaza nicht hätte tun können: Er etabliert sich als vorrangiges Terminal mit unbeschränktem Zugang zu den Ressourcen des Systems 80 einschließlich seiner zahlreichen im ganzen Gebäude verstreuten Terminals. Das Computernetz der Metawissenschaftsgruppe bedient sich einer ungewöhnlichen Technik, um sich vor unbefugtem Eindringen zu schützen; vollständiger Isolation. Keine Telekomleitungen, die hinein- oder herausführen. Ein potentieller Datendieb würde das Gebäude leibhaftig betreten müssen, bevor er versuchen könnte, die geschützten Daten der Gruppe zu stehlen.

Schritt zwei ist das Initialisieren eines Programms zur Datendurchsicht namens Schnüffler, welches das gesamte System nach Erwähnungen der 148 Gegenstände durchsuchen wird, die sich auf Kurushimas Liste gekaufter, aber anscheinend nie benutzter Dinge befinden. Hat sie so etwas schon einmal gemacht? Ja, das hat sie. Ihr besonderes Suchprogramm ist von einem von Hurley-Coopers Software-Gurus geschrieben worden. Es wird nicht nur das leisten, was das Verbrauchskontrollprogramm im Netz nicht immer richtig macht, sondern noch viel, viel mehr. Es wird höchstwahrscheinlich ein paar Megapulse an Daten sammeln, die sie dann durchgehen kann. Ein eindeutig unbefriedigender Fall der typischen Situation, in der mehr weniger ist, weil sie alle Erwähnungen manuell durchgehen muß, aber so ist das Leben. Dann wird der Spaß erst richtig losgehen.

Was ihre Laune jedoch im positiven Bereich hält, ist der Gedanke daran, Kurushima Jussai auf jede einzelne seiner Fragen eine endgültige Antwort zu geben.

Das wird ihr ein Vergnügen sein.

18

In dem Augenblick, als der Regen einsetzt, weiß Tikki, daß sie irgendwo in der Nähe von Boston ist. Der Geruch des Sprawl kommt mit jedem Tropfen durch. Er erinnert sie an ihren ersten Besuch in einer Zweibeiner-Stadt, an die Gerüche aus jener Nacht vor so langer Zeit, als sie mit ihrer Mutter nach Seoul gegangen ist. Sie dachte, die Gerüche des Plex' müßten die aufregendste Witterung der ganzen Welt sein. Sie hat danach gegiert. Sogar als sie lautlos durch die Schatten Hongkongs und später Seattles geschlichen ist, hat sie sie genossen. Mittlerweile ist sie des Gestanks überdrüssig.

Er ist zu einem Geruch geworden, der nach Drek, Zweibeiner-Maschinen, Chemikalien und Abfällen schmeckt. Nach tückischen Raubtieren in Wolkenkratzern, die mit den Fingern schnippen und üble Dinge geschehen lassen. Nach Messerklauen und allen Formen des Kampfes und des Verreckens in finsteren Gassen und des Verrottens in der Gosse. Am meisten schmeckt er nach Zweibeinern, ihrer monströsen Magie und ihrer unausweichlichen Arglist. Er erinnert sie daran, daß die Welt der Zweibeiner eine Lüge ist, und daß sich Menschen und Metamenschen, Elfen, Orks und Trolle über kurz oder lang alle als Betrüger, Täuscher und Verräter erweisen.

Fast alle. Ein paar ganz wenige stehen über dem Standard, den der Rest der Herde setzt. Tikki kann sie an den Fingern einer Hand abzählen. Einer von ihnen wird ihr in Kürze bei ihrer Jagd helfen.

Der Tag ist schon vor einer Stunde angebrochen, und der Himmel ist immer noch fast so schwarz wie die Nacht. In der Ferne zucken Blitze über den Himmel. Donner grollt. Ihre Nackenhaare sind ständig gesträubt. Die Elektrizität in der Luft lädt sie förmlich auf. Sie erinnert sie an Magie. Die beiden Kräfte auf der Erde, denen nicht mit Klauen und Zähnen beizukommen ist, die Kräfte der Natur und der Magie. Tikki mißtraut beiden, lehnt sie ab. Solche Kräfte dürften gar nicht existieren. Sie machen sie nervös. Sie wecken Zweifel in ihr. Sie werfen die Frage auf, ob ihr Platz in der Welt, in der Hierarchie der Lebewesen, tatsächlich so weit oben ist, wie sie oft annimmt.

Der dunkle Regen klatscht gegen ihre Windschutzscheibe. Die Scheibenwischer verschmieren Staub und Drek auf dem Plastiglas, bis ein schaumiges Zeug aus den Wischerblättern spritzt und alles abwäscht.

Schließlich nähert sie sich einer Ausfahrt. Tikki ignoriert das Schild und fährt ab. Es ist Zeit für einen Anruf.

Sie fährt jetzt einen Jackrabbit mit Benzinmotor. Jedes dritte oder vierte Auto auf der Straße ist ein Jackrabbit. Das ist ein Vorteil. Es ist eine gute Deckung, gute Tarnung.

Zwei Kilometer weiter stößt sie auf eine NewPac-Tankstelle. Mit dem Kredstab, den sie dem Amerindianer in Maine abgenommen hat, kauft sie etwas zu essen, Benzin und Sprechzeit an einem Telekom. Das Personal im Laden und an den Zapfsäulen sitzt in gepanzerten Häuschen. Sie ist nicht mehr weit vom Sprawl entfernt, na schön. Ganz und gar nicht mehr weit.

Auf dem Telekomschirm läuft ein Werbespot für kybernetische Systeme von Fuchi, während die Verbindung hergestellt wird.

Eine männliche Stimme antwortet. »Kennwort.«

»Steel.«

»Wer will ihn sprechen?«

»Wer fragt?«

Minuten verstreichen. Tikki wartet. Sie weiß, warum es so lange dauert, und muß sich zusammenreißen, um ihre Ungeduld zu bezähmen. Die Stimme, die schließlich ertönt, ist ein krächzendes Flüstern, ein unmenschlich heiseres Raspeln. »Du brichst das Protokoll.«

»Geschenkt«, faucht Tikki.

Der Mann am anderen Ende der Leitung ist unter dem Namen Steel bekannt. Sein wirklicher Name ist Castillano. Er war früher einmal eine ernstzunehmende Figur in der Seattler Unterwelt. Jetzt ist er an mehr als nur einem Ort eine ernstzunehmende Figur, und er mag es nicht, wenn man ihn anfaucht.

»Problem?« raspelt er.

»Dein Mann hat mich verkauft.«

Schweigen. »Dann bin ich dir was schuldig.«

»Du bist mir eine Menge schuldig.« Der Diebstahl ihres Jungen läßt sich nicht so leicht aus der Welt schaffen. »Man hat mir etwas weggenommen. Ich hole es mir zurück. Ich bin wieder auf der Jagd. *Mensch.*«

Wiederum herrscht Schweigen. Castillano versteht zweifellos, was sie mit Jagd meint. Bei ihrem letzten Gespräch hat sie darüber geredet, sich eventuell aus dem Geschäft zurückzuziehen. Zweibeiner machen die Dinge zu kompliziert, und es gab Dinge, über die sie nachdenken mußte: ihr Junges, ihr Leben. Was alles zu bedeuten hat. Aber die Elfen haben das geändert. Vielleicht zieht sie sich ein für allemal aus dem Geschäft zurück, sobald das hier vorbei ist, aber bis dahin ist sie wieder darin, und zwar so tief und lange wie nötig.

Castillano sagt: »Was willst du?«

»Einen Namen. Ich brauche Sachen.«

»Welche Gegend?«

»Boston.«

Er nennt einen Namen, eine Quelle für das, was sie braucht. Castillano sagt zu, die Quelle von ihrer bevorstehenden Ankunft zu unterrichten. Das ist nicht einmal die Hälfte dessen wert, was er ihr schuldig ist, aber für den Anfang reicht es.

Zwei Stunden später parkt sie in einem Slum in der Nähe des Norwood-Flughafens und geht durch die Tür eines Ladens namens Vung Tau. Es riecht nach Shrimps und Gewürzen. Das Innere ist düster, der Boden abgetreten. An der rechten Wand verläuft eine Bar mit Hockern davor, links befinden sich Nischen. Der Ork hinter der Bar gönnt Tikki kaum einen Blick. Die kleine Gruppe in der letzten Nische gibt vor, sie zu ignorieren: zwei Männer, drei Frauen. Sie riechen nach Unzufriedenheit. Sie tragen Satin und Kunstleder und sehen vietnamesisch aus.

»Wer ist Thuy?« fragt Tikki.

Eine der Frauen antwortet. Die Erwiderung ist kurz und könnte Vietnamesisch sein. Der Tonfall ist aggressiv. Arrogant. Die Frau sieht stark aus, halsstarrig, kampfbereit. Tikki ist nicht beeindruckt.

Sie versucht es auf Koreanisch. »Wer ist Thuy?«

Die Frau sagt mit markiger Stimme: »Wer schickt dich?«

»Steel.«

»Woher kennst du Steel?«

Eine ziemlich dreiste Frage. Dieser Zweibeiner, diese Person, Thuy, hat offenbar keine Ahnung, mit wem sie es zu tun hat. Sie beweist es einen Augenblick später, indem sie einen der Männer ansieht, der sich erhebt und Tikki zuwendet. Dies wird keine freundliche Begrüßung, das riecht Tikki. Der Mann geht auf sie zu. Cyberdornen gleiten aus seinen Armen und knacken leise, als sie in Position sind. Das ist so ärgerlich, daß ihr Instinkt hervortritt. Im nächsten Augenblick bearbeitet sie den Mann mit den Fäusten und stößt ihm ihr Knie in den Magen.

Der Mann sackt zusammen, fällt blutend und keuchend zu Boden und übergibt sich.

Die anderen springen auf. Tikki packt Thuy an der Kehle, schiebt sie in die Nische zurück und gegen ihre Freunde und beugt sich vor, so daß sich ihre Nasen fast berühren. »Du riechst schlecht«, knurrt Tikki. »Vielleicht reiße ich dir die Kehle heraus.«

Thuys Augen sind weit aufgerissen. Sie riecht jetzt nach Angst. Die anderen riechen ebenfalls nach Angst. Sie betrachten sie jetzt mit anderen Augen. Vielleicht sind sie beeindruckt. Vielleicht haben sie auch die rasche Verwandlung ihrer Hände gesehen, die Größe und die Form, Fell, Krallen.

»Du kennst Steel, du bist Sahne. Null Problemo«, winselt Thuy.

Tikki läßt die Schlampe eine Krallenspitze spüren, die sich wie eine Klinge in ihre Haut bohrt und dann wieder verschwindet. Ein dünnes Rinnsal Blut läuft Thuys Hals herunter.

»Du willst Hardware?«

Tikki läßt sie los, tritt einen Schritt zurück und nickt. Thuy erhebt sich, auf der Hut, wie Beute, dreht sich um und geht rasch zu einer Tür in der hinteren Wand. Tikki folgt ihr. Ein schmaler Flur geht in eine alte Holztreppe über, die nach unten in den Keller führt. Der Boden ist aus Beton und mit Kisten aus Makroplast übersät. Es riecht nach Maschinen.

»Was du willst.«

Tikki öffnet eine Kiste. Sie will eine Kang Automag, schwer, durchschlagskräftig, einfach, zuverlässig. Der Kang noch am nächsten kommt die Merlin Viper A12, eine große, schwere schwarze Pistole mit integriertem Laserzielrohr und Schalldämpfer. Als Ersatz für die Kang ist sie nicht schlecht. Man kann sie auf zwei oder drei Kugeln pro Schuß einstellen. Sie findet Munition und lädt die Merlin. Außerdem findet sie ein paar Spielzeuge, die sich als nützlich erweisen könnten, zum Beispiel ein elektronisches Passepartout vom Typ Magna Z.

Zwei Stunden später betritt sie mit der Viper in der Hand ein Schlafzimmer, dessen Wände mit irgendeinem glänzenden schwarzen Zeug wie Satin behangen sind. An der Decke glitzern kleine Lichtpünktchen wie

Sterne. Von irgendwoher kommt Musik wie von einem ätherischen Chor. In dem großen, rötlich angehauchten Bett schläft ein großer Zweibeiner mit dunkelbrauner Haut und schwarzem Haar. Sein Name ist Clutch. Er gehört erst seit kurzem zu Castillanos Bostoner Kontakten und wurde allgemein als zuverlässig eingestuft. Neben ihm liegt eine Zweibeiner-Frau mit blauem, kurzgeschnittenem Haar und hellbrauner Haut. Die Frau hebt den Kopf und sieht sich um, springt auf und geht fauchend direkt auf Tikki los.

Das ist keine Überraschung. Draußen mag es heller Tag sein, aber es ist auch Vollmond. Primitive Instinkte sind auf dem Vormarsch. Als die Zweibeiner-Frau um das Fußende des Bettes herumkommt, schwingt Tikki die Viper wie eine Keule, und die Frau geht zu Boden.

»Was läuft denn hier!« knurrt Clutch, der sich plötzlich aufrichtet.

Die Viper hustet und bockt. Clutch zuckt zusammen und schreit auf, und plötzlich bekommt der Geruch seiner Wut einen sauren Beigeschmack der Angst. In dem Kissen neben ihm ist ein großes schwarzes Loch. Er betrachtet es verdutzt und sieht sofort wieder Tikki an, jetzt jedoch mit weit aufgerissenen Augen.

»Was, zum Teufel, *machst du denn!«*

»Auf den Bauch.«

»Bist du irre!«

Die Viper hustet noch einmal. Diesmal ist das Loch im Kopfkissen nur einen oder zwei Zentimeter von Clutch' linker Hand entfernt. Der Mann schreit auf und zuckt zur Seite, und jetzt stinkt er nach nackter Angst.

»Hör auf damit!«

»Auf den Bauch.«

Der Mann dreht sich auf den Bauch. Tikki steigt auf das Bett und setzt sich auf seinen Rücken. Sie packt seine linke Hand und drückt sie flach auf die Matratze. Sie preßt die Mündung der Viper gegen seinen kleinen Finger, und zwar dort, wo der Finger in die Hand übergeht. Sie weiß, was der Verlust eines Fingers für einen Mensch bedeutet. Wenn Menschen Glieder verlieren, wachsen sie nicht nach. Menschen sterben manchmal, weil ihre Wunden so langsam heilen, daß sie verbluten. Sie sind wirklich sehr gebrechlich.

»Drei Elfen sind in meine Hütte gekommen.«

Clutch brüllt förmlich. »Darüber weiß ich nicht das geringste!«

»Du bist der einzige, der Bescheid wußte. Du hast ihnen gesagt, wo sie mich finden können. Du hast ihre Kreds genommen, zweihunderttausend K. Jetzt wirst du mir ihre Namen nennen.«

»Ich hab keine …«

Die Viper hustet. Clutch schreit. Die Schreie weichen unzusammenhängenden Bitten um Gnade. Vielleicht versteht Clutch jetzt, daß sie keine Gossenpunk-Spielchen spielt. Sie wird alles, wirklich alles tun, um die Informationen zu bekommen, die sie haben will. »Nenn mir ihre Namen.«

»Tang!«

Und das ist das drittemal, daß sie diesen Namen hört, den des Elfs, der dabei geholfen hat, ihr Junges zu stehlen. Der Elf ist auch als O'Keefe bekannt. »Wo ist Tang?«

»Das weiß ich nicht!«

»Wo wohnt er?«

»Das weiß ich nicht!«

»Woher kennst du ihn?«

»Eine New Yorker Connection!«

»Nenn mir einen Namen.«

»Ich kann nicht …«

Die Viper hustet erneut. Dieser Zweibeiner lernt nicht sehr rasch. Seine Schreie dauern so lange an, daß Tikki sich fragt, ob nicht jemand neugierig werden und nachsehen kommen könnte. Es ist unwahrscheinlich, daß irgend jemand aus der Nachbarschaft die Polizei ruft. Es ist noch unwahrscheinlicher, wenn ihre Einschätzung richtig ist, daß die Polizei auf einen Notruf aus dieser Gegend reagieren würde. Es ist eine Gegend, in der sich Abschaum wie Clutch verkriecht.

Clutch' Amüsiermädchen wacht auf. Ihr Geruch verrät sie. Sie bleibt jedoch, wo sie ist, nämlich auf dem Fußboden, als sei sie noch bewußtlos. Sie lernt schnell.

»Der Name«, knurrt Tikki.

Clutch stöhnt: *»Sabot ...!«*

Das riecht nach Wahrheit.

Tikki stellt weitere Fragen. Sie erfährt mehr über Sabot, zum Beispiel, wie man ihn finden kann. Mehr hat Clutch nicht beizusteuern.

Was seinen Verrat betrifft, dafür gibt es nur eine Strafe.

Sie umschließt seine Kehle mit einer Hand und drückt zu, bis Knorpel reißen und ihr Arm vor Anstrengung zittert. Ihre Zähne sind gebleckt, und als der Mann schließlich die Augen verdreht, haben sich ihre Eckzähne in Fänge verwandelt.

Damit ist eine Rechnung beglichen.

19

Der Informant ist umgelegt worden.«
»Wurde die Polizei eingeschaltet?«
»Bis jetzt noch nicht.«

Das ist gut zu hören. O'Keefe legt den Hörer des schwer gepanzerten Münztelekoms auf und zündet sich dann eine Platinum Select an. Der erste Zug kommt kräftig und würzig, mit einer Andeutung von Gewürznelken, und verstärkt sein Gefühl, daß alles so läuft, wie es laufen sollte. Ein interessanter Eindruck, überlegt er, wenn man bedenkt, wo er sich jetzt befindet. Ein rascher Rundumblick überzeugt ihn davon, daß Hartford vielleicht der einzige Ort auf der Welt ist, der noch verrufener ist als Newark.

Überall tost der Verkehr, auf den erhöhten Fahrbahnen der kaum einen Block entfernten Interstate und auf der Straße direkt vor ihm. Laster und Busse dröhnen, Motorräder heulen und jaulen. Alle sind unterwegs, und keiner hält hier an. Das kann er verstehen. Die Straße wird von Abfällen gesäumt, die zum Teil brennen. Die Häuser, die sich fünf oder sechs Stockwerke hoch in den schmutziggelben Schein des Morgens erheben, sehen wie ausgebrannte Ruinen aus, in denen nicht mehr das geringste zu holen ist. An einem Ende des Blocks schlagen ein paar Orks in Kunstleder jemanden zusammen, dessen schrille Schreie sich kurz über das unablässige Hämmern von Fäusten und Keulen erheben. Am anderen Ende der Straße befiehlt ein taktisches Einsatzteam von Lone Star einer Reihe von Gangmitgliedern, sich vor einer Mauer aufzubauen, und eröffnet das Feuer mit automatischen Waffen, als ein Gangmitglied aus der Reihe tanzt.

O'Keefe dreht sich um und geht in eine Gasse, die

mit Schutt und Abfällen übersät ist. Teufelsratten beobachten ihn aus dunklen Ecken. Unter den verrosteten Überresten eines ausgeschlachteten Kühlschranks ragt ein Paar trollgroßer Beine hervor. O'Keefes Hand gleitet durch die Tasche seines schwarzen Dusters zum Kolben der Luger SPv3 in dem Halfter an seiner Hüfte. Das Gewicht der Parabellum ist ebenso beruhigend wie die Vielzweckweste von Kelmar Tech, die seine Brust schützt. Wenn es echten Ärger gibt, und der rollt bereits an, ist er bereit.

Drei Blocks weiter ist das Kuritomo Motel. Das ist die Art Loch, in dem Freudenmädchen und -jungen ihre Kunden ausnehmen und dann mehr oder weniger tot zurücklassen. O'Keefe macht sich keine Sorgen um die beiden Schnallen, die dort auf ihn warten. Sie werden mit gewöhnlichem Ärger fertig. Aus diesem Grund arbeitet er mit ihnen zusammen.

O'Keefe geht über den Parkplatz zu seinem gemieteten Leyland-Rover, schnappt sich seine Segeltuchtasche und macht sich auf, Zimmer 12 und seine ›Partner‹ zu suchen.

Das Zimmer ist ein mäßig verkommenes Rechteck mit fleckigen Tapeten, zerkratzten und nicht zueinander passenden Plastikmöbeln und fadenscheinigem Teppichboden. Es gibt zwei schmale Betten und einen Stuhl. Auf dem Stuhl sitzt Shaver und reinigt ihre Ingram 20t Maschinenpistole. Auf einem der Betten sitzt Whistle und schaut auf ihre Armbanduhr. Neben ihr liegen in einer großen grauen Kiste aus Makroplast ungefähr siebzig Kilogramm Köder, im Augenblick schlaff und reglos.

»Hast du es zuerst gefüttert?« fragt O'Keefe.

Whistle nickt und pfeift dann, um die Frage zu bejahen. Den Köder ausgiebig zu füttern, ist unabdingbar, wenn sie ihn wohlbehalten abliefern wollen. Die Wirksamkeit von Beruhigungsmitteln zu erproben, ist unabdingbar für die bevorstehenden Ereignisse.

»Es gefällt mir nicht, mit Werviechern in einem Zimmer zu sein«, grollt Shaver.

»Du wirst dich daran gewöhnen«, erwidert O'Keefe.

Shaver ist eine ehemalige Sister Sinister. Sie kennt viele kleine hinterlistige Tricks, die die natürlichen Defizite einer Frau in Vorteile ummünzen und ebenso tödlich wie eine Kanone sind, und mit Kanonen ist sie tödlich. Sie empfindet sich selbst als verlockend sinnlich und trägt grundsätzlich engsitzendes schwarzes Kunstleder, wenngleich sie sich im Moment bis auf die Unterwäsche ausgezogen hat, so daß ihre zahlreichen Narben und Tätowierungen zu sehen sind. Whistle kleidet sich immer in Weiß. Für eine Magierin ist sie noch jung und verfügt nur über ein begrenztes Repertoire an Zaubern, aber sie kommt von der Straße und hat ein Temperament, das so solide wie Granit ist. Beide sind keine wehleidigen Vorstadtschlampen, obwohl sie sich beklagen. Sie sind ein eigenes Team, und im Augenblick geben sie vorteilhafte Verbündete ab.

Whistle, die Weiße, und Shaver, die Schwarze.

Kurios ... ein kurioses Paar.

Andererseits kann O'Keefe Shavers Haltung verstehen. Einen Wertiger im Zimmer zu haben, auch wenn es sich um einen jungen handelt, erinnert sie nur an die Risiken, denen sie ausgesetzt sind, und Werviecher, wie Shaver sie genannt hat, zu jagen, ist so ungefähr das Riskanteste, was es gibt. Sie sind unberechenbar, manche von ihnen kaum mehr als Tiere mit der Fähigkeit, eine menschliche Gestalt anzunehmen. Sie sind schwer zu fangen, weil sie sich so schnell von Verletzungen und Wunden erholen. O'Keefe hat fünfzig verschiedene Beruhigungsmittel ausprobiert, und zwar in Dosierungen, die reichen würden, um einen Behemoth flachzulegen, aber das beste Resultat, das sie damit erzielt haben, ist eine vorübergehende Lähmung, vielleicht eine Minute der Bewußtlosigkeit. Wiederholte Anwendung bewirkt in manchen Fällen gar nichts, als würde der Körper sofort eine natürliche Immunität dagegen entwickeln.

Und sie zu fangen, ist nur ein Teil des Problems. Sie festzuhalten, kann noch schwieriger sein. Gewöhnliche Ketten und Handschellen sind nicht immer wirksam. Das gleiche gilt für Käfige und Zellen. Die Biester sind aalglatt. Zum einen sind sie nicht durch metamenschliche Vorurteile darüber belastet, wie die Welt funktionieren sollte und daher auch funktionieren ›muß‹. Sie nutzen Gelegenheiten aus, die ein Metamensch vielleicht gar nicht als solche erkennen würde. Die klassische Geschichte von dem Tier, das sich seinen Fuß abbeißt, um einer Falle zu entkommen, ist im Falle der Werwesen nur die Spitze des Eisbergs.

»Du solltest dieses weggetretene Vieh lieber auf Eis legen«, sagt Shaver.

»Alles entwickelt sich nach Plan.«

»Sagt das einer deiner Kontakte?«

O'Keefe nickt. »Genau.«

Die kleine rotschwarze Gestalt in dem dunkelgrauen Käfig hebt den Kopf, faucht heiser und fängt an, die Käfigstäbe wütend mit den Pfoten zu bearbeiten. Whistle pfeift leise und lange, als sei sie positiv beeindruckt. »Hey, Tang«, sagt sie mit einem Blick auf O'Keefe. »Fünfundvierzig Sekunden diesmal.«

Unschön. O'Keefe hatte gehofft, daß diese letzte Mischung aus Barbituraten und Opiaten eine länger anhaltende Wirkung hervorrufen würde. Er muß etwas anderes versuchen. Sollte es ganz schlimm kommen, kennt er ein Gas, das benutzt werden kann, wenn auch nur unter kontrollierten Bedingungen.

»Echt Sahne«, sagt Whistle. »Mit Schlappmachern wie diesen wird es ein Kinderspiel, Striper zu schnappen.«

O'Keefe schüttelt den Kopf. Nach allem, was er über Striper erfahren hat, ist er nicht so dumm, Witze zu machen. »Ihr kennt meine Anweisungen«, sagt er scharf,

»und werdet sie bis zur letzten Stelle hinter dem Komma befolgen.«

Whistle pfeift.

»Du sagtest, du hättest ein Betäubungsmittel, das wirkt«, knurrt Shaver.

»Konzentriert euch auf eure Aufgaben und überlaßt meine Angelegenheiten mir.«

»Klar, Tang. Wenn du meinst.«

»Gut.« O'Keefe geht zu seinem Bett. Der morgige Tag wird anstrengend. Wenn alles nach Plan verläuft, wird ihn das Resultat für seine Mühe angemessen entschädigen, aber in der Zwischenzeit braucht er etwas Ruhe.

Nächte auf der Straße sind lang und ermüdend, und sich ein Zimmer mit zwei Schnallen zu teilen, auch wenn es sich um ein Paar wie dieses handelt, wird schnell öde.

20

Amy stöpselt den Stecker in die Buchse hinter ihrem rechten Ohr, hängt dann einen Augenblick im Nichts der Interface-Leere und findet sich dann im virtuellen Knoten ihres Palmtops wieder.

Der Knoten sieht mehr oder weniger wie ein reguläres Büro aus, komplett mit Bildern und Pflanzen, nur daß alles gelb oder golden ist. Amy rollt das Icon ihres hochlehnigen Schreibtischstuhls vor den virtuellen Schreibtisch, und die berührungssensitive, in den Schreibtisch integrierte Tastatur leuchtet auf. Links und rechts von ihr befinden sich Gestelle mit Mikrokassetten, die verschiedene Programme enthalten. An den Wänden ihr gegenüber hängen drei große Bildschirme. Die Schirme selbst haben eine pastellig kanariengelbe Farbe. Daten, die auf den Schirmen angezeigt werden, erscheinen in einem grellen Goldton.

Amy schaut an sich herab und stöhnt dann ungläubig. Sie hat verschiedene Master-Persona-Kontrollprogramme ausprobiert und ihr Persona-Icon oft verändert, um sich in der virtuellen Welt der Matrix wohler zu fühlen, und zum Teil merkwürdige Erfahrungen dabei gesammelt. Heute nimmt ihr virtuelles Selbst eine der weniger wahrscheinlichen Gestalten an, die sie ausprobiert hat, nämlich die der Sinnlichen Schwedin. Sie hat lange blonde Haare, einen sonnengebräunten Körper, dessen Proportionen nicht einmal annähernd realistische Züge haben, und trägt einen Bikini, der kleiner als eine Briefmarke ist.

Ihre Brüste haben die Größe von… von…

Lassen wir das.

Das Schnüffler-Programm hat bezüglich der 148 Gegenstände, die Mr. Revisor-Kurushima Jussai aufgelistet hat, Material in der Größenordnung von 400 Megapulsen ausgegraben. Entzückend. Amy lädt eine Scanner-Subroutine und macht sich daran, die Daten durchzugehen. Dabei wird sie von drei Sprachinterpreten und einem Wortprüfer unterstützt, die mehrere Tausend Synonyme, Akronyme und Homonyme mit irgendeiner Beziehung zu Stichworten wie ›verbraucht‹, ›konsumiert‹, ›benutzt‹ und so weiter gespeichert haben. Unglücklicherweise handelt es sich bei den meisten Dateien um geschützte Textdateien, die mit einiger Hoffnung auf Genauigkeit nur durch eine primitive, auch unter der Bezeichnung ›Lesen‹ bekannte Kunst analysiert werden können.

Für Wörter mit mehr als sechs Silben oder zehn Buchstaben und für jedes Wort mit besonders obskurer Bedeutung werden auf dem linken Bildschirm kurze Definitionen eingeblendet.

Stunden vergehen wie Sekunden. Mittag ist längst vorbei, als Amy eindeutige Hinweise dafür gefunden hat, daß zwölf der bezeichneten Gegenstände tatsächlich benutzt worden sind. Bis fünf Uhr hat sie Nachweise für die Benutzung von insgesamt zweiundsechzig Gegenständen entdeckt. Um Mitternacht ist sie jeden Eintrag durchgegangen, den das Schnüffler-Programm ausgegraben hat, und immer noch fehlen ihr für siebenundzwanzig Gegenstände im Wert von fast acht Millionen Nuyen Verbrauchsnachweise.

Das ist einfach unmöglich.

Sie stöpselt sich aus.

Nicht unmöglich… nichts ist unmöglich. Sie sagt sich das immer wieder, nachdem sie eine Kapsel gegen ihre Kopfschmerzen eingeworfen hat; während sie fünf Minuten lang mit geschlossenen Augen dasitzt, läßt das Pochen hinter ihren Schläfen langsam nach. Sie muß die Suche ganz einfach ausdehnen. Die Datenbanken der Metawissenschaftsabteilung sind gruppenweise organisiert. Alles, sowohl Forschungs- als auch

Verwaltungsunterlagen, gruppiert sich um Abteilungssektionen und Forschungsrichtungen. Offensichtlich hat das Schnüffler-Programm ein paar düstere staubige Ecken, in denen die fehlenden siebenundzwanzig Gegenstände erwähnt werden, in den Datenbanken übersehen.

Noch einmal stöpselt sich Amy in ihr virtuelles Büro ein. Sie vergleicht die Liste der Verzeichnisse, die das Schnüffler-Programm überprüft hat, mit einer rasch erstellten Liste aller Verzeichnisse im Netz, und – aha! – einige kleinere sind tatsächlich übersehen worden.

Eines dieser Verzeichnisse ist irregulär.

Alle Verzeichnisse tragen Namen, welche zum einen die Abteilungssektion und zum anderen die Forschungsrichtung der Daten identifizieren, die sie enthalten. Ein Verzeichnis ist nicht so benannt. Es heißt ›SPEZIAL‹.

Was, zum Teufel, soll das sein?

Spezial?

Höchstwahrscheinlich die Vorstellung irgendeines Assistenten von einem Scherz. Jemand benutzt das Netz mal wieder, um an irgendwelchen elektronischen Spielen teilzunehmen oder um sich *Live! Action! Porno!* oder Gottweißwas anzusehen. Trotzdem sollte sie das Verzeichnis überprüfen, jedes Byte umdrehen. Amy ruft das Spezial-Verzeichnis auf, und plötzlich verschwindet ihr virtuelles Büro. Sie sitzt auch nicht mehr, sondern steht plötzlich, umgeben von undurchdringlicher Schwärze, vor einer massiv wirkenden ovalen Tür. Die Tür ist orangefarben. Vor der Tür steht ein glühend roter Mann, so groß wie ein Elf, doch mit gewaltigen Flügeln ausgestattet. Über ihm blinkt in fetten roten Großbuchstaben das Wort **SPEZIAL**.

Toll. Ein Fehler in ihrem Palmtop? Nein. Du Schwachkopf. Ihr wird klar, daß sie die falsche Taste gedrückt hat. Sie hat sich direkt in die elektronische

Phantasiewelt des Netzes befördert, offenbar direkt zur Adresse des Verzeichnisses, das sie untersuchen wollte. Normalerweise überläßt sie solche Dinge den Leuten, die wirklich wissen, was sie tun, den Gurus der Abteilung Systemtechnik. Aber heute nacht…

Ach, was soll's.

»Du. Öffne«, sagt sie zu dem Geflügelten, wobei sie sich fragt, ob sie damit wohl durchkommt. So macht man es doch in der Matrix, oder? Man redet so, als wäre alles echt. Sie tut das nicht zum erstenmal, ist sogar darin geübt, aber es kommt ihr immer so albern vor.

»Identifizieren«, erwidert der Geflügelte.

»Amy H. Berman, Direktor für Ressourcen, Priorität Fünf.«

»Ihr Sicherheitscode.«

»Vier-acht-zwei-neun-neun-eins.«

»Wird ausgeführt.«

Der Geflügelte dreht sich um und fliegt weg, direkt durch die große orangefarbene Tür, die klickt, wie ein Banktresor klickt, aufschwingt und den Blick auf das ausgedehnte Panorama dahinter freigibt…

Amy betritt einen sonnenüberfluteten Strand, der wie ein Reiseprospekt von der Karibischen Liga aussieht: die goldene Sonne am babyblauen Himmel, fast klares Wasser, das sich bis zum endlosen Horizont erstreckt, reinweißer Sand links und rechts, so weit das Auge blickt. Sie spürt etwas wackeln und beben, sieht nach unten und erkennt, daß es ihre großen runden Brüste sind – nicht ihre, sondern die der Sinnlichen Schwedin.

Hinter ihr richtet ein sonnengebräunter, muskelbepackter Riese mit einer enormen Wölbung in seinem zu knappen G-String eine Kamera auf sie und schießt ein paar Bilder. Natürlich muß sie sich umdrehen, mit einer Hand das Haar hochstecken und lächelnd posieren.

Das hat sie nun davon, daß sie mit Personaprogrammen herumpfuscht.

Es reicht.

Zwei Schritte entfernt liegt ein weiteres sonnengebräuntes Monster mit riesiger Wölbung und sonnt sich im Sand. Amy geht zu ihm und nimmt ihm die verspiegelte Sonnenbrille ab. Wo seine Augen sein müßten, befindet sich ein Bildschirm. Eine Textdatei rollt ab, kaum daß sie hinsieht. Uninteressantes Zeug. Sie geht weiter zum nächsten in der Reihe sonnengebräunter, muskulöser Hengste, die dort im Sand liegen, und dann zum nächsten und wieder zum nächsten. Die Dateien, die sie sich ansieht, kommen ihr nicht signifikanter vor als Büronotizen. Sie ist beim vierzigsten Fleischklops angelangt, als sie aufmerkt. Als sie plötzlich Zahlen sieht. Nuyen.

Oder vielleicht …

Nein, die Datei hat das Format eines Kontoblatts. Reihen und Spalten, Überschriften, Daten und Beträge. Sie hat genug Kontoblätter gesehen, um eines zu erkennen, auch wenn alle Einträge in der Datei zerhackt und auf irgendeine Weise verschlüsselt sind, so daß sie sie nicht lesen kann. Was lächerlich ist. Einer der Gründe, warum das Computernetz der Metawissenschaftsgruppe ursprünglich von der globalen Matrix isoliert wurde, war der, die Notwendigkeit für besondere Codes und andere Sicherheitsmaßnahmen abzuschaffen, die alle Netzwerk-Ressourcen verbrauchen und die Leistung des Netzwerks beeinträchtigen.

Sie müßte diese Datei lesen können! Es sei denn, sie ist in Ztech-Programmiercode geschrieben …

Amy nimmt ihre Sonnenbrille – natürlich aus ihrem Dekolleté. Die Brille aktiviert ihr Programmiercode-Übersetzungsprogramm. Sie wirft erneut einen Blick auf die Datei. Sie ist nicht in Ztech geschrieben, das steht fest. Immer noch zerhackt und verschlüsselt. Immer noch unleserlich. Aber warum?

Die goldene Elektronensonne am Himmel kommt ihr langsam sehr heiß vor, und Amy spürt, wie ihr aus den Achselhöhlen Schweißtropfen die Seiten herunterlaufen und sich ein unangenehmes Gefühl der Unruhe in ihrem Magen regt.

Hier stimmt etwas nicht.

21

Ivar Grubner rülpst.

»Du verdammtes *Ekel!*« ruft Novangeline.

Ivar kann sich weder ein Grinsen noch einen zweiten Rülpser verkneifen, einen richtig lauten, gurgelnden, als käme er direkt aus dem untersten Bereich seiner Gedärme. Natürlich kreischt Novangeline auf, springt von seinem Schoß und dann vom Bett herunter und beugt sich dann vor, um ihm einen Schlag auf die Brust zu verpassen.

»Du bist so *widerlich!* Warum versuche ich überhaupt, *versuche ich ...!*«

»Paß auf. Ich muß gleich furzen.«

Novangeline kreischt und schluchzt und stürmt aus dem Schlafzimmer, aber doch nicht schnell genug, um den langgezogenen Kanonenschlag von einem Furz zu verpassen, den Ivar kommen gespürt hat. Ein echter Hammer von einer Sprengbombe – und ein stinkender noch dazu. Aber, hey, das hat die Schnalle eben davon, daß sie ihn mit ihrem gashaltigen Fabrikmampf vollgestopft hat.

Plötzlich ist sie wieder da, steht mit einem komischen Ausdruck in den Augen und einer Hand vor dem Mund in der Tür, als habe sie Angst vor dem, was jetzt kommt. Muß sie auch rülpsen?

»Da ist jemand am Telekom ...«, sagt sie, wobei sich ihre Stimme verliert.

Ivar grunzt. »Ich habe kein Klingeln gehört.«

»Ich habe abgehoben, und da war sie in der Leitung. Ich nehme an, bevor es klingeln konnte. Es ist eine Glatte, irgendeine Frau. Sie sagt, sie ist von der Firma. Deiner Firma. Amy Berman?«

»Wer?«

»Amy ...«

Ihm geht ein Licht auf – ihr Vorname hat ihn vorübergehend verwirrt. »Verdammte *Scheiße!*« ruft Ivar, indem er aus dem Bett springt und zur Schlafzimmertür eilt. Sie können ja auch keinen Schlafzimmeranschluß haben wie alle anderen auf der Welt! Nein, er muß auf seinen kurzen Zwergenbeinen den ganzen Weg ins Wohnzimmer laufen, dann den Hörer nehmen und halb außer Atem sagen: »Ja ... äh ... Ms. Berman! Hoi! Ich meine, *hallo?*«

Ein rundliches glattes Normgesicht starrt ihn vom Telekomschirm an. Tatsächlich, es ist Ms. Berman. Obwohl, irgendwas scheint nicht zu stimmen. Ihre Augen sind auf eine Stelle weiter unten gerichtet. »Ahem ...« Ivar wirft einen flüchtigen Blick an sich herab, schnappt sich ein Kissen vom Sofa und bedeckt seine Körpermitte. »Was ... äh ... *was für eine Überraschung, Ms. Berman!* Sie haben mich direkt auf dem Schei ... äh ... unter der Dusche erwischt. Tut mir leid. Irgendwie hab ich die Klamotten ganz vergessen, wissen Sie!«

Die runden Augen in dem Gesicht auf dem Schirm blinzeln ein paarmal, dann sagt Ms. Berman: »Nein, mir tut es leid, Ivar. Entschuldigen Sie, daß ich so spät noch anrufe. Ich muß Sie um einen Gefallen bitten. Es ist wichtig.«

»Klar, was Sie wollen«, sagt Ivar eifrig. Ms. Berman ist einer von den Oberbonzen bei Hurley-Cooper, also dort, wo Ivar arbeitet. Direktor von irgendwas. Solche Leute muß man sich warmhalten, möglichst immer, besonders dann, wenn gerade Revisoren aus Tokio angekommen sind und überall rumschnüffeln.

»Ist mir immer ein Vergnügen zu helfen, Ms. Berman«, fügt Ivar hastig hinzu, um nicht großspurig zu erscheinen. »Hat es irgendwas mit den Compis zu tun?«

Ms. Berman nickt. »Ja, es handelt sich um eine kleine Datei. Sie ist verschlüsselt, aber ich weiß nicht, wie. Ich hoffe, Sie können sie für mich decodieren.«

»Klar. Jagen Sie sie rüber.«

»Oh … äh … Augenblick.« Ms. Bermans Gesicht verschwindet kurz vom Schirm, dann ist es wieder da, und sie sagt: »In Ordnung, ich bin sendebereit.«

»Nur zu, ab dafür.«

Die Datei ist in Windeseile gespeichert. Nicht einmal ein Megapuls Daten. Dürfte kein Problem sein. Die wirklich gefährlichen Verschlüsselungsprogramme, die einem das Deck leerfegen und obendrein vielleicht noch den Verstand, benötigen alle mindestens ein paar Pulse Programmcode, um … nun, um ihr Programm auszuführen. Um was auch immer zu tun. Diese Datei ist nicht groß genug.

»Alles klar. Augenblick.«

Ivar eilt in die Küche, um sein Cyberdeck zu holen, den Cruncher, den er aus einem Fuchi und einem Fairlight zusammengebaut hat und demzufolge nennen kann, wie er will. Das Deck hat mehr Speicherkapazität als ein Elefant, eine IO-Rate in der Nähe der Lichtgeschwindigkeit und ein Master-Persona-Kontrollprogramm, das nicht zu schlagen ist oder zumindest nicht oft, wenn er sein Glück nicht allzu sehr strapaziert.

Er stöpselt den Cruncher in das Telekom, aber nicht in seinen Kopf. Warum Zeit verschwenden? Ein Tastendruck, und die Datei ist im Speicher des Decks. Ein weiterer Tastendruck, und sie ist entschlüsselt. Null Problemo.

Kinderkram.

»Alles klar, Ms. Berman. Ich schicke sie Ihnen jetzt zurück.«

»Wie, Sie … Sie sind fertig?« sagt sie überrascht. »Mir war nicht klar, daß das so schnell geht. Also gut … dann los.«

Ein weiterer Tastendruck. »Haben Sie alles?«

Ms. Berman beugt sich wieder außer Sicht, prüft vermutlich alles nach, nimmt Ivar an. Schlaues Mädchen, aber kein Computerjockey. »Ja, ich habe alles«, sagt sie schließlich. Dann ist ihr Gesicht wieder auf dem Schirm und mustert ihn. »Da ist noch etwas, Ivar«, sagt sie auf eine irgendwie ernste Art. »Diese Datei ist ziemlich vertraulich. Ich ... hätte sie vermutlich gar nicht über eine ungesicherte Leitung schicken dürfen. Kann diese Geschichte unter uns bleiben?«

»Hey, null Problemo, Ms. Berman. Das wissen Sie doch.«

»Ja, das weiß ich«, erwidert Ms. Berman auf eine echt aufrichtige Art. »Und ich bin Ihnen sehr dankbar, Ivar. Wenn ich Ihnen jemals irgendwie helfen kann, lassen Sie es mich wissen. Zögern Sie nicht. Ich meine es ernst.«

»Tja ... äh ... vielen Dank auch, Ms. Berman.«

»Gern geschehen.«

Und dann beendet sie das Gespräch. Ivar kratzt seinen Bart, dann kratzt er sich die juckende Stelle an seinem Hintern, dann drückt er eine Taste auf dem Cruncher, um Ms. Bermans Datei aus dem Speicher zu löschen, als sei sie nie dort gewesen.

»Was war denn los?« fragt Novangeline.

Ivar grunzt. »Kann ich dir nicht sagen ... Ist vertraulich.«

Novangeline flucht.

Aber, hey, so ist nun mal das Leben in der Konzernwelt.

22

Drei Scheinwerfer hüllen den Parkplatz des einzigartigen Restaurants Nathan's Gourmet Express im Van Cortlandt Industriegebiet in einen trüben orangefarbenen Schein. Amy läßt ihre Harley Roadraider an und starrt dann blind durch die technischen Informationen, die kurz auf der Innenseite ihres Helmvisiers eingeblendet werden. Unglücklicherweise hilft blindes Starren nicht. Sich Sorgen zu machen, hilft auch nicht. Und dazusitzen wie eine Statue, bringt sie weder ihrem Zuhause noch ihrem Bett näher.

Sie legt den ersten Gang ein und fährt zur Schnellstraße. Sie ist versucht, direkt zur New Bronx Plaza zu fahren, sich in die Mainframes des Hauptquartiers einzustöpseln und der Sache weiter auf den Grund zu gehen, aber es ist zu spät, und sie ist zu müde. Ihr Hirn fühlt sich an wie Brei.

Auf der Autobahn hält sie sich rechts, bei niedriger Geschwindigkeit. Sie ist nicht daran gewöhnt, das Motorrad nachts zu fahren, und ihr gehen so viele Fragen im Kopf herum, daß sie sich kaum auf die Fahrerei konzentrieren kann. Sie sagt sich immer wieder, daß es eine absurd simple Erklärung für die Datei geben muß, die sie im Netz der Metawissenschaftsgruppe entdeckt hat, aber jedesmal rebelliert irgend etwas tief in ihr dagegen. Sie kennt die Kategorie von Dateien, die diese Gruppe führt, und weiß, wie sie organisiert sind. Das Gesamtbudget der Gruppe ist klar und deutlich als ›GESAMTBUDGET‹ ausgewiesen und hat zusammen mit allen damit zusammenhängenden Dateien ein eigenes Verzeichnis. Keine dieser Dateien ist verschlüsselt, weil es keinen Grund dafür gibt. Die zwei Wissenschaftler von Rang in der Gruppe, Dr. Liron Phalen und Dr. Benjamin Hill, haben in ihren persönlichen Datenspeichern ihre eigenen Budget-Dateien, die eindeutig bezeichnet sind.

Im Gegensatz dazu ist ihre mysteriöse Datei nicht nur versteckt, sondern auch verschlüsselt. Für Amy deutet das auf etwas Unkorrektes, vielleicht sogar Illegales hin. Es erfordert ihre Aufmerksamkeit. Ihren bevorzugten Guru aus der Abteilung Computertechnik anzurufen, war schlicht und einfach der schnellste Weg, die Datei entschlüsseln zu lassen.

Sie hat nur einen raschen Blick auf die entschlüsselte Datei werfen können.

Weder hat die Datei eine vernünftige Überschrift, noch weist irgend etwas darauf hin, wer die Datei angelegt hat oder für die verschiedenen Einträge verantwortlich ist, aber der Rest scheint offensichtlich zu sein. Eine Spalte enthält eine Liste von Namen, vermutlich von Konzernen. Die nächste Spalte enthält Daten, von denen manche bis zu fünf Jahre zurückreichen. Die Spalte danach enthält Zahlen, alle mit zwei Stellen rechts vom Dezimalkomma. Die Zahlen sehen wie Geldsummen aus.

Amy hat alle üblichen Managementkurse in der Schule belegt. Sie weiß, daß Zahlen trügerisch sein können. Sie weiß auch, daß einem stillschweigende Annahmen den Blick für die Realität verstellen können. Trotzdem gibt es zwei Punkte, an denen sie nicht vorbeikommt, wie sehr sie sie auch zu rationalisieren versucht: Erstens, in der Geldsummenspalte finden sich Zahlen, die ganz genau dem Wert jener siebenundzwanzig Gegenstände entsprechen, für die sie bis jetzt noch keinen Verbrauchsnachweis gefunden hat; zweitens, die Daten dieser Zahlen entsprechen den Zahlungsdaten in ihren Einkaufsunterlagen.

Was nicht übereinstimmt, sind die Namen, und das ist der Punkt, der ihr Kopfzerbrechen bereitet. Wenn diese Datei eine Liste von Zahlungen ist, dann muß es sich bei den Namen, die zu den Daten und Beträgen gehören, um Zahlungsempfänger handeln. Doch diese Zahlungsempfänger stimmen nicht mit denjenigen in ihren Einkaufsunterlagen überein, und das läßt auf eine Fehlleitung von Finanzen schließen, was wiederum die Möglichkeit des Betrugs nahelegt.

Schlimmer noch, die mysteriöse Datei beinhaltet mehr als siebenundzwanzig Gegenstände. Unter dem Strich ergibt sich ein Gesamtwert von fast dreizehn Millionen Nuyen.

Gehört diese Datei zu irgendeinem Spiel? Oder benutzt ein Angestellter das Netz der Metawissenschaftsgruppe, um seine persönlichen Finanzen aufzubessern? Amy kann das nicht akzeptieren. Zwei Spalten von dreien in dieser Datei könnten direkt aus ihren eigenen Unterlagen kopiert worden sein. Die Übereinstimmung zwischen Daten und Nuyenbeträgen ist exakt. Warum weichen die Zahlungsempfänger ab? Dafür muß es einen Grund geben. Warum will ihr keine vernünftige Erklärung einfallen, die einen Sinn ergibt? Im Gegenteil, je länger Amy darüber nachdenkt, desto mehr Sorgen macht sie sich, daß ihre Einkaufsunterlagen falsch sein könnten, daß sich jemand aus der Metawissenschaftsgruppe an Hurley-Cooper-Geld bereichert, indem er Zahlungen an die in der mysteriösen Datei aufgeführten Empfänger leistet.

Das könnte sehr schlimm enden. Und nicht nur für Hurley-Cooper.

Wenn es sich wirklich um Betrug handelt, und wenn die Leute aus Tokio entscheiden sollten, daß Amy mitschuldig ist, könnte sie nicht nur ihren Job verlieren, sondern ihre gesamte berufliche Zukunft. Und natürlich würde man ihr nicht nur eine Mitschuld geben, sondern die ganze Schuld. Das gesamte Direktorat würde verantwortlich gemacht, und sie in erster Linie, weil der Einkauf unter ihre Zuständigkeit fällt.

Sie muß herausfinden, was los ist, wer diese Datei angelegt hat und warum. Wenn es sich um Betrug handelt, muß sie den Schuldigen entlarven und den Revisoren vollendete Tatsachen – die ganze Geschichte – präsentieren, eine hieb- und stichfeste Darstellung der Geschehnisse, den oder die Täter und vielleicht noch ein unterschriebenes Geständnis. Andernfalls wird sich ihre Karriere und alles, wofür sie gearbeitet hat, in Luft auflösen.

Als sie schließlich zu Hause ankommt, erwägt sie, gleich morgen früh zuallererst zum Verwaltungsdirektor zu gehen in der Hoffnung, sich die Macht der Abteilung dieser Frau für ihre Untersuchung zunutze machen zu können.

Das klingt doch ganz vernünftig, oder nicht?

Immer noch unentschlossen geht Amy in ihr Schlafzimmer, bleibt dann jedoch abrupt stehen, als sie zufällig einen Blick in das Wohnzimmer wirft. Dort ist es dunkel, und Harman sitzt auf dem Sofa, aber warum sitzt er dort im Dunkeln? Sie geht zu ihm, und er steht auf, und plötzlich ist es gar nicht Harman…

Es ist… Es ist…

»Scottie? *O mein Gott!*«

Es ist ein Schock, ein Schlag ins Gesicht, ein Tritt in den Magen. Ihr Helm und ihr Rucksack fallen ihr aus der Hand. Irgend etwas umklammert ihre Brust und preßt ihr die Luft aus den Lungen. Plötzlich fühlt sie sich schwach, so schwach, daß sie in Ohnmacht fallen könnte; ihr Herz hämmert, und ihre Kehle ist wie ausgedörrt.

Die Gestalt, die sich vom Sofa erhebt, ist ihr jüngerer Bruder Scottie, den sie seit Jahren nicht mehr gesehen hat, von dem sie seit Jahren kein Lebenszeichen mehr erhalten hat. Er geht einen Schritt auf sie zu. Sie zögert einen Augenblick, dann kommt sie ihm rasch drei Schritte entgegen und wirft ihm die Arme um den Hals. »Scottie«, japst sie atemlos. »Wie … was …«

Sie steht so kurz vor dem Zusammenbruch, daß sie die Worte nicht herausbekommt. Sie löst sich von ihm, um ihn zu betrachten, und kann kaum etwas sehen, weil ihr Tränen in den Augen stehen. Aber sie weiß, daß er es ist. Er sieht genauso aus, wie sie ihn in Erinnerung hat: nur wenig größer als sie, drahtiger Körperbau, schmales Gesicht. Die gleichmütigen Züge, die bei einem Betrachter immer den Eindruck erwecken, als sei er eine Million Kilometer entfernt oder einfach unaufmerksam. Sein Haar ist sehr kurz geschnitten. Er trägt einen langen dunklen Duster und irgend etwas auf dem Rücken, eine Flöte.

Er drückt ihr etwas in die Hand.

»Das hast du verloren«, sagt er.

Es ist eine burgunderrote Brieftasche, die ganz genauso aussieht wie diejenige, die sie Anfang der Woche verlegt hat. Nein, es *ist* diejenige, die sie verlegt hat! Wie kann Scottie sie gefunden haben? Aber wen interessiert das! Nach allem, was passiert ist … und jetzt noch das …

Sie wirft ihm die Arme um den Hals und schluchzt.

Ihr kleiner Bruder … sie kann es nicht glauben.

23

Schnüfflerin.

Von ihrem Bürofenster im ersten Stock des metawissenschaftlichen Laborgebäudes beobachtet Germaine Olsson, wie die magere, behelmte Gestalt in der leuchtend gelben Jacke das vor dem Eingang geparkte leuchtend gelbe Motorrad besteigt und einen Augenblick später losfährt. Germaine hatte sich schon gefragt, ob die Schlampe gar nicht mehr verschwinden will. Amy Berman. Das hohe Direktionstier. Die Schnüfflerin. Gut, daß sie wieder weg ist.

Germaine schüttelt die Arme, um die Fäuste zu lockern, zu denen sich ihre Hände geballt haben, und schnauft aufgebracht.

Genau das, was allen gerade noch gefehlt hat: noch ein naseweiser Konzernbürokrat, noch ein Pinkel. Noch eine Glatte, der es nicht reicht, sich um ihren eigenen Kram zu kümmern. Als hätte Hurley-Cooper nicht schon genug davon. Und Berman gehört zu den schlimmsten. Ständig steckt sie ihre Nase in Dinge, die sie nichts angehen. Sie ist nicht damit zufrieden, in ihrem schicken Büro im Hauptquartier Daten hin und her zu schieben. O nein. Sie muß ja herkommen und sich auch in das Netz der Forschungsabteilung einstöpseln. Wenn sie gerade mal nicht Sachen verändert, nur um Sachen zu verändern, oder sich neue Methoden ausdenkt, um allen mehr Arbeit zu machen, schnüffelt sie herum und versucht Dinge über Leute herauszufinden, und sei es auch nur, um sie mit ihrer Autorität zu beeindrucken und sich selbst in ein besseres Licht zu rücken. Als hätte sie nichts Besseres zu tun. Aber wahrscheinlich hat sie das auch nicht.

Sie müßte einen richtigen Job haben. Einen produktiven.

Mit einem weiteren Schnauben begibt sich Germaine an ihr Terminal, um nach den Doktoren Phalen und Hill zu suchen, die sich, wie sie sieht, jetzt im Labor 12 der Metaserologie befinden. Es ist wohl besser, wenn sie den beiden Doktoren sagt, daß die Wichtigtuerin aus dem Hauptquartier das Gebäude endlich verlassen hat. Sie ist davon überzeugt, daß sie froh sein werden, das zu hören.

24

Die Stimme, die sich bei NewMan Management Systems am Telekom meldet, ist nur eine Computersimulation oder eine Aufzeichnung. Das Telekom selbst befindet sich in einem schmierigen Ziegelhaus in einer heruntergekommenen Gegend von Yonkers. Tikki bleibt in dem düsteren Flur vor der Tür mit dem NewMan-Logo stehen, lauscht, wittert und setzt dann ihr Magna Z Passepartout ein. Die Tür klickt und öffnet sich.

Tikki betritt ein kahles Ein-Raum-Büro. Es gibt keine Möbel, nichts an den Wänden und ein drekverschmiertes Fenster. Das Telekom steht auf dem Boden und ist in die Wand rechts eingestöpselt. Tikki bückt sich, beschnüffelt es und überlegt, was sie tun soll.

Am liebsten würde sie das Gerät in tausend Stücke zerschlagen und dann hundert oder noch mehr Explosivgeschosse in die Trümmer jagen, aber das würde nicht reichen. Das ist der Instinkt, der aus ihr spricht. Die Wildheit. Vielleicht auch der Mond. Orakels Informationen haben sie an diesen Ort geführt, zu dieser Fassade, die von O'Keefe benutzt wird und bei der es sich vermutlich um eine Telekomadresse für Kunden handelt, die mit O'Keefe, dem Kopfgeldjäger, reden wollen. Jetzt muß sie zu O'Keefe selbst vordringen. Schwache Rückstände in der Luft künden von Elfen, aber ihre Nase wird ihr jetzt wenig helfen. Sie braucht klarere Hinweise.

Clutch der Verräter hat O'Keefe durch einen Schieber namens Sabot kennengelernt. Sie könnte zu diesem Sabot gehen und ihm ein paar Fragen stellen, und vielleicht tut sie das auch, aber zunächst konzentriert sie sich auf das Telekom vor ihr. Ein interessantes Gerät, so ein Telekom. Viele sind zugleich komplette Unterhaltungs- und Kommunikationssysteme. Manche beherrschen alle Funktionen von Computern, Trideos, Sim-Sinn-Decks und mehr. Sogar die einfachsten Modelle sind mit vielen anspruchsvollen Funktionen ausgestattet, und um diese Funktionen auch ausführen zu können, müssen sie ein anspruchsvolles Innenleben haben: Chips, Schaltkreise, Einzelteile. Manche Einzelteile führen bestimmte Funktionen aus, während sich andere lediglich an Dinge erinnern, die der Benutzer eingegeben hat.

Welche Einzelteile sich erinnern, wissen Techniker. Und das, woran sich diese Einzelteile erinnern, könnte ganz nützlich sein.

Tikki reißt das Telekomkabel aus der Wand und klemmt sich das Gerät unter den Arm. Sie wird sich einen Techniker suchen, einen, dem sie vertrauen kann, und das Gerät analysieren lassen.

Im Flur stellt sie das Telekom ab und wirft sich dann gegen die wieder verschlossene Bürotür, die nach innen fliegt.

Einbruchsdiebstahl.

So nah bei New York City müßte so etwas Routine sein. Vielleicht gibt es O'Keefe zu denken. Soll er sich ruhig fragen, wann sie kommt.

25

Sie sitzen im Dunkeln auf dem Sofa und halten einander umschlungen. Amy hat ihrem Bruder die Arme um die Brust gelegt und den Kopf an seine Schulter gelehnt, und Scottie … nun … Er hat ihr einen Arm um die Schulter gelegt, und das reicht. Es ist mehr, als sie von dem Bruder erwartet hätte, den sie einst kannte. Mehr, als ihn hier bei sich zu haben, kann sie nicht verlangen. Wahrscheinlich ist es mehr, als sie verdient.

Es dauert eine Weile, bis sie sich wieder so weit beruhigt hat, daß sie reden kann. Als sie schließlich den Kopf hebt, um ihn anzusehen, kommt ihr ein so alberner und völlig sinnloser Gedanke, daß sie unwillkürlich grinsen muß. Grinsen und fast wieder weinen. Sie streicht mit den Fingern über seine Wange. »Wo ist deine Maske?« fragt sie leise.

Mit gedämpfter Stimme sagt Scottie: »Ich brauche sie nicht mehr.«

Und dann sieht er weg, zu Boden, zur Decke. Es ist so typisch für die Art, wie er sich immer verhalten hat, daß Amy spürt, wie sich ihre Lippen zu einem strahlenden Lächeln verziehen, bis sie die dunkle Verfärbung in seinem Nacken sieht, die sich langsam auf seine Wangen ausbreitet. Er ist durcheinander. Seine Augen sehen feucht aus. Das ist so ein Schock, daß Amy wieder dieses sonderbare Zerren in ihrer Brust spürt und sich erneut an ihn klammert.

»Ich bin jetzt ein Schamane«, sagt Scottie leise. »Ein Initiat. Ich habe es weit gebracht. Aber jetzt muß ich … muß ich …«

Als er zum zweitenmal zögert, hebt Amy den Kopf, sieht genauer hin und erkennt, daß er fast weint. Der Gefühlsausbruch verzerrt sein Gesicht und läßt ihn zittern. Der Anblick bringt sie ebenfalls fast zum Weinen. Sie zieht seinen Kopf an ihre Schulter und hält ihn.

»Schon gut«, murmelt sie. »Das kriegen wir schon hin. Wir kriegen alles hin. Ich will dich nur wieder in meinem Leben haben. Mehr nicht. Du bist mein *Bruder*. Ich habe dich *vermißt*.« Sie muß innehalten, sich an ihn klammern, während sie ihn hält, muß die Fassung wiedergewinnen, aber es gelingt ihr noch zu sagen: »Scottie, ich liebe dich. Geh nicht wieder weg.«

Scottie faßt sich. Er löst sich von ihr und wischt sich über die Augen. Dann streckt er zu Amys Überraschung die Hand aus und streicht zärtlich über die Tränen, die ihr über die Wangen laufen. Es ist eine Geste der Zuneigung, zu der sie ihn nicht für fähig gehalten hat. Scottie war immer so distanziert, so weit entfernt. Sie nimmt seine Hand in ihre und verschränkt ihre Finger mit seinen.

»Ich benutze diesen Namen nicht mehr«, sagt er. »Du kannst mich aber so nennen, wenn du willst. Die Leute nennen mich Bandit.«

Amy schüttelt den Kopf. »Warum?«

»Es ist sicherer.«

Es ist alles zuviel auf einmal, das ist es: sein plötzliches Wiederauftauchen, die warme, herzliche Art, wie er sich verhält. Amy erinnert sich noch allzu deutlich, wie er früher war, wie alles angefangen hat, und sie ist sich allzu sehr der langen Zeit bewußt, die vergangen ist, Zeit, die sie unwiderruflich verloren haben.

Scotties alberne Maske fällt ihr wieder ein. Bandit. Ja, natürlich. Die Maske, die er immer getragen hat, sah wie eine aus, die ein Zeichentrick-Bandit tragen würde. Sie rahmte seine Augen schwarz ein. Als er damit anfing, sie ständig zu tragen, kam sie zu dem Schluß, daß ihr Bruder nicht nur verdreht, sondern hoffnungslos verrückt war und es keinen Sinn hatte, sich um ihn Sorgen zu machen. Sie war fünfzehn, und er war zwölf, und plötzlich redete er nur noch über Waschbären.

Waschbär-dies, Waschbär-das. Sie hörte nur noch von Waschbären, bis das bloße Wort sie schon krank machte. Er las Bücher über Waschbären. Er ging in Zoos und Museen. Er kaufte sich eine Waschbärmütze, die er jeden Abend beim Essen trug. Bis sie sie ihm eines nachts, als er schlief, wegnahm und in den Müll warf. Als er sich ein Waschbärfellimitat an seine Tür hängte, warf sie das ebenfalls weg. Sie konnte sich einfach nicht damit abfinden, daß ihr kleiner Bruder sich nicht wie eine normale Person benahm, ganz normal aufwuchs. Als er anfing, diese alberne schwarze Maske zu tragen, die seine Augen wie die ›Maske‹ eines Waschbären umgab, und zwar nicht nur am Tage, sondern auch im Bett, war es aus. Mehr konnte sie nicht ertragen. Und dann gab sie auf.

Und sie hat nicht aufgehört, es zu bereuen. Nicht, seitdem sie selbst erwachsen ist.

»Es tut mir so leid.«

Scottie sieht sie an, als sei er verwirrt. »Was?«

Amy legt ihm die Arme um den Hals und drückt ihn an sich. Wie kann sie ihm das Schuldgefühl erklären, das sie empfindet? Sie kann kaum glauben, daß er da ist. Sie hat mindestens eine Million Fragen, Dinge, die sie wissen muß und wissen will.

»Scottie ... O Gott, wo fange ich nur an?« sagt sie mit bebender Stimme. »Es gibt so vieles ... so vieles, das ich wissen will. Über dich. Wo du gewesen bist, was du getan hast. Erkläre mir alles, deine Magie. Was sie bedeutet. Was sie dir bedeutet.«

Das will sie mehr als alles andere.

26

Es führt zu nichts, Ben. Zu gar nichts.«

Dr. Liron Phalen schüttelt traurig den Kopf, während sein Freund und Kollege Dr. Benjamin Hill die letzten Vorräte des *Draco Minimalis*-Plasma in den kryogenischen Kühler zurückstellt. Der kurze Arbeitsvorgang ist rasch beendet. Es sind nur noch wenige Proben übrig, kaum mehr als hundert Milliliter in jedem der Makroplastbehälter. Ein unschätzbarer Reichtum an meta-mikrobiologischen Daten, doch unnütz, weil ohne Bezug zu ihrem gegenwärtigen Forschungsthema.

»Diese Richtung bringt einfach keine Ergebnisse. Ich muß sagen, daß sie zu Beginn ziemlich vielversprechend ausgesehen hat, ganz wie du vorausgesagt hast. Ich fürchte, wir müssen uns gedulden, bis die neue Matrix eintrifft.«

»Ja«, erwidert Ben. »Ja, ich bin ganz deiner Meinung.«

»Das wird recht bald sein, hoffe ich doch.«

Ben verzieht das Gesicht, und das ist typisch für den armen Kerl. Jeder Fehlschlag, jede Verzögerung, jede Verschwendung von Zeit und Mühen ist irgendwie auf ein Verschulden oder eine Unterlassung seinerseits zurückzuführen. Er nimmt seine Arbeit viel zu persönlich. Vielleicht erwartet er zu schnell zuviel. Liron lächelt und legt ihm eine Hand auf die Schulter, um ihn zu beruhigen, als Ben sagt: »Ich gehe davon aus, daß sie noch diese Woche eintrifft. Bestimmt nicht später.«

»Das ist gut, Ben. Ich bin sicher, wir finden eine Möglichkeit, wie wir uns bis dahin beschäftigen.«

»Ja, gewiß … die Verzögerung ist sehr unerfreulich.«

»Ich bin sicher, daß sich daran nichts ändern läßt.«

Jemand, eine weibliche Person hustet, und Liron

dreht sich um. Nur ein paar Schritte entfernt wartet Germaine Olsson. Germaine ist die Chefassistentin der Metawissenschaftsgruppe und noch dazu äußerst kompetent. Ihre Arbeitsbezeichnung ist eine gewaltige Untertreibung.

Liron lächelt. »Und was will unser gutes Mädchen Freitag von uns? Haben wir vielleicht zu viele Probenetiketten verbraucht?«

»Äh… entschuldigen Sie bitte«, sagt Germaine, um dann innezuhalten und sich noch einmal zu räuspern. Sie ist ein armes, ziemlich befangenes Mädchen, obwohl eigentlich kaum ein Mädchen. »Ich wollte Dr. Hill nur sagen, daß sie weg ist.«

»Ach? Hat sich Nettie wieder von den Fesseln der Verdammnis befreit?«

Nettie ist ursprünglich als Testmatrix zur Gruppe gestoßen, seitdem jedoch zu so etwas wie einem Maskottchen geworden. Für ein Novopossum ist sie ziemlich zahm. Unglücklicherweise reagiert ihr ätzender Speichel mit einem breiten Spektrum von Legierungen, Kohlenwasserstoffen, Metallen – tatsächlich so gut wie allem, was sie in dem Bemühen ausprobiert haben, sie sicher in einem Käfig zu halten.

Germaine zögert, macht einen zappeligen Eindruck. Liron sieht Ben an, doch der erwidert den Blick mit ausdrucksloser Miene. Das Schweigen hält sehr lange an und ist nach Lirons Ansicht ziemlich peinlich.

»Habe ich etwas Falsches gesagt, meine Liebe?« erkundigt er sich.

Plötzlich lächelt Germaine, tatsächlich sogar ziemlich breit, obwohl sie normalerweise ihre Ork-Hauer nur sehr ungern zeigt. Vielleicht ist sie ein wenig verlegen. »Äh… nun, nein«, sagt sie. »Ich habe nur von Amy Berman gesprochen. Sie ist weg.«

»Ach so, tut mir leid«, sagt Liron. »Mir war nicht klar, daß Ms. Berman im Hause ist. Hat sie etwas Bestimmtes gewollt?«

»Ich … habe eigentlich gar nicht mit ihr geredet«, erwidert Germaine. »Sie war den ganzen Tag und die ganze Nacht lang im Netz.«

»Ständig beschäftigt«, sagt Liron lächelnd mit einem Seitenblick auf Ben. »Ich glaube nicht, daß mir je ein hingebungsvollerer Direktor aus der Verwaltung begegnet ist. Ihre Energie verblüfft mich. Sie müssen mich wirklich wissen lassen, wenn unser Direktor für Ressourcen das nächstemal vorbeikommt. Ich hätte ihr gerne guten Tag gesagt.«

»Selbstverständlich, Dr. Phalen.«

Nachdem das geklärt ist, wirft Liron einen Blick auf seine Armbanduhr. »Tja, es ist doch schon ziemlich spät geworden. Ich glaube, ich komme morgen früh etwas später als üblich, Ben.«

»Ich komme schon zurecht, Boß«, erwidert Ben.

Liron lächelt, nickt und geht hinaus. Sein alter Mercedes erwartet ihn auf dem Parkplatz und erwacht – treu wie eh und je – rasch zum Leben. Brahms schallt aus dem Stereo-Deck oder wie das genannt wird, und kurz darauf gleitet er summend über die Autobahn nach Norden und über die Bronx-Grenze, durch Yonkers und weiter zu Dobb's Ferry. Die Musik des alten Meisters sorgt dafür, daß die Fahrt etwas Beruhigendes bekommt, da sie ihn vor dem hektischen Verkehr abschottet.

Als er in die Ford Lane einbiegt, manifestiert sich zunächst vor dem Wagen und dann in ihm, ein wenig über dem Beifahrersitz, ein schwach leuchtendes Gekräusel der Luft. Die Stimme, die aus der schimmernden Luft dringt, ist glockenrein, aber zugleich weich und voll. *»Du bist lange geblieben, Meister.«*

Liron lächelt. »Ja, ich weiß. Verzeih mir.«

»Ich verzeihe dir alles, Meister. Bin ich dazu nicht verpflichtet?«

»Das liegt ganz bei dir, meine liebe Vorteria.«

Er hat die Worte kaum ausgesprochen, als sich Vorteria vollends auf der physikalischen Ebene manifestiert, so vollständig, wie es ihr möglich ist. Die Gestalt, die sie annimmt, ist ziemlich geisterhaft – weiß, völlig weiß – und darüber hinaus die einer reifen jungen Frau in der vollen Blüte ihrer Schönheit: langes wallendes Haar, sanfte Augen, ein zartes Lächeln, glänzende Gewänder, die die Aufmerksamkeit auf ihre reizende frauliche Gestalt lenken, ohne jedoch die Reinheit ihrer Präsenz zu beflecken. Sie ist ein entzückender Anblick, liebenswert und sehr tugendhaft.

»Warst du beschäftigt?« fragt Liron.

»Ich habe die Domäne meines Meisters bewacht«, erwidert Vorteria mit einem warmen Lächeln. *»Und meines Meisters Haus und seinen gesamten Haushalt. Und ich habe lange über die großartige Arbeit meines Meisters nachgedacht.«*

»Und bist du in bezug auf diese Arbeit zu irgendwelchen Schlüssen gelangt?«

»Ich glaube, daß mein Meister mehr Forschung betreiben muß.«

»Glaubst du nicht, daß wir kurz vor einem Durchbruch stehen?«

»Mein Meister hat mich an diese Welt gebunden. Wenn ich die Mauern dieser Zeitebene überwinden könnte, wäre es mir vielleicht möglich, meinem Meister seine Großzügigkeit mit einer Antwort zu vergelten.«

Liron lächelt und seufzt leise. Vorteria läßt durchblicken, daß sie irgendwie über die Grenzen der Zeit hinwegschauen kann, wenn er sie von ihren Diensten befreit; dann könnte sie ihm sagen, was ihn in Zukunft erwartet. Das ist ihre einzige, oft wiederholte Form des Protests dagegen, Lirons Willen unterworfen zu sein. Vorteria sagt, sie würde ihm immer dienen, da es ihr Freude bereitet, und Liron glaubt ihr, aber sie muß dennoch protestieren. Auf eine merkwürdige Art und Weise wirkt sie dadurch fast menschlich, weiblicher, anfällig für die natürlichen und bezaubernden Widersprüche einer Frau.

»Wirst du heute nacht arbeiten, Meister?«

»Ja«, erwidert Liron. »Sofort.«

Auf der rechten Seite taucht sein Haus auf, alt und ziemlich groß, zwei Etagen hoch, mit steilen Mansardendächern und hoch aufragenden Giebeln. Trotz der späten Stunde sind die Fenster noch erleuchtet. Der gewundene Kiesweg führt an der ausladenden Front des Hauses vorbei. Liron läßt den Mercedes dort stehen. Er ist so altmodisch, daß er es vorzieht, durch die Haustür einzutreten, anstatt durch die Garage wie ein Chauffeur oder Stallbursche.

Gwyna, die Krankenschwester seiner Frau, öffnet die Tür, als er die Steinstufen zur Frontveranda erklimmt. Gwyna ist groß und schlank, offensichtlich eine Elfin, was selbst auf diese Entfernung unschwer zu erkennen ist. Sie begrüßt ihn mit einem unsicheren Lächeln.

»Wie geht es Mrs. Phalen heute abend?« fragt Liron.

»Früh am Abend hat sie sich etwas unwohl gefühlt«, erwidert Gwyna. »Ich habe ihr fünf Kubikzentimeter Tukenol gegeben.«

»Sie dürfen es nur sehr sparsam verabreichen«, sagt Liron mit ruhigem Nachdruck.

»Ja, Dr. Phalen. Ich weiß.«

»Natürlich wissen Sie es.« Liron lächelt entschuldigend. »Ich scheine mich ständig unnötigerweise zu wiederholen. Es ist sehr schwierig, eine professionelle Distanz zu wahren, wenn einem der Betroffene so nah steht, meine Liebe.«

Gwyna ist offensichtlich gerührt. »Natürlich«, sagt sie leise. »Ich verstehe. Ich muß sagen ...«

»Ja, meine Liebe?«

Gwyna zögert, sieht ihn an und sagt dann: »Ich bewundere Ihren Mut, und den von Mrs. Phalen auch. Ich bewundere ihn sehr.«

Liron nimmt ihre Hand und tätschelt sie sanft. Ein Lächeln des Verständnisses, mehr braucht er nicht zu antworten. Es scheint ausreichend zu sein. »Würden Sie

Mrs. Phalen bitte ausrichten, daß ich gleich nach ihr sehe.«

»Gewiß.«

»Vielen Dank, meine Liebe.«

Im Schlafzimmer, seinem Schlafzimmer, verweilt Liron, um sich eine Zigarre anzuzünden, eine unzivilisierte Angewohnheit, wie seine Frau immer zu sagen pflegte, aber sein einziges Laster. Vorteria kommt durch die Tür wie ein Geist und nimmt ihre Frauengestalt an, nachdem sie die Schwelle überquert hat. Seltsamerweise macht es Liron nichts aus, daß sie anwesend ist, während er sich auszieht und seine Laborkleidung durch seine rituellen Gewänder ersetzt. Vorteria hat zuviel von seiner Seele gesehen, als daß der Anblick seiner verfaulten körperlichen Substanz große Bedeutung haben könnte.

»Du hast mich heute gar nicht im Labor besucht.«

»Die Geister sprachen dagegen«, erwidert Vorteria. *»Dort gibt es eine Dunkelheit, Meister. Sie beunruhigt mich.«*

Dieses oder ähnliches hört er nicht zum erstenmal von ihr. Präkognition? Liron kennt keine dokumentierten Fälle. Keinen einzigen, der auch nur dem manchmal etwas getrübten prüfenden Blick der Metawissenschaft standhalten würde. Er ist sich jedoch der Tatsache bewußt, daß die vielen Ebenen des Astralen Myriaden von Wesenheiten beherbergen, über die die Menschheit ein bestenfalls unvollständiges Wissen besitzt. »Von welchen Geistern redest du? Haben sie Namen?«

»Keine, die ich dir nennen könnte, Meister.«

Eine vertraute Antwort.

Liron dreht sich zum Spiegel um und entfernt behutsam die Maske und das Haarteil, die sein Gesicht und seinen Kopf bedecken, und danach die Theaterutensilien und Kontaktlinsen, die die für seine Arbeit erforderliche Täuschung vervollständigen. Jeder, der ihn so sehen könnte, wie er wirklich ist, würde nur eine Schauergestalt sehen, einen kahlrasierten Schädel und ein Gesicht, dem selbst die trivialsten menschlichen Züge fehlen. Seine Nase ist eine abscheuliche geschwärzte Grube, sein Mund eine gräßliche skelettartige Grimasse, Stirn und Wangen sind nur von einer dünnen Hautschicht bedeckt, die sich straff über die Knochen spannt.

Das verdankt er seiner Reise in den Mittleren Osten, die er mit Unterstützung einer längst nicht mehr existierenden Stiftung vor vielen Jahren unternommen hat. Die Krankheit nennt sich *Metamycobacterium Leprosis*, die Sechste-Welt-Form der Lepra. Sie ist ziemlich virulent. Sein Gewebe ist rasch verfallen, das seiner Frau noch rascher. Jetzt sucht er nach einem Heilverfahren. Er verfügt schon seit langer Zeit über ein Mittel, das seinen Zustand und auch den seiner Frau stabilisiert, aber ein Heilverfahren... *Das Heilverfahren entzieht sich ihm immer noch!* Er muß in seine Bibliothek gehen, die mit all den uralten und arkanen Wälzern eines Forschungslebens gefüllt ist, und seine Arbeit am Heilverfahren fortsetzen.

»Victoria ruft«, sagt Vorteria leise.

»Ja, natürlich.« Wie rücksichtslos von ihm, sie zu vergessen. Zuerst muß er seine Frau besuchen. »Vielen Dank, meine Liebe.«

»Es ist mir ein Vergnügen, dir zu dienen, Meister«, erwidert Vorteria.

27

Es ist kompliziert«, sagt er.

Amy schüttelt den Kopf. »Das ist mir egal.«

»Ich muß wieder ein Mensch werden.«

Amy wartet und hört zu. Scotties Erklärungen fangen an und hören auf, verlieren sich in Schweigen, aber da ist immer noch mehr, das gesagt werden muß, und irgendwie macht er einfach weiter, findet die Worte und spricht sie aus, bis sie von ihm in einer Nacht mehr gehört hat als bis zum Tag seines Verschwindens.

Dann fallen ihr die Augen zu und wollen sich nicht mehr öffnen, obwohl sie sich bereits kaltes Wasser ins Gesicht gespritzt hat, und ungeachtet all ihrer Willenskraft, die sie ins Feld führt, und sie spürt, wie sie förmlich zusammensackt und einnickt. Als sie erwacht, liegt sie auf dem Sofa und ihr Kopf auf Scotties Schoß, und er betrachtet sie und sagt: »Ich muß gehen.«

»Bleib. Bitte.«

»Ich komme morgen zurück. Ich verspreche es.«

»Ich will dich nicht wieder verlieren.« Die Angst davor weckt sie vollends. Sie richtet sich auf und nimmt seine Hand, während ihr alles wieder einfällt, was er gesagt hat. Trotz all der Dinge, die er ihr erzählt hat, kommt es ihr so vor, als sei er erst ein paar Augenblicke bei ihr, und sie hat noch keine Zeit gehabt, irgend etwas von sich selbst zu erzählen.

»Scottie, ich lebe hier für mich allein und verdiene gutes Geld. Shell könnte kommen, mit den Kindern. Sie sind dir wichtig, und ich will sie sowieso kennenlernen. Ihr könntet alle hier bleiben. Ich habe reichlich Platz.«

»Ich muß meinen eigenen Weg gehen.«

»Aber …« Natürlich. Darum geht es. Darum ist es immer gegangen, und bis jetzt war sie einfach nicht reif genug, sich damit abzufinden. Was hat er gesagt? Der

Weg des Schamanen ist schwer. Er muß tun, was er für richtig hält, und *sie muß das akzeptieren!* Sie muß! Sie sollte versuchen, ihn zu verstehen, nicht ihm sagen, was er tun soll. Sie muß der Tatsache ins Gesicht sehen, daß sie nicht weiß, was für ihn das beste ist. Sie kann es nicht wissen. Sie weiß kaum, wer er ist, was für ein Mann er geworden ist, Schamane und auch sonst. Wenn sie will, daß er eine Rolle in ihrem Leben spielt, muß sie aufhören, die ältere Schwester zu sein, und anfangen, einfach nur eine Frau zu sein, die reif genug ist, um ihren Bruder ohne Vorbedingungen zu lieben.

»Tut mir leid«, sagt sie, indem sie sich ein Lächeln abringt. »Du hast recht. Ich habe nur solche Angst, daß du weggehst ...«

Ihr stockt der Atem.

Scottie nimmt ihre Hand.

»Ich kann gar nicht glauben, daß du wirklich wieder da bist.«

»Ich bin da.«

»Mom und Dad werden ...«

»Sag es ihnen nicht.«

»Warum nicht?«

»Es ist noch zu früh. Ich brauche Zeit.«

Zeit, um sich einzugewöhnen, oder vielleicht auch, um ganz aus seinem Schneckenhaus herauszukommen. Vielleicht hat es mit seiner Magie zu tun. Vieles, das er gesagt hat, erweckt den Eindruck, als befinde er sich an einem Scheideweg, an einem Punkt der Entscheidung, der wichtiger ist, als sie sich vorstellen kann.

»Also gut«, sagt Amy. »Aber vergiß nicht, daß ich dich liebe und mir sehr viel aus dir mache. Schon immer. Auch, als ich deine Sachen gestohlen und weggeworfen habe. Ich werde alles tun, was ich kann, um dir zu helfen, falls du Hilfe brauchst. Wenn du irgend etwas willst. Irgend etwas. Das ist mein voller Ernst.«

»Ich weiß.«

An der Tür umarmt sie ihn noch einmal und küßt ihn

auf die Wange, und dann geht er durch den Flur zum Fahrstuhl, und sie zwingt sich zu einem Lächeln und einem Winken, als sei er nie richtig fort gewesen.

Sie sitzt in Unterwäsche auf dem Bett und reibt sich immer noch die Augen, als das erste graue Licht des neuen Tages durch die Vorhänge fällt und ihr Wecker klingelt. O Gott, nein…

Wie kann sie jetzt zur Arbeit gehen?

Und… wie könnte sie nicht?

28

In den Schatten des Morgengrauens rollt das Sicherheitsfahrzeug langsam die Allee entlang, die sich durch das Gelände des Wohnkomplexes windet. Bremslichter leuchten auf, doch dann fährt der Wagen weiter. Bandit beobachtet ihn aus den Büschen in der Nähe von Tower D. Er hat keinen Ausweis oder Passierschein, der ihm den Aufenthalt auf diesem Gelände gestatten würde. Waschbär braucht derartige Dinge nicht.

Er wendet den Kopf, um sich noch einmal nach Tower D umzudrehen, der sich hoch in den dunkelgrauen Himmel erstreckt, und für einen Augenblick wechselt er auf astrale Wahrnehmung. Der Zauber, den er wirkt, ist flüchtig. Er gewinnt einen kurzen Eindruck von seiner Schwester dort oben am Fenster in ihrem Turm. Sie scheint aufgeregt zu sein, glücklich und traurig, als lache und weine sie zugleich. Das hat sie praktisch die ganze Nacht getan. Es ist fast ein wenig beängstigend.

Als sie noch Kinder waren, ist Amy den geraden Weg gegangen. Sie war immer sehr beliebt. Ihre Schulnoten waren eins a. Sie wurde von Konzernen gesponsert, und bevor sie sechzehn Jahre alt war, erwartete sie bereits ein Platz an der Universität. Er hat es immer für unabänderlich gehalten, daß Amy sich in eine von vielen gesichtslosen Lohnsklaven auf klerikaler oder exekutiver Ebene verwandeln würde, in einen weiteren Pinkel wie ihre Eltern. Jetzt stellt er fest, daß sie als Mensch und Person absolut ganz und vollständig ist, so vollständig wie Shell. Es ist erstaunlich.

Die Art, wie sie redet, wie sie handelt … sie ist direkt zu ihm durchgedrungen, ohne es überhaupt zu versuchen, so sehr, daß er tief gerührt ist. Daß es schmerzt.

Daß er Dinge bedauert. Zum Beispiel, daß sie ihr Leben getrennt voneinander geführt haben.

Vielleicht kann sich das jetzt ändern.

Er muß so viel lernen.

Zwischen den Bäumen am Haupteingang des Wohnkomplexes findet er den Hyundai ActionScoot, den er sich ausgeborgt hat, und schiebt ihn auf die Straße. Der Roller fährt nicht sehr schnell, wird ihn aber viel schneller zu U-Bahn bringen, als er dorthin laufen könnte. Vorausgesetzt niemand bemerkt, daß der Roller fehlt.

Als er nach Hause kommt, findet er Shell schlafend auf einem Plastikstuhl hinter der Haustür vor. Er hat ihr gesagt, sie soll die Tür verriegeln, weil er vermutlich die ganze Nacht fort sein würde. Aber da sitzt sie nun und schläft, die Narcoject auf dem Schoß. Hat sie auf ihn gewartet? Er tätschelt ihre Schulter, und sie wird stöhnend wach und schlingt die Arme um seine Hüften. »Hast du deine Schwester gefunden?«

»Ja.«

»Also verliere ich dich jetzt?«

Ihn verlieren? »Warum solltest du mich verlieren?«

Shell sieht ihn mit Augen an, die ihm naß vorkommen. »Sie ist ein Pinkel, richtig? Sie könnte dich aushalten. Sie muß haufenweise Geld haben.«

Bandit grübelt, dann seufzt er innerlich.

Die Leute reden immer über Geld, auch wenn Geld keine Rolle spielt, überhaupt keine Rolle. Es scheint so, als wäre das der Lauf der Dinge. Ein unausweichlicher Bestandteil der Natur.

Es ermüdet ihn.

29

Okay, Junge. *Weiter geht's!*«

Brian Gurney zwingt sich dazu, die Augen zu öffnen. Wie lange hat er geschlafen? Zwei, drei Stunden, sagt seine Armbanduhr. Er reibt sich über das Gesicht, fühlt, daß die Stoppeln auf Wangen und Kinn borstig geworden sind, und grunzt. Als er sich auf das Dreieinhalbfache seines bisherigen Gehalts eingelassen hat, dachte er sich schon, daß er sich das Geld würde verdienen müssen. Was er nicht gedacht hat, war, daß er vierundzwanzig Stunden und mehr in unterirdischen Tunnels verbringen würde. Er hat einfach nicht vorausgesehen, daß sie so tief in die Tunnels eindringen würden, daß Art ihm den Weg nach draußen zeigen muß.

Irgendwo über ihm ist Morgen. Wunderbar.

Er richtet sich auf, packt seine Sachen zusammen, macht sich fertig. Der Tunnel durchmißt über drei Meter und ist absolut rund und feucht, echt feucht. Alle paar Schritte sammeln sich Wasserrinnsale zu schmutzig aussehenden Pfützen. Die Luft riecht faulig.

All dem haftet ein Gefühl des Geisterhaften an. Vielleicht wird es durch den Wassergeist hervorgerufen, der hier immer unterwegs war. Brian fragt sich, ob er vielleicht Buddhist hätte werden sollen. Glauben Buddhisten nicht, daß alles eine Seele hat?

Vierzig oder fünfzig Meter voraus befindet sich eine Kreuzung, an der rechts und links ein Nebentunnel abzweigt. Weiter kann Brian nicht sehen. Sein Nightfighter-Visier zeigt ihm ein graues Bild des Tunnels, aber es gibt nicht viel Licht, welches das Visier verstärken könnte, und die einzigen Infrarotquellen von Bedeutung sind Art und er.

Sie sind beide auf Ragnarök vorbereitet und bis an die Zähne bewaffnet, Sturmgewehre, Maschinenpistolen, Handfeuerwaffen, Granaten, Leuchtkugeln, Messer, Körperpanzer, Helme, Visiere. Das würde Brian gar nicht so viel ausmachen, nicht bei dreieinhalbfachem Lohn, wenn er nur eine Ahnung hätte, womit sie es zu tun bekommen könnten.

»Wenn also diese Tunnel von dem Erdbeben im Jahr 2005 nicht alle zerstört worden sind, wie kommt es dann, daß niemand, den ich kenne, weiß, daß diese Tunnel noch...?«

»Was, machst du Witze?« unterbricht Art.

»Witze, worüber?«

»Hast du noch nie von Sicherheit gehört?«

»Art. Hör mal.« Wie soll er es formulieren? Ohne Art wieder auf die Palme zu bringen. »Das ist ein Wasserrohr. Wir arbeiten für das städtische Wasseramt...«

Plötzlich geht Art in die Hocke und bedeutet ihm mit einer knappen militärischen Geste stehenzubleiben. »Hast du irgendwas gehört?«

»Nur das Geräusch meines eigenen...«

»Halt die Klappe!« flüstert Art harsch, indem er vorsichtig vorwärts schleicht. »Paß auf! *Da drüben! GIB'S IHNEN, JUNGE!*«

Arts Gewehr knattert auf Vollautomatik. Die Entladungen hallen wie Donner. Feurige Blitze schießen aus der Mündung der Waffe und überfluten den Tunnel mit Licht. Vielleicht zwanzig Meter vor ihnen in direkter Verlängerung von Arts linker Schulter sieht Brian eine schattenhafte Gestalt, die groß genug ist, um ein Ork zu sein, nur daß Brian so einen Ork noch nie gesehen hat. »Was zum Henker!«

Die Gestalt flitzt zur Kreuzung, in einen Nebentunnel und außer Sicht.

»Art! *Art!*«

Art stürmt vorwärts. Brian fragt sich, ob er sich

nicht vielleicht heute hätte freinehmen sollen, doch dann läuft er hinter Art her. Der bleibt an der Kreuzung stehen und schaut in den linken Tunnel. Fünf Meter weiter steht eine wasserdichte Tür in der Tunnelwand weit offen, und dahinter ist nur Schwärze zu sehen.

Eine wasserdichte Tür …? Wie auf einem U-Boot …?

»Was, zum Teufel, hat eine Tür wie diese hier zu suchen?«

»Hast du noch nie was von Strömungsventilen gehört?«

»Klar, aber so eines wie das hab ich noch nie gesehen.«

Art grunzt. »Jetzt fängt der Spaß an. Bist du bereit?«

Brian starrt auf die Tür und die Schwärze dahinter und sagt dann mit tiefer, wütender Stimme. »Womit haben wir es hier überhaupt zu tun? Orks? Führt diese *Tür* etwa in den Ork-Untergrund?«

Art dreht sich zu ihm um und rammt ihm einen Finger gegen die gepanzerte Brust. Mit tiefer, wütender und bedrohlicher Stimme erwidert Art: »Manche von ihnen sehen wie Orks aus, aber es sind keine. Nicht mehr.«

»Was sind sie dann?«

»Das willst du gar nicht wissen.«

»Doch, das will ich, verdammt noch mal.«

»Nein, willst du nicht.«

»Muß ich mich wiederholen?«

»Du gehst mir auf die Nerven, Junge.«

»Unwahrscheinlich.«

»Ach ja?«

»Du hast einen zu ausgeprägten Sinn für Humor.«

»Ha-ha. Witzig, Junge. Echt witzig.« Art nickt entschlossen. »Wir werden sehen, wie witzig du noch bist, wenn dich dieser Abschaum angreift. Weißt du, was sie mit dir machen, wenn sie dich kriegen?

Hast du die geringste Ahnung, wozu diese Dinger fähig sind?«

Brian zögert. »Willst du damit sagen, es gibt mehr als eines davon?«

Art beugt sich zu ihm vor und flüstert: »Richtig geraten.«

30

Die Straße liegt nur um eine Haaresbreite jenseits der Grenze zur Bronx, und zwar in einer verfallenen Gegend namens Pelham. Der Laden in der Mitte des Blocks sieht wie ein Rattenloch aus und ist in den schmalen Spalt zwischen einem ausgebrannten Lagerhaus und einem verrottenden Wohnhaus geklemmt. Die Tür öffnet sich nach innen, und Tikki drückt vorsichtig dagegen. Sie quietscht. Das Innere des Ladens ist düster und staubig und mit allen möglichen elektronischen Geräten vollgestopft: Telekoms, Computerdecks, Küchengeräte und Sicherheitsvorrichtungen. An der Wand gegenüber der Tür sind dicht unterhalb der fleckigen und rissigen Decke zwei an Videokameras gekoppelte Ingram-Maschinenpistolen befestigt. Eine der MPs schwenkt lautlos und folgt Tikki, als sie zur Rückseite des Ladens geht. Die andere bleibt auf die Eingangstür gerichtet. Der Ladenbesitzer muß ein sehr vorsichtiger Mensch sein.

Im hinteren Teil des Ladens sitzt ein kleiner Mann mit dünnem grauen Haar hinter einer holzfarbenen Theke. Vor seinen Augen hängt eine Vergrößerungsvorrichtung, die an einem Metallband befestigt ist, das seinen Kopf umgibt. Er trägt ein weißes Hemd, eine schwarze Anzugjacke und eine blaue Filzkrawatte. Seine rechte Hand hält etwas, das wie eine Schaltplatine aussieht. Seine linke Hand ist ein Cyberglied, eine Art Vielzweckwerkzeug, bald ein leise surrender Schraubenzieher, bald irgendeine Art Lötkolben, von dem eine dünne Rauchfahne aufsteigt.

Als Tikki sich der Theke nähert, schiebt der Mann die Vergrößerungsvorrichtung auf die Stirn und legt die Platine beiseite. Er mustert Tikki ausdruckslos.

»Langkafel?« sagt sie.

Der Mann nickt und erhebt sich von seinem Stuhl, wobei er die Hände auf die Theke sinken läßt. Er spricht sehr leise, in einem fast zaghaft wirkenden Flüsterton, der wie ein Murmeln klingt. »Ich bin Heinrich Langkafel. Guten Morgen. Wie kann ich Ihnen helfen?«

Tikki stellt das Telekom aus dem Büro von NewMan Management Systems auf die Theke. »Sagen Sie mir alles, was es weiß.«

Langkafel nickt vage und mit hochgezogenen Augenbrauen. Er riecht weniger nach ängstlicher Unsicherheit, sondern mehr nach schlichter Unentschlossenheit. »Ein ungewöhnliches Ansinnen«, sagt er in seinem murmelnden Tonfall. »Dürfte ich vielleicht fragen … ist das Ihr Gerät?«

»Wer hat es hereingebracht?«

Langkafel nickt wieder und scheint bereit, das als Antwort zu akzeptieren, sagt dann jedoch: »Sie werden verstehen, wenn ich mir die Bemerkung erlaube, daß ein Geschäftsmann an seinen Ruf denken muß. Wie kommt es, wenn ich fragen darf, daß Sie sich mit dieser Bitte ausgerechnet an mich wenden?«

»Nummer vier-zwo-sechs.«

Ein nervöser, schweißiger Geruch liegt plötzlich in der Luft. Langkafel zögert, beobachtet sie. Das ist eine verständliche Reaktion. Nummer 426 bezieht sich auf Lau Tsang, ein hochrangiges Mitglied der als Liga des Großen Kreises bekannten Triadenorganisation. Lau Tsang ist der ›Rote Stab‹, der für die Vollstreckung im New Yorker Metroplex zuständig ist. Lau Tsang zögert nicht, Leute, die ihm mißfallen, zu töten oder zu verstümmeln. Lau Tsang ist ein gefährlicher Mann.

Und mächtig.

»Ja … ja, gewiß.« Langkafel nickt. Er nimmt das Telekom in die Hand und begutachtet es. »Selbstverständlich ist es mir ein Vergnügen, dem Freund eines Freundes zu helfen. Was Sie verlangen, ist nicht schwierig.

Ein paar einfache Handgriffe. Dafür verlange ich nur ein bescheidenes Honorar.«

Tikki war bei der Bank und hat Geld von einem ihrer Konten abgehoben. Sie legt fünf Fünfzig-Nuyen-Scheine in Fuchi-Obligationen auf die Theke. So nah bei Fuchi-Town ist die Konzernwährung so gut wie ein beglaubigter Kredstab.

Langkafel nimmt die Scheine. »Das ist mehr als angemessen«, sagt er. »Die Arbeit dauert nur ein paar Minuten. Wollen Sie darauf warten?«

»Ich warte bereits.«

»Ja … ja, gewiß.«

Zehn Minuten später verläßt Tikki den Laden mit einem fünf Blätter umfassenden Ausdruck des Telekomspeichers, darunter auch eine Liste von Telekomnummern. Diese Nummern identifizieren die Telekomanschlüsse, von denen die letzten hundert Anrufe bei NewMan Management Systems gemacht worden sind. Nur eine Nummer taucht öfter als einmal auf, und die gehört zum lokalen Telekommunikationsgitter.

Die Frage lautet also: Könnte O'Keefe das Telekom in seinem NewMan-Büro – vermutlich um die Botschaften abzuhören – nicht nur einmal, sondern gleich fünfmal von ein und demselben Telekom aus, zum Beispiel dem bei sich zu Hause, angerufen haben?

Und ist O'Keefe tatsächlich so dumm?

31

Das Notfall-Rettungsteam von DocWagon springt aus dem zweimotorigen Rettungs-STOL auf das Dach irgendeines heruntergekommenen Rattenlochs und eröffnet das Feuer mit seinen Maschinenpistolen. Dr. ›Hoot‹ Hoganoff führt den Sturm auf die Feuertreppe. Fünfzehn Orks und ein Dutzend Yakuza-Killer versuchen ihn mit automatischen Waffen und Granaten niederzumähen, aber niemand hält Dr. ›Hoot‹ vom Schauplatz eines medizinischen Notfalls fern.

Plötzlich wechselt der Kanal.

CyberRider taucht auf, irgendwo im Sprawl, und rast auf seiner mit vier Maschinengewehren und Raketenwerfern bestückten Harley Magnum Express durch eine unübersehbare Menge heulender, blutverschmierter Vampire und kreischender Ghule.

Wiederum wechselt der Kanal.

Diesmal ist es Taffy Lee, die sich in einem trägen, sinnlichen Rhythmus wiegt und lächelt, um dann ihr Neomonochromkleid vorn zu öffnen und ihre sagenhaften, bebenden Möpse zu entblößen, die Möpse mit ihren dicken, vorspringenden...

Der Telekomschirm wird schwarz.

»Hoi«, sagt Monk.

»Selber hoi«, sagt Minx, die sich neben ihn auf seinen Diwan aus Polstern, Decken und Kissen legt. Sie lächelt, schmiegt sich an ihn und legt den Kopf auf seine Schulter. »Du bist noch wach?«

»Ist es schon spät?«

»Es ist Morgen.«

»Echt?«

»Du Kick.« Minx kichert. »Du machst mich so saheglücklich.«

»Echt?«

Die Vorstellung läßt Monk schwindeln. Minx ist die tollste, umwerfendste, bestaussehende Frau, die er je kennengelernt hat, von ihren wüsten Locken, deren Farbe von Rot zu Orange zu Rotgold und wieder zurück wechselt, über die glänzenden Augen und die Stupsnase, bis zu ihrem schlanken, knackigen Körper und ihren Kleinmädchenfüßen. Er kann immer noch nicht glauben, daß sie ihn tatsächlich mag, geschweige denn *liebt* oder die ganze Zeit mit ihm zusammensein will. Doch sie hebt den Kopf, um zu nicken und ihn anzulächeln, dann küßt sie ihn voll auf den Mund und atmet kurz in seinen Mund, seine Kehle, seine Lungen. Sie atmen ein paarmal abwechselnd in den Mund des anderen. Es macht ihn heißer als Sex.

Und dann zerren sie an ihrer Kleidung, rucken, reißen, zucken, beben, keuchen, fallen übereinander her. Es ist wie ein Kampf, aber jede Bewegung bringt sie dem Höhepunkt näher, und als es vorbei ist, sind beide satt und zufrieden.

»Bist du glücklich?« flüstert Minx.

»Klar«, erwidert Monk. »Mit dir.«

»Ich auch.«

Es ist kaum zu glauben, wie sich ihr Leben verändert hat, seit er Minx begegnet ist. Sie hat ihm eine SIN besorgt, keine SIN unter seinem Namen, aber eine SIN ist eine SIN. Einige von ihren Freunden haben ihnen ganz neue Identitäten, die Jobs beim Gerichtsmedizinischen Institut von Newark und sogar diese neue Wohnung beschafft. Die Wohnung ist nicht sehr groß – nicht hier im Sektor 3 von Newark –, aber sie gehört ihnen, und jetzt haben sie die Nuyen, um sie einzurichten, wie sie wollen.

In erster Linie haben sie nur ein paar Matratzen und haufenweise Kissen und Polster auf dem Boden verstreut, ein großes verdammtes Telekom installiert und ein paar von Minx' Fotos an die Wand geheftet.

Die Fotos sind Juwelen. Sie stammen von überall aus dem Sprawl, Bilder von Leichen, die aus Autowracks hängen oder auf Straßen und Bahren liegen, Leichen, denen Körperteile fehlen oder die Löcher im Kopf oder anderswo haben, Leichen, die blutüberströmt sind oder denen verschiedene innere Organe aus dem Leib quellen. Eines der besten Fotos zeigt den abgetrennten Kopf dieses Burschen, der mit weit aufgerissenen Augen und einer Wach-ich-oder-träum-ich-Miene mitten auf der Fahrbahn liegt.

Monk kichert schon, wenn er nur daran denkt.

Wenn er schließlich dazu kommt, sein TV/3V-Skript oder sein SimSinn-Stück zu schreiben, das, mit dem er reich und berühmt werden wird, so reich, daß er schon Geld verdient, wenn er nur seine Eier schaukelt, wird er eine Rolle für Minx einfügen müssen, nur um ihr zu danken.

Er wird sie zu einem Novastar machen, so groß und berühmt wie Taffy Lee.

Größer.

Nackt und unglaublich reizend beugt sich Minx über ihn, lächelt und küßt ihn.

»Hör mal, du Kick«, sagt sie. »Wenn ich dir sagen würde, daß wir etwas tun müssen? Würdest du es tun? Ohne zu fragen, warum? Vertraust du mir so sehr? Tust du das?«

Monk grübelt ein wenig darüber. »Klar.«

Minx lächelt, liebkost seine Wange und streichelt seinen Hals, so daß seine Nerven bis in die Fußspitzen hinein zu kribbeln anfangen. »Wir müssen uns mit jemandem treffen«, sagt Minx.

»Sahne«, erwidert Monk.

»Er ist irgendwie anders. Man könnte sogar sagen, er ist seltsam.«

»Aha.«

»Wir nennen ihn den Meister.«
»So?«
Minx lächelt und nickt.
»Nova.« Der Meister.
Warum nicht?

32

Der Morgen ist die Hölle. Die Menschliche-Genome-Gruppe feuert eine Liste vordringlicher Anforderungen für irgendein brandeiliges Projekt ab, die absolut ihrer persönlichen Aufmerksamkeit bedarf, und Mr. Revisor, Kurushima Jussai, besteht bei einer ganzen Reihe trivialer Angelegenheiten, die jeder gewöhnliche Lohnsklave verstehen würde, auf ihre persönlichen Erklärungen.

Zu allem Überfluß fällt es ihr schwer, die Fassung zu bewahren. Immer wieder schießen ihr extrem emotionale Gedanken durch den Kopf. Scottie ist wieder da! Er *lebt!* Amy ist gezwungen, immer wieder in den Waschraum zu laufen oder Zuflucht in ihrem Büro zu suchen, um wie ein Idiot zu grinsen und sich die Tränen abzuwischen.

Wenn sie bedenkt, wie oft sie sich Sorgen gemacht hat, daß Scottie vielleicht den Gefahren irgendeiner düsteren Ecke im Sprawl erlegen sein oder sich mit Shadowrunnern oder noch Schlimmerem eingelassen haben könnte …

Sie kann nur den Kopf schütteln und stöhnen.

Harman ruft an und bemerkt sofort die einander widersprechenden Empfindungen in ihrem Gesicht. Sie hat kaum mit der Erklärung begonnen, als er sagt: »Ich wußte gar nicht, daß du noch einen Bruder hast.«

Der Versuch, das zu erklären, bringt sie wieder auf den Boden. Sie versucht Zeit zu gewinnen, indem sie von sich und Scottie als Kinder erzählt. Das gibt ihr Gelegenheit, zumindest zu versuchen zu verstehen, warum sie Harman gegenüber ihren Bruder nie erwähnt hat. Es handelt sich um mehr als nur einen Streich, den ihr Gedächtnis ihr gespielt hat. Es handelt sich um eine absichtliche Unterlassung, über die sie Dutzende, wenn nicht sogar Hunderte von Malen zumindest flüchtig nachgedacht hat, und es stört sie.

Einen Schamanen zum Bruder zu haben, wenn diese Bezeichnung auf Scottie zutrifft, ist nichts, dessen sich ein Pinkel rühmen sollte. Schamanen geben keine guten Pinkel ab. Konzerne und Execs mißtrauen ihnen. Diese Tatsache hat sie früher beeinflußt, als Scottie nicht da war, als sie und Harman sich noch nicht lange kannten, aber davon läßt sie sich nicht mehr irritieren. Wenn Harman sich wirklich etwas aus ihr macht und eine gemeinsame Zukunft mit ihr anstrebt, wird er das akzeptieren müssen.

Er scheint die Neuigkeiten gut aufzunehmen. Bevor sie ihre Geschichte beendet hat, lächelt er merkwürdig und sagt: »Heißt das, du hast magische Gene?«

»O Gott, nein ...« Was für ein Witz. »Ich bin so normal, wie es überhaupt nur möglich ist.«

»Und angenommen, du hast Kinder?«

Das ist jetzt eine plötzliche, beängstigende Wendung. Amy zögert. Der Gedanke macht sie sprachlos, und sei es auch nur, weil sie die Frage nicht aufrichtig mit einem entschiedenen Nein beantworten kann. Die Wissenschaft muß erst noch bestimmen, was der genetische Unterschied zwischen einem Magier und einem Normalsterblichen ist. Sie kann nicht mit absoluter Sicherheit sagen, daß ein Kind von ihr sich als *nicht* magisch aktiv erweisen würde.

»Amy, ich mache nur Spaß.«

»Tut mir leid. Ich wollte nur ...«

»Nein, *mir* tut es leid«, beharrt Harman. »Natürlich kannst du daran nichts Komisches finden. Es war eine ganz dumme Bemerkung. Ich entschuldige mich.«

Amy holt tief Luft und sagt: »Ändert sich dadurch irgend etwas?«

»Du meinst, durch deinen Bruder? Ich würde ihn gern kennenlernen. Aber er ändert mit Sicherheit nichts an meinen Gefühlen für dich.«

»Ich bin so froh, daß du das sagst.«

»Tja...« Harman lächelt warm, doch das Lächeln weicht einer aufrichtigen, aber nüchternen Miene. »Ich kann nicht behaupten, daß ich nicht überrascht bin. Ich bin es. Tatsächlich bin ich vielleicht sogar überraschter, als mir jetzt klar ist, wenn du weißt, was ich meine. Was alles andere betrifft... warum reden wir darüber nicht bei einem Abendessen?«

»Ja, du hast recht. Laß uns das tun.«

Das ist alles noch sehr neu. Sie brauchen beide Zeit, um sich daran zu gewöhnen. Gedanken an Kinder und Magie sollten besser bis nach dem Abendessen und dem Gespräch über ihre gemeinsame Zukunft warten.

Nach Beendigung des Gesprächs wendet sich Amy der ernsten Angelegenheit zu, die auf sie wartet: der geheimnisvollen Datei aus dem Netz der Metawissenschaftsgruppe. Sich zu konzentrieren, bedarf einer gewaltigen Anstrengung.

Die geheimnisvolle Datei, offenbar eine Liste von Zahlungen, enthält einen Eintrag für jeden einzelnen der siebenundzwanzig Gegenstände, die das Verbrauchskontrollprogramm nicht als verbraucht aufgelistet hat. Die Einträge in der Datei enthalten außerdem insgesamt dreiunddreißig Namen, augenscheinlich die Namen von Konzernen.

Amy schaltet sich mit ihrem Schreibtischterminal in Hurley-Coopers Datenbank für Kontoauszahlungen ein. Bei jedem Einkauf erfolgt ein Eintrag in die Auszahlungsdatenbank, um einen Beleg für die finanzielle Transaktion zu haben. Für jeden der siebenundzwanzig nicht ausgewiesenen Gegenstände müßte es einen Zahlungsnachweis einschließlich spezifischer Informationen geben, wohin das Geld gewandert und wie es dorthin gelangt ist. Und, wie sie rasch herausfindet, die Nachweise sind für jede einzelne Transaktion da.

Laut Auszahlungsnachweise ist das Geld für die siebenundzwanzig Gegenstände in allen Fällen zu den in ihren Einkaufsunterlagen genannten Konzernen gewandert. Nichts deutet auf Betrug oder auch nur schlampige Buchführung hin.

Nächster Schritt.

Amy schaltet ihr Terminal in das Lokale Telekommunikationsgitter ein und ruft TransUnion Intercorp an. Sie wählt die Datenbank der TUI mit Konzernprofilen an. TUI besitzt allgemeine Geschäftsinformationen über praktisch jeden Konzern auf der ganzen Welt, ob groß oder klein. Wenn der Konzern irgendwo registriert ist, hat TUI auch ein Profil über ihn. Innerhalb von zehn Minuten hat Amy Profile für alle Konzerne kopiert, die auf den Auszahlungsnachweisen und in der geheimnisvollen Datei der Metawissenschaftsgruppe angegeben sind. Nach einer kurzen Durchsicht schließt sie die Augen.

Sie ist in einem ausweglosen Alptraum gefangen.

Weitere zwanzig, fünfundzwanzig Minuten des Durchblätterns von Textfenstern bestätigen ihre Befürchtungen. Die Namen in der Metawissenschaftsdatei sind keine Ausgeburten einer besonders aktiven Online-Phantasie. Es sind Namen von Konzernen oder Untergruppen von Konzernen, und jeder einzelne steht in irgendeiner Verbindung zu den Konzernen in der Datenbank mit den Auszahlungsnachweisen.

Was sagt ihr das? Einen Moment lang ist ihr Verstand wie gelähmt. Sie lehnt sich zurück, starrt an die Decke und versucht, nicht an Scottie und die damit verbundenen neuen Implikationen für ihre Beziehung mit Harman zu denken. Also führt jemand aus der Metawissenschaftsgruppe separat Buch über Zahlungen, die an Hurley-Cooper-Verkäufer geleistet werden. Was soll's?

Aber darum geht es gar nicht.

Die Namen – die sind das Entscheidende. Warum sollte sich jemand die Mühe machen und Buch über Zahlungen führen, wenn man sich nur in die Einkaufs- oder Auszahlungsdatenbanken einstöpseln muß, um herauszufinden, wem wann was bezahlt wurde? Das hat eigentlich keinen Sinn, es sei denn, die tatsächlichen Zahlungsempfänger stimmen nicht mit den Namen in Hurley-Coopers Buchhaltung überein.

Und wenn schon. Die Konzerne in der Metawissenschaftsdatei stehen alle mit den in den Einkaufs- und Auszahlungsunterlagen genannten Konzernen in Beziehung. Untergruppen und Töchter von Konzernen schieben täglich Gelder hin und her. Das ist absolut legal und ein integraler Bestandteil des Geschäftslebens. Was ist also der springende Punkt?

Amy kennt die Antwort darauf nur allzu genau. Der springende Punkt ist, daß man nicht Ware von einer Organisation kauft und eine andere dafür bezahlt. Man bezahlt die Leute, die die Ware liefern. Weil derjenige, der die Ware herstellt und dafür bezahlt wird, schadenersatzpflichtig gemacht wird, wenn die Ware nicht den Spezifikationen entspricht. In einem Fall, in dem zeitlich begrenzte Partnerschaften oder Gemeinschaftsunternehmen die Angelegenheit komplizieren, vergewissert man sich mit aller Gründlichkeit, daß die Frage der Schadenersatzpflicht eindeutig geklärt ist und in jedem Fall alles lückenlos dokumentiert ist.

Also läuft es darauf hinaus, falls Amy das glauben kann, daß die Verkäufer in den Einkaufs- und Auszahlungsunterlagen in Wirklichkeit nicht die Organisationen sind, die die siebenundzwanzig Gegenstände, für die sie vergeblich Verbrauchsnachweise gesucht hat, hergestellt und verkauft haben. Die echten Verkäufer sind in der Datei der Metawissenschaftsgruppe aufgelistet. Oder nicht?

Amy sieht sich noch einmal die Konzernprofile an und tippt Telekomnummern ein. Sie fängt mit den Konzernen in ihren Einkaufsunterlagen an und geht dann zu denen in der Metawissenschaftsdatei über.

»Es tut uns leid, aber der Anschluß, den Sie gewählt haben, ist abgemeldet worden …«

»Es tut uns leid, aber die Nummer, die Sie gewählt haben, ist außer Betrieb …«

»Rufen Sie bitte die Auskunft an …«

Kein einziger Anruf kommt durch.

Vielleicht sind die Telekomnummern überholt. TUIs Profile sind nicht immer auf dem neusten Stand. Ein durchaus übliches Problem bei Datenbanken. Amy versucht es bei der Auskunft. Kein Glück. Keine Einträge für die Konzerne auf ihren Listen, für keinen von ihnen. Vielleicht sind die Konzerne von anderen Konzernen geschluckt worden, und die Telekomnummern haben sich geändert. Kommt jeden Tag vor. Sie versucht es bei der TUI mit der Abteilung für Besondere Dienste. Es dauert nicht lange, bis sie ihre Antworten hat. Es existiert keine Eintragung, daß einer der Konzerne von einem anderen übernommen worden ist. Also benutzen die Konzerne entweder kein Telekom mehr, oder sie existieren nicht mehr. Oder sie waren nie mehr als eine Zulassungsunterlage mit Bankkonten und Einträgen in Datenbanken wie derjenigen von TUI.

Mit anderen Worten, Fassaden. Scheinfirmen.

Potentielle Verkäufer werden routinemäßig überprüft, um zu gewährleisten, daß sie mehr sind als elektronische Fassaden, aber das bedeutet nicht, daß diese Überprüfungen narrensicher sind, und die immer größer werdende Wahrscheinlichkeit, daß Hurley-Cooper betrogen worden ist, macht Amy so wütend, daß sie schreien könnte.

Statt dessen schlägt sie mit der Faust auf den Schreibtisch, so fest, daß es weh tut, dann lehnt sie sich wieder zurück und bedeckt die Augen mit der Hand. Die Frage lautet jetzt nicht mehr, ob die siebenundzwanzig fraglichen Gegenstände je benutzt worden sind. *Hat Hurley-Cooper sie überhaupt je erhalten?* Hat Hurley-Cooper tatsächlich etwas für sein Geld bekommen, oder sind die Nuyen auf irgendeinem Privatkonto gelandet?

Und was, zum Teufel, soll sie jetzt machen?

33

Der Nachmittag geht in den Abend über. Tikki beobachtet und wartet. Die Straße vor ihr ist eine Seitenstraße, und sie ist fast erstickend: zu beiden Seiten dicht an dicht stehende dreistöckige Ziegelhäuser, von Menschen übersäte Bürgersteige, mit geparkten und aufgegebenen Wagen vollgestopft. Überall ist Stein und Metall und Plastik und drängendes, stoßendes Fleisch. Tikki fragt sich, wie sie je etwas Anziehendes an dieser erstickenden Woge der Metamenschheit gefunden hat. Die Gerüche, der Anblick und die Geräusche künden alle von der Vernarrtheit der Zweibeiner in Dinge, Maschinen, Zierat und Kinkerlitzchen. Alles Dinge, die keine Bedeutung haben. Keinen Sinn.

Ihr Junges hat Bedeutung. Sie weiß nicht genau, worin seine Bedeutung liegt oder mit welchen Worten seine Bedeutung beschrieben werden kann, aber die Bedeutung ist da. Sie kann sie spüren, sie kann sie riechen. Sie wartet irgendwo, in irgendeiner Ecke ihres Verstandes. Sie hat das Gefühl, ihr Junges zu finden, könnte die wichtigste, die bedeutendste Sache ihres Lebens sein. Ihr Instinkt erinnert sie praktisch mit jedem Atemzug daran.

Sie sitzt auf dem Fahrersitz eines etwa in der Mitte des Blocks am Randstein geparkten Eurovan. Eurovans werden in New Jersey hergestellt und sind kein ungewöhnlicher Anblick. Dieser ist verbeult und verrostet. Die Scheiben sind dunkel getönt. Er verschmilzt sehr gut mit dem Straßenbild. Tikki sitzt da und wartet. Sie ist inkognito, getarnt, nicht nur durch ihre menschliche Gestalt, sondern auch durch ihr Kostüm, das niemand mit ihrer Striper-Identität in Verbindung bringen würde.

Die goldblonden Haare der Perücke fallen ihr über

die Schultern und bis zur Taille. Szenen aus Taffy Lees letzter SimSinn-Produktion flackern über das glänzende schwarze Makrotech ihrer Jacke. An den Händen trägt sie schwarze Spitzenhandschuhe. Ein Rock klebt an ihren Hüften wie eine zweite Haut. Rote LED-Spinnen flitzen das Netzwerk ihrer Strümpfe auf und ab und verschwinden unter ihrem Rock und in den schwarzen Kunstlederstiefeletten an ihren Füßen. Make-up, Ohrringe, Ketten und Armreifen vervollständigen das Bild. Sie ist nur einer von vielen Gossenpunks, die darauf warten, daß das Hoch von morgen vorbeikommt und sie findet, wie die meisten der Zweibeiner, die sie auf der Straße sieht.

Stunden vergehen. Die Dämmerung bricht herein, und die Zweibeiner, die unterwegs sind, bekommen einen düstereren Anstrich. Die Raubtiere kommen heraus. Niemand gibt Tikki Grund zur Sorge. Sie konzentriert ihre Aufmerksamkeit weiterhin auf ein bestimmtes Haus auf der anderen Straßenseite. Keine Lichter, kein Zeichen von Bewegung. Seit ihrer Ankunft ist weder jemand hineingegangen noch herausgekommen. Das Telekom, das fünfmal in dem Büro von NewMan Management Systems angerufen hat, befindet sich angeblich in diesem Haus.

Ist es O'Keefes Haus? Oder nur eine weitere trügerische Fassade? Es wird Zeit, daß sie es herausfindet.

Sie verläßt den Eurovan und überquert die Straße. Ihr Magna Z-Passepartout öffnet das Schloß der Haustür. Sie tritt ein.

Jedes Lebewesen hinterläßt Spuren an seinem Wohnort. Die Spuren sammeln sich, bis sie der Luft einen gewissen Anstrich und dem Ort einen eindeutigen Charakter verleihen. Dieser spezielle Ort stinkt nach Elfen.

Niemand zu Hause. Das weiß sie, noch bevor sich die Tür öffnet. Der Hintergrundgestank nach Elfen kann diese Erkenntnis nicht trüben, nicht mehr, als ein paar Topfblumen sie zu der Ansicht verleiten könnten, sie befinde sich in einem Wald. Lebendige Körper sondern frische Düfte ab, die sich unverkennbar und eindeutig vom Stempel der Gerüche unterscheiden, die sich mit der Zeit an einem Ort einnisten, und die Gerüche hier sind alle alt. Wie alt genau, kann sie nicht mit Gewißheit sagen: ein paar Tage oder so. Ihre menschliche Nase ist in dieser Beziehung nicht unbedingt das Wahre.

Sie sieht sich um.

Das Haus ist schmal und sehr tief. Es gibt fünf Stockwerke, darunter eine Kellerwerkstatt und einen Speicher unter dem Dach. Erdgeschoß: Wohnzimmer, Küche, Eßzimmer. Erster Stock, Schlafzimmer, Arbeitszimmer. Zweiter Stock: weitere Schlafzimmer. Die Hauptgeschosse sind durch eine Treppe miteinander verbunden. Der Zugang zum Speicher erfolgt über eine ausziehbare Leiter. Die Möbel sind dunkel und schwer und haben einen maskulinen Charakter.

Die Gerüche bringen sie wieder zurück zur Straße nach Nirgendwo, eine Erinnerung an kühle Luft, Bäume, Schnee und Eis, dann das Bild der schlaksigen Gestalt vor der Kabine des Mostrans Luftkissenfahrzeugs. Sie erinnert sich an seinen grauweißen Tarnanzug, an sein Gewehr, an seinen Geruch. Es ist noch keine weitere Sekunde verstrichen, als sie sicher ist, daß sie am richtigen Ort ist – seinem Ort –, seinem Heim. Im Schlafzimmer des ersten Stocks findet sie ein paar auf den Namen Elgin O'Keefe ausgestellte Dokumente, die das bestätigen.

Kopfgeldjäger. Ehemaliger Söldner. Die Frage, die Tikki sich stellt, lautet, was so ein Zweibeiner mit ihrem Jungen will. Hat ihm jemand ein Kopfgeld für ihr Junges angeboten? Das kommt ihr unwahrscheinlich vor. Tikki bezweifelt, daß außer ihr und dem Vater des Jungen überhaupt jemand von der Existenz des Jungen wußte. Könnte sich ein Feind auf diese Weise an ihr rächen wollen? Sie sieht sich gezwungen, die Möglichkeit in Betracht zu ziehen, fühlt sich jedoch nicht wohl damit. Jemand, der sich rächen wollte, hätte einfach ihren Tod angeordnet.

O'Keefe weiß offenbar einiges über Werwesen. Er wußte genug, um sie mit ausreichend Feuerkraft zu erwarten, um sie niederzustrecken, während er und seine Partner sich mit dem Jungen aus dem Staub machten. Was weiß er sonst noch? Womit rechnet er?

Eigentlich ergibt nichts von alledem einen Sinn.

Wenn er weiß, daß Werwesen ihr Leben auf vier Beinen anstatt auf zweien beginnen, könnte er annehmen, daß sie mehr mit den sogenannten Tieren als mit den Metamenschen gemeinsam hat. In diesem Fall sollte er damit rechnen, daß sie nach ihrem Jungen sucht, aber nicht sehr lange. Kein gewöhnlicher Vierbeiner würde so lange nach seinem Jungen suchen. Das gewöhnliche Weibchen würde der Spur so lange folgen, bis die Witterung verblaßt und verschwunden wäre, und das Junge dann vergessen. Auf die nächste Brunft, die nächste Paarung, den nächsten Wurf warten. In der Wildnis sind die Gefahren zahlreich und die Jungen leichte Beute. Verluste sind unvermeidlich. Vierbeiner wissen das. Sie sind zu sehr mit dem Überleben beschäftigt, mit der Jagd nach der nächsten Mahlzeit, um sehr weit über die Grenzen ihres Reviers vorzustoßen und Zeit mit Erinnerungen zu verschwenden, die verblassen wie flüchtige Witterungen.

Wenn O'Keefe andererseits ihren Ruf als Striper kennt, könnte er damit rechnen, daß sie Rache um jeden Preis suchen wird, und sei es auch nur, um jene büßen zu lassen, die sie zusammengeschossen haben.

Vielleicht gehört das zu seinem Plan, sie zu reizen, Rachedurst in ihr zu wecken, um sie irgendwohin zu locken. Aber warum sich dann mit dem Jungen abgeben? Sie zusammenzuschießen und das Junge zu töten, wäre der sicherste Weg gewesen, sie in Wut zu bringen. Wahrscheinlich hätte sie völlig durchgedreht, möglicherweise so sehr, daß sie bereitwillig in eine Falle gelaufen wäre.

Vielleicht hat irgendein Sammler exotischer Wesen O'Keefe angeworben, um etwas wirklich Einzigartiges zu besitzen. Vielleicht hatte es O'Keefe ursprünglich auf Tikki abgesehen, sich dann aber, als er ihr Junges entdeckte, für die leichtere Beute entschieden. Das kommt ihr einigermaßen logisch vor, aber höchstwahrscheinlich ist alles Teil eines Plans, den nur ein Elf verstehen kann. Einer Verschwörung, die letzten Endes gar nichts mit Tikki oder ihrem Jungen zu tun hat. Sie und das Junge werden lediglich benutzt. Das ist genau das, was Elfen tun.

Sie ist gerade dabei zu entscheiden, was sie als nächstes tun soll, als sie Geräusche hört: das Klicken des Schlosses, das Zuschlagen einer Tür.

Der Geruch, der plötzlich in der Luft liegt, hebt sich kraß von den anderen ab. Eine Elfin hat gerade den Flur im Erdgeschoß betreten. Die Elfin grunzt und sagt: »Wo ist dein verdammtes Telekom, Tang?«

Tang ist O'Keefe.

Tikki zieht die Viper Automag unter ihrer Jacke hervor und stellt sich in der Nähe des Treppenabsatzes in Position. Schritte sind zu hören, immer noch aus dem Erdgeschoß, aber Tikki kann nur ein Paar Füße ausmachen. Die Elfin grunzt erneut und sagt: »Natürlich ein Fuchi. Dreksding.«

Führt sie Selbstgespräche?

Töne folgen, wie Töne von Telekomtasten. Dann mehrere Summzeichen, als klingele es am anderen Ende einer Telekomleitung. Eine Stimme, die computererzeugt klingt, sagt: *»Es tut uns leid … der Anschluß, den Sie gewählt haben, ist außer Betrieb …«*

Die Elfin grunzt.

Weitere Töne, weiteres Klingeln.

»Geh an das verdammte Kom!« faucht die Elfin.

Es klickt in der Leitung, ein Mann antwortet. Die

Stimme des Mannes ist mittelhoch und klingt seltsam, seltsam gebeugt. Er spricht Englisch, als hätte er es in England gelernt. »Ach, du bist es«, sagt er. »Gibt es schon irgendeine Spur von unserer Beute?«

»Natürlich nicht! Es ist noch viel zu früh!«

Kurzes Schweigen. »Ich habe dich vor der Gefahr gewarnt, dieses Individuum zu unterschätzen.«

»Wir sind noch keinen verdammten Tag lang in der Stadt, Tang«, knurrt die Elfin. »Diese Schlampe kann gar nicht so schnell hier sein! Ist mir doch völlig egal, was sie ist. Oder wer!«

»Sei trotzdem auf der Hut. Wir stehen kurz vor der Lieferung und sind in Kürze bei dir.«

Die Elfin grunzt. »Ach, übrigens«, sagt sie, »das Telekom bei NewMan ist außer Betrieb.«

»Was? Du hast diese Nummer gewählt ...«

Ein lauter Knall unterbricht. Der Telekomschirm zerspringt in einem Splitterhagel. Die Elfin wirbelt herum. Tikki steht auf der Schwelle zum Wohnzimmer und hat die Viper Automag auf sie gerichtet. »Hände hoch«, sagt Tikki.

Die Elfin ist geradezu ein Kunstwerk, dunkel und hochgewachsen, schwarzes Kunstleder, Tätowierungen und eine lange schwarze Lockenmähne. Als sie sich umdreht, sind ihre Augen so groß, daß sie kreisrund aussehen. Sie riecht nach schockierter Überraschung, die an Entsetzen grenzt, aber dieser Zustand hält nur einen Augenblick an, gerade lange genug, um Tikki und die Viper zu sehen.

»Drek!« faucht die Elfin.

Im nächsten Augenblick hechtet sie zum Sofa, wo ihre Ingram Smartgun in einem Hüfthalfter liegt. Tikki stürmt los. Die Elfin ist nicht der Typ, der sich durch auf sie gerichtete Waffen beeindrucken läßt. Das hat sie demonstriert. Also heißt es, schießen oder kämpfen, und Tikki will die Elfin lebend.

Sie prallen aufeinander. Die Elfin ist sehr schnell. Sie

bekommt die Smartgun zu fassen. Tikki schwingt die Viper wie eine Keule. Die Elfin fällt mit dem Rücken auf das Sofa, am Kopf blutend. Fast sieht es so aus, als sei sie außer Gefecht, aber dann zuckt sie seltsam, oberhalb der Hüften. Tikki spürt, wie etwas in ihren Bauch sticht. Sie taumelt zurück und sieht nach unten auf die rote Wunde unterhalb ihres Nabels, aus der das Blut strömt. Sie schaut wieder auf und stellt fest, daß sich die Elfin höhnisch grinsend erhebt. Die blutige Klinge, die aus ihrem Bauch ragt, verschwindet abrupt. Eine Bauchklinge. Damit oder mit etwas anderem in der Art hätte Tikki rechnen müssen. Die Elfin riecht nach Metall.

»Komm schon, du Schlampe!« faucht die Elfin. Sie wirft die Smartgun weg und breitet die Arme in einer arroganten Einladung weit aus. Cyberdornen erscheinen an den Enden ihrer Finger, auf ihren Handrücken und auch an ihren Unterarmen. »Laß uns *tanzen!*«

Tikki schäumt vor Wut.

Ein tiefes Grollen entringt sich ihrer Kehle. Fell überzieht Arme und Gesicht. Ihr Oberkörper schwillt an. Ihre Kleidung spannt sich und reißt. Aus ihren Händen werden Tatzen, und die Viper Automag fällt zu Boden, und dann brüllt sie auf, wirft sich auf zwei Beinen vorwärts und auf die Elfin.

Metall schneidet und schlitzt, Krallen fetzen und reißen. Die Cyberdornen bewegen sich zu schnell, als daß Tikki ihnen hätte ausweichen können. Sie versucht es erst gar nicht. Die Elfin ist schneller. Tikki ist stärker. Sie setzt ihre Tatzen wie Keulen ein, dann rammt sie die Elfin gegen eine Wand und ringt sie zu Boden. Die Bauchklinge sticht erneut zu. Tikki taumelt zurück, aus einem Dutzend Wunden blutend, und dann kommt auch die Elfin wieder auf die Beine.

»Du bist gut«, knurrt die Elfin. »Wie eine Straßenbahn. Und jetzt gute *Nacht!*«

Die Elfin ist ein Wirbelwind, der mit blitzenden,

zuckenden Dornen über Tikki hinwegfegt. Tikki sieht, wie ihr der Arm bis auf den Knochen aufgeschlitzt wird, bevor sie den Dorn bemerkt, der ihr diese Verletzung zugefügt hat. Doch der Schmerz berührt sie kaum. Das Wasser, das ihr in die Augen schießt, läßt ihr Blickfeld verschwimmen, aber das ändert nichts. Sie schlägt der Elfin ins Gesicht. Sie taumelt zurück. Tikki packt sie und schleudert sie durch das Zimmer. Die Elfin prallt gegen einen Tisch und rollt über den Boden.

Jetzt sind sie beide verwundet und blutüberströmt, und auch die Kleidung der Elfin ist zerrissen, aber eine von beiden heilt bereits und ist schon wieder kampfbereit.

Tikki brüllt und greift an.

Die Elfin reagiert nur langsam, ist erst halb aufgestanden, als Tikki mit ihr zusammenprallt. Die Elfin spuckt, und etwas wie eine dünne Schnur schießt unter ihrer Zunge hervor, verfehlt Tikki jedoch. Tikki wirft die Elfin wieder um und gegen einen Schrank mit Glastüren, dann zweimal gegen die Wand und schließlich bäuchlings auf den Boden. Die Elfin versucht alles, um noch einmal hochzukommen, doch Tikki hämmert ihr auf den Schädel, bis sie bewußtlos zusammensackt. Sie ist schnell und zäh für eine Elfin, aber Metall und Cyberware sind Grenzen gesetzt.

Als die Elfin wieder zu sich kommt, trägt sie Handschellen an Fuß- und Handgelenken und liegt hinten im Laderaum von Tikkis gestohlenem Eurovan. Tikki streicht der Elfin einmal mit ihren Krallen über die Wange. »Gleich unterhalten wir uns«, knurrt Tikki. »Ich stelle die Fragen. Du antwortest. Oder du *stirbst.*«

Die Elin stöhnt kläglich, dann flucht sie.

Fluchen wird ihr auch nicht helfen.

34

Es ist weit nach der normalen Feierabendzeit, als Max Chernick über die Wand tastet und das alte Sensorpad findet, welches das Licht einschaltet. Technisch nicht sehr fortgeschritten, aber ein Konzern wie Hurley-Cooper steckt sein Geld normalerweise dort hinein, wo es zählt. In Lagerräumen besteht kein Bedarf für ein ausgeklügeltes automatisches Beleuchtungssystem. Max wirft einen raschen Blick auf die Regale, die Behälter, die Stapel mit Makroplastkisten, die Kühlvitrinen und steckt die Hände in die Taschen seines Pullovers.

Im Augenblick ist alles ziemlich ruhig. Die meisten Wissenschaftler der Metawissenschaftsgruppe haben bereits Feierabend gemacht und sind auf dem Heimweg. Ein paar von ihnen machen Überstunden und überwachen Experimente oder nehmen jetzt Einrichtungen in Anspruch, auf deren Benutzung sie tagsüber warten müßten, aber die meisten sind irgendwann gegen Sonnenuntergang gegangen. Max wäre ebenfalls gegangen, aber heute abend erwartet er eine besondere Lieferung.

Da es schon spät ist und er das Lager ganz für sich allein hat, beschließt er, sich etwas zu gönnen. Er holt eine alte Bruyèrepfeife aus der Tasche, entzündet ein Streichholz und raucht die Pfeife an. Technisch gesehen ist das Rauchen überall im Haus und in der Nähe der Ausgänge verboten, aber niemand wird Einwände dagegen erheben, solange er keine Wolken ausstößt, die die Belegschaft zu ersticken drohen.

Plötzlich knarrt die Tür hinter ihm.

Max dreht sich um und sieht Ms. Suhree in ihrer blauen Wachuniform hereinkommen. »Wie spät wir noch arbeiten, Mr. Max«, sagt sie mit unglaublich musikalischer Stimme. Sie hat einen Bruder, der genauso spricht, sagt sie. Arbeitet in irgendeinem Wohnkomplex. »Sie erwarten wohl noch eine späte Lieferung.«

Max nickt. »Tatsache.«

Suhree geht direkt zu dem schwarzen Kasten neben den beiden Toren zur Laderampe. Dort gibt sie ihren Sicherheitscode ein, um nachzuweisen, daß sie auf ihrer Runde hier vorbeigekommen ist. »Könnte es sein, daß Sie heute abend etwas besonders Interessantes erwarten, Mr. Max?«

»Kann ich nicht mit Sicherheit sagen«, erwidert Max. »Da muß ich erst auf dem Empfangsplan nachsehen. Ich nehme an, es ist irgendwas Arkanes. Eine mystische Substanz. Kommt wahrscheinlich mit Sonderkurierdienst.«

»Das hört sich an wie immer.«

Max nickt. »Tatsache.«

»Ich wünsche Ihnen noch eine gute Nacht, Mr. Max.«

»Gleichfalls, Suhree.«

Suhree geht hinaus, und Max geht zu seinem Pult in der Nähe der Tore zur Laderampe. Er schaltet den Computer ein und ruft den Empfangsplan auf. Bevor er mehr als einen kurzen Blick darauf werfen kann, klingelt der Außenalarm. Die hinter seinem Pult angeordneten Monitore zeigen einen stromlinienförmigen Lieferwagen, der gerade auf den Parkplatz hinter dem Gebäude fährt und dann wendet, um zur Laderampe zurückzusetzen. Max drückt ein paar Knöpfe, um eine Großaufnahme zu bekommen, aber der Lieferwagen ist nicht beschriftet. Er wäre auch mißtrauisch, wenn es anders wäre. Sonderkuriere machen keine Reklame, außer in den Corporate Pages.

Max schaltet das Interkom ein, um oben anzurufen. Dieses verschrobene Orkmädchen Germaine antwortet auf Dr. Hills Leitung. »Was wollen Sie?«

»Sieht so aus, als wäre gerade die Lieferung für den Doc vorgefahren.«

»Kein Drek.«

Germaine unterbricht die Verbindung. Max schüttelt den Kopf und fragt sich, wie es kommt, daß junge Frauen wie Kriminelle oder Gossenpunks reden wollen. Sie wollen immer, daß man sie mit Respekt behandelt, aber die Worte, die sie in den Mund nehmen, erweisen keinem Respekt, am wenigsten ihnen selbst. Wenn du wie ein Penner redest, mußt du auch damit rechnen, wie einer behandelt zu werden.

Der Außenalarm klingelt erneut. Die Seitentüren des Lieferwagens sind geöffnet. Zwei Leute steigen aus. Die Kameras fahren näher heran. Es sind zwei Elfen, ein Mann und eine Frau in dunkler Kleidung, bewaffnet. Sie sind nicht zum erstenmal hier. Max erinnert sich an ihre Gesichter. Mit Rücksicht auf das Geschäft, in dem sie sind, benutzen sie Decknamen. Offenbar kann es eine sehr gefährliche Beschäftigung sein, teure arkane Waren zu transportieren.

Der Alarm klingelt wiederum, als die beiden Elfen die Laderampe betreten und ihre Ausweise in das Prüfgerät stecken. Der Mann nennt sich Roger Thorstin, die Frau Aphrodite Zolde. Beide bei NewMan Management Systems angestellt.

Max grinst, unterdrückt ein Kichern, schaltet dann das Außenmikrofon ein und sagt: »Ich bin gleich bei euch.«

Thorstin antwortet: »Keine Eile.«

Er klingt englisch. Echt höflich.

Die Sicherheitsbestimmungen verbieten Max, außerhalb der normalen Bürostunden die Tore zur Laderampe ohne die ausdrückliche Zustimmung eines der Bosse zu öffnen. Das ist nur eine Vorsichtsmaßnahme. Eine Minute später taucht Dr. Hill auf, der immer noch Hemd, Krawatte und einen weißen Laborkittel trägt. Wie üblich hat er ein Lächeln auf den Lippen und begrüßt Max freundlich.

Max fragt: »Was bekommen wir denn heute, Doc? Noch mehr von diesem Einhornpulver?«

»Das ist eine besondere Lieferung, Max«, sagt Dr. Hill vollkommen ernst. Dr. Hill ist ein sehr ernster Bursche, vielleicht zu ernst für einen jungen Mann. Ernst und irgendwie traurig. »Ich glaube, aus den Unterlagen geht hervor, daß wir mehrere Behälter mit Schlangengift erwarten.«

Max nickt. Der Empfangsplan bestätigt das. »Damit kann man gar nicht vorsichtig genug sein, würde ich sagen.«

»Ja, Max. Ich fürchte, so ist es.«

Was in den Unterlagen steht, und was tatsächlich durch die Tore der Laderampe wandert, stimmt nicht notwendigerweise überein, und unglücklicherweise geht es auch nicht anders. Es ist genauso, wie der Doc es vor einiger Zeit erklärt hat. Die Leute können echte Ignoranten sein. Und man kann sich darauf verlassen, daß die größten Ignoranten ihre Ansichten bis ins Extrem durchzusetzen versuchen. Leute wie die Menschenliga oder die Ökoterroristen. Die sind ignorant wie mittelalterliche Bauern. Wenn man denen auch nur den Anschein eines Vorwands gibt, stürmen sie die Tore und legen Bomben und Gott weiß was sonst noch. Sie haben einfach keine Ahnung.

In der Bibel steht, daß die Menschen über die Tiere herrschen sollen und mit ihnen nach Belieben verfahren können, und Max ist der Ansicht, daß das alles sagt. Selbstverständlich gibt das den Leuten nicht das Recht, kleine Pelzwesen in so profane Dinge wie Mäntel zu verwandeln, aber um Mäntel geht es auch gar nicht.

Die Forschung, die Dr. Hill und die anderen Wissenschaftler hier betreiben, geschieht zum Wohle und Nutzen der Menschheit. Hier wird Arbeit geleistet, die irgendwann Menschenleben retten könnte. Max ist der Ansicht, daß das so ungefähr der beste Nutzen ist, dem man Tiere überhaupt zuführen kann. Das Leben eines Tiers sollte respektiert werden, und kein Tier sollte je leiden müssen, aber verglichen mit dem Leben eines

Menschen… nun, es ist unbestreitbar, daß Tiere entbehrlich sind und Menschen nicht. Ohne Experimente mit Tieren käme es in der Forschung zu einem Stillstand, und mehr gibt es dazu nicht zu sagen.

Max gibt den Code ein, um das kleinere der beiden Tore zu öffnen. Dr. Hill fügt seinen Code hinzu. Dann, während das Tor nach oben rollt, leistet Dr. Hill seine Unterschrift, die den Empfang des ›Schlangengifts‹ bestätigt.

»Gibt es irgendwas, das ich wissen sollte?« fragt Max.

»Nein, ich glaube nicht«, erwidert Dr. Hill. »Es müßte eigentlich ungefährlich sein.«

In der Vergangenheit hat es einige Zwischenfälle gegeben. Wilde Tiere, insbesondere die Erwachten Spezies, können voller Überraschungen stecken. Einmal hatten sie eine Art menschlich aussehenden Schimpansen, der aus seinem Käfig ausbrach, im ganzen Haus herumlief und Dinge ruinierte. Das Tier hat ein ziemliches Chaos angerichtet.

Max fährt seinen Hubwagen auf die Laderampe. Roger und Aphrodite, die Elfen, wuchten einen großen grauen Kasten mit Gitterstäben an den Seiten aus dem Laderaum des Lieferwagens. Max geht ihnen dabei zur Hand, den Kasten auf den Hubwagen zu verfrachten. Er wiegt etwa fünfzig Kilogramm. Die dunkle Gestalt darin scheint nicht allzu glücklich zu sein. Sie knurrt und faucht wie ein Hund, der sich heiser gebellt hat, und schlägt gegen die Seiten des Kastens. Max erhascht einen flüchtigen Blick auf lange, funkelnde Krallen. Sie sehen echt spitz aus.

»Wir sehen uns«, sagt Thorstin zu Dr. Hill.

»Teil zwei der Lieferung?« fragt Dr. Hill.

Der Elf nickt. »Ja. In Kürze.«

35

Um die Revisoren aus Tokio zu ehren, wird das übliche gemeinsame Mittwochabend-Essen ins Ginza House auf der New Bronx Plaza verlegt. Amy hat sich schon oft genug durch Essen im Tatami-Stil – man sitzt auf Polstern auf dem Boden – gequält, um es mit Gelassenheit über sich ergehen zu lassen.

Der private Speiseraum könnte direkt aus Japan stammen. Alles sieht nach echtem Holz, Papier oder Ton aus: der lange, niedrige Tisch, die Laternen, die Schüsseln und Tassen und Teller. Die Blumenarrangements sehen aus, als seien sie von einem Künstler gestaltet worden. Der Maitre trägt ein traditionelles Kostüm und gestikuliert mit einem kleinen Fächer. Frauen in pastellfarbenen Kimonos hasten hin und her, ohne so auszusehen, als beeilten sie sich, und servieren und räumen ab.

Das Menü besteht aus Shrimp Tempura, Platten mit rohem Fisch, Shabu-Shabu, Sukiyaki und einer nordjapanischen Spezialität namens *Robata*, einer Art Kebap. Und natürlich aus Atami-Bier und Sake, Mengen von Sake.

Heute abend sitzt niemand am Kopfende. Es gibt keinen ›Kopf‹. Statt dessen konzentriert sich alles in der Mitte, wo Vernon Janasova und der Verwaltungsdirektor Enoshi Ken und Kurushima Jussai gegenübersitzen.

Vernon stellt sich extrem unbeholfen mit seinen Eßstäbchen an und macht Witze darüber. Amy versucht es zu ignorieren.

Das Essen beginnt um achtzehn Uhr. Enoshi Ken redet ein wenig über Bogenschießen und Kendo, dann macht er ein paar nichtssagende Bemerkungen über KFK Internationals globale Strategien. »Diversifizierung ist das wesentliche Element«, sagt er. »Wir müssen gleichzeitig viele verschiedene Richtungen beschreiten, wenn wir den Herausforderungen der Zukunft begegnen wollen. Und wir müssen sorgfältig darauf achten, Überflüssiges abzubauen.«

Diese letzte Bemerkung hinsichtlich des Überflüssigen stößt Amy sauer auf. Dabei muß sie an Richmond Research Associates drüben auf Staten Island denken. Richmond ist auch eine Tochter von KFK, dabei jedoch viel größer als Hurley-Cooper und weniger eine reine Forschungsanlage als vielmehr ein kommerzielles Labor. Die Firma hat einen größtenteils asiatischen Mitarbeiterstab und einen direkt aus Japan stammenden Geschäftsführer. Das wenige an echter Forschung, das die Firma leistet, führt praktisch immer zu äußerst lukrativen Patenten. Richmonds Bilanz läßt Hurley-Cooper normalerweise wie eine arme Verwandte erscheinen.

Richmond genießt außerdem den Ruf, sich absolut an Konzernprotokolle und bürokratische Verfahrensweisen zu halten, während Hurley-Cooper in Wirtschaftspublikationen und auch anderswo als ›unkonventionell‹ bezeichnet worden ist.

Im Sprachgebrauch der Konzernverwaltungen ist das ein anderes Wort für schlampig.

Als Enoshi anfängt, über fettes und mageres Fleisch und darüber zu reden, wohin das, vom Konzernstandpunkt aus betrachtet, führen kann, schluckt Amy ein nach Orangen schmeckendes Stück Sushi ganz herunter.

Sie sieht Enoshi an und sagt: »Selbstverständlich ist es für einen Wissenschaftler schwierig, exakt vorauszusagen, wohin der kreative Prozeß schließlich führt, der ein integraler Bestandteil jeglicher Forschung ist. Leonardo da Vinci hat einmal behauptet, die Natur sei voll von Ursachen, die niemals Einfluß auf die Erfahrung irgendeiner Person genommen haben. Wir limitieren unsere Chancen, diese Ursachen, diese wissenschaftlichen

Unbekannten zu entdecken, wenn wir als Verwaltungskräfte versuchen, die Richtung der reinen Forschung zu steuern oder vorzugeben.«

Mehrere leere Blicke irren in ihre Richtung, aber das Zitat von da Vinci scheint Enoshi Kens Aufmerksamkeit zu wecken. Amy hofft, daß es mehr ist als das. Die Vorliebe dieses Mannes für Zitate ist wohlbekannt. So bekannt, daß Amy ihre Assistentin Laurena den ganzen Nachmittag Datenbanken nach ›weisen Worten‹ hat durchsuchen lassen, die man Enoshi möglicherweise entgegenhalten kann, um ein Argument zu untermauern.

Enoshi erwidert: »Vielleicht wollen Sie damit andeuten, Ms. Berman, daß viele Details zur Perfektion führen und Perfektion kein Detail ist?«

Wenn Perfektion darin besteht, die Wahrheit zu suchen, nach echten Antworten und nicht nur nach kommerziellem Erfolg zu streben, dann hat Mr. Enoshi Kens Aussage etwas für sich. Echte Forschung ist kein unbedeutendes Detail. Der Versuch, die Welt zu verbessern, ist keine triviale Bemühung. Wie unmaßgeblich es auch sein mag, Amy stimmt ihm zu.

Das Essen endet um acht. Vernon äußert sich dahingehend, noch einen der protzigen Nachtschuppen auf der Plaza zu besuchen: Twelve Chrome Spikes. Heute abend mit ME-109 im Programm. Amy beschließt, sich zurückzuziehen.

Doch bevor sie sich absetzen kann, tippt ihr der Verwaltungsdirektor auf die Schulter und sagt: »Sie wollten mich heute nachmittag sprechen.«

Amy nickt. Sie hat das Gefühl, sich in einer ziemlich prekären Lage zu befinden. Wahrscheinlich wäre es klug, dem Verwaltungsdirektor alles zu erzählen, was sie über die geheimnisvolle Datei aus der Metawissenschaftsgruppe in Erfahrung gebracht hat, so daß sie jemanden fest auf ihrer Seite hat, wenn sie soweit ist, irgendwelche belastenden Enthüllungen zu machen.

»Es tut mir leid«, sagt Amy. »Morgen würde mir besser passen. Ich fühle mich heute abend wirklich nicht besonders. Entschuldigen Sie mich bitte, ja?«

»Selbstverständlich.«

Die Plaza-eigene Monobahn befördert Amy wieder zu ihrem Bürohochhaus. Ein Aufzug fährt sie nach unten in das unterirdische Parkhaus. Sie steigt in ihren gesetzten silbergrauen Toyota Arbiter GX, schließt die Tür, lehnt sich zurück und schließt die Augen.

Es geht auf halb neun zu. Sie sollte keine Zeit verschwenden. Scottie hat versprochen, sie heute abend zu besuchen. Sie läßt den Motor an, legt den Rückwärtsgang ein, und dann klingelt ihr Mobiltelekom.

Es ist Harman, der auf dem kleinen Zwölf-Zentimeter-Schirm vor dem Hintergrund flackernder Stroboskope und blitzender Laserlichter zu sehen ist. Als Verkaufsdirektor von Mitsuhama Systems Engineering hat Harman keine andere Wahl, als an nach Büroschluß stattfindenden Geschäftsbesprechungen und Treffen teilzunehmen. Das steht ausdrücklich in seinem Vertrag.

»Ich habe nur ein paar Sekunden Zeit, Liebling«, sagt er, »aber mir ist etwas zu Ohren gekommen. Ich meine, du solltest es wissen. Also, was ich meine, ist, ich finde, ich muß es dir sagen ...«

Warum wirkt er so unsicher. Das sieht ihm gar nicht ähnlich. »Hat es mit dem Geschäft zu tun?«

»Ja.«

»Wenn es dir unangenehm ist, erzähl mir lieber nichts.«

»Nein, das stimmt nicht«, beharrt Harman. »Ich meine, du hast recht. Es ist mir unangenehm. Ich glaube, es liegt daran, daß ich es einfach nicht gewohnt bin, Leuten so zu vertrauen.«

Das Lächeln, daß sich daran anschließt, verstärkt nur den Eindruck des Unbehagens. Amy sucht verzweifelt nach einer angemessenen Antwort. Normalerweise reden sie nicht über das Geschäft, höchstens ganz allgemein, um alle etwaigen Konflikte zu vermeiden, die ihre jeweiligen Konzerne gegen sie benutzen könnten. Sie wissen definitiv, daß ihnen bei einigen Verabredungen Spione von MCT gefolgt sind. Das ist ein weiterer Grund, warum Harman erwägt, sich von MCT zu trennen.

Kann Harman ihr vertrauen? Das scheint er sie zu fragen, ohne die Frage tatsächlich direkt zu formulieren. »Vielleicht ist es besser, wenn du nichts sagst«, erwidert Amy. »Aber wenn du mir etwas im Vertrauen erzählst, bleibt es unter uns. Es ist deine Entscheidung, Harman.«

»Ja, ich weiß«, sagt Harman. »Natürlich vertraue ich dir. Es ist nur so, daß... nun, dir sind die Risiken bewußt, denen wir beide ausgesetzt sind.«

»Natürlich.«

»Ich weiß nicht, ob es etwas zu bedeuten hat oder nicht, aber du hast mir ja einiges über die jüngsten Ereignisse in deiner Firma erzählt. Das legt den Gedanken nahe, daß es vermutlich von Bedeutung ist...«

Amy sagt nichts, sondern wartet. Es ist seine Entscheidung. Wenn er es ihr erzählen will...

»Heute morgen ist ein Mr. Enoshi Ken von Kono-Furata-Ko International bei uns gewesen. Er hatte eine etwa dreistündige Konferenz mit Bobinek und El-Gabri. Einer unserer Chefanwälte war ebenfalls anwesend.«

Bobinek ist der Verwaltungsdirektor von Mitsuhama UCAS. »Wer ist El-Gabri?« fragt Amy wie aus der Pistole geschossen.

»Der verantwortliche Leiter der Abteilung Biotech.«

»O mein Gott.«

Mehr weiß Harman nicht, aber es reicht auch so. Amy versucht eine neutrale Miene zu bewahren, bis das Gespräch beendet ist. Es hat keinen Sinn, ihn ebenfalls aufzuregen.

Seine Information läßt sie wieder an Enoshi Kens Bemerkungen über fettes und mageres Fleisch und die Notwendigkeit zum Abbau von Überflüssigem sowie ihre Gedanken über Hurley-Coopers Rivalen im eigenen Lager drüben auf Staten Island denken. Die offensichtliche Implikation ist die, daß KFK International den Verkauf von Hurley-Cooper Laboratories erwägt oder möglicherweise bereits in die Wege leitet.

Das kann nicht sein.

Wenn KFK Hurley-Cooper abstößt... wenn MCT kauft... Wenn etwas Derartiges geschieht, ist Amys Karriere so gut wie beendet. Jede Karriere, an der ihr etwas liegen würde, wäre beendet. Sie würde lieber den Rest ihres Lebens Toiletten reinigen, als in einer so brutalen Umgebung wie bei MCT zu arbeiten. Unglücklicherweise könnte es durchaus sein, daß ihr nicht einmal diese Möglichkeit offensteht. Zu Hurley-Cooper gehört der Vertrag mit ihr ebenso wie alle anderen Aktivposten der Firma. MCT hätte das Recht, darauf zu bestehen, daß alle Angestellten Hurley-Coopers Teil der Kaufvereinbarung sind. Sie könnte schon morgen gezwungen sein, für MCT zu arbeiten, und zwar in jeder Funktion, die ihr die neuen Besitzer zuweisen.

Aber... derartige Gedanken werden ihr nicht helfen.

Was bedeutet das alles? *Was soll sie tun?* Wenn ihre Vermutungen korrekt sind und tatsächlich ein Verkauf vorbereitet wird, sollte sie vielleicht die von ihr entdeckten Unregelmäßigkeiten enthüllen in der Hoffnung, daß MCT einen Blick darauf wirft und sagt: »Danke für das Angebot, aber kein Interesse.«

Nein, das ist verrückt. Sie würde tatsächlich damit enden, Toiletten zu reinigen, wenn sie einen Verkauf platzen ließe, der vom KFK-Vorstand in Tokio gewünscht wird. Das würde sie für den Rest ihres Lebens bedauern. Sie kann nur hoffen, daß ihre Vermutungen falsch sind. Aber nein – das ist nicht gut. Sie kann nicht nur herumsitzen und das Beste hoffen. Sie muß etwas unternehmen, und zwar sofort. Irgendwie muß sie den Geheimnissen auf den Grund gehen, auf die sie gestoßen ist, und einen Weg finden, Hurley-Cooper in ein positives Licht zu rücken. Sie muß dafür sorgen, daß Tokio am Ende mit seiner kleinen Forschungsgesellschaft in New York zu zufrieden ist, um sie abzustoßen.

Vielleicht ist es an der Zeit, daß sie zu etwas extremeren Mitteln greift.

Schließlich steht alles auf dem Spiel.

36

Das Lagerhaus steht im Schatten des erhöht liegenden Cross Bronx Expressway nicht weit von der Throgs Neck Bridge. Die Verladebucht des Lagerhauses ist groß und mit den Abfällen ungezählter, längst nicht mehr anwesender Penner übersät.

Über die ausgedehnte Decke verlaufen die Schienen eines kleinen Hebekrans. Von diesem Kran baumelt ein dickes Kabel herab, das über einen großen Flaschenzug läuft. Am Ende des Flaschenzugs hängt ein Haken. Und an diesem Haken ist die Elfin, die Tikki in O'Keefes Haus gefangengenommen hat, an ihren Handgelenken aufgehängt. Sie ist nicht nur blutverschmiert und mit Schrammen und Blutergüssen übersät, sondern auch noch nackt, und ihre tätowierte Haut weist mehrere kleine Brandwunden von der Spitze eines schlanken Sumatra-Zigarillos auf. Ihre Zehenspitzen schleifen über den körnigen Betonboden.

Tikki tritt hinter die Elfin.

Für ein Gangmitglied hat sie ein wohlgeformtes Hinterteil: voll und rund. Birnenförmig. Das ist gut. So ein Hintern ist voller Fettgewebe, und dieses Gewebe besteht größtenteils aus Wasser. Salzigem Wasser. Diese Art Wasser ist ein besonders guter Leiter für elektrischen Strom.

Tikki preßt die Spitze eines Defiance AZ-S Schockstabs gegen den Körper der Elfin, berührt die Taste, die mit 7 bezeichnet ist, und drückt auf den Auslöser. Die Lithium-Kondensatoren des Stabs erzeugen einen Stromschlag, der die Elfin zucken läßt, als sei sie von einem Pferd getreten worden. Einen Augenblick lang ist sie starr – dann schreit sie. Der Schrei ist laut und heiser und zeugt in Verbindung mit den Gerüchen in der Luft von ihren Schmerzen. Sie sind intensiv. Die Elfin stöhnt und keucht noch minutenlang weiter.

»Wie heißt du?« fragt Tikki.

Die Elfin ächzt. »Shaver …«

Endlich eine Antwort, ein Straßenname, im wesentlichen bedeutungslos, aber ein Anfang. Ihr Instinkt drängt Tikki dazu, die Elfin mit dem sofortigen Tod oder langsamer Zerstückelung zu bedrohen, aber ihr Verstand weiß es besser. Bei einem Verhör darf man nichts übereilen. Es muß behutsam und sorgfältig durchgeführt werden.

»Wer ist dein Anführer?«

Shaver schüttelt den Kopf und faucht etwas Boshaftes. Tikki drückt auf den Auslöser des Schockstabs. Der Schrei der Elfin erhebt sich hoch und schrill und dauert länger als zuvor. Die Schmerzen sind stärker. Shavers Widerstand scheint nachzulassen.

»Wer ist dein Anführer?«

Shaver grunzt. »Tang.«

Tang ist ein anderer Name O'Keefes. Des ehemaligen Söldners. Des Kopfgeldjägers. Des Elfs mit vielen Namen und vielen Scheinfirmen. »Wer ist die andere Elfin?«

Shaver murmelt: »Geh zum Teufel.«

Tikki setzt noch einmal den Schockstab ein, diesmal auf der Vorderseite, im Schritt. Als ihre Schreie schließlich enden, ist Shaver blaß und zittert. Schwach murmelt sie: »Whistle …«

Noch ein Straßenname. »Warum wollte Tang mein Junges?«

»Kopfgeld …«

»Wer hat das Kopfgeld geboten?«

»Keine Ahnung … Tangs Kunde …«

»Warum wurde das Kopfgeld geboten?«

Shaver grinst höhnisch. »Frag Tang …«

Tikki setzt den Schockstab gegen beide Oberschenkel ein, und zwar mit einer Einstellung von 9. Als die

Schreie diesmal enden, sieht man fast nur noch das Weiße in Shavers Augen. Ihr Kopf schwankt hin und her.

»Warum wurde das Kopfgeld geboten?«

»Foo ... Forschung ...«

Tikki runzelt die Stirn.

Forschung? Shaver riecht nicht so, als würde sie lügen, und doch hat sie eine Antwort gegeben, die Tikki nicht vorhergesehen hat. Forschung? Welchen Nutzen könnte ihr Junges dafür haben? In welche Art von Elfenintrige könnte O'Keefe verwickelt sein? Tikki erkennt plötzlich, daß das keine Rolle spielt. Es ist ihr egal. Es ist bedeutungslos. Sie muß ihr Junges entweder retten oder rächen und einige Rechnungen begleichen. Also zur Sache.

»Wo ist mein Junges?«

Shaver murmelt: »Verpiß ...«

Noch ein Stromschlag mit dem Schockstab. Noch mehr Schreie. Noch mehr Zeit verschwendet. »Antworte. Wo ist mein Junges?«

»Tang ...«

»Adresse.«

Es dauert nicht lange, bis sie die Adresse hat. Ein Straßenname und die Beschreibung eines Gebäudes gleich hier in der Bronx. Tikki steckt den Schockstab ein und geht in den rückwärtigen Teil des Lagerhauses.

Dort warten zwei mit dunkelblauem Kunstleder bekleidete Mitglieder der Kong Destroyer: Baka und Dogmeat. Sie sind hier, weil der Anführer der Kong Destroyer gewissen Leuten, denen er Respekt entgegenbringt, Gefälligkeiten schuldig ist. Baka und Dogmeat sind beide über zwei Meter groß und so massiv wie ein Berg. Einer ist behaart, der andere kahl. Beide haben Hörner und riesige Fänge und große Mengen Dornen und Beschläge auf ihrer Kleidung. Beide tragen Smartguns.

»Ich lasse die Elfenschlampe hier«, sagt Tikki zu

ihnen. »Sorgt dafür, daß sie noch lebt, wenn ich zurückkomme.«

Dogmeat grinst. »Null Problemo, Chummer.«

»Wir sind auch echt nett zu ihr«, sagt Baka.

Tikki zündet sich einen schlanken Zigarillo der Marke Dannemann Lonja an, nimmt einen Zug und verläßt das Lagerhaus. Selbst wenn ihr die Worte und das lüsterne Grinsen der Trolle nicht verraten hätten, was sie meinen, hätte sie es anhand ihrer Gerüche sofort gewußt.

Sie hätte sie vor der Bauchklinge der Elfin warnen sollen.

37

Das Wohnzimmer ist ein Trümmerfeld. Ein Tisch ist umgestürzt. Mehrere Pflanzenkübel sind zu Bruch gegangen. Überall liegen Lampen und Bilder herum, manche beschädigt. In den Wänden sind Schrammen und Löcher und auf Wänden, Möbel und Teppich Blutflecke. Nach allem, was er sieht, könnten hier zwei Trolle einen Kampf ausgetragen haben.

»Shaver?« ruft Whistle.

»Warte.«

Doch zu spät. Whistle ist bereits unterwegs und läuft durch den Flur in die Küche und das Eßzimmer. O'Keefe wartet und lauscht, seine Luger SPv3 in der Hand. Er dreht sich um und öffnet das Paneel neben der Eingangstür, um das Sicherheitssystem des Hauses zu überprüfen. Whistle läuft in den Flur zurück und rast die Treppe zum ersten Stock hinauf, wobei sie ständig Shavers Namen ruft. O'Keefe fragt sich, warum sie sich dieser Prozedur unterzieht. Es wäre viel effektiver und auch sicherer, wenn sie einfach ihre magischen Fähigkeiten einsetzen und das Haus astral auskundschaften würde.

Das Sicherheitssystem setzt ihn davon in Kenntnis, daß nur zwei Lebewesen anwesend sind.

Es ist noch früh am Abend, aber für Shaver ist es offensichtlich zu spät. Shaver ist hier O'Keefes Anweisungen entsprechend eingetroffen, um nach Striper Ausschau zu halten, doch Striper war vermutlich schon da und hat ihr aufgelauert. Offensichtlich haben sie miteinander gekämpft. Offensichtlich ist Shaver aus diesem Kampf nicht als Sieger hervorgegangen, sonst wären die beiden noch hier. Von dieser Annahme bis zu der Erkenntnis, daß er den groben Fehler begangen hat, seine Beute und die Zeit, die Striper benötigen würde, um ihn aufzuspüren, zu unterschätzen, ist es nur ein kleiner Schritt. Er wird diesen Fehler nicht noch einmal begehen. Beim nächstenmal könnte ihn das sein Leben kosten.

Natürlich hat er in diesem Fall allen Grund zu der Vermutung, daß Shaver zu Stripers zu früher Ankunft wesentlich beigetragen hat. »Das Telekom bei NewMan ist außer Betrieb«, hat Shaver gesagt. O'Keefe kann kaum glauben, daß Shaver so unglaublich nachlässig und gedankenlos gewesen ist, von dem Anschluß in diesem Haus die NewMan-Nummer anzurufen. Von dem Anschluß in *seinem* Haus. Wie oft, fragt er sich, hat Shaver die Sicherheitsvorkehrungen wohl auf ähnliche Weise mißachtet?

Warum nicht gleich ein Schild aufstellen: Hier bin ich. Töte mich.

O'Keefe ist davon ausgegangen, daß Striper der Spur von Maine aus folgt, zunächst zu einem gewissen Amerindianer mit einem gewissen Luftkissenfahrzeug und einem gewissen Kredstab, von dort aus nach Boston und zu einem Burschen namens Clutch und schließlich nach New York und zu Sabot. Und dann hinein in O'Keefes sorgfältig aufgestellte Falle. Shaver scheint Striper dabei geholfen zu haben, die Fährte abzukürzen.

Striper muß einen Weg gefunden haben, der direkt zum Büro von NewMan Management führt. Das würde erklären, warum das Telekom dort plötzlich nicht mehr funktioniert hat. Dann kann es nicht mehr schwierig gewesen sein, die Aufzeichnung der eingegangenen Anrufe zu decodieren. Diese Aufzeichnung hat Striper dann dank Shaver ausreichend Informationen geliefert, um Striper direkt zu diesem Haus zu führen.

Aber wie sieht das volle Ausmaß des Schadens aus? O'Keefe geht durch den Flur zur Treppe und hinunter in seine Kellerwerkstatt. Sein Plan hat nicht vorgesehen, daß Striper dieses Haus betritt, sondern nur, daß sie hier seine Spur aufnimmt und ihm zu einem anderen Ort folgt. Jetzt sieht er ein weiteres Ergebnis seiner Fehlkalkulation. Eine rasche Durchsicht der Werkstatt enthüllt, daß seine SPAS-22-Schrotflinte und ein Colt Cobra SMF fehlen, außerdem mehrere Rauch- und Erschütterungsgranaten sowie eine beachtliche Menge Munition. Vielleicht am bedeutsamsten ist das Verschwinden seines großkalibrigen Präzisionsgewehrs vom Typ Dragunov Drake 1. Dabei handelt es sich um eines der ganz wenigen Gewehre auf der Welt, die speziell für Scharfschützen entwickelt worden sind und daher das Markenzeichen des professionellen Attentäters sind. Wie der Name vermuten läßt, kann ein einziger Schuß aus dem Dragunov einen Metamenschen so leicht niederstrecken wie der Prankenhieb eines Westlichen Drachen, und eines wütenden Westlichen Drachen obendrein.

O'Keefe findet diese Diebstähle ziemlich sonderbar. Striper muß die Mittel haben, sich selbst Waffen zu beschaffen. Es sei denn… Vielleicht war sie so versessen darauf, der Fährte rasch zu folgen, daß sie gezwungen ist, sich dort mit Waffen zu versorgen, wo und wann sie gerade verfügbar sind. O'Keefe hofft, das bedeutet, daß Striper ihm mit derselben verwegenen Spontaneität nachspürt, mit der sie in Maine in seinen Kugelhagel gestürmt ist. Das würde ihm seine Aufgabe nur erleichtern. Er wird sich jedoch nicht darauf verlassen.

»Tang!« ruft Whistle. *»Tang!«*

O'Keefe erklimmt die Treppe zum Flur im ersten Stock. Dort begegnet ihm Whistle, die wegen ihrer verschwundenen Sister Sinister völlig außer sich ist. So viel zu ihrem Temperament, das ihm so solide wie Granit vorgekommen ist. Solide, bis ihrem Chummer etwas zustößt.

»Shaver ist weg! *Wir müssen sie suchen!«*

»Natürlich«, stimmt O'Keefe zu.

Abgesehen von allen Fragen hinsichtlich Loyalität

oder Ethik will O'Keefe brennend gern herausfinden, was Shaver Striper über seine Pläne erzählt hat. Irgend etwas wird sie Striper auf jeden Fall erzählt haben, wahrscheinlich alles. Striper hat Erfahrung mit Verhören, nimmt O'Keefe an, und in ihrer gegenwärtigen geistigen Verfassung wird sie wahrscheinlich äußerst brutal vorgehen, so ähnlich wie ein Tier. Die einzige Frage ist, ob Striper Shaver am Leben läßt. O'Keefe hat in dieser Hinsicht seine Zweifel.

Er zieht sein SecLink aus der Westentasche. Das kleine Gerät sieht unscheinbar aus, zweckmäßig, und hat ungefähr die Größe einer Zigarettenschachtel. Man drückt auf einen Knopf, und das Gerät warnt einen, wenn eine Person, zum Beispiel Shaver, in seine Nähe kommt. Man drückt auf einen anderen Knopf, und es zeigt mit annähernd der Präzision eines KomSatelliten an, wo sich jemand, zum Beispiel Shaver, gerade aufhält.

Whistle sieht ihn scharf an. »Was, zum Teufel, ist das?«

»Ich habe die Vorsichtsmaßnahme ergriffen, Shaver eine Wanze zu verpassen, bevor sie hierherkam«, erläutert O'Keefe. »Nur für den Fall, daß eine Situation wie die eintritt, in der wir uns jetzt befinden.«

»Wann hast du ihr die Wanze verpaßt?«

»Erinnerst du dich noch an unsere Unterhaltung mit dem Asahi-Bier?«

»Du hast die Wanze in ihr Bier fallen lassen?«

»Ein sehr kleines und hochentwickeltes Gerät, das extra für einen vorübergehenden Aufenthalt in den Gedärmen konzipiert wurde.«

»Du traust keiner von uns beiden.«

O'Keefe verkneift sich ein trockenes Lächeln. In seiner Welt verdient man sich Vertrauen im Laufe vieler Jahre, und er arbeitet nicht einmal annähernd so lange mit Shaver und Whistle zusammen. Seiner Ansicht nach sind sie noch in der Probezeit. »Ehemalige Gangmitglieder sind nicht gerade für ihre Loyalität bekannt, und du mußt zugeben, daß deine Freundin nicht zu der Sorte gehört, die vor einem kleinen Verrat zurückschreckt, wenn sich damit ein leichter Profit machen läßt.«

»Du kennst sie nicht«, sagt Whistle unnachgiebig. »Sie ist nicht so grausam, wie du glaubst.«

»Ich glaube, daß sie so schwer verchromt ist, wie das überhaupt nur möglich ist, und Chrom fordert einen Preis, der über bloße Nuyen hinausgeht.«

O'Keefe weiß definitiv, daß Shaver über eine ganze Reihe implantierter Waffen, über Ersatzmuskelgewebe mit erhöhter Leistungsfähigkeit, über aufgepeppte Reflexe und andere kybernetische Verstärkungen verfügt. Sie ist so dicht davor, der Mega-Bottichjob-Krieger zu werden, wie man es nur sein kann, ohne die allerletzten Regungen metamenschlicher Gefühle zu verlieren. Sie balanciert auf dem rasiermesserscharfen Drahtseil zwischen geistiger Gesundheit und Wahnsinn. Das macht sie extrem gefährlich, da potentiell instabil. Vorsichtsmaßnahmen sind daher unentbehrlich.

»Was hast du in meinen Drink getan?«

»Glaubst du, ich würde einer Magierin eine Wanze verpassen? Du mußt mich für verrückt halten.«

»Wenn ich über einen Wahrheitszauber verfügte ...«

»Er würde mir recht geben.« O'Keefe überprüft den SecLink. »Shaver ist in Reichweite. Sollen wir gehen?«

Sie nehmen O'Keefes Isuzu Metrovan und fahren zur südöstlichen Spitze der Bronx, unter den Cross Bronx Expressway und fast bis Locust Point. O'Keefes SecLink führt sie durch Straßen, die von alten Ziegelhäusern gesäumt werden, und dann durch ein Industriegebiet mit vielen großen Ziegel- und Betongebäuden. Schließlich gelangen sie zu einem Lagerhaus. Das Schild an der Einfahrt besagt: Edgewater Transporte. Das Lagerhaus ist dunkel, weder drinnen noch draußen brennen Lichter. O'Keefe fährt daran vorbei und parkt einen Block weiter am Randstein. Ein vorbeifahrender Laster läßt sein Signalhorn blöken.

»Erkunde das Gebäude.«

Whistle nickt. »Beweg mich nicht.«

»Nein, natürlich nicht.«

Magier, die die Astralebene durchstreifen, sind ziemlich verwundbar. Offenbar haben sie kein immanentes Gefühl dafür, wo sich ihr Körper befindet. Wenn der Körper bewegt wird, könnte es passieren, daß sie ihn nicht wiederfinden, was gleichbedeutend mit dem Tod wäre. Mit einem allmählichen Abgleiten in das Niemandsland des Astralen. Whistles Körper sackt zusammen, aber nur für ein paar Augenblicke. Als sich ihre Augen öffnen, flucht sie und kreischt beinahe: *»Sie vergewaltigen sie!«*

»Wer?«

»Zwei Trolle!« Whistle packt den Türgriff. O'Keefe hält ihren Ellbogen fest und dreht sie zu sich um.

»Ich gehe voran.«

»Na, *dann komm!*«

»Wie viele sind in dem Lagerhaus?«

»Nur sie und die Trolle!«

O'Keefe macht seine Luger bereit, indem er das zwölfschüssige Magazin gegen eine fünfzigschüssige Trommel auswechselt und dann das Laserzielrohr und die Schulterstütze anbringt. Whistle kann es kaum erwarten, endlich zu handeln. Eine unglückliche Konsequenz ihrer Beziehung zu Shaver, die ziemlich eng ist. O'Keefe hält sie fest, bis sie am rückwärtigen Teil des Lagerhauses angelangt sind und er entschlossen die Führung übernimmt.

Die Tür ist nicht verschlossen. Ein schmaler Flur führt in einen großen, staubigen Raum, in dem nur ein paar Makroplastkisten herumstehen. Ein großes, offenstehendes Verladetor ermöglicht den Zugang zu einer Laderampe für Laster.

Und dort sind sie, praktisch mitten auf der Rampe.

Shaver hängt am Haken eines Deckenkrans. Sie sieht bewußtlos aus. Die beiden Trolle bei ihr sehen wie Gangmitglieder aus. Den Farben nach sind es Kong Destroyer. Einer hält Shavers Beine fest und bumst sie von hinten. Sein Apparat ist ziemlich groß. Der andere steht da und sieht mit grimmigem Lächeln zu. Er scheint eine oberflächliche Wunde in der Magengegend erlitten zu haben.

Whistle stürmt an O'Keefe vorbei, durch das Tor und auf die Rampe, wobei sie wie eine Banshee kreischt. Das bläuliche Licht, das ihre Hände umgibt, überspringt die fünfzehn Meter zwischen ihr und den Trollen wie ein Blitz und bildet einen glitzernden Dunst, der den Troll hinter Shaver einhüllt und dabei knistert wie ein Holzfeuer.

Diese Aktion läßt O'Keefe kaum eine Wahl.

Während der Troll, den Whistle mit ihrer Magie erwischt hat, schreiend zurücktaumelt, tritt O'Keefe in die Toröffnung und richtet die Luger auf den Partner des Trolls. »Keine Bewegung!« bellt O'Keefe.

Aber dieser Troll bewegt sich. Er wirft kaum einen Blick auf O'Keefe, sondern zieht eine Smartgun aus einem Seitenhalfter und macht Anstalten, sie auf Whistle zu richten. Offensichtlich will er schießen, und das kann O'Keefe nicht zulassen. Ungeachtet seiner Bemühungen, bleibt Whistle die eine unentbehrliche Variable in seiner Gleichung, also muß er sie verteidigen.

Die Luger dröhnt und spuckt Explosivgeschosse mit der ziemlich stattlichen Geschwindigkeit von vierzehn Kugeln pro Sekunde. O'Keefe beißt die Zähne zusammen und gibt sich alle Mühe, den Kugelhagel im Ziel zu halten. In dieser Hinsicht ist die Größe des Trolls eine Hilfe.

Die Smartgun des Trolls knattert, aber die Salve liegt viel zu hoch und durchlöchert die Decke. Dann liegt der Troll neben seinem Partner auf dem Boden. O'Keefe hilft Whistle dabei, Shaver zu befreien, die tatsächlich bewußtlos und außerdem blutüberströmt ist.

»Weck sie.«

»Sie braucht einen Doc!« verkündet Whistle.

»Muß ich dich wirklich dazu zwingen?«

»Du verdammtes Schwein.« Offensichtlich wütend, streicht Whistle Shavers Haar zurück und pfeift leise einen einzelnen Ton. Ein rötliches Licht entsteht auf ihrer geöffneten Handfläche und umspielt Shavers Gesicht. Shaver bewegt sich, dreht langsam den Kopf.

O'Keefe kniet nieder und fragt sie: »Was hast du Striper erzählt?«

Shaver braucht einige Zeit, bis sie antworten kann. Sie holt tief Luft, stöhnt und murmelt: »Deinen Namen ...«

»Was noch?«

»Das Junge ... daß es bei Brogan ist ...«

O'Keefe zögert, dann lächelt er.

Beeindruckend.

38

Die U-Bahn bringt ihn durch die Bronx zu den Pelham Bay Projects, einer Ansammlung dicht gedrängt stehender, vierzig Etagen hoher Betonklötze. Eine Mini-Promenade führt direkt von der U-Bahn-Station zum Eingang des Wohnkomplexes. Ivar steht sich die Beine in den Bauch und starrt ins Leere, während die Menge vor ihm langsam hineingeht. Muß gerade Schichtwechsel sein. Ein paar grinsende, uniformierte Trolle von NitroSec mit MPs in der Hand halten wachsam Ausschau nach jedem, der es für eine gute Idee hält, sich vorzudrängeln.

Als Ivar endlich an der Reihe ist, legt er seine Handfläche auf den Scanner am Eingang und schreitet dann forsch voran. Tür Nummer Sechs zischt einen halben Schritt vor ihm auf und hinter ihm wieder zu. Damit sitzt er in der Falle – Tür vor ihm, Tür hinter ihm, beide geschlossen. Kahle Wände links und rechts. Verspiegelte Decke über ihm, die wahrscheinlich eine Reihe von Sicherheitsscannern verbergen, ganz zu schweigen von den Dingern, die diese Scanner auslösen, wenn die falschen Habseligkeiten entdeckt werden.

»Identifizieren«, sagt eine honigsüße weibliche Stimme.

»Ivar Grubner.« Er leiert seine Kennummer herunter und nennt dann sein persönliches Paßwort. »Beeilung.«

Die Tür vor ihm öffnet sich, und Ivar betritt ein Wunderland, das – theoretisch – frei von Angriffswaffen ist, ganz zu schweigen von einer Lobby, die keine Laser-narben oder Kugellöcher aufweist: ein Fußboden aus Marmorimitat, pastellfarbene Wände und ein paar Zierpflanzen aus Plastik. Es ist nicht viel, aber immer noch besser als die meisten Orte, die man in der auch als Bronx bekannten Todeszone findet. Der Laden hier gehört einem Konsortium von Konzernen, darunter auch KFK International.

Der Fahrstuhl befördert ihn sieben Etagen aufwärts. Er öffnet die zweite Tür in dem pastellfarbenen Flur und betritt den mit Chrom und Spiegeln verkleideten Hafen seines Wohnzimmers. Novangeline sitzt in einem silbernen Mercurial-T-Shirt und Shorts auf dem schwarzen Neovuelite-Sofa. Sie sieht irgendwie beunruhigt aus. Neben ihr sitzt in einem dunkelgrauen Geschäftsanzug Amy Berman.

Ivar bleibt stehen, starrt sie an, gafft beinahe.

»Es war sehr nett, Sie kennenzulernen«, sagt Novangeline zu Ms. Berman; dann steht sie auf und geht rasch zum Schlafzimmer, wobei sie Ivar nur einen flüchtigen Blick zuwirft, bevor sie hinter der Schlafzimmertür verschwindet, die sich zur Abwechslung einmal geräuschlos schließt.

Ms. Bermans Blicke irren hin und her.

»Äh … hey!« sagt Ivar. »Wollen Sie 'n Bier?«

»Danke, nein«, erwidert Ms. Berman. »Novangeline hat Tee gemacht.«

»Ach so.« Ivar nickt. »Gut.«

»Entschuldigen Sie mein Eindringen …«

»Nein, nein«, unterbricht Ivar. »Nein, es … ist nicht so. Überhaupt nicht. Ich meine, *was für eine angenehme Überraschung!* Was liegt denn an? Tja …«

»Ivar, ich brauche noch einmal Ihre Hilfe.«

»Hey, klar. Was Sie wollen. Sagen Sie's nur.«

Um was es auch geht, es muß eine ernste Sache sein. Berman hat jedenfalls so einen Ausdruck auf ihrem Glatt-Gesicht. Sie öffnet ihre Exec-Aktenmappe, holt ein Blatt Papier heraus und sagt: »Ich muß ein paar Leute überprüfen. Ich kann Ihnen nicht sagen, warum, aber ich würde Sie nicht darum bitten, wenn es nicht äußerst wichtig wäre.«

»Klar.« Was auch immer. »In welcher Beziehung soll ich sie überprüfen?«

»Nun, ich brauche so detaillierten Aufschluß über ihre finanziellen Verhältnisse, wie es überhaupt möglich ist.« Ms. Berman macht einen echt entschlossenen Eindruck. »Insbesondere muß ich wissen, ob irgend jemand von den Leuten auf dieser Liste kürzlich in den Besitz größerer Geldsummen gelangt ist. Es könnten illegale Aktivitäten hineinspielen, also befindet sich das Geld, falls welches da ist, möglicherweise auf versteckten Konten. Deshalb brauche ich auch einen Experten wie Sie.«

»Null Streß. Natürlich könnte es irgendwie riskant sein.«

»In welcher Beziehung?«

»Sie wissen schon. Das Herumdüsen in der Matrix.«

»Ich dachte ...« Berman unterbricht sich plötzlich, starrt ihn an, wendet sich dann ab und sieht weg. »Nein, Sie haben recht. Ich habe *nicht* gedacht ...«

»Hey, es ist keine große Sache.«

»Doch, es ist eine große Sache!« beharrt Berman, indem sie ihn wieder ansieht. Abrupt ist sie auf den Beinen. »Es war falsch, mich deswegen an Sie zu wenden. Ich weiß nicht ...«

»Es ist nicht so, als wäre ich noch nie in der Matrix gewesen.«

»Nein«, sagt Berman unnachgiebig. »Ich werde es nicht zulassen. Das ist mein Problem. Es gibt keinen Grund, warum Sie überhaupt irgend etwas riskieren sollten. Ich muß mir etwas anderes einfallen lassen.«

Ivar zögert einen Moment. Dann springt er vor und reißt Berman das Blatt Papier aus der Hand. Sie weicht unwillkürlich einen Schritt zurück, wobei sich ihre Augen vor Überraschung weiten, dann funkelt sie ihn wütend an, aber mittlerweile ist es natürlich zu spät, weil er das Blatt längst hat. »Geben Sie mir das.«

»Sie haben ein Problem, und ich kann Ihnen helfen.«

»Ivar ...«

»Sie haben mir einen Job gegeben, als kein anderer

mich haben wollte, Ms. Berman. So etwas vergesse ich nicht.«

Drek, er hat seinen ersten Run durchgezogen, als er noch ein Kind war, nur wegen des Spaßes, die Sicherheit eines Systems zu überwinden. Er hat dafür ein Sony-Deck benutzt, das mittlerweile prähistorischen Wert hat, und er hat nicht mal Daten abgeräumt. Als er sein erstes Fuchi-Deck hatte ... tja, da hat er Daten abgeräumt. Tatsächlich ist er ein wenig ausgerastet. Ist in Code-Rot-Mainframes eingebrochen. Hat Top-Secret-Kram geklaut, der echtes Geld wert war, die Art Daten, deretwegen sich Konzerne und sogar das Militär echt ins Hemd machen. Er hat vielleicht ein paar Millionen Nuyen abgesahnt und war der König der Elektronen, bis die Telekomsicherheit über ihn hergefallen ist wie eine Atomrakete – natürlich mit Mehrfachsprengkopf – und er ein paar Jahre als Pensionsgast in Dannemora hinter schwedischen Gardinen verbracht hat.

Aber niemand braucht ihn zweimal mit einem Holzhammer zu schlagen. Er hat seine Lektion gelernt. Die Konzerne gewinnen immer. Warum sie bekämpfen, wenn man sich ihnen ebensogut anschließen kann? Er war kaum aus der Kiste entlassen, als er ungefähr tausend Bewerbungen abschickte, nur daß kein Konzern an einem Matrixjockey interessiert war, der nicht im Konzernsystem großgeworden war. Zu riskant. Er bekam nur eine Antwort, und zwar von Berman. Sie ließ es darauf ankommen. Sicher, sie mußte die übliche Test- und Gesprächsroutine abwickeln und verpflichtete ihn auf das Konzernlogo, aber das war nur eine Formalität. Berman hat die Entscheidung getroffen. Eines Nachmittags bestellte sie ihn in ihr Büro, unterhielt sich zwei Stunden mit ihm und hörte sogar zu. Als wollte sie diese verdammte halbe Portion von Zwerg wirklich kennenlernen, als wollte sie wirklich mehr über ihn wissen als nur, ob er tatsächlich ›geläutert‹ war.

Es wird Zeit, daß er wieder eine Rate seiner Schulden zurückzahlt.

»Ivar, ich *befehle* Ihnen, mir dieses Blatt zurückzugeben.«

»Sie wollen nur Rücksicht auf mich nehmen, Ms. Berman, und das ist Sahne. Ich weiß, was ich tue. Wahrscheinlich besser als Sie. Machen Sie es sich gemütlich.«

»Das glaube ich einfach nicht«, sagt sie, setzt sich jedoch wieder auf das Sofa. Sie ist ganz eindeutig nicht der Typ, der versuchen würde, ihm das Blatt mit Gewalt abzunehmen. Tatsächlich beugt sie sich vor und schlägt die Hände vor das Gesicht. Sie scheint ein wenig von der Rolle zu sein. »Ivar, bitte gehen Sie kein Risiko ein.«

»Ich weiß, was ich tue.«

»Ja, aber es belastet mein Gewissen«, sagt sie leise. »Ich weiß, warum Sie das tun, und es ist nicht nötig. Sie sind weder mir noch Hurley-Cooper irgend etwas schuldig.«

Ivar bezweifelt keinen Augenblick, daß sie es tatsächlich so sieht, aber da ist noch die Kehrseite der Medaille, die sie nicht erwähnt. »So, wie ich das sehe, Ms. Berman, muß es sich um eine ernste Sache handeln, wenn die Namen auf dieser Liste Sie so sehr beunruhigen, daß Sie hier so bei mir auflaufen, auf dem Zahnfleisch, und es muß ein Problem für HC sein, was bedeutet, daß es auch mein Problem ist.«

»Nein.« Berman schüttelt den Kopf. »Sie irren sich.«

»Vielleicht. Vielleicht auch nicht.«

Wahrscheinlich könnte man darüber diskutieren, aber Ivar diskutiert nicht. Warum auch? Er hat die Liste und einen Geistesblitz, und mehr braucht er nicht.

Ivar holt den Toilettensauger unter der Spüle in der Küche hervor und benutzt ihn, um zwei Fliesen aus dem Küchenboden zu lösen. In der darunter verborgenen Höhlung versteckt er den Cruncher und alle damit zusammenhängende Hardware, zum Beispiel seinen

Werkzeugkasten. Er würde sich nicht die Mühe machen, die Sachen zu verstecken, aber dem Bewährungsausschuß gefällt es nicht, wenn er ein Cyberdeck besitzt, und er schickt ab und zu jemanden vorbei, um nachzusehen. Natürlich hat ihm niemand seine Datenbuchse zugeschweißt oder an der Tech in seinem Kopf – dem Expansionsspeichermodul oder dem Datenmanager – herumgepfuscht, also kann es der Bewährungsausschuß nicht so ernst gemeint haben, als man ihm gesagt hat, er solle sich ›von Computern fernhalten‹. Wahrscheinlich war es eher so gemeint wie: »Mach, was du willst, Chummer, aber mach nichts *Schlimmes!*« Schließlich muß man ja seinen Lebensunterhalt verdienen, oder? Nun ja.

Jedenfalls kennt er sich mit Computern aus, damit und mit nicht viel mehr. Wahrscheinlich ist es nicht gut, wenn er in die Matrix deckt, aber Ms. Berman glücklich zu machen, seine Schulden zu bezahlen und für Hurley-Cooper, dem er Treue gelobt hat, zu tun, was er kann, scheint das zu kompensieren.

Er trägt seine Tech ins Wohnzimmer und zu dem SoloFendi-Lehnstuhl neben dem Telekom. Während er damit beginnt, Kabel einzustöpseln und Verbindungen herzustellen, sagt Berman: »Ich hoffe, das wird Sie nicht dazu ermutigen, in alte Gewohnheiten zurückzufallen. Sie haben sich eine Menge Respekt erarbeitet. Und Sie haben sich eine Karriere aufgebaut. Eine echte Zukunft.«

»Klar, das weiß ich. Machen Sie sich keine Sorgen.«

Hey, er ist geläutert. Er geht allen Schwierigkeiten aus dem Weg. Und überhaupt verbringt er den größten Teil seiner Zeit damit, bei Hurley-Cooper neue und schnellere Datenverarbeitungsmethoden für die Mainframes zu entwickeln. Wenn er dann mal fünf Minuten Zeit hat, holt er vielleicht den Cruncher heraus und düst durch die Elektronen, eigentlich nur, um zu sehen, was so läuft. Man muß das Eisen wetzen, damit es nicht rostet oder Eigenheiten entwickelt oder was auch immer... Aber er ist jetzt ein echt aufrechter Bürger. Keine Frage. Die alten Zeiten sind ein für allemal vorbei.

»Noch irgendwelche letzten Anweisungen?« fragt er.

»Ich will immer noch nicht, daß Sie das tun.«

»Tja ... das weiß ich.«

Diese Diskussion hatten sie schon. Ivar stöpselt sein schwarzes Spiralkabel in die Buchse hinter seiner rechten Schläfe, macht es sich auf seinem SoloFendi bequem und drückt INIT.

Der Cruncher legt los.

Plötzlich sitzt er im leuchtenden Cockpit seiner virtuellen Boeing-Federated Death Eagle 2, dem *Iron Dog*, jagt durch die Datenleitungen und die Knoten seines Wohnkomplexes und zündet die Nachbrenner, um wie der Blitz in die funkelnde, von Sternen erhellte Nacht des LTG zu fliegen. Die Beschleunigung nagelt ihn auf seinem Sitz fest. Das tosende Dröhnen der Triebwerke steigert sich zu einem Banshee-Heulen. Es ist... aah... ein ziemlicher Kick.

Ivar drückt den Steuerknüppel nach vorn und stürzt abwärts, abwärts, abwärts in den unendlichen elektronischen Abgrund zwischen den leuchtenden Würfeln und hoch aufragenden Türmen der Computerkonstrukte. Eine gewisse LTG-Adresse ist schnell erreicht. Er kippt nach rechts ab.

Die weiße Wand eines Knoten blitzt um ihn auf, und plötzlich steht er im strahlend blauen virtuellen Neon-Büro von Nuyen Now! Mr. Service persönlich, der Chef dieses absolut legalen, aber äußerst schäbigen Kreditunternehmens, sitzt vor ihm und hat seine Icon-Füße auf den Icon-Schreibtisch gelegt. Mr. Service' Icon sieht wie ein Banker aus. Nur eine weitere Matrix-Phantasie.

»Hoi, Conan«, sagt Service.

»Ich muß mir deine Leitungen borgen«, sagt Ivar.

»Sei mein Gast. Fünfzig Kreds.«

Ivar, der jetzt zwei Meter groß, wie ein Wikinger-Barbar gebaut und auch so gekleidet ist, mit Breitschwert und allem, holt eine Münze aus dem Beutel an seinem Gürtel und wirft sie Mr. Service zu. Auf der Münze blinkt ›¥ 50‹. Service fängt sie aus der Luft und läßt sie auf seinen Schreibtisch fallen. Die Münze klingelt wie eine Glocke.

»Doppelt oder nichts.«

»Frag mich später noch mal.«

»Worauf du dich verlassen kannst.«

Ivar dreht sich um und stampft wie ein echter Fleischklops von einem Barbar in den rückwärtigen Teil des Büros. Der Boden erzittert unter seinem gewaltigen Gewicht. Mitten auf der Tür blinkt das Logo, TRW CredCorp. Jenseits der Tür wartet die unendliche Schwärze einer Glasfaser-Datenleitung. Ivar zieht sein gewaltiges, silberglänzendes, mit einem Rubin und einem Drachenkopf verziertes Breitschwert und tritt mit einem Schrei, einem Kriegsruf – der Teil seines Stils, ganz zu schweigen von diesem speziellen Aspekt seines Master-Persona-Kontrollprogramms, ist –, durch die Tür.

Eine Direktleitung zu TRW CredCorp.

Er jagt die Leitung im Cockpit des *Iron Dog* entlang, dann blitzt etwas auf, ein Knoten, und er steht in einem strahlend goldenen Empfangsraum, der mit leuchtend roten Pflanzen und einem violetten Wasserfall geschmückt ist. Ein grauweiß eingerahmtes Fenster öffnet sich direkt vor seinem Gesicht, und der riesige, körperlose Augapfel eines Beobachters vom Typ 7K starrt ihn an, blinzelt einmal und verschwindet wieder.

Hey, er ist ein legitimer User, der über eine direkte Glasfaserleitung kommt. Natürlich verschwindet das Auge.

Er tritt zwischen zwei chromblitzende Ritter-in-Rüstung-Wachen und pocht an eine orangefarbene Tresortür. Die Tür öffnet sich. Er betritt einen kahlen neongelben Raum. Eine androgyne Gestalt in einem rosaweißen Kimono verbeugt sich. Über ihrem Kopf blinkt das Wort ›KUNDENDIENST‹. Die Gestalt sagt: »Wie kann ich Ihnen behilflich sein, Sir?«

Ivar zieht ein Amulett aus seinem Beutel und gibt es weiter. In das Amulett sind die Namen von Amy Bermans Liste geritzt, natürlich in Binärcode. »Ich will alles, was ihr darüber habt.«

»Vollständige Finanzauskunft über die Personen dieser Namen?«

»Und pronto.«

»Gewiß, Sir.«

Ein paar Nanosekunden vergehen, mehr oder weniger. Ivar glättet seine flammend gelbe Mähne, streicht sich über seine mächtigen Bizeps und dann auch über die barbarischen Felle, die er als Kleidung trägt. Das Kundendienst-Icon steht im Grunde nur da, während Hexadezimale über sein Gesicht huschen, dann hält es Ivar das Amulett hin und sagt: »Suche beendet. Vielen Dank für Ihren Besuch bei TRW CredCorp.«

Zurück in den *Iron Dog*.

Während er eigentlich ziellos mit höllischer Geschwindigkeit durch die Datenleitungen rast, schaltet er die HUD-Kampfanzeige aus und ruft statt dessen die Daten auf, die er soeben von TRW CredCorp erhalten hat. Seiner Ansicht nach handelt es sich um eine vollständige Beschreibung der finanziellen Verhältnisse aller Namen von Amy Bermans Liste. Namen, SINs, Adressen, Gehälter, Kredite, Konten, alles. Was Ivar sofort auffällt, ist die Tatsache, daß jeder auf der Liste sein Konto bei der First Corporate Trust von New York hat. Aber das ist keine Überraschung. Bei FCTNY handelt es sich um eines dieser konzerneigenen Unternehmen. KFK International besitzt die Aktienmehrheit. Wahrscheinlich hat jeder Angestellte jeder KFK-Tochter im New York-New Jersey-Plex sein Konto bei dieser speziellen Einrichtung.

Gute Konzernetikette, könnte man sagen.

Alle außer diesem einen Burschen, der auch anderswo Konten besitzt. Benjamin Alan Hill. Der Sache kann er auch gleich nachgehen.

Also, was hat er in seinem Speicher, das ihn in die hiesige Zweigstelle der UCAS-Bank bringt?

Natürlich etwas Gutes.

39

Amy sitzt da und wartet fast eine Stunde. Ivar hängt wie eine Leiche auf seinem Lehnstuhl, das Cyberdeck auf dem Schoß. Einmal erwachen seine Finger zum Leben und wirbeln über die berührungssensitiven Tasten, dann nichts mehr. Keine Regung. Amy hört einen dumpfen Knall aus dem Schlafzimmer, aber die Tür bleibt geschlossen und Ivars Freundin außer Sicht.

Plötzlich öffnen sich Ivars Augen, und er zieht den Stecker aus der Buchse in seinem Kopf. Amy stößt einen Seufzer der Erleichterung aus. »Alles in Ordnung?«

»Klar«, sagt Ivar. »Ich brauchte nur in die eine oder andere Bank einzubrechen.«

»Bitte ...« Amy hebt die Hand – sie will die Einzelheiten lieber nicht wissen. Es ist schon schlimm genug, daß Ivar aus einem irregeleiteten Loyalitätsgefühl heraus seine Bewährungsauflagen verletzt hat. Sie hätte es sich nie verziehen, wenn irgend etwas schiefgegangen wäre. »Können Sie mir mitteilen, was Sie ...?«

Ivar nimmt bereits einen Chip aus dem Schacht in seinem Deck und bringt ihn ihr. »Ich denke, ich habe alles. Alles Ungewöhnliche betrifft nur diesen einen Burschen namens Hill, also habe ich alles ausgegraben, was ich konnte, ohne verrückt zu werden.«

Amy runzelt die Stirn. »Was verstehen Sie unter ›ungewöhnlich‹?«

»Das, was Sie schon angedeutet haben. Er hat einen Haufen Kreds *und* sie nicht bei der First Corporate Trust hinterlegt.« Ivar zögert. Sein ernster Gesichtsausdruck zeigt, daß er sich der Implikationen dessen, was er gerade gesagt hat, durchaus bewußt ist. »Es ist ... äh ... Tja, es ist alles auf dem Chip. Was ich ausgegraben habe. Ich kann noch viel tiefer graben, wenn Sie wollen…«

Kopfschüttelnd nimmt Amy den Chip. »Nein, absolut nicht. Sie haben schon genug getan, Ivar. Viel zuviel. Sie dürfen das nie wieder tun.«

»Natürlich nicht.«

Amy ringt sich ein Lächeln ab und sagt: »Es wäre das beste, wenn Sie all das streng vertraulich behandeln würden.«

»Hey, null Problemo. Es hat nie stattgefunden.«

Fünf Minuten später sitzt Amy in ihrem Toyota Arbiter GX. Orangefarbene Laternen hüllen den Parkplatz in einen dunstigen Schein. Regen trommelt gegen die Windschutzscheibe. Amy legt den Chip von Ivar in ihren Palmtop ein und sieht sich rasch den Inhalt an.

Sie findet eine ziemlich umfangreiche Datei über Dr. Benjamin Hill, die zeigt, daß er nicht nur ein geheimes Konto bei der UCAS-Bank besitzt, sondern auch fast drei Millionen Nuyen auf diesem Konto hat, und die Kontoauszüge weisen aus, daß die umfangreichen Einzahlungen bereits Jahre zurückreichen. Die Einzahlungen stimmen nicht genau mit den Daten und Beträgen der von Hurley-Cooper im Auftrag der Metawissenschaftsgruppe geleisteten Zahlungen überein, aber das hat natürlich nichts zu bedeuten.

Jemand, der Geld unterschlägt, würde mit Sicherheit sorgfältig darauf achten, seine Spuren zu verwischen und Daten und Beträge zu verschleiern. Und der Betreffende hätte gewiß auch Auslagen – zum Beispiel die Bezahlung von Komplizen oder die Aufrechterhaltung von Scheinfirmen oder auch nur die Kosten für Geldüberweisungen und so weiter.

Seufzend schaltet Amy ihren Palmtop aus und starrt auf ihren Schoß. Sie sagt sich, daß das Geld auf Dr. Hills Konto von überallher stammen könnte, aber sie hat Schwierigkeiten, das zu glauben. Jedem Angestellten einer KFK-Tochter wird von Anfang an mit deutlichen Worten gesagt, wo er seine Bankgeschäfte abzuwickeln hat, und es gibt keinen Grund, der Erwartung des Konzerns nicht zu entsprechen. Angestellte von Hurley-Cooper genießen sehr vorteilhafte Bedingungen bei der First Corporate Trust, und nicht nur in bezug auf die Zinsen, sondern auch, was Kredite und andere Dienstleistungen anbelangt. Und in der Lobby jeder HC-Anlage steht ein direkt mit der FCT verbundenes Terminal. Es gibt keinen einzigen Grund auf der ganzen Welt, ein anderes Geldinstitut zu benutzen, es sei denn, man hat etwas zu verbergen.

Ivar ist der Quelle der Gelder auf Dr. Hills Konto nicht nachgegangen. Amy ist froh, daß er es nicht getan hat. Zum einen wäre das Risiko zu groß. Zum anderen wäre sie nie in der Lage, Dr. Hill ins Gesicht zu sehen, wenn sie einen unumstößlichen Beweis dafür bekommen hätte, daß der Mann stiehlt.

Sie ist zu weit gegangen. Das sieht sie jetzt. Ein Gefühl der Verzweiflung überkommt sie. Sie ist diese Sache angegangen, als arbeite sie für die Despoten bei Fuchi oder die Herren mit der eisernen Faust bei Mitsuhama, und das ist falsch. Wenn ihre Überzeugungen auch nur die geringste Bedeutung haben, sollte sie offen zu Dr. Hill gehen, ihm die Unregelmäßigkeiten schildern, die sie entdeckt hat, und sich anhören, welche Erklärung er abzugeben hat. Das würde jemand tun, dem etwas an den Leuten liegt, und das wird sie auch tun, und zwar morgen früh zuallererst.

Sie lehnt sich zurück und schließt die Augen. Ihre Armbanduhr summt. Zweiundzwanzig Uhr. Zeit für das Konzerntagebuch auf News Network 42.

Und dann fällt ihr ein, daß Scottie auf sie warten müßte.

»Ach, *Drek!*«

Sie läßt den Toyota an, dann schaltet sie ihr Telekom ein und ruft zu Hause an. Ihr Telekom antwortet. Es sähe Scottie ähnlich, einen Anruf einfach zu ignorieren.

Tatsächlich kann sie sich nicht erinnern, ihn je bei einem Telekomgespräch gesehen zu haben. Gott sei Dank ist ihr Telekom zu Hause auf Lautsprecher geschaltet. »Scottie, ich bin's«, sagt sie in der Hoffnung, daß er sie hört. »Wenn du da bist, warte bitte. Ich komme gleich.«

Keine Antwort.

Sie legt auf und fährt los.

Die Fahrt nach Scarsdale scheint ewig zu dauern. Sie ist kaum auf dem Bruckner Expressway, als sie den Schauplatz eines schweren Unfalls erreicht, in den zwei Lastwagen, mindestens ein Dutzend Personenwagen und anscheinend die Hälfte aller Krankenwagen der Stadt verwickelt sind. Zwischen grellen, fast blendenden Blinklichtern und plötzlich aufleuchtenden Bremslichtern treten uniformierte Beamte auf die Fahrbahnen, schwenken beleuchtete Kellen, halten den Verkehr an, leiten ihn weiter. Fünf Fahrbahnen verengen sich auf einer Strecke von fünfzig Metern zu einer. Amy braucht fünfzehn Minuten, um die Unfallstelle hinter sich zu lassen, weitere fünfzehn, um nach Scarsdale zu gelangen, und noch einmal fünf, bis sie auf ihrem Parkplatz im Parkhaus ihres Wohnkomplexes steht und im Fahrstuhl zu ihrer Wohnung fährt.

Das Wohnzimmer ist dunkel und leer. »Scottie?«

Keine Antwort. Nicht ein Laut. Sie geht zur Schlafzimmertür. Das Licht blendet langsam auf, als sie die Schwelle überquert, zeigt ihr jedoch nicht das geringste. Sie dreht sich wieder zum Flur um in der Absicht, in der Küche nachzusehen, als bestünde dort noch Hoffnung, und läuft direkt in jemanden hinein.

»AAAHHH!« ruft sie, zurückweichend.

»Ich bin's«, sagt Scottie.

Ja, offensichtlich. Nun, da sie sich fast in die Hose gemacht hätte. Keuchend sagt sie: »Ich glaube ... ich verstehe jetzt ... den Namen. Bandit. Tu das bitte nicht noch einmal.«

»Tut mir leid.«

»Schon okay.« Amy greift nach ihm, um ihn zu umarmen. »Bist du schon lange hier?«

»Noch nicht so lange.«

»Ich habe angerufen, aber du hast nicht abgenommen.«

»Nein.« Beinahe entschuldigend fügt Scottie hinzu: »Ich mag keine Komgeräte. Sie können angezapft werden.«

Amy zögert. »Du glaubst doch nicht, daß mein Telekom ...«

Scottie zuckt die Achseln.

Einen Moment lang stutzt Amy verwirrt, dann setzt sie zu einer Erklärung an, warum sie so spät kommt und daß sie es nicht ändern konnte, aber plötzlich wird ihr klar, daß sie sich nur rechtfertigt. Entschuldigungen vorbringt. Sie hätte früher hier sein sollen. Für Scottie. Ihre Karriere ist wichtig, gewiß, aber jetzt, heute abend, wo ihr Bruder gerade erst wieder in ihr Leben getreten ist, müßte Scottie absoluten Vorrang genießen.

Was hat sie nur verbrochen, um ausgerechnet jetzt die Krise bei Hurley-Cooper durchstehen zu müssen, wo sie sich ganz auf ihren Bruder konzentrieren sollte? Manchmal ist das Leben schlicht und einfach grausam.

Sie gehen in die Küche. Amy macht Tee. Sie steht vor der Mikrowelle und dreht sich zu Scottie um, der gerade einen Löffel begutachtet, ihn herumdreht und ins Licht hält, als könne er eine mystische Eigenschaft besitzen. Sie lacht beinahe, und ein Teil der nervösen Anspannung in ihrem Magen verschwindet. Scottie hat schon immer solche Dinge getan, wie Löffel zu betrachten. Vollkommen gewöhnliche Dinge zu untersuchen, denen kein normaler Mensch mehr als einen flüchtigen Blick gönnen würde. Vielleicht gehört das zum Wesen eines Schamanen. Vielleicht ist mehr an einem gewöhnlichen Löffel, als ein normalsterbliches Individuum wie sie üblicherweise erwarten würde.

Sie trägt zwei Tassen Tee zum Tisch und sieht, daß Scotties Aufmerksamkeit mittlerweile einer kleinen Plastikfigur gilt. Sie erkennt sie sofort. Es ist eine Figur aus einem Andenkenladen, vielleicht aus einem Museum, und zwar von Waschbär. Ursprünglich stand sie auf dem Toilettentisch in ihrem Schlafzimmer.

»Die hast du aus meinem Zimmer mitgenommen«, sagt Scottie. »Dafür hast du eine Flöte zurückgelassen.«

Vor langer Zeit. Amy nickt, als sie sich erinnert. Und einen Anflug von Verlegenheit verspürt. Doch es ist jetzt wichtig, sich Dingen zu stellen, auch wenn sie verlegen machen. »Ja«, sagt sie. »Ich weiß noch, daß ich die Idee hatte, du könntest vielleicht die Flöte nehmen und die Magie vergessen. Ich habe die Ergebnisse deiner Eignungsprüfungen gesehen. Mom und Dad haben dich so viele ablegen lassen. Die Prüfungen wiesen darauf hin, daß du eine enorme Begabung für Magie und Musik hattest. Ich meine... Du weißt, was ich meine.«

»Mom wollte, daß ich Musiker werde.«

Amy lächelt. »Ich auch.«

»Es ist ein und dasselbe.«

»Was ist dasselbe?«

»Musik und Magie. Es ist alles eins.«

»Wie meinst du das?«

»Alles ist ein Teil der Natur.«

Amy erinnert sich. Es paßt zu dem, was er letzte Nacht erzählt hat. Und ist ein Teil dessen, was ihn zurückgebracht hat. Die Notwendigkeit, die Natur und die Leute zu verstehen, um sein Verständnis, seine Entwicklung als Person zu fördern. Es ist so, als wolle er sich wieder der menschlichen Rasse anschließen, nachdem er sich so lange auf die Magie konzentriert hat. Das ist die Quintessenz von alledem, und Amy ist vor Freude darüber außer sich. »Hast du deswegen die Flöte? Ist sie Teil deiner Einstimmung auf Leute?«

Scottie nickt zögernd. »Das nehme ich an.«

»Du mußt einiges von deiner Freundin Shell gelernt haben.«

Scottie nickt, entschiedener diesmal. »Dinge, die ich nicht erwartet habe. Wertvolle Dinge. Darum versuche ich ihr zu helfen. Um die Dinge fair zu gestalten. Es ist ein fairer Tausch.«

Es klingt fast wie die Lehre vom Feilschen. »Nun, du hast Glück, wenn die Dinge fair sind. Beziehungen sind nicht immer so.«

»Es muß nicht so sein«, sagt Scottie. »Waschbär ist eine Art Dieb. Aber ein Dieb mit Ehrgefühl. Es gefällt mir, wenn die Dinge fair aussehen.« Scottie zögert einen Augenblick, dann sagt er: »Vielleicht kann ich dir auch helfen.«

Amy kann sich ein Lächeln nicht verkneifen. Ist das wirklich ihr Bruder, der da redet? Einiges von dem, was er sagt, ist mystisch und sonderbar und doch so *menschlich.* Amy fühlt sich fast schwindlig vor Freude. »Ich brauche keine Hilfe.«

»Du sagtest, du hättest ein Problem.«

»Ja, aber das gehört einfach dazu, wenn man einen normalen Beruf hat. Probleme zu haben, ist für einen Pinkel ganz normal.«

»Vielleicht kann ich helfen.«

»Wie könntest du mir helfen?«

»Ich kann gewisse Dinge. Waschbär kennt viele Tricks. Ich folge seinem Pfad schon sehr lange.«

»Weißt du, was die Leute denken?«

Scottie scheint darüber nachzudenken, dann sagt er: »Manchmal weiß ich, was sie fühlen.«

»Weißt du, wann sie lügen?«

»Manchmal.«

Amy kommt ein Gedanke, aber er ist verrückt, und sie sollte ihn einfach vergessen. Er ist doch ihr Bruder, oder? Ihr Bruder, den sie seit Jahren nicht gesehen hat. Sie sollte nichts in Erwägung ziehen, was ihn in ihre beruflichen Probleme verwickeln könnte.

»Belügen dich irgendwelche Leute?« fragt Scottie.

»Nein, eigentlich nicht.« Das hat sie nicht gesagt, oder? »Nein, ich habe einige Unregelmäßigkeiten in unserer Buchführung entdeckt. Es ist unklar, was los ist, also habe ich noch niemanden damit konfrontiert, so daß bisher niemand Gelegenheit hatte, mich zu belügen. Aber laß uns über etwas anderes reden. Über dich.«

»Wir reden über mich. Über dich und mich.«

»Scottie, das ist nur irgendeine Konzernintrige. Schlimmstenfalls Betrug.« Warum streitet sie mit ihm? Sie sollte erklären. Sie greift nach einer seiner Hände und sagt lächelnd: »Ich bin so froh, daß du mir dieses Angebot gemacht hast. Danke. Du weißt nicht, wieviel mir das bedeutet. Es ist nur so, daß ... na ja, das ist mein Problem. Es hat nichts mit dir oder deiner Magie zu tun.«

»Du verstehst nicht«, sagt Scottie. »Ich nehme an, ich habe es nicht sehr gut erklärt. Es ist alles eins. Magie. Leute. Konzernkram. Alles hat mit Magie zu tun, weil es um Leute geht, um Natur, um das Universum. Um dich und mich. Um alles.«

Amy schüttelt den Kopf. »Es geht doch nur darum, daß jemand einen Konzern bestiehlt.«

Scottie nickt. »Erzähl mir mehr davon.«

40

Enoshi-*sama* ...«

Die Stimme, die leise seinen Namen ausspricht, ist die einzige Warnung. Ein gelbliches Licht blendet ihn plötzlich.

Enoshi Ken hebt eine Hand vor das Gesicht, um das grelle Licht abzuwehren, doch nicht schnell genug. Die Kopfschmerzen, die den ganzen Abend diskret hinter seiner Stirn gelauert haben, brechen plötzlich mit Macht hervor und pochen mit äußerster Brutalität. Er stöhnt, preßt eine Hand gegen die Stirn und blinzelt dann ins Licht.

Eine undeutliche, schemenhafte Gestalt hat sich über ihn gebeugt. Einen Moment lang bildet er sich ein, daß es Setsuko ist, seine Frau. Was könnte nicht stimmen? Ein Wirrwarr vager Möglichkeiten schießt ihm durch den Kopf, um gleich darauf von der Erkenntnis verdrängt zu werden, daß sich Setsuko nicht hier in New York befindet, sondern in ihrem Haus in Philadelphia in der Nähe des nordamerikanischen Hauptquartiers von Kono-Furata-Ko International.

»Vergib mir«, flüstert eine hönigsüße Stimme auf Japanisch. Sanfte Hände setzen ihm seine Brille auf. Lippen, so weich wie Schmetterlingsflügel, streichen über seine Wange, und mittlerweile haben sich seine Augen an das Licht gewöhnt; er sieht die Frau, die sich über ihn beugt. Eine üppige Mähne goldblonder Haare rahmt Frederiques Gesicht ein. Sie lächelt zärtlich und setzt sich auf die Bettkante. Sie trägt einen durchscheinenden rosafarbenen Morgenrock, in dem sie von Kopf bis Fuß wie die exotische Traumfrau aussieht, die sie auch ist.

Enoshi räuspert sich und sagt leise: »Was ist los?«

»Dein Assistent hat angerufen«, flüstert Frederique.

»Ich habe nichts gehört.«

»Du hast geschlafen, mein Liebling.«

»Ich kann es eigentlich nicht gutheißen, daß mein Assistent mit dir gesprochen hat.«

Frederique lächelt. »Er konnte nicht wissen, wer antworten würde.«

Nein, offensichtlich nicht, und diese Situation ist tatsächlich Enoshis eigene Schuld. Telekomgespräche können das Fehlen der gewohnten Umgebung und den täglichen Kontakt mit Frau und Kindern nicht ersetzen. Unglücklicherweise ist es nicht möglich, seine Frau auf Geschäftsreisen mitzunehmen, also hat er alles so arrangiert, daß Frederique sich hier in New York zu ihm gesellt. Das war nicht unbedingt das klügste. Zuvor hat sein Stab aus den verschiedensten Gründen vermutlich angenommen, daß er eine Geliebte hat. Jetzt weiß er es. Wenn vielleicht auch kein anderer, so weiß es zumindest sein persönlicher Assistent mit Sicherheit. Enoshi fühlt sich damit nicht wohl. Er zieht es vor, daß solche Dinge vertraulich bleiben.

»Usami Gek hat um ein Gespräch gebeten.«

»Jetzt?«

Frederique lächelt, und ihr Lächeln strahlt Ruhe aus, heitere Gelassenheit. Sie ist vielleicht die unerschütterlichste Person, die Enoshi je kennengelernt hat. Sie ist so still wie das Wasser eines Sees. Ein hineingeworfener Stein mag die Oberfläche kräuseln, aber sie bleibt immer ruhig und gelassen, als stünde sie mit der Unendlichkeit in Verbindung. Das trägt erheblich zu ihrem Zauber bei.

Enoshi holt tief Luft. Es ist drei Uhr nachts. Usami Gek würde zu dieser Uhrzeit nicht um ein Gespräch bitten, wenn es nicht wichtig wäre. Seine Pflicht ist klar. Er steht auf und geht in sein *Uwabaki*. Frederique hilft ihm in seinen Kimono.

Im Badezimmer nimmt er eine Nodol gegen seine Kopfschmerzen, dann wäscht er sich Gesicht und

Hände und kämmt sich. Der Konzernexec muß sich ein makelloses Aussehen bewahren. Das gilt erst recht für KFK Internationals Direktor für Konzerninterne Zusammenarbeit. Wäre die Angelegenheit, die ihn erwartet, nicht so offensichtlich dringender Natur, würde er sich die Zeit nehmen, einen Anzug anzuziehen.

Als er das Badezimmer verläßt, begegnet ihm Frederique mit einem Kuß und nimmt sich dann einen Augenblick Zeit, um den Gürtel seines Kimonos zuzubinden.

»Du wirst langsam zu einer zweiten Ehefrau.«

Frederique lächelt. »Eine Ehefrau muß sich um Heim und Familie kümmern, mein Liebling. Eine Geliebte hat die Freiheit, sich um andere Dinge zu kümmern.«

»Du bist mehr für mich als eine Geliebte.«

Lächelnd verbeugt sich Frederique, und zwar exakt tief genug, um Demut zu demonstrieren, doch ohne dadurch ihre offensichtliche Freude zu schmälern. Bemerkenswert, daß eine Frau von so offensichtlich europäischer Abstammung die japanischen Sitten und Gebräuche so perfekt beherrscht. Mit jedem neuen Puzzleteil, das Enoshi entdeckt, wird sie rätselhafter – und reizvoller.

Vor der Schlafzimmertür wartet einer der Sicherheitsbeamten, die Enoshi überallhin begleiten. Insgesamt gehören vier dieser Beamten zu seinem Stab. Mindestens einer ist immer in seiner Nähe. In Enoshis Augen ist das ganz einfach ein sichtbarer Beweis der Bedeutung, die andere seiner Stellung beimessen. Er selbst ist kein besonders wichtiger Mann. Die Arbeit, die er leistet, ist jedoch für KFKs nordamerikanische Unternehmungen wichtig. Aus diesem Grund wird er sehr gut bezahlt und mit einem eigenen Stab, Leibwachen und Dienstwagen samt Chauffeur bedacht. Aus diesem Grund, und allein aus diesem Grund, ist es ihm möglich, seine Geliebte aus Philadelphia einfliegen zu lassen, nur weil er sich in privaten Augenblicken einsam zu fühlen begonnen hat.

Jetzt geht er jedoch mit forschen Schritten durch den Flur, der in das Wohnzimmer seiner Suite führt.

Der Raum ist wie alle anderen in der Suite in dem extravaganten Stil eingerichtet, für den das Waldorf Park East Hotel berühmt ist: Ölgemälde, üppige Vorhänge, mit kunstvollen Schnitzereien versehene Holzmöbel. Die goldgerahmten Fenster am Ende des Raumes, an denen jetzt der Regen herunterläuft, gehen auf den Central Park hinaus. Alles in allem hält Enoshi die Suite für einen Exec in seiner Stellung für übertrieben. Sie wäre angemessener für ein Vorstandsmitglied von KFK, zum Beispiel Torakido Buntaro, den stellvertretenden Vorsitzenden.

Enoshi setzt sich auf ein mit Satin bezogenes Sofa. Sein Sekretär bringt ein Tablett mit Kaffee und ein Päckchen seiner Zigaretten. Er zündet sich eine an und trinkt einen Schluck Kaffee. Seine Kopfschmerzen lassen ein wenig nach.

»Bitten Sie jetzt Usami-*san* herein.«

»Hai, sugu, Enoshi-*sama*«, erwidert der Sekretär eilig, indem er sich verbeugt.

Einen Augenblick später kehrt er mit Usami Gek zurück. Usami ist reinrassiger Japaner. Er stammt ursprünglich aus Yodo, das zwischen Osaka und Kyoto liegt. Er ist groß und schlank und sieht ziemlich gefährlich aus, so gefährlich, daß er durchaus ein Krimineller sein könnte. Er trägt einen strengen schwarzen Anzug und ein dunkelblaues Strickhemd. Normalerweise bleibt die Auswahl seiner Garderobe Usami überlassen. Er ist ein hochrangiger Sicherheitsbeamter und als solcher in Geheimaktivitäten verwickelt, so daß er sein Aussehen manchmal seinen Aufgaben anpassen muß.

Er tritt vor, verbeugt sich und sagt: »Bitte entschuldigen Sie die Störung zu dieser späten Stunde, Enoshi-*sama*.«

»*Yosh*«, erwidert Enoshi. »Ich bin sicher, Sie tun nur Ihre Pflicht. Bitte nehmen Sie doch Platz. Was haben Sie zu berichten?«

Usami verbeugt sich wiederum und setzt sich. »In den letzten Stunden sind zwei bedeutende Ereignisse eingetreten«, sagt er. »Ich bin zu dem Schluß gekommen, daß Sie augenblicklich informiert werden sollten, nun, da sich gewisse Informationen mehr oder weniger bestätigt haben.«

Enoshi nickt. »Bitte fahren Sie fort.«

»Es betrifft unsere Überwachung von Ms. Amy Berman.«

»Ja, natürlich.«

Enoshi ist sich sehr wohl der Tatsache bewußt, daß eine Revision aus zwei wesentlichen Faktoren besteht, zum einen der eingehenden Untersuchung der finanziellen Unterlagen einer Tochtergesellschaft und zum anderen der Überwachung einiger ausgewählter Execs. Die Untersuchung der Bücher veranlaßt illoyale Execs manchmal zu verräterischen illegalen Handlungen. Auf diese Weise wirken die beiden Stoßrichtungen der Revision zusammen, um alle korrupten Elemente des Konzerns auszumerzen.

»Fahren Sie fort.«

Usami sagt: »Früher an diesem Abend hat ein Telekomüberwachungsteam einen an Ms. Amy Bermans Autotelekom gerichteten Anruf abgehört. Dieser Anruf wurde von einem Mann geführt, der offenbar bei einer hiesigen Zweigstelle von Mitsuhama Computer Technologies angestellt ist, wenngleich wir ihn noch nicht identifiziert haben. Er hat Ms. Amy Berman davon in Kenntnis gesetzt, daß Sie Ms. Bobinek von Mitsuhama UCAS besucht und mehrere Stunden mit ihr, Mr. El-Gabri und einem MCT-Anwalt konferiert haben.«

Eine überraschende Wendung der Ereignisse. Enoshi fragt sich, welche Schlüsse Ms. Amy Berman wohl aus dieser Information ziehen wird. Manchmal ist es schon schwierig zu vermuten, was irgendeine Frau denkt, ganz zu schweigen von einer, mit der er kaum persönliche Erfahrung hat. »Hat dieser nicht identifizierte Mann noch andere Bemerkungen hinsichtlich meines Besuchs bei MCT gemacht?«

»Er hat Mr. El-Gabri als Verwaltungsdirektor von MCTs hiesiger Biotech-Abteilung identifiziert. Außerdem hat er die Ansicht geäußert, daß Ms. Amy Berman über diesen Besuch Bescheid wissen sollte. Er sagte, er sei wahrscheinlich von Bedeutung.«

»Hat er irgendeine Begründung geliefert, warum er dem Besuch Bedeutung beimißt?«

»Ja, er hat sich auf Ereignisse in Ms. Amy Bermans Konzern bezogen, Ereignisse, die sie zuvor geschildert hatte. Er sagte, er habe aus diesem Grund das Gefühl, daß Ihr Besuch bei MCT von Bedeutung sei.«

»Hat er erwähnt, welche Ereignisse Ms. Berman geschildert hat?«

»Nein, das hat er nicht.«

Zum Glück für Ms. Berman sind solche Enthüllungen, wie sie sie gemacht haben muß, nicht notwendigerweise Anlaß für Strafmaßnahmen. Ms. Berman hat sich möglicherweise nur eines unbedeutenden Mangels an Diskretion schuldig gemacht. Der Vorstand von KFK, Torakido-*sama* eingeschlossen, vertritt eine ziemlich liberale Haltung in bezug auf das Verhalten seiner Angestellten. Das bedeutet selbstverständlich nicht, daß diese Angestellten nicht überwacht werden sollten, und auch nicht, daß ein Angestellter alles tun kann, was er will, ohne Angst vor einer Bestrafung haben zu müssen. »Gibt es irgendeinen Hinweis auf die Natur von Ms. Bermans Beziehung zu diesem Mann?«

»Ja«, erwidert Usami. »Der Mann hat Ms. Amy Berman mit ›Liebling‹ angeredet.«

Das scheint recht eindeutig zu sein. »Das Wort ›Liebling‹ wurde in einem romantischen Sinn benutzt?«

»Ja. Ein Mitglied des Telekomüberwachungsteams

hat das bestätigt. Dieser spezielle Beamte ist in New York geboren, und Englisch ist seine Muttersprache.«

Das scheint alle Zweifel in bezug auf die Implikationen dieses Wortes zu beseitigen. Kein gutes Zeichen. Eine enge persönliche Beziehung zwischen dem Exec einer KFK-Tochter und einem Konzern wie Mitsuhama gibt Anlaß zu großer Besorgnis. Unter den richtigen Umständen könnte sie aber auch recht nützlich sein. »Informieren Sie mich, sobald Sie diesen Mann, der Ms. Berman angerufen hat, identifiziert haben.«

»Ja, Enoshi-*sama*«, erwidert Usami. »Das dürfte nicht lange dauern.«

»Gut.« Enoshi nippt an seinem Kaffee, zieht an seiner Zigarette und sagt dann: »Sie wollten über einen zweiten Vorfall reden?«

»Ja, Enoshi-*sama*. Dieser Vorfall hängt ebenfalls mit Ms. Amy Berman zusammen. Kurz nach ihrem Gespräch mit dem nicht identifizierten Mann ist sie nach Hause gefahren und hat sich mit einem Mann getroffen, der sie in ihrer Wohnung erwartete.«

»Mit demselben Mann wie gestern nacht?«

»Ja, Enoshi-*sama*. Wir haben diesen Mann als Ms. Amy Bermans Bruder, Mr. Scott Berman, identifiziert. In ihrer Unterhaltung gestern nacht hat Mr. Scott Berman einen Decknamen erwähnt, den er benutzt, und zwar den Namen Bandit. Wir haben diesen Bandit als gesuchten Straftäter identifiziert, als Shadowrunner, der bis vor kurzem in der nahegelegenen Stadt Newark aktiv war.«

»Er ist ein Shadowrunner?«

»Ja, Enoshi-*sama*.«

Bemerkenswert. Enoshi ist ziemlich verblüfft. Sich vorzustellen, daß ein Direktor einer KFK-Tochter so eng mit einem bekannten Shadowrunner verwandt ist. Enoshi weiß nicht, was er davon halten soll. So etwas ist noch nie vorgekommen. Potentielle Execs aller KFK-Töchter werden gründlich unter die Lupe genommen, um zu gewährleisten, daß es nichts in ihrer Vergangenheit gibt, was zu Schwierigkeiten führen könnte. »Es ist sehr schwer für mich zu verstehen, wie das sein kann. Ist es möglich, daß Ihre Quellen in diesem Fall ungenau sind?«

»Gewiß, Enoshi-*sama*, das ist möglich. Es kann viele ›Bandits‹ geben. Die Verbindung, die wir zwischen Mr. Scott Berman und dem Shadowrunner namens Bandit hergestellt haben, ist nicht definitiv, da sie in erster Linie auf der Fotovergleichstechnik beruht, die nicht absolut zuverlässig ist. Aber ich würde meine Pflichten vernachlässigen, wenn ich Sie nicht auf gewisse andere Details aufmerksam machte, die mit dieser Angelegenheit in Zusammenhang stehen.«

»Bitte fahren Sie fort.«

»Wir haben uns vergewissert, daß Mr. Scott Berman seit ungefähr fünfzehn Jahren ohne Benutzung seiner Systemidentifikationsnummer lebt. Sein offizieller Lebenslauf endet vor fünfzehn Jahren. Anscheinend ist er um diese Zeit verschwunden. Auf Antrag seiner Eltern hat die Polizei eine Untersuchung seines Verschwindens durchgeführt, die jedoch nichts erbracht hat. Die Akte wurde schließlich geschlossen. Mr. Scott Bermans SIN wurde als inaktiv eingestuft und er selbst für tot erklärt.«

Natürlich. Die einzig mögliche Erklärung. Oder diejenige, welche einem als erste einfallen würde. Ms. Bermans Bruder wurde für tot erklärt, sein offizieller Lebenslauf ist abgeschlossen. Daher haben alle Überprüfungen, denen Ms. Berman bei ihrer Anstellung unterzogen worden ist, keine Verbindungen mit potentiell gefährlichen Personen, geschweige denn Kriminellen oder Shadowrunnern erbracht.

Enoshi schließt die Augen und reibt sich die Stirn. Seine Kopfschmerzen werden wieder stärker. »Gibt es irgendwelche Anzeichen dafür, daß Ms. Berman persönlich in kriminelle Aktivitäten verwickelt ist?«

»Sie hat jemanden erwähnt, der einen Konzern bestiehlt, die beteiligten Parteien jedoch nicht identifiziert. Kurz danach wurde die Überwachung unterbrochen.«

»Sie haben die Überwachung unterbrochen?«

»Nein, Enoshi-*sama*. Unsere Audioüberwachungsgeräte haben plötzlich die Übertragung eingestellt. Kurz vorher warnte Mr. Scott Berman Ms. Amy Berman, daß ihr Telekom möglicherweise angezapft werde. Ich habe den Verdacht, daß er sich einer magischen Methode bedient hat, um die Überwachungsgeräte in Ms. Amy Bermans Wohnung lahmzulegen. Mr. Scott Berman scheint ein Schamane zu sein.«

»Sind Sie sicher?«

»Ja, Enoshi-*sama*.«

Eine höchst bestürzende Wendung der Ereignisse. Enoshi weiß nicht viel über Schamanen, aber alles, was er je über sie gehört hat, legt den Schluß nah, daß es sich bei ihnen, positiv ausgedrückt, um sehr individualistisch veranlagte Persönlichkeiten handelt. Die schlimmsten sind Öko-Terroristen, die in brutale, direkt gegen Konzerne gerichtete Aktivitäten verwickelt sind. Enoshi sieht Usami an und sagt: »Aus dem gestrigen Treffen der beiden wissen wir, daß sie den Kontakt zu ihrem Bruder verloren hatte. Gab es heute abend einen Hinweis auf den speziellen Grund, der sie jetzt wieder zusammengeführt hat?«

»Mr. Scott Berman hat wiederum von der Notwendigkeit gesprochen, sich auf Leute einzustimmen. Ich weiß nicht, welche Bedeutung dies für einen Schamanen haben könnte. Ich halte es jedoch für durchaus vorstellbar, daß es sich dabei um eine Art von kriminellem Jargon handelt, der sich auf bestimmte Personen bezieht, mit denen Mr. Scott Berman im Zusammenhang mit illegalen Aktivitäten Kontakt aufnehmen will.«

Enoshi massiert seine Stirn. Er hat sich Teile der Niederschrift der gestrigen Unterhaltung zwischen

Ms. Berman und ihrem Bruder durchgelesen. Auf den ersten Blick ein schlichtes Wiedersehen. Die heutigen Enthüllungen werfen ein ganz neues und möglicherweise finsteres Licht auf das Treffen. Die Möglichkeit, daß Ms. Berman in irgendeine kriminelle Verschwörung, möglicherweise unter Beteiligung von Mitsuhama-Agenten oder terroristischen Elementen, verwickelt ist, machen es erforderlich, daß rasche und entschlossene Maßnahmen ergriffen werden. Fragen müssen beantwortet werden. Die Situation bedarf einer Klärung.

Usami sagt: »Ich halte es für sinnvoll, hermetische Kräfte zur Unterstützung hinzuzuziehen.«

»Ich bin einverstanden«, erwidert Enoshi. »Ich werde sofort einen entsprechenden Antrag stellen. In der Zwischenzeit müssen Sie alles versuchen, um das Rätsel zu lösen, das Ms. Berman umgibt. Es ist zwingend erforderlich, daß wir herausfinden, was vorgeht und ob Ms. Bermans Aktivitäten eine Bedrohung für unsere Organisation darstellen.«

»Ich verstehe, Enoshi-*sama*.«

Enoshi nickt und reibt sich die Stirn.

Usami verbeugt sich und geht.

41

Der Tunnel ist feucht und tropft. Der Boden ist mit Wasserpfützen bedeckt. Merkwürdiges, rötlich gefärbtes Zeug wie Schimmel klebt an den runden Tunnelwänden und ergänzt den trüben roten Dunst, der die Dunkelheit durchdringt, um ein merkwürdiges rötliches Leuchten. Doch die Luft riecht irgendwie angenehm. Süßlich und würzig. Die einzigen Geräusche sind das Tropfen des Wassers von den Tunnelwänden und das Platschen von Monks und Minx' Stiefeln durch die Pfützen.

Was machen sie also in diesem Tunnel, der unendlich lang zu sein scheint? Monk weiß es nicht genau. Er würde fragen, hätte Minx ihn nicht gefragt, ob er ihr so sehr vertraut, daß er tut, was sie sagt, ohne einen Haufen Fragen zu stellen. Natürlich tut er das. Er vertraut ihr so sehr, daß er ihr *keine einzige* stellt. Sie sind irgendwo nördlich des Newarker Sprawl in den Untergrund gestiegen. Monk glaubt, daß sie sich unterhalb des Hudson befinden. Wohin sind sie unterwegs? Sie sind unterwegs, den Meister zu sehen, aber wer das ist und warum sie durch den Untergrund gehen müssen, um den Burschen zu treffen, kann Monk nur vermuten.

Seine erste Vermutung ist die, daß sie den Meister aus irgendeinem Grund heimlich treffen müssen. Wenn der Meister so ist wie Minx' andere Freunde, kennt er den Untergrund wahrscheinlich echt gut und benutzt ihn, um herumzukommen, ohne gesehen zu werden. Seine zweite Vermutung ...

Plötzlich bleibt Minx stehen und sieht hinauf zum rötlichen Beton der Decke. »O mein Gott«, sagt sie. »O mein *Gott! O MEIN GOTT!*«

Monk kann nicht erkennen, daß mit der Decke etwas nicht stimmt. Er nimmt an, daß Minx gerade einen

Anruf über ihre implantierte Headware erhält. Vor der Verwandlung, ihrer Verwandlung, war sie eine Botin. Ihre Freunde haben alle ihre Telekomnummer.

Sie sieht ihn an und lächelt.

»Was ist?«

»Ach, nichts«, sagt Minx. »Du wirst nie erraten, was ich gerade gehört habe. Novastar Maria Mercurial ist schwanger.«

»Sahne.«

»Von einem Troll.«

»Ja?«

»Und einem Vampir.«

»Hä?«

Minx nickt, als meine sie es ernst.

»Vampire gibt es wirklich?«

»Hast du je einen gesehen?«

»Nein.«

»Ich auch nicht.«

Sie gehen weiter und weiter und dann immer noch weiter. Die Pfützen auf dem Tunnelboden werden kleiner. Die Tropfgeräusche hören auf. Ein großes gezacktes Loch erscheint vor ihnen in der Tunnelwand, als habe jemand von der Konstitution eines Trolls ein Loch hineingeschlagen. Der Gang auf der anderen Seite dieses Lochs ist schmal und endet vor einem Metallgitter. Minx öffnet das Gitter, und sie betreten einen weiteren Tunnel, groß und eckig und mit Schienen wie für U-Bahn-Züge.

»Was ist das für ein tosendes Geräusch?« sagt Monk.

Minx drückt seinen Ellbogen. »Das ist nur die Autobahn«, sagt sie, indem sie nach oben zeigt. »Mach dir keine Sorgen, du Kick. Hier fahren längst keine Züge mehr.«

Die parallelen Schienen sehen rostrot aus. Monk fragt sich, wohin dieser Tunnel führt und wo er und Minx im Augenblick stehen. Er vermutet, daß sie sich irgendwo auf der Ostseite des Hudson befinden. Vielleicht in

Manhattan. Wahrscheinlich etwas nördlich davon. Er hat nicht viel Zeit in Manhattan verbracht, also weiß er nicht genau, wie weit die Tunnel im Norden über die Insel hinausgehen. Er weiß, daß sie bis nach Brooklyn und Queens und manche sogar bis nach Jersey reichen, aber nördlich von Manhattan? Er hat keinen Schimmer.

Sie gehen noch eine Weile weiter. Monk beschließt, eine Frage zu stellen. »Äh … was soll ich tun, wenn wir diesen Meister treffen?«

Minx lächelt. »Ich zeige es dir.«

Na ja, warum nicht?

Sie gelangen an ein weiteres Gitter in der Tunnelwand. Minx öffnet es. Der Gang dahinter ist schmal und nicht sehr hoch. Sie müssen geduckt gehen. Er führt sie in ein Labyrinth von Gängen, manche groß genug, um darin aufrecht stehen zu können, manche so klein, daß sie auf Händen und Knien kriechen müssen. Monk steht gerade kurz vor dem Entschluß, eine weitere Frage zu stellen, als der Tunnel, in dem sie sich befinden, plötzlich endet und Minx sich zu ihm umdreht.

»Hilf mir hoch, du Kick.«

Monk verschränkt seine Hände zu einer Hühnerleiter. Minx stellt einen Fuß darauf und steigt halb auf seine Schultern. Danach kann er nicht mehr erkennen, was sie tut, da sich ihr Unterleib direkt vor seinem Gesicht befindet und sich gegen seine Nase preßt. Der Geruch, der ihm in die Nase steigt, der direkt aus dem Schritt ihrer Jeans zu kommen scheint, ist voll und süßlich und …

Plötzlich stellt sie beide Füße auf seine Schultern und klettert durch eine quadratische Öffnung in der Tunneldecke.

»Komm rauf, Kick«, flüstert sie.

Ein Seil fällt ihm auf den Kopf. Er packt es und klettert daran empor. Es führt ihn in einen dunklen, trockenen staubigen Raum wie einen Keller. Die Wände sehen aus, als seien sie aus Holz, einem rötlichen Holz.

Der Boden ist aus Beton. Rötlichem Beton. Eine Menge Kisten, Kästen und Regale stehen herum, manche bis zur Decke gestapelt, und machen aus dem Raum ein Labyrinth mit schmalen Gängen.

»Beweg dich nicht«, flüstert ihm Minx ins Ohr.

Monk schüttelt den Kopf.

Wenig mehr als zwei Meter entfernt steht eine hochgewachsene Gestalt, die in einen dunklen Umhang gehüllt ist. Eine Kapuze und eine Maske bedecken Kopf und Gesicht. Die Hände stecken in Handschuhen. Die Gestalt ist von einer Art neblig roter Korona umgeben.

Monk nimmt an, daß das der Meister ist.

Er kann sich nicht bewegen.

»Komm, mein lieber Jäger«, sagt der Meister mit leiser, beruhigender, irgendwie väterlicher Stimme. »Komm zu mir.«

Monk spürt, wie sein ganzer Körper kribbelt, als er sich zu bewegen versucht, aber seine Füße sind wie festgenagelt und rühren sich nicht. Minx tritt vor. Sie geht zum Meister und hebt ihre Hände zu seinen Schultern. Da geschieht irgend etwas. Der Umhang des Meisters breitet sich aus, hüllt Minx ein, und dann ... kann Monk nichts mehr erkennen. Es ist, als würde aus dem Umhang eine dunkle Wolke, die Minx und den Meister verbirgt. Monk steht da und sieht zu, bewegungsunfähig, und da ist nur diese Wolke der Dunkelheit, die dort vor seinen Augen schwebt.

Zeit verstreicht.

Die Wolke der Dunkelheit verblaßt. Der Meister kommt wieder in Sicht. Er senkt seinen Umhang. Minx dreht sich um, geht zu Monk, legt ihm die Hände auf die Schultern und lächelt. »Du Kick«, sagt sie sanft. »Hast du begriffen?«

»Hä?«

»Jetzt bist du an der Reihe.«

»Ich bin an der Reihe?«

»Den Meister zu füttern.«

»Hä?«

»Wenn du es nicht tust, wird er sterben«, flüstert Minx, »und wenn er stirbt, sterben wir mit ihm.«

Das wäre schlimm. Wenn sie stürben, würde Minx sterben, und dann könnte Monk das Leben nicht mehr ertragen. »Wie mache ich das …?«

»Du weißt schon …«

Minx preßt die Lippen auf seine und atmet aus. Der warme Strom ihres Atems elektrisiert ihn förmlich. *Der Hauch des Lebens* … Ihres Lebens. Des Meisters Lebens. Monk nickt. Er begreift jetzt. Minx nimmt seinen Arm und führt ihn, einen Schritt, dann noch einen, immer näher, bis der Meister seinen Umhang öffnet, der immer größer wird, unendlich, und sagt: »Komm zu mir, mein Jäger. Komm …«

Und Monk geht.

42

Die Firma heißt Brogan Bail Bonds. Sie beansprucht die Ladenfront eines fünfstöckigen Steingebäudes, das inmitten des vulgären stroboskopischen Pandämoniums auf der Straße fast untergeht. Grelle Neonschilder und blinkende Laserreklamen beleuchten fast jedes Fenster in jedem Gebäude. Manche reichen sogar über die Straße. Reklamestände am Randstein lassen das Stampfen und Dröhnen ihrer elektronischen Musikuntermalung in das rhythmische Summen und Tosen des vorbeifahrenden Verkehrs und die chaotischen Rufe und Schreie der Zweibeiner einfließen, die die Bürgersteige bevölkern.

Irgendwo in der Ferne knattern automatische Waffen. In der Nähe jault eine Sirene. Es riecht nach Fleisch und Schweiß und nach den Giften des Sprawl. Tikki beobachtet Brogan Bail Bonds von der anderen Straßenseite. Die Masse der Zweibeiner gibt ihr Deckung, und sie ist ohnehin verkleidet: Perücke, Make-up, Duster.

Ein asiatischer Mann nähert sich ihr.

»Magst du *Sumara?*«

Das ist ein japanisches Wort, das ›nackter Penis‹ bedeutet. Ein Synonym für kondomlosen Sex. Offenbar gehört dieser Teil der Bronx zu jenen Gegenden, in denen man von einer Frau, die länger als eine Nanosekunde allein auf der Straße steht, annimmt, daß sie eine Hure ist. »Magst du es auf die harte Tour?« fragt Tikki.

Der Mann lächelt, dann sieht er nach unten. Durch Tikkis Duster lugt die Mündung einer TZ-115-Colt-MP und preßt sich gegen den Bauch des Mannes.

»Ich bin Vergangenheit«, sagt der Mann.

Und die Vergangenheit verblaßt.

Um kurz nach drei Uhr morgens entdeckt Tikki zwei hochgewachsene Gestalten: eine mit einer üppigen weißen Mähne, die andere mit spitzen Ohren, Elfenohren. Sie gehen durch die Vordertür von Brogan Bail Bonds und verschwinden in dem Laden. Tikki überquert die Straße und stutzt auf dem Bürgersteig. Unter den Ausdünstungen der vorbeigehenden Zweibeiner ist auch ein Geruch, eine Sammlung von Düften, an den sie sich aus der Hütte an der Straße nach Nirgendwo erinnert. Es ist der Gestank des Elfs, den sie als Elgin O'Keefe alias Tang identifiziert hat, und seiner Elfenkomplizin namens Whistle.

Der Instinkt befiehlt, gleich durch die Vordertür hineinzugehen – und sie falls nötig einzuschlagen –, und Tikki ist mehr als versucht, aber dann geht sie doch den Block entlang und biegt um die Ecke. Auf der Querstraße findet sie eine Gasse, die hinten an den Häusern vorbei und zur Hintertür von Brogan Bail Bonds führt. Die Tür ist versperrt, doch für ihr Magna Z Passepartout sollte das kein Problem sein. Sie steckt das Passepartout in das Schloß, legt Perücke und Duster ab und zieht mit der einen Hand die Colt-MP und mit der anderen die Viper A-12 Automag. Die Tür klickt. Sie geht hinein.

Sie befindet sich in einem schmalen Flur, der zur Vorderseite des Gebäudes führt. Rechts und am Ende des Flurs befindet sich je eine Tür. Durch die Tür am Ende des Flurs tritt eine hagere, hochgewachsene Gestalt mit spitzen Ohren, die eine schwarze Panzerweste und dunkelgrauen Drillich trägt.

Als der Mann in den Flur tritt, bleibt er stehen und sieht Tikki an. Er zieht eine Miene, als sei er überrascht, aber er riecht nicht überrascht, nicht im geringsten.

»Hände hoch«, sagt Tikki.

»Was hat das zu bedeuten?« sagt der Elf, indem er die Hände hebt. »Hier ist kein Geld.«

»Wir haben etwas zu besprechen, *Mann.*«

»Und was, wenn ich fragen darf?«

O'Keefe sieht zu Boden, und sein Geruch verändert

sich. Tikki verhält mitten im Schritt, erstarrt. O'Keefe blickt auf ihren linken Fuß, der noch in der Luft schwebt. Nur die Fußspitze berührt den Boden. Sie tritt mit der Spitze auf, nur ein wenig, dann ein wenig mehr. Plötzlich verschwindet der gesamte Fußboden zwischen ihr und O'Keefe. Er stürzt einfach ein und in die nächsttiefere Etage.

Eine Falle. Man hat sie erwartet, vielleicht sogar hergelockt. Das bedeutet, sie ist Gefahren ausgesetzt, über deren Charakter sie nur Vermutungen anstellen kann.

Ihre Instinkte gewinnen die Oberhand – Fell überzieht ihr Gesicht, und aus der Tiefe ihrer Kehle stößt sie ein tiefes, tierhaftes Knurren aus. O'Keefe pfeift. Tikkis Zeigefinger krümmt sich um den Abzug der MP, doch dann explodiert mit ohrenbetäubendem Knall die Wand rechts von ihr.

Die Colt knattert. O'Keefe taumelt zurück. Tikki sieht einen blauen Lichtblitz. Sie hört ein Dröhnen, das sich zu einem quälenden Rauschen steigert. Sie spürt, wie sie von Trümmern der Wand getroffen und gegen die linke Wand geschleudert wird. Sie registriert, daß sie an hundert verschiedenen Stellen verletzt ist. Sie weiß, daß einige der Wunden ernster Natur sind, vielleicht sogar so ernst, daß sie einen Zweibeiner direkt töten würden, und selbst als sie schon fällt, spürt sie, wie sie sich verwandelt, wie ihr Körper anschwillt und ihre Kleidung reißt.

Dann ist es zu spät.

43

Amy wischt sich über die Augen und lächelt. Bandit erwidert das Lächeln und geht den Flur entlang zu den Aufzügen. Der Flur ist leer und still. Es geht auf Tagesanbruch zu, also wird es höchste Zeit für ihn zu gehen. Er hält noch einmal inne, um sich umzudrehen und zu winken, dann geht er durch die Tür zum Treppenhaus.

Die Einzelheiten von Amys Problem lassen sich nur schwer nachvollziehen, aber der entscheidende Punkt ist ganz klar. Sie glaubt, daß jemand ihren Konzern bestiehlt. Herauszufinden, ob das stimmt, wird wahrscheinlich mehr erfordern als ein paar simple Tricks. Die Hauptbeteiligten sind Magier. Magier machen die Dinge kompliziert. Bandits letzte direkte Begegnung mit einem Magier hat in Newark stattgefunden und zu einer heftigen Eruption unkontrollierter Magie geführt, die einen Wagen zerstört und aus einem Parkplatz ein Trümmerfeld gemacht hat. Wahrscheinlich sollte er nur für alle Fälle die Überlegung im Hinterkopf behalten, daß es Amy nicht helfen wird, wenn die Labors ihres Konzerns in Schutt und Asche gelegt werden.

Bandit bleibt auf dem Absatz vom zweiten Stock stehen. Etwas schimmert in der Luft. Als er auf astrale Wahrnehmung wechselt, sieht er eine Aura, die wie eine muskulöse Gestalt in ungegerbtem Fransenleder, Federn und Perlen aussieht, Kleidung also, wie sie ein Amerindianer tragen würde. Aber dies ist kein einfacher Amerindianer – es ist ein Schamane, und zwar ein mächtiger. Er nennt sich Dark Rain Hunter, und er trägt viele Masken. Heute nacht bedeckt eine Adlermaske seinen Kopf. Das bedeutet wahrscheinlich Ärger. Adler ist der Herr der Lüfte, und er sieht alles, was auf der Erde unter ihm geschieht, und verachtet alles Schändliche.

»Sei auf der Hut«, sagt Dark Rain Hunter. »Menschen beobachten dich.«

»Was für Menschen?«

Die Antwort kommt in Bildern: ein Berglöwe, der verstohlen durch dichtes Gebüsch schleicht, eine Krähe, die mit den Flügeln schlägt und über den Baumwipfeln schwebt. Bandit wechselt auf die Astralebene, schreitet durch die Mauern des Wohnkomplexes und sieht sich um. In der Nähe des Eingangs steht ein Lieferwagen. In dem Lieferwagen befinden sich zwei Männer mit einem Haufen technischer Ausrüstung. Hoch oben schwebt irgend etwas, vielleicht eine Überwachungsdrone. Beobachten die Männer und die Drone ihn? Oder beobachten sie Amy? Oder vielleicht jemand ganz anderen? Bandit bezweifelt, daß Dark Rain Hunter ihm eine Warnung zukommen lassen würde, wenn die Gefahr nicht speziell ihn beträfe.

Er kehrt in seinen Körper zurück und erklimmt dann die Stufen zurück zu Amys Etage. Von jetzt an müssen sie sehr vorsichtig sein.

Morgen werden sie sich heimlich treffen.

44

Während sich der Staub der Explosion langsam legt, rappelt sich O'Keefe schwerfällig auf. Er fühlt sich, als sei seine Brust mit einem Holzhammer bearbeitet worden. Das Atmen ist eine Qual. Glücklicherweise scheint keiner der Schüsse aus Stripers Salve seine Weste durchschlagen zu haben.

Die Bestie liegt am Ende des Flurs, und sie ist *riesig!* O'Keefe drückt auf die Fernbedienung an seinem Gürtel und stellt den Fußboden wieder her, dann geht er durch den Flur, um sich Striper in ihrer natürlichen Gestalt genauer anzusehen. In den Phrasendreschereien über dieses Phänomen ist immer wieder von der ›dramatischen Färbung‹ der Gestaltwandler die Rede, aber damit läßt sich kaum die Wirkung des blutroten, schwarz gestreiften Fells dieser Tigerin beschreiben. Es verleiht ihr den Charakter eines Alptraums, eines sehr ursprünglichen, gewalttätigen Alptraums.

Die Tigerin ist von einer schwach blaugrün leuchtenden Aura umgeben. Whistle steht in der neuen Öffnung in der Flurwand, die Hände erhoben, die Finger auf geheimnisvolle Weise gekrümmt. Die Magie, die sie gewirkt hat, ist ihr einzig verläßlicher Weg, Striper ruhig und infolgedessen harmlos zu halten, bis sie richtig eingesperrt ist, aber dabei handelt es sich kaum um ein Patentrezept. Tatsächlich ist es der einzige Zauber, den die Magierin kennt, der sich in dieser Hinsicht einsetzen läßt, und er kostet sie sehr viel Kraft.

»Wie lange kannst du sie halten?«

»Machst du Witze?« murmelt Whistle, deren Miene eine Studie der Konzentration ist. Der Rest ihrer Antwort kommt durch zusammengebissene Zähne. »Nachdem ich die Wand gesprengt habe? Eine halbe Stunde.

Fünfundvierzig Minuten höchstens. Und bis dahin würdest du mich raustragen müssen.«

Das wird genügen müssen. Eine zweite Chance bekommen sie nicht.

O'Keefe öffnet die Abdeckung seines Armbandkoms, um die Muskelmänner zu rufen, die er für diese Sache angeworben hat. Striper sieht aus, als wiege sie noch mehr, als er vermutet hat, mindestens 300 Kilogramm. Allein hätte er die Bestie nicht aus dem Haus, geschweige denn an ihren Bestimmungsort bringen können.

Glücklicherweise haben sie es nicht weit.

45

Das Donnern der Minigranate könnte die alten Ziegelmauern des Tunnels möglicherweise zu Staub zerfallen lassen. Brians Nightfighter-Visier zeigt, daß die Mündung von Arts Ares Schrotflinte rotes Feuer spuckt. Zwanzig Meter weiter taumelt eine Gestalt von der Größe eines Trolls, geht zu Boden und explodiert dann.

Es gibt kein anderes Wort dafür, aber es ist anders als bei allen anderen Explosionen, die Brian je in seinem Leben gesehen hat, selbst bei dem Gemetzel in Nordafrika, das er mit Kommando Eins erlebt hat. Die Gestalt auf dem Boden des Tunnels leuchtet wie eine Lampe, dann ist das graue Dunkel des Tunnels plötzlich von blendend weißen Streifen erfüllt, die in alle Richtungen davonschießen wie überlichtschnelle Kometenschweife. Art schreit. Brian wirft sich zu Boden. Die weißen Blitze zucken durch Wände, Decke und Boden des Tunnels, und dann wird es erst richtig seltsam.

Eine Art grünlicher Dunst, der wie ein Hi-Tech-Energieschild blitzt und funkelt, bildet sich aus dem Nichts und füllt den Tunnel aus wie eine Barriere zwischen der gefallenen Gestalt und Brian und Art.

»Was, zum Henker…« Brian spürt, wie sich seine Nackenhaare sträuben. »Art?«

Keine Antwort.

Dann erhebt sich aus der reglos daliegenden Gestalt eine orangefarbene Kugel wie eine Blase von etwa der Größe einer Melone und treibt hinauf in den Dunst, wo sie sanft auf und ab schaukelt wie auf einem sanften Luftstrom.

Eine zweite Kugel erhebt sich, dann eine dritte und vierte…

»Paß auf, Junge«, knurrt Art. »Schieß nicht. Du bringst sonst den ganzen verdammten Tunnel zum Einsturz.«

»Was, zum ... was ist das?«

Keine Antwort.

Drei der Kugeln schweben näher heran: eine hoch, eine tief, eine dazwischen. Sie kommen durch den funkelnden grünen Dunst, als sei er gar nicht vorhanden. Die tiefste der drei schwebt direkt auf Brians Visier zu, dann dreht sie sich langsam und verschwindet durch den Tunnelboden. Die anderen beiden treiben an Art vorbei. Eine verharrt direkt neben seiner Schulter, ein paar Zentimeter von der Mündung der Schrotflinte entfernt. Dann steigt die Kugel langsam und verschwindet durch die Tunneldecke. Die dritte und letzte schwebt vorbei, den Tunnel entlang und außer Sicht.

»Heilige Mutter Gottes.« Brian bekreuzigt sich.

Doch dann geht Art weiter. Brian steht auf und folgt ihm. Der grünliche Dunst ist verschwunden. Zwanzig Meter weiter bleiben sie neben der Leiche stehen. Sie ist groß genug, um ein Troll zu sein, sieht aber nicht wie einer aus. Sie ist halb mit dem Tunnelboden verschmolzen. Die Brust ist eine leere Höhle, und die Ränder sehen wie geschmolzenes Plastik aus. Alles ist miteinander verschmolzen und geronnen und schwarz versengt und riecht echt übel.

»Das ist Magie«, sagt Brian. »Das ist verdammte Magie!«

Art dreht sich zu ihm um, klappt das Visier seines Kelmar-Helms hoch, verzieht das Gesicht und sagt: »Du weißt nicht mal die Hälfte, Junge.«

Brian kratzt sich die Bartstoppeln unter seinem Kinn.

Sie sind schon zu verdammt lange hier unten in diesen Tunnels.

46

Um kurz nach zehn betritt Amy mit ihrem Palmtop in der Hand das Vorzimmer ihres Büros. »Ich muß ein paar Sachen erledigen«, sagt sie zu ihrer Assistentin Laurena. »Ich müßte gegen zwei wieder zurück sein.«

Laurena hebt fragend die Augenbrauen.

»Sagen wir, ich bin in einer Konferenz.«

»Ist alles in Ordnung?«

»Fragen Sie mich das irgendwann morgen.«

Laurena will ganz eindeutig mehr Informationen, doch Amy wendet sich ab und verläßt das Vorzimmer. Sie nimmt den Aufzug nach unten durch das Parkhaus zur U-Bahn und besteigt den nächsten Zug zum Bronx Terminal Market. Dort findet sie einen kleinen Laden, von dessen Einrichtung dank der schwarzen Vorhänge nichts zu sehen ist. Auf einem Schild im Fenster steht ›Madam Ortiz‹. Die Eingangstür führt in einen kleinen Raum, der ebenfalls vollständig mit schwarzen Vorhängen verkleidet ist. In der Mitte steht ein kleiner Tisch mit einer Kristallkugel darauf. Eine dicke Frau, die unter anderem ein Halstuch und Massen protziger Klunker trägt, sitzt hinter dem Tisch. Sie zieht den Vorhang hinter sich zurück und sagt im Flüsterton: »Die Geister rufen.«

Meint sie das ernst? Oder ist sie nur übermäßig melodramatisch? Amy hat keine Zeit, sich darüber Gedanken zu machen. Sie tritt durch den Vorhang in einen dunklen Raum, der zu einer weiteren Tür führt. Die Treppe dahinter bringt sie in das Parkhaus unter dem Markt. Dort sieht sie einen weißen Toyota Elite und geht direkt darauf zu. Scottie wartet auf dem Beifahrersitz. Er trägt einen dunkelgrauen Anzug. Amy klemmt sich hinter das Steuer.

»Ist alles klar?«

»Es sieht so aus«, erwidert Scottie.

Der Wagen ist gemietet. Amy hat das heute morgen über ein Münztelekom erledigt. Sie hat das aus demselben Grund getan, aus dem sie Scottie hier trifft, aus demselben Grund, aus dem sie ihren Arbiter GX im Parkhaus der New Bronx Plaza gelassen hat, und aus demselben Grund, aus dem sie die Menschenmassen in der U-Bahn ertragen hat. Scottie sagte, sie müßten vorsichtig sein. Als er letzte Nacht ihre Wohnung verließ, sind sie von jemandem beobachtet worden, entweder sie oder er oder sogar sie beide.

Sie gibt ihm eine in Plastik eingeschweißte Karte, die ihn als Scott Hatsumi ausweist, Revisor für Kono-Furata-Ko International.

»Wie bist du da rangekommen?« fragt er.

»Ich habe gelogen«, sagt Amy mit schonungsloser Offenheit. Tatsächlich hat sie nicht richtig gelogen, sondern nur jemand Grund zu einer Annahme gegeben, die falsch ist, und das kommt auf das gleiche heraus. Sie ist nicht besonders glücklich deswegen. Unglücklicherweise hat sie aber auch keine Alternative gesehen. »Steck dir die Karte einfach an die Brusttasche und vergiß sie. Aber benutze sie nicht, weil sonst jeder Alarm auf der ganzen Welt losgeht.«

Scottie nickt.

»Und du bist sicher, daß du alles verstehst, worüber wir geredet haben?«

»Ich verstehe es.«

»Bist du sicher, daß du weitermachen willst?«

»Glaubst du mir nicht?«

Es geht gar nicht darum, ob sie ihm glaubt oder nicht, jedenfalls nicht in dem Sinn, den Scottie meint. Natürlich glaubt sie, was er sagt. Aber es fällt ihr sehr schwer zu glauben, daß ihr Schamanen-Bruder, der immer so fernab vom Weltlichen war, wieder so weit auf die Erde gekommen ist, daß er sich tatsächlich in ihre Probleme verwickeln lassen will. Er ist ihr stets so völlig losgelöst vom Konzernleben vorgekommen, daß sie sich immer gefragt hat, ob er überhaupt weiß, daß es so etwas wie Konzerne gibt. Und jetzt muß sie sich einfach fragen, ob er wirklich versteht, was sie ihm erzählt hat, die äußerst dringlichen, aber rein weltlichen Probleme, die ihren kleinen Bereich der Konzernwelt betreffen.

Aber natürlich ist das unfair. Sie sollte ihm schon etwas zutrauen. Schließlich hat Scottie die ganzen Jahre ohne einen einzigen Nuyen von ihr oder ihren Eltern überlebt. Das hätte er nicht geschafft, wenn er den Kontakt zur Realität völlig verloren hätte. Niemand hätte das. Wenn sie bedenkt, was er ihr über seine Erlebnisse erzählt hat, ist er wahrscheinlich besser für ihr heutiges Abenteuer gewappnet als sie.

»Halt dich an die normalen Straßen«, sagt Scottie. »Sie könnten die Schnellstraßen und Autobahnen überwachen.«

»Wer… ach, schon gut.«

Es hat keinen Sinn zu fragen.

Amy läßt den Wagen an und fährt auf die 150. Straße und dann zur River Avenue. Jeder könnte sie beobachten, falls sie tatsächlich beobachtet werden. Es könnte KFK sein oder auch ein Konzern aus Scotties Vergangenheit. Scottie hat bisher sehr sorgfältig darauf geachtet, keinen der Leute und Konzerne, mit denen er seit seinem Verschwinden zu tun gehabt hat, beim Namen zu nennen, wenn man einmal von Shell, seiner Freundin, absieht. Er will es so haben. Amy fühlt sich nicht ganz wohl dabei, aber sie versucht es zu akzeptieren. Außerdem versucht sie mit der Vorstellung zurechtzukommen, daß Scottie aus eigenem Antrieb nicht nur mit Shadowrunnern zusammengearbeitet, sondern sogar Raubzüge gegen verschiedene nicht näher bekannte Konzerne unternommen hat.

Das reicht, um ihr ein Schuldgefühl einzuimpfen, um ihr das Gefühl zu geben, selbst eine Kriminelle zu sein.

Offensichtlich ist sie dabei, eine zu werden. Und obendrein den Verstand zu verlieren.

Scottie sagt, seine Erfahrungen mit Shadowrunnern beschränkten sich auf Gelegenheiten, bei denen die Konzerne zwar gesetzlich im Recht, moralisch jedoch im Unrecht gewesen seien. Amy sieht die Ähnlichkeit zwischen diesen Fällen und ihrer gegenwärtigen Situation. Was sie vorhaben, ist unrecht und illegal, aber sie tun es aus guten, richtigen Gründen. Letzten Endes ist Unterschlagung eine Art Verrat und ein Verbrechen, das aufgedeckt werden muß.

Den Zweck die Mittel heiligen zu lassen, ist arrogant und unethisch, und sie haßt es, aber sie ist gerade verzweifelt genug, um es darauf ankommen zu lassen.

Die Jerome Avenue bringt sie zum Haupteingang des Van Cortlandt-Industriegebiets. Beide Straßenseiten werden von dunkelblauen Autos und Lieferwagen von Apollo Services gesäumt. Amy hält den Elite vor dem Wächterhäuschen an. Sie läßt das Seitenfenster herunter, um einer Elfenwache ihren Ausweis zu zeigen. Der Wächter betrachtet Scottie.

Scottie hält seine Karte hoch.

»Ich wünsche Ihnen eine bessere Zukunft«, sagt der Wächter, als er sie durchwinkt.

Amy fährt weiter. Hat sie überhaupt eine Hoffnung, hiermit durchzukommen? Sie geht davon aus, daß sie ihre Antwort bekommt, wenn sie morgen um diese Zeit ihren Job noch hat. Sie hat keinerlei Zweifel daran, was Enoshi Ken oder auch sonst jemand bei KFK International tun wird, wenn er erfährt, daß sie einem bekannten Shadowrunner Einlaß bei Hurley-Cooper verschafft hat. In diesem Fall könnte sie schon von Glück sagen, wenn sie nur ihren Job verlöre. Wahrscheinlicher ist, daß sie im Gefängnis landen würde.

Warum, zum Teufel, hat sie sich nur von Scottie beschwatzen lassen, seine Hilfe anzunehmen? Erst gestern abend hat sie sich entschieden, Dr. Hill ganz offen anzusprechen, und jetzt hofft sie, daß ihr Schamanen-Bruder fähig ist, jeden zu ertappen, der sie belügt. Sie ist nicht dabei, den Verstand zu verlieren, sie hat ihn längst verloren!

Es geht nicht mehr nur um ihre Karriere! Wenn Scottie erwischt wird ... wenn er auf dem Grundstück eines Konzerns identifiziert wird ...

Sind sie beide tot, tot und begraben.

Sie biegt in die von Hecken gesäumte Einfahrt zu den Metawissenschaftslabors von Hurley-Cooper ein. Zwei blauuniformierte Wachen flankieren den Weg. Amy hält zwischen ihnen an, zeigt ihren Ausweis und läßt dann vom Retinascanner ihre Identität bestätigen.

Scottie flüstert etwas. Amy hört es, nicht mit den Ohren, sondern irgendwo im Hinterkopf. Sie spürt, wie sich ihr alle Haare im Nacken und entlang der Wirbelsäule sträuben. Sie unterdrückt einen Schauder, und dann fällt ihr auf, daß die Wachen Scottie so merkwürdig ansehen.

»Ich bin Mr. Hatsumi«, sagt Scottie.

»Ja, Sir«, erwidern die Wachen.

»Mein Ausweis ist in Ordnung.«

»Ja, Sir.«

»Vielen Dank, Sir.«

»Sie können weiterfahren.«

So einfach ist das – sie sind durch, ohne daß noch ein Wort gesagt wird.

Was will sie eigentlich hier? Warum bringt sie Scottie mit? Es hat nicht nur mit dem Betrug oder mit ihrer Karriere oder mit den anderen Erklärungen zu tun, mit denen sie sich beruhigt hat. Mehr als alles andere will sie beweisen, daß ihre Ängste und Befürchtungen grundlos sind. Dafür ist sie bereit, alles zu riskieren.

Vielleicht hat sie mit Scotties Hilfe eine Chance.

47

Der Anzug paßt nicht sehr gut und hat nicht annähernd so viele Taschen, wie er brauchen würde, aber das ist normal. Es liegt in der Natur von Anzügen. Das Konzernleben ist beengend und auf Einschränkung ausgelegt, also ist es nur natürlich, daß ein Anzug ihn dazu zwingt, Kompromisse einzugehen. Das Problem ist nur, daß diese Kompromisse ihn daran hindern, gewisse Dinge mitzubringen, die von Nutzen sein könnten.

Die Sicherheit am Eingang zur Anlage der Metawissenschaftsgruppe von Hurley-Cooper scheint nicht besonders umfangreich zu sein. Waschbär käme mit verbundenen Augen hinein. Ein simpler Zauber, und die Sache ist erledigt.

Das Gebäude am Ende des Fahrwegs sieht nach nicht viel aus: zwei Etagen hoch, mit Ranken bewachsene Ziegelmauern. Bandit fragt sich, ob solch ein Ort überhaupt etwas Interessantes enthalten kann, doch dann sagt er sich, daß er hier ist, um seiner Schwester zu helfen. Um Amy zu helfen. Das ist der einzige Grund, aus dem er gekommen ist. Er darf das nicht vergessen.

Ein schwaches Flimmern nimmt in der Luft Gestalt an. Bandit wechselt auf astrale Wahrnehmung. Die Waschbärgestalt eines Beobachtergeists sitzt vor ihm auf dem Armaturenbrett. *»Alles klar, Meister.«*

Niemand folgt ihnen. *»Behalte weiter den Wagen im Auge.«*

»Ja, Meister.«

Im Hintergrund schimmert und leuchtet das Metawissenschaftsgebäude in den reflektierten Lebensenergien, die überall wirbeln, sich schlängeln und strömen wie kleine Strudel in einem Teich auf der Suche nach dem tiefsten Punkt.

»Wenn irgendwas passiert«, sagt Amy, »wenn irgendwas schiefgeht ... Scottie, dann will ich, daß du verschwindest. Tu, was nötig ist, aber setz dich ab.« Sie legt ihm eine Hand auf den Arm. »Du weißt, wovon ich rede, richtig?«

»Ja.«

Amy ist sehr nervös. Ihre Beunruhigung zeigt sich ganz klar in der Turbulenz ihrer Aura. »Bist du sicher, daß du das tun willst?«

»Ja.«

Amy parkt den Wagen vor dem Haupteingang des Gebäudes. Sie gehen in die Lobby. Eine uniformierte Wache und eine Empfangsdame in einem dunklen Anzug stehen hinter dem Empfangsschalter an der hinteren Wand. Sie fragen nicht einmal nach den Ausweisen. Ein Blick auf die Karten reicht ihnen.

»Wo finde ich Dr. Hill?« fragt Amy.

Die Empfangsdame sieht auf etwas unter dem Schalter und sagt lächelnd: »Dr. Hill ist in seinem Büro. Soll ich ihn verständigen?«

»Sagen Sie nur, daß Mr. Hatsumi und ich unterwegs sind.«

Sie gehen durch eine Doppeltür und einen langen Flur entlang, der grau und gelb gefliest ist. Auf der Astralebene fließt und pulsiert Energie in verschiedene Richtungen, und irgend etwas stimmt damit nicht. Bandit beschleicht ein vages Gefühl, wie er es noch nie erlebt hat, ein Gefühl, in der Falle zu sitzen. Sogar die Lebensenergie in der Umgebung scheint von vagen, unharmonischen Emotionen widerzuhallen.

Sie gehen durch eine Tür mit der Aufschrift ›Labor 16‹ und betreten einen großen Raum, ein Laboratorium. Unzählige Apparate und Geräte blubbern und summen auf vielen schwarzen Tischen vor sich hin, die den Raum in mehrere Gänge teilen. In der Mitte des Raumes ist ein runder Platz frei. Auf den Boden sind Kreise gezeichnet. Hermetische Zirkel, vermutet Bandit. In einem Metallregal stehen zahlreiche dicke Bücher. Auf der Astralebene leuchten alle vor Macht und Energie.

In dem Augenblick, als Bandit den Raum betritt, verstärkt sich das Gefühl der Disharmonie um ein Vielfaches. Trotz des Nexus' leuchtender Lebensenergie in der Raummitte, der reinen Natur, hat er das Gefühl, ein Schreckensgewölbe, eine Todeszone betreten zu haben. Von allen Seiten stürmt eine Art Todesstimmung auf ihn ein. Gewisse Färbungen der Gedanken beschwören in seinem Geist Bilder vieler Lebewesen hervor, großer wie kleiner, die ihre Lebensenergie hier gelassen haben und in Angst und Schrecken verendet sind.

Irgend etwas knurrt. Einen Moment lang scheint sich das Knurren speziell gegen ihn zu richten, aber dann ist er wieder auf der physischen Ebene und sieht sich mit seinen weltlichen Augen um. Seinen mundanen Ohren kommt das Knurren seltsam vor, irgendwie wild, doch nicht wirklich bedrohlich.

Bandit biegt in einen Gang ein und geht zum Endes des Labors. Er sieht einen kleinen Käfig mit massiven Gitterstäben. In dem Käfig befindet sich eine Katze von der Größe eines großen Hundes – ein Tigerjunges, wie Bandit erkennt. Er hat solche Tiere schon in Zoos und Museen gesehen. Doch dieses hat etwas Merkwürdiges an sich. Vielleicht handelt es sich um eine Erwachte Spezies. Sein Fell ist rot mit schwarzen Streifen. Im Astralen hat es die Gestalt eines Tigerjungen. So, wie man es auch erwarten würde.

»Mr. Hatsumi«, sagt Amy.

Bandit dreht sich um. Amy wartet neben der Tür zu einem Büro. Der Mann, der in der Tür steht, sieht aus, als sei er mittleren Alters. Er trägt ein Hemd mit Krawatte unter seinem weißen Laborkittel. Ein ziemlich schlichter Magierstab aus irgendeinem schwarzen Material ragt aus der Hüfttasche des Kittels. Auf der

Astralebene ist er offenbar ein Initiat, da er in dem arkanen Wissen der höheren Metaebenen erstrahlt und auf die Energien des Ätherischen eingestimmt ist. Bandit fragt sich, was für eine Art von Magier sich mit einem Ort wie diesem Labor in Einklang bringen kann, wo die Natur so verunstaltet, gequält und sogar geschändet wurde.

»Das ist Dr. Benjamin Hill«, sagt Amy.

»Wie geht es Ihnen?« sagt Bandit.

»Gut, danke«, erwidert Hill. »Es ist immer ein Vergnügen, einen Vertreter unserer Freunde in Tokio kennenzulernen.«

»Freut mich.«

Sie gehen in Hills Büro, das wie ein kleiner Kasten aussieht. Ein weiteres Bücherregal, das sich bis zur Decke erhebt, steht neben einem chromglänzenden Schreibtisch. Hill bietet Kaffee oder Tee an. Amy lehnt ab. Hill sieht Bandit an und wartet. Wartet er auf eine Antwort bezüglich der Getränke, oder hält er nach mehr Ausschau? Ist er stark genug, um die Maske zu durchschauen, die Bandits Aura verhüllt? »Ich mache mir nichts aus Tee«, sagt Bandit.

»Dann also Kaffee?«

»Nein, danke.«

Hills Aura verändert sich ein wenig. Er scheint ein wenig beunruhigt zu sein. Er tritt hinter seinen Schreibtisch und setzt sich. Er niest.

»Gesundheit«, sagt Amy.

»Danke.«

»Sie machen Versuche mit Tieren«, sagt Bandit.

Hill sieht ihn mit ausdrucksloser Miene an, doch seine Aura zeigt weiterhin Unruhe. »Nun, ja«, sagt er schließlich zögernd. »Ja, das stimmt. Aber selbstverständlich sind alle Tiere, die wir benutzen, speziell für Forschungszwecke gezüchtet, wenn man von einigen ganz wenigen Ausnahmen absieht. Ohne sie wären wir in unserer Arbeit ernsthaft behindert.«

Diese Antwort scheint nicht die Art und Weise zu rechtfertigen, wie die Natur an diesem Ort gequält wurde, doch Bandit erinnert sich an den Grund seines Hierseins. Er zwingt sich zu schweigen.

Amy fährt fort und erklärt den Grund für diesen Besuch. Rein äußerlich macht sie einen sachlichen, nüchternen, ernsten und resoluten Eindruck, ganz der engagierte Pinkel, der seinen Geschäften nachgeht. Auf der Astralebene zeigen die wogenden, verschwimmenden Farben ihrer Aura ihre innere Angst.

»All das wurde in Gang gesetzt«, sagt sie, »weil der Revisionsstab eine Reihe von Gegenständen aufgelistet hat, die zwar gekauft, aber anscheinend nie benutzt worden sind. Ich habe die Datenbanken der Metawissenschaftsgruppe durchgesehen, aber für insgesamt siebenundzwanzig Gegenstände ist keine Benutzung nachgewiesen.«

»Das hört sich nach einem Buchhaltungsfehler an«, wirft Hill ein.

»Ja, das stimmt«, gibt Amy ihm recht, »aber das ist nur der Anfang. Ich habe außerdem eine versteckte Datei im Netz der Metawissenschaftsgruppe entdeckt. Sie sieht wie eine Liste von Zahlungen aus. Die Daten und Beträge stimmen mit denen der siebenundzwanzig ungeklärten Gegenstände überein, aber die Empfängernamen in dieser Datei stimmen nicht mit den Konzernen überein, die in den Einkaufs- und Auszahlungsunterlagen angegeben sind.«

Hill starrt Amy mehrere Sekunden lang an, dann sagt er: »Ich bin etwas verwirrt. Was bedeutet das?«

Amy erwidert das Starren, dann sagt sie: »Für den Revisionsstab könnte es Betrug nahelegen.«

Hill hustet und niest dann. »Ich… ich fürchte, ich verstehe nicht.«

Bandit fragt sich, ob das eine Lüge ist. Wäre es ihm möglich gewesen, gewisse Dinge mitzubringen, könnte er es vermutlich herausfinden. Aber er ist gezwungen, alles so einfach wie möglich zu halten. Zu beobachten. Zuzusehen. Wie ein Pinkel. Ein Revisor.

»Die naheliegende Vermutung ist die«, sagt Amy, »daß die in den Einkaufs- und Auszahlungsunterlagen angegebenen Konzerne nicht die sind, die uns die fraglichen Gegenstände verkauft haben. Diese Konzerne haben das Geld lediglich zu den Konzernen weitergeleitet, die in der versteckten Datei im Netz der Metawissenschaftsgruppe genannt werden. Das an sich wirft die Frage der Haftpflicht auf, falls die Gegenstände nicht den Anforderungen entsprechen, aber ich bin noch einen Schritt weiter gegangen. Ich habe die Konzerne in den Einkaufs- und Auszahlungsunterlagen ebenso überprüft wie diejenigen in der versteckten Datei. Ich habe herausgefunden, daß alle miteinander in Verbindung stehen und nicht mehr im Geschäft sind.«

»Nun ja«, sagt Hill, »es kommt vor, daß sich ein Konzern auflöst.«

»Vielleicht einer, aber alle, die uns diese nicht nachgewiesenen Gegenstände verkauft haben? Das scheint mir ein allzu großer Zufall zu sein.«

Hill reibt sich die Stirn. Seine Aura zeigt, daß er jetzt noch beunruhigter ist als zuvor. »Entschuldigen Sie, wenn ich die Feinheiten dieser Vorgänge nicht verstehe«, sagt er. »Aber lassen Sie mich darauf verweisen, daß, wie Sie wissen, einige der Materialien, die wir kaufen, aus, nun ja … unüblichen Quellen stammen. Einige der Leute und Konzerne, von denen wir kaufen, sind gerade einmal lange genug im Geschäft, um eine begrenzte Menge einer bestimmten Substanz zu verkaufen, und wenden sich dann anderen Dingen zu.«

»Vielleicht beziehen Sie sich dabei auf Shadowrunner«, sagt Bandit.

Hill zögert. »Ich weiß nicht genau, was Sie meinen.«

»Shadowrunner sind dafür bekannt, daß sie begrenzte Mengen einer Ware verkaufen und sich dann anderen Dingen zuwenden.«

Hills Beunruhigung steigt. Sein Gesicht wirkt blasser als zuvor. Er niest oder hustet. Eines davon oder möglicherweise auch beides. »Verdammte Allergien«, sagt er. Er betrachtet Bandit und sagt: »Nun... ich bin sicher, Ms. Bermans Leute unternehmen alle Anstrengungen, um zu gewährleisten, daß wir nur von legalen Quellen kaufen.«

»Ja, das tun wir«, sagt Amy. »Potentielle Verkäufer werden routinemäßig überprüft. Was mich besorgt, ist die Möglichkeit, daß diese Überprüfungen vielleicht ein wenig zu routinemäßig verlaufen sind und wir Konzernen Geld bezahlt haben, die nur dem Namen nach existieren.«

»Aber wenn wir doch Ware erhalten haben...«

»Dessen bin ich mir gar nicht mehr so sicher. Wenn unsere Auszahlungsunterlagen falsch sind, könnten unsere Wareneingangsunterlagen genauso falsch sein. Und wenn es sich hier um einen Betrug handelt, dann ist es absolut möglich, daß jemand aus dem Lager daran beteiligt ist. Ich meine damit, als bezahlter Komplize.«

»Glauben Sie etwa...« Plötzlich dreht sich Hill auf seinem Stuhl zur Seite und hustet rauh, als habe er einen Erstickungsanfall. Sein Gesicht läuft rot an. Seine Aura befindet sich in hellem Aufruhr.

»Dr. Hill, geht es Ihnen auch gut?« fragt Amy.

»Es geht mir ausgezeichnet«, sagt Hill, der sich langsam erholt, mit einem Kopfnicken. »Ich wollte nur sagen...«

»Vielleicht sollten Sie erklären«, sagt Bandit, »warum Sie ein Konto bei der UCAS-Bank haben. Ein sehr großes Konto. Mit einer Einlage von fast drei Millionen Nuyen.«

Hills Miene nimmt einen gefaßten Ausdruck an. Seine rötliche Gesichtsfarbe weicht einer Blässe. Doch in seiner Aura überschlagen sich die Emotionen. Die vorherrschende Emotion scheint Furcht zu sein. Ruhig, den Blick auf Amy gerichtet, sagt er: »Ich wußte gar nicht, daß eine Revision bei Hurley-Cooper detaillierte Nachforschungen hinsichtlich der finanziellen Verhältnisse der Angestellten beinhaltet.«

»Normalerweise ist dies auch nicht der Fall«, sagt Bandit.

»Werde ich irgendeines Vergehens beschuldigt, Ms. Berman?«

Amy starrt zu Boden, dann richtet sie den Blick wieder auf Hill. Ihre Aura weist fast solche Turbulenzen auf wie die von Hill. »Nein«, sagt sie. »Ich möchte mich für Mr. Hatsumis abrupte Art entschuldigen. Nein, Sie werden nicht beschuldigt. Ich hoffe nur, daß Sie ein wenig Licht in das Dunkel bringen können, das wir Ihnen gerade geschildert haben.«

»Einschließlich meiner persönlichen Finanzen?«

»Das ist Ihre Entscheidung«, erwidert Amy. Ihre Aura enthüllt ihren Konflikt, den Widerstreit zwischen Gefühlen der Entschlossenheit und weicheren Gefühlen wie Trauer, Sorge und Mitgefühl. »Wie ich schon sagte, es werden keine Anschuldigungen erhoben. Falls ich irgend etwas gesagt oder getan haben sollte, das Ihnen diesen Eindruck vermittelt hat, bitte ich um Entschuldigung. Wenn Sie mir irgend etwas sagen können, das uns dabei hilft, die Dinge aufzuklären, wäre ich Ihnen sehr verbunden. Das gilt auch für Mr. Hatsumi.«

»Ja«, sagt Bandit.

Hill niest. »Tja«, sagt er, »was die Unregelmäßigkeiten in den Büchern anbelangt, weiß ich auch nicht, was ich sagen soll. Ich weiß nichts darüber. Wenn Sie glauben, daß sich irgend jemand einer Verfehlung schuldig gemacht hat, dann sollte man der Sache in jedem Fall mit allen Mitteln nachgehen. Ich persönlich kann es mir jedenfalls kaum vorstellen …«

»Ich mir auch nicht«, sagt Amy leise.

Diese Angelegenheit geht ihr wirklich nah, erkennt Bandit.

Hill zögert, wirft einen raschen Seitenblick auf Bandit und sagt dann: »Was mein Konto bei der UCAS-Bank betrifft, so ist das eigentlich gar nicht mein Konto. Es gehört meiner Frau. Das Konto wird unter meinem Namen geführt, weil …« Hills Gesicht wird noch blasser. Seine Aura ist ein Strudel der Emotionen. Angst, Unsicherheit. »Meine Frau ist sehr krank. Sie ist nicht … in der Lage, ihr Geld zu verwalten. Sie hat das Geld geerbt. Es stammt aus einem Treuhandkonto, das in Raten ausbezahlt wird. Die Familie meiner Frau war sehr begütert …«

Amy starrt ihn an und blinzelt. Sie macht einen verblüfften Eindruck.

Hill hat einen weiteren Hustenanfall und erhebt sich dann sehr langsam. »Könnten wir dieses Gespräch vielleicht später fortsetzen? Ich … fühle mich nicht sehr wohl.«

Bandit wechselt mit seinem geistigen Selbst auf die Astralebene und folgt Hill aus dem Labor, durch den Flur und in einen Waschraum. Hill stolpert in eine Kabine, beugt sich über die Toilette, niest, keucht und übergibt sich dann. Das Husten und Würgen hält noch ein paar Minuten an. Bandit kehrt in seinen Körper zurück. Amy rüttelt an seiner Schulter und flüstert drängend seinen Namen.

»Mein Gott!« keucht sie mit unterdrückter Stimme. »Ich dachte schon …«

»Hill kotzt sich die Gedärme aus dem Leib.«

»O Gott.«

Amy ist sehr erregt.

»Nichts wie raus hier.«

Bandit nimmt an, daß das eine gute Idee ist. Sie haben die dringendste Frage geklärt. Hill ist wahrscheinlich schuldig. Seine astrale Reaktion auf die Fragen hinsichtlich des Kontos auf der UCAS-Bank beweist das mehr oder weniger. Er hat Angst davor, als Dieb entlarvt zu werden. Wahrscheinlich war der Sermon über seine Frau auch eine Lüge, eine spontane Erfindung ohne jeden Bezug zur Realität. Es liegt in der Natur der meisten Diebe, wenn nötig auch zu lügen. Diebe lassen sich nicht gerne erwischen.

Amy führt Bandit aus Hills Büro und durch das Labor zur Eingangstür. »Oh... Dr. Phalen. Guten Morgen.«

»Guten Morgen, meine Liebe.«

Der Bursche, der ihnen in der Tür begegnet, ist groß, schlank und grauhaarig und sieht aus wie sechzig. Er lächelt, als er Amy begrüßt, und scheint sehr erfreut zu sein, sie zu sehen. Als Bandit einen Blick auf seine Aura wirft, bleibt ihm fast das Herz stehen.

Die Aura eines Magiers ist unverkennbar, da sie sich von der Aura eines Normalsterblichen stark unterscheidet. Dies gilt insbesondere für einen Initiaten, aber ein Initiat kann seine Aura maskieren, seine arkanen Kräfte verschleiern und sich als Normalsterblicher ausgeben. Diesen Leuten wird es zur zweiten Natur, ihr Geheimnis zu wahren und die Wahrheit zu verbergen. Es bereitet ihnen keine Mühe. Nur ein anderer Initiat kann die Maske durchschauen.

Bandit wechselt auf astrale Wahrnehmung, betrachtet Phalen und stellt fest, daß Phalen ihn ebenfalls betrachtet. In diesem Augenblick durchschaut Bandit die Maske und sieht eine Aura, wie er sie noch nie gesehen hat. Sie leuchtet vor Macht, mehr Macht, als ein einziger Mensch zu besitzen in der Lage sein dürfte, und ist praktisch frei von Emotionen wie ein Stuhl oder ein Stein oder ein anderer unbelebter Gegenstand. Bandits Überraschung ist so groß, daß er einen Augenblick lang fasziniert zögert, bevor er sich fängt und seine eigene Aura vorsätzlich maskiert.

Praktisch im gleichen Moment verschwindet Phalens Aura ebenfalls hinter einer vorsätzlichen Maske, die sich nur mit starker Magie durchdringen ließe. Bandit wechselt wieder auf seine physischen Sinne. Er stellt fest, daß Phalen ihn mustert und dabei lächelt.

»Das ist Mr. Hatsumi«, sagt Amy. »Er gehört zum Revisionsstab von KFK.«

»Ja, gewiß«, sagt Phalen immer noch lächelnd. »Ein Revisor. Ich bin sehr erfreut, Sie kennenzulernen, Sir.«

»Ja«, erwidert Bandit. »Ganz meinerseits.«

Die unterschwellige Bedeutung in dieser Begrüßung ist schreiend offensichtlich. Phalen muß wissen, daß er es mit einem Zauberkundigen zu tun hat, vielleicht mit einem Ebenbürtigen, vielleicht auch nicht. Bandit fragt sich, was für ein Spiel gespielt wird. Was hat Phalen vor?

Phalen wendet sich an Amy. »Kann ich irgend etwas für Sie tun, meine Liebe?« fragt er.

»Vielleicht später«, sagt Amy rasch. »Aber es könnte sein, daß Dr. Hill Hilfe benötigt. Er ist zum Waschraum gelaufen. Ich glaube fast, er könnte ernstlich krank sein.«

»Ja, Sie haben ganz recht«, erwidert Phalen. Sein Lächeln bekommt etwas Mitfühlendes. »Ich war dort, als er hereinkam. Der Arme fühlt sich schon den ganzen Tag über nicht wohl. Ich glaube, ich sollte ihn besser nach Hause schicken.«

Interessant.

Phalen war nicht da, als Hill in den Waschraum gestolpert ist. Bandit war da und hat genau gesehen, daß niemand anderer anwesend war. Warum lügt Phalen wegen einer derart bedeutungslosen Sache?

Hat er ebenfalls etwas zu verbergen?

48

Sie sitzen wieder in dem gemieteten Toyota Elite und fahren auf der Jerome Avenue, als Amys Herz endlich zu hämmern aufhört. Sie war absolut überzeugt, daß Dr. Phalen ihre alberne Geschichte durchschauen und in Scottie einen Eindringling erkennen würde. Sie wird nie wieder etwas derart Riskantes tun! Nie wieder!

»Hill hatte Angst.«

Amy wirft einen raschen Seitenblick auf Scottie. Er sieht so ruhig aus wie ein Teller Sojasuppe, völlig unbeeindruckt. »Du hast solche Dinge schon öfter gemacht.«

»Das liegt in der Natur der Shadowruns.«

»Ich kann nicht glauben, daß wir tatsächlich durch das Tor gekommen sind.«

»Waschbär kann jeder Gefahr entkommen. Seine Pfoten sind geschickt, und er kennt viele Tricks.«

Genau das, was ihr jetzt gerade noch gefehlt hat: Schamanen-Geschwafel. Amy weiß nicht, was sie von dem, was er sagt, halten soll. Sie verdrängt alles, weil gerade nicht der richtige Moment dafür ist. »Du sagtest, Dr. Hill hätte Angst gehabt. Was meinst du damit?«

»Ich meine, daß Dr. Hill Angst hatte.«

»Angst wovor?«

»Er empfand Furcht oder etwas Ähnliches wie Furcht, als ich ihn nach dem Konto auf der UCAS-Bank fragte. Seine Aura war äußerst turbulent. Er schien von Anfang an sehr beunruhigt zu sein. Ich glaube, er verbirgt einiges.«

»Glaubst du, er ist des Betrugs schuldig?«

»Wahrscheinlich.«

»Anders gefragt: Hat er gelogen?«

»Fast definitiv.«

»Scottie...« Das ist frustrierend. »Nach allem, was du über deine Fähigkeiten gesagt hast, bin ich davon ausgegangen, daß du es mir definitiv sagen könntest. Und jetzt sagst du nur, daß Dr. Hill schuldig sein könnte oder auch nicht. Das wußte ich schon vorher! Wenn du es mir nicht sagen kannst, wenn du es nicht weißt... warum sind wir dann überhaupt das Risiko eingegangen?«

»Du regst dich auf.«

»Natürlich rege ich mich auf!«

»Du schreist.«

»Tut mir leid! Tut mir leid...«

»Magie ist keine Wissenschaft«, sagt Scottie. »Manche Leute bezeichnen sie als Kunst. Ich hätte einiges tun können, um Hill dazu zu bewegen, mit seinen Geheimnissen herauszurücken, aber das wäre gefährlich gewesen.«

»Wie lautet also dein Urteil? Sag es mir noch einmal.«

»Ich glaube, Hill hat etwas zu verbergen. Er hatte Angst. Er hat wahrscheinlich gelogen.«

»Und was soll ich jetzt tun?«

»Du bist der Pinkel. Was würde ein Pinkel tun?«

»Alles, was ich weiß, dem Verwaltungsdirektor übergeben.«

»Dann tu das.«

»Ich will das aber nicht tun, Scottie. Ich will dieser Sache selbst auf den Grund gehen. Zumindest wollte ich das. Ich hatte die Hoffnung, daß Dr. Hill etwas sagen würde, das alles aufklärt. Glaubst du die Geschichte über seine Frau?«

»Ich weiß nicht so recht.«

Amy seufzt tief, jetzt nicht nur frustriert, sondern auch ungläubig. »Diesen Punkt kann ich sofort für dich aufklären. Es ist eine Lüge oder eine Phantasievorstellung oder was weiß ich, aber es ist jedenfalls nicht die Wahrheit. Dr Phalens Frau ist todkrank. Dr. Hill hat gar keine Frau. Er war nie verheiratet!«

»Du schreist schon wieder.«
»Ich weiß, ich weiß. Ich bin nur ...«
»Woher weißt du, daß Hill keine Frau hat?«
»Es steht in seiner Personalakte.«
»Vielleicht steht etwas Falsches in der Personalakte.«
Amy kann das nicht glauben. Potentielle Verkäufer werden vielleicht nur routinemäßig überprüft. Potentielle Angestellte werden dagegen auf Herz und Nieren durchleuchtet. Dr. Hill war nie verheiratet. Er hat gelogen. Daran kann es einfach keinen Zweifel geben. »Nein«, sagt Amy kopfschüttelnd. »Ich kann nur nicht verstehen, warum Dr. Hill so etwas gesagt hat, das so offensichtlich falsch ist, wenn er doch genau weiß, daß ich es sofort nachprüfen kann, falls ich es noch nicht wußte.«
»Vielleicht ist ihm keine bessere Erklärung eingefallen.«
Welche andere Antwort ist denkbar? Das fette Konto bei der UCAS-Bank ist sein kleines Geheimnis und zugleich der Beweis seiner Schuld. Er hat Hurley-Cooper bestohlen, und sie hat es herausgefunden, und das weiß er jetzt, also hat er logischerweise Angst. »Ich kann nur nicht glauben, daß er so etwas getan haben soll. Er ist so ein netter Mensch. Er ist ein *anerkannter Wissenschaftler!*«
»Was ist mit Phalen?«
»Was soll mit ihm sein?«
»Er hat auch gelogen. Er sagte, er sei im Waschraum gewesen, als Hill hineingegangen ist. Phalen war nicht dort.«
»Woher weißt du das?«
Scotties Antwort ist so gut wie unverständlich – weiteres Schamanen-Geschwafel. Amy bemüht sich, es zu verstehen. Nach allem, was Scottie sagt, klingt es so, als habe er irgendwie seinen Körper verlassen und sei Dr. Hill in den Waschraum gefolgt. Das muß in der Zeit gewesen sein, als Scottie so schlaff wie eine gekochte

Nudel war. Einen Moment lang hatte Amy befürchtet, der Schlag hätte ihn getroffen und er sei ins Koma gefallen. Jetzt hört es sich eher nach einer Art Trance an …

Doch was Scottie über Dr. Phalen gesagt hat, macht ihr eine Sache unmißverständlich klar – die eine Sache, die sie erfahren hat, der Lohn für das Risiko, das sie eingegangen sind. Leute lügen sie an. Dafür muß es einen Grund geben, und wie der auch aussehen mag, er kann nicht gut sein. Zwei angesehene Wissenschaftler lügen nicht einfach nur deswegen, weil sie gerade in der Stimmung dazu sind. Wissenschaftler sind mindestens so auf ihren Ruf bedacht wie Banker. Zu sagen, der Himmel sei grün, wenn er tatsächlich grau oder braun ist, läßt sie dumm aussehen, und das will kein Wissenschaftler.

»Ich habe keine andere Wahl«, beschließt Amy schließlich. »Ich muß weitergeben, was ich weiß. Ich tue mir selbst keinen Gefallen, wenn ich es noch weiter hinausschiebe.« Je länger sie wartet, je mehr Zeit sie damit verbringt, die Angelegenheit selbst weiterzuverfolgen, desto größer die Wahrscheinlichkeit, daß man sie als Komplizin oder auch einfach nur als unfähig betrachten wird.

»Vielleicht kann ich etwas tun«, sagt Scottie.

Amy sieht ihn an. »Was schwebt dir da vor?«

»Laß mich noch etwas darüber nachdenken.«

49

Der Raum ist rechteckig und in einem einförmigen Platingrau gehalten. Es gibt keine Möbel, keine Bilder, kein Dekor. Keine Fenster, keine Möglichkeit festzustellen, ob es Tag oder Nacht ist, keine Möglichkeit für Tikki, mit Sicherheit zu bestimmen, wie lange sie bereits hier ist. Sie ist hier vor einer Weile aufgewacht, aber das ist bereits einige Stunden her. Draußen muß es auf Mittag zu gehen. Hier in diesem Raum hat sich nichts verändert.

Die Luft, die durch den Lüftungsschacht in der Decke eindringt, bringt viele Witterungen mit sich. Tikki kann die Witterungen vieler Zweibeiner unterscheiden, vage und flüchtig, wie aus weiter Entfernung, jedoch niemanden identifizieren. Die Luft ist vom Geruch ihrer eigenen Enttäuschung und Wut erfüllt, die an ihr nagt. Wie der Instinkt an ihr nagt und um die Kontrolle ihres Verstandes ringt.

Wiederum auf vier Beinen schreitet sie die Wände des Raumes ab und beschnüffelt die Stellen, wo sie auf den Boden treffen. Sie fragt sich, hinter welchem der Paneele, aus denen die Wände bestehen, sich eine Tür verbirgt. Jedes Paneel hat ungefähr die Größe einer Tür. Ein Paneel sieht aus und riecht wie das andere. Sie denkt immer wieder, daß sie irgend etwas übersehen haben muß, irgendeinen subtilen Hinweis am Rande ihrer Wahrnehmung, aber sie hat den Raum jetzt mindestens ein dutzendmal abgeschritten und nichts Neues entdeckt.

Eines ist klar: Der Elf, O'Keefe, war hier. Er und eine seiner Komplizinnen – nicht Shaver, sondern Whistle. Das verrät ihr, daß O'Keefe Anteil daran hatte, daß sie jetzt hier ist, als ob sie das nicht ohnehin wüßte. Die Gedanken bewirken, daß sich ein mißvergnügtes, unzufriedenes Grollen in ihre Atmung schleicht. Sie würde O'Keefe gerne ihre Krallen durch das Gesicht, über die Brust und herunter bis zum Bauch ziehen, und zwar so lange, bis nur noch Fetzen übrig sind. Sie würde ihn sehr gerne sehr langsam sterben lassen. Sehr langsam und unter sehr großen Schmerzen.

Wie kommt sie hier heraus, aus dieser Zelle? Dieser Gedanke beherrscht ihren Verstand. Sie hat es bereits mit der offensichtlichen Methode versucht und sich gegen die Wände geworfen, bis Gewebe gerissen und Knochen gebrochen sind und schließlich der Schmerz den Instinkt besiegt und sie davon überzeugt hat, daß sie mit roher Gewalt nicht weiterkommt, jedenfalls nicht jetzt. Es ist ihr gelungen, eine Wand einzubeulen und teilweise die oberste Schicht des Bodenbelags abzukratzen – das ist alles. Der Mühe nicht wert.

Jetzt liegt sie mit dem Rücken an einer der kurzen Wände und denkt wieder nach. Wo ist sie? Warum ist sie hier? Was kommt als nächstes? Vielleicht legt man es darauf an, sie hier zu behalten, bis sie verhungert ist. Das ergibt nicht viel Sinn, aber bei Zweibeinern kann man nie wissen. Und bei zweibeinigen Elfen ist alles möglich.

Es muß einen Ausweg geben.

Etwas über ihr summt. Sie schaut hoch. Eine Stimme kommt aus der Decke, eine seltsame computermodulierte Stimme, weder männlich noch weiblich. »Ich weiß, was du bist«, sagt sie. »Und ich weiß, wer du bist. Und jetzt wirst du büßen.«

Was soll das …

Die Worte klingen hohl, eine nichtssagende Drohung. Es ist die Stimme, die Tikkis Wut entfacht. Der Gedanke, daß irgendein Zweibeiner aus der Sicherheit eines anderen Raums zu ihr spricht, versetzt sie in Rage. Sie bleckt die Zähne und brüllt und bearbeitet die Wände mit ihren Tatzen. Wenn dieser Zweibeiner mit ihr reden will, soll er kommen und ihr gegenübertreten.

Im Augenblick ist sie vielleicht gefangen, aber sie ist weit davon entfernt, hilflos zu sein, und wird sich jedem Lebewesen, ob zwei- oder vierbeinig, stellen, und zwar nur mit den Waffen, die ihr die Natur mitgegeben hat. Aber sie wird auf keinen Fall dasitzen und sich das Zweibeinergeschwätz anhören.

Sie erfüllt den Raum mit ihrer eigenen Stimme, mit ihrem Zorn, ihrer Drohung, ihrem Versprechen, grausame Rache für diese Ungeheuerlichkeit zu nehmen, und brüllt immer lauter, bis die Stimme an der Decke schließlich verstummt.

Die anschließende Stille läßt sich leichter ertragen.

50

Den ersten Hinweis darauf, daß etwas nicht stimmt, bekommt Harman, als er einen Stich im Nacken spürt.

Er hebt die Hand, und plötzlich wird alles sehr dunkel.

Dann sitzt er auf einem Stuhl, einem sehr starren, unbequemen Stuhl, der nicht gepolstert zu sein scheint. Es ist ein Makroplaststuhl mit Armlehnen, und aus irgendeinem Grund kann er sich nicht bewegen. Eine Weile kämpft er mit seiner Unbeweglichkeit und versucht, die Hände zu heben, um sich die Augen zu reiben. Er hat das Gefühl, als sei er gerade aufgewacht, aber das kann nicht sein. Der Morgen ist längst vorbei. Er war unterwegs zum Mittagessen, als ... als ...

Harman hebt den Kopf. Er befindet sich in einem kleinen, spärlich möblierten Zimmer ohne Fenster. Er kann sich nicht bewegen, weil seine Hände und wahrscheinlich auch seine Füße mit dicken schwarzen Riemen umwickelt und am Stuhl festgebunden sind. Ein weiterer Riemen schnürt seine Brust ein. Was ist hier eigentlich los, zum Teufel? Das ist unerträglich.

Rechts von ihm öffnet sich eine Tür. Ein stämmiger Asiat mit Augen wie glänzender schwarzer Marmor tritt ein und baut sich dann direkt vor Harman auf. Der Asiat wird von einem Mann angloamerikanischer Abstammung mit fuchsartigen Gesichtszügen begleitet. Der Asiat sieht jung aus. Der Anglo ist mittleren Alters, hat sich aber recht gut gehalten. Beide tragen Anzüge und kühle Mienen zur Schau.

»Wer, zum Teufel, sind Sie?« will Harman wissen. »Lassen Sie mich frei!«

»Das ist nicht möglich«, erwidert der Anglo.

»Was glauben Sie eigentlich, was Sie hier tun?«

»Nur das, was nötig ist«, sagt der Anglo. »Sie können mich Neil nennen, Mr. Franck-Natali. Darf ich Sie Harman nennen?«

»Ich bestehe darauf, daß Sie mich augenblicklich freilassen.«

»Das ist nicht möglich.«

»Sie machen einen schweren Fehler.«

Mehrere Augenblicke verstreichen. Keiner der beiden scheint auch nur im geringsten von Harmans Einwänden beeindruckt zu sein. Offensichtlich handelt es sich bei den beiden um Profis, um Sicherheitsleute oder Spezialisten für verdeckte – illegale – Unternehmen. Harman spürt, wie sich sein Magen verkrampft. Er befindet sich offensichtlich in einer unangenehmen Lage.

›Neil‹ zieht eine Augenbraue hoch und sagt: »Sparen wir uns die Theatralik, Harman. Ich sage Ihnen in aller Einfachheit, daß Sie und ich gewisse Gemeinsamkeiten haben. Man könnte sagen, wir gehören beide Konzernen an. Wir müssen Ziele erreichen und haben Vorgesetzte, die uns nach unserer Leistung beurteilen. In diesem besonderen Fall bin ich gezwungen, praktisch vorzugehen. Es gibt gewisse Dinge, die ich wissen muß. Wenn Sie kooperieren, werden Sie bald wieder Ihrer Arbeit nachgehen, und Ihre Vorgesetzten werden nichts von dem erfahren, was sich abgespielt hat.«

»Und wenn ich mich weigere?«

»Das wäre sehr unklug.«

»Mit anderen Worten, Sie würden mich zum Reden zwingen.«

»Ich würde ihre Mitarbeit vorziehen, Harman, aber wenn Sie sich weigern, bin ich gezwungen, Methoden anzuwenden, von denen ich glaube, daß Sie sie sehr unangenehm finden werden. Letzten Endes werden Sie mir sagen, was ich wissen will. Es ist wirklich nur eine Frage der Zeit.«

»Ich werde keine vertraulichen Informationen verraten.«

»Das ist sehr lobenswert, Harman. Doch aus Ihrer Perspektive betrachtet, sind die Informationen, an denen ich in erster Linie interessiert bin, weniger vertraulicher, sondern persönlicher Natur. Es interessiert mich mit Verlaub gesagt einen Drek, was Sie mir über Mitsuhama erzählen könnten.«

Harman zögert. Bisher sind ihm nur zwei Erklärungen für diese Entführung eingefallen: Erstens, ein Konkurrent von Mitsuhama will Informationen aus ihm herauspressen; zweitens, einer seiner Rivalen bei Mitsuhama, vielleicht jemand, der ein Auge auf seinen Job geworfen hat, will ihn dazu provozieren, kompromittierende Aussagen zu machen. Neils Bemerkungen scheinen darauf hinzuweisen, daß noch eine dritte Möglichkeit existiert. »Das verstehe ich nicht.«

Neil sagt: »Ich möchte, daß sie damit beginnen, die Natur Ihrer Beziehung zu Amy Berman zu beschreiben.«

Harman keucht unwillkürlich auf. »Was geht Sie das an?«

»Sie sind nicht hier, um Fragen zu stellen, Harman.«

»Ich sehe nicht ein, was das mit...« Harman verstummt abrupt. Ihm ist plötzlich eine weitere Erklärung eingefallen. »Sie überprüfen Amy. Sie arbeiten für KFK International.«

Neil zeigt keine Reaktion. Er blickt zur Seite. Der Asiat tritt vor, legt eine Hand auf Harmans linkes Handgelenk und drückt mit den Spitzen dreier Finger zu. Zunächst geschieht gar nichts. Harman runzelt verblüfft die Stirn. Im nächsten Augenblick wird sein linker Arm von einem Feuer verbrannt, das sich bis zur Schulter frißt und dann in seinen Kopf bohrt wie ein weißglühender Stachel. Sein ganzer Körper zuckt unter dem Schock. Er schreit auf. Farben explodieren vor seinen Augen, und er scheint für eine kleine Ewigkeit an einem Starkstromkabel zu hängen und zu zittern. Der Strom, der durch seinen Körper fließt, heißt überwältigender Schmerz. Jedes Nervenende zuckt darunter.

Als die Schmerzen schließlich nachlassen, keucht und seufzt Harman schwer atmend. Der farbige Nebel vor seinen Augen klärt sich. Sein linker Arm ist taub und fängt dann an zu kribbeln, als das Gefühl in ihn zurückkehrt. »Das war nur eine Kostprobe«, sagt Neil ungerührt. »Mein Freund versteht etwas von Schmerzen. Er kann Ihnen das die ganze Nacht lang antun. Ihr Arm kribbelt jetzt vielleicht ein wenig, aber Sie haben keinen körperlichen Schaden erlitten. Noch nicht.«

Harman holt tief Luft und sagt: »Das ist abscheulich.«

»Praktisch«, erwidert Neil. »Metamenschen ertragen nur eine begrenzte Menge an Schmerzen. Dann sucht der Verstand nach einem Ausweg. Sie sind nicht in Widerstandstechniken ausgebildet. Ich verspreche Ihnen, daß Sie sehr schnell zusammenbrechen würden. Ersparen Sie sich die Schmerzen.«

Das wäre wahrscheinlich angebracht, nimmt Harman an. Was Neil sagt, stimmt wahrscheinlich. Eine Person ist nicht unbegrenzt leidensfähig. »Welche Garantie habe ich, daß ich unversehrt freigelassen werde?«

»Das zu entscheiden, überlasse ich Ihnen«, erwidert Neil. »In der Zwischenzeit lassen Sie uns noch einmal zu Amy Berman zurückkehren.«

Ja, natürlich. Es geht um Amy. Und die Frage ist, wieviel kann er erzählen, ohne Amy oder sich selbst zu kompromittieren? Wenn Neil tatsächlich für KFK International arbeitet, wäre es dann nicht das beste, alles zu erzählen, was er weiß? Falls Neil auf irgendeine Weise mit der Revision bei Hurley-Cooper in Verbindung steht, wäre es dann nicht das beste für Amy, für alle, wenn er lang und breit alles schilderte, was er über Amys jüngste Aktivitäten weiß? Um zu beweisen, daß sie alles tut, was in ihrer Macht steht, um den Interessen von KFK International zu dienen?

Wenn Neil dagegen von Mitsuhama beauftragt wurde, könnte jedes Wort, das Harman verrät, alles, was er weiß, ja schon allein seine Beziehung zu Amy, als Verrat ausgelegt oder hingestellt werden.

Der Asiat tritt vor und legt eine Hand auf seine linke Schulter.

Unerträgliche Qualen überfluten seinen Körper.

51

Die Kreatur auf dem Monitor kommt Dr. Hill wie die Königin aller Tiger vor, eine finstere Königin, die in rotes Fell mit schwarzen Streifen gehüllt ist. Ihre Ähnlichkeit mit *Panthera Tigris Altaica*, dem Sibirischen Tiger, ist vielleicht nur oberflächlicher Natur, denn ihr wahrer Name lautet *Bestiaforma Mutabilis*, Gestaltwandler. Doch diese technischen Begriffe vermitteln nichts von ihrer Majestät und Kraft. Sie ist größer als der Sibirische Tiger und muskulöser. Ihre Augen glitzern dunkel, wenn das Licht auf sie fällt. Sie liegt jetzt am Ende des für sie reservierten Raumes, den Kopf aufgerichtet, und mustert das einförmige Grau, wie eine Königin die Zelle eines Verlieses mustern würde: mit königlicher Wut und … etwas mehr. Einer gewissen Entschlossenheit.

Germaine fragt: »Soll ich Dr. Phalen sagen, daß wir soweit sind?«

»Ja«, erwidert Ben, »und warnen Sie Mr. Tang, daß wir in ein paar Minuten anfangen.«

»Ja, Dr. Hill.«

»Vielen Dank.«

Germaine geht hinaus. Bens Blick wandert wieder über die Kontrollen zu der Gestalt auf dem mittleren Schirm. In seinem Magen regt sich ein Gefühl des Unbehagens. Primitiven Kreaturen von Angesicht zu Angesicht gegenüberzustehen, kann bestürzend sein. Man fragt sich immer, wieviel Intelligenz sich hinter der Maske der Wildheit verbirgt. Insbesondere bei einem Gestaltwandler brennt einem diese Frage auf den Nägeln. Impliziert nicht die Fähigkeit, sich in ein menschenähnliches Wesen zu verwandeln, auch einen menschenähnlichen Intelligenzgrad? Ist es möglich, daß er hier an der Gefangenhaltung und dem Mißbrauch einer

Kreatur beteiligt ist, die als menschenähnlich betrachtet werden sollte? Diese Möglichkeit setzt ihm zu. Sie plagt ihn schon seit dem Beginn dieses jüngsten Projekts von Dr. Phalen.

Die Wertigerin hat ihre Geheimnisse gut gehütet. Das gilt auch für ihr Junges. Wären nicht ihr bemerkenswertes rotes Fell und die reflektierenden Augen, hätte sich Ben vermutlich schon gefragt, ob ihnen der Kopfgeldjäger Tang nicht ein ganz gewöhnliches Tier gebracht haben könnte. Seit ihrer Ankunft hat sie ausschließlich ihre vierbeinige Gestalt angenommen und praktisch nichts von einer etwaigen Intelligenz an den Tag gelegt, die sie besitzen könnte. Sie hat in erster Linie animalische Verhaltensweisen demonstriert und ihr Mißfallen über die Gefangenschaft ziemlich klar zum Ausdruck gebracht. Die schiere Wildheit dieses Mißfallens war schockierend und zugleich faszinierend mit anzusehen und hat sie alle endgültig davon in Kenntnis gesetzt, mit welch einer gefährlichen Kreatur sie es zu tun haben.

Ben zweifelt nicht daran, daß diese finstere Königin einen Menschen innerhalb weniger Augenblicke in unkenntliche Fleischfetzen und Knochensplitter verwandeln könnte.

Sie müssen sehr vorsichtig sein.

Die Tür zum Kontrollraum öffnet sich, und Liron Phalen tritt ein. »Ah, Ben. Was macht dein Magen, mein Lieber?«

»Ich komme zurecht.«

»Ich wünschte, du würdest meinen Rat befolgen und nach Hause gehen.«

»Arbeit ist die beste Medizin. Hast du mit Amy Berman geredet?«

»Ben, du sorgst dich noch zu Tode. Ich rede heute nachmittag mit unserer Ms. Berman. Ich bin sicher, daß sich dieses kleine administrative Problem rasch aus der Welt schaffen läßt.«

»Sie hatte einen Revisor bei sich.«

»Ja, das sagtest du bereits.« Phalen lächelt, dann lehnt er sich gegen die Kontrollkonsole und betrachtet den mittleren Bildschirm. »Wie nennen wir unsere neue Matrix?«

»Germaine hat ›Striper‹ vorgeschlagen.«

»Eine Anspielung auf die außergewöhnliche Färbung?«

»Der Name scheint angemessen zu sein.«

»Oh, ich bin ganz deiner Meinung. Ich bin besonders erpicht darauf zu sehen, wie der metagenetische Vergleich zwischen dieser Striper und ihrem Sprößling ausfällt. Das könnte Implikationen haben, die weit über den unmittelbaren Horizont unserer Arbeit hinausgehen.« Phalen hält inne, um zu lächeln, dann sagt er: »Sollen wir anfangen?«

Ben wendet sich der Konsolentastatur zu und tippt mehrere Befehle ein. Auf dem Monitor springt die finstere Königin auf und brüllt, als könne sie das Tippen hören und sei sich irgendwie über seine Bedeutung im klaren. Über ihr öffnen sich verborgene Düsen und versprühen ein Gas, das sowohl geruchlos als auch farblos ist.

Fünf Sekunden später liegt Striper reglos auf der Seite. Kontrollämpchen an der Konsole zeigen an, daß sie schläft. »Keine Immunität«, sagt Phalen. »Jetzt fragen wir uns, ob die sagenhafte Regenerationsfähigkeit der Werwesen die Bildung einer Widerstandskraft dagegen fördern wird.«

»Ich rate zu äußerster Vorsicht.«

»Gewiß, Ben.«

Die Lebensfunktionen sind stabil. Die finstere Königin schläft. Sie beauftragen einen Forschungsassistenten mit der Überwachung der Konsole und gehen in den Nebenraum, um den nächsten Schritt vorzubereiten. Ein kleines Operationsteam ist bereit und wartet. Ein Techniker hilft Ben beim Anlegen eines Overalls,

Handschuhen und eines Luftfilters. Phalen folgt seinem Beispiel.

Ben wendet sich an die zwei Elfen, den Kopfgeldjäger Tang und seine Partnerin. »Dr. Phalen zieht es vor, daß Sie hier warten, während wir die Prozedur vornehmen«, sagt er.

»Es ist ihre Show, Doktor«, erwidert Tang. »Ich muß Sie noch einmal warnen, daß das Gas nicht immer wirkt und die Tigerin sehr schnell ist. Wenn sie erwacht, hat sie Sie in Sekundenschnelle erwischt.«

Bens Magen krampft sich noch stärker zusammen. Er will sich nicht in der Zelle der finsteren Königin befinden, wenn diese erwacht. Tangs Waffen kommen ihm im Vergleich zu Stripers mächtigen Fängen und Krallen schwach vor. »Sie sind sicher, daß Sie sie kontrollieren können?«

»Wir haben sie hergeschafft, oder nicht?« sagt Tang ruhig.

Bevor Ben einen Entschluß fassen kann, was er darauf antworten soll, verkündet Phalen, daß er bereit ist, und dann gehen alle durch die Tür und in die Zelle der finsteren Königin.

»Also gut, Leute. Nehmt alle eure Plätze ein. Ruhe, bitte.«

Und dann beginnen sie mit der Prozedur, der Tigerin metaphysikalisch konservierte Blut- und Gewebeproben zu entnehmen.

52

Kerzenflammen durchdringen den Räucherdunst, der sich langsam in die Dunkelheit kräuselt. Bandit sitzt mit untergeschlagenen Beinen da und blickt von der Mitte seines Medizinzelts aus in den Astralraum. Seit vielen Stunden überlegt er, was er tun soll, und versucht sich vorzustellen, was auf ihn zukommt, um entsprechende Vorbereitungen zu treffen. Der Zeitpunkt ist gekommen, um anzufangen. Er erhebt sich mit dem Rauch, löst sich aus seinem Körper, verläßt die Grenzen seines Medizinzelts und schwebt dann durch die dunkle Substanz des Hauses, das ihn umgibt. Er kommt im astralen Zwielicht im hinteren Teil des Hauses heraus, immer noch mit untergeschlagenen Beinen und ein paar Meter über dem Boden schwebend.

Die Leute bezeichnen Städte als lebende Organismen, aber das ist trügerisch. Auf der Astralebene sind die Energien des Lebens deutlich sichtbar, doch die Stadt selbst – der Beton, die Gebäude – ist tot. Die Häuser sehen wie computergenerierte Bilder aus: fade, künstlich, illusorisch.

Doch jedes Gebäude glänzt im Schein der Lebensenergien seiner Bewohner oder Insassen. Die astrale Landschaft pulsiert im Rhythmus dieser Energie, manchmal hell, manchmal nur matt. Sogar hier im Herzen der Bronx, inmitten all dieser Beton- und Plastiksärge, lebt die Natur.

Bandit spürt eine Veränderung im pulsierenden Fluß der Energie und dreht sich um.

Eine vertraute Gestalt taucht aus dem dunklen Schatten einer Gasse auf. Nicht das idealisierte Selbstbildnis eines Novizen, sondern vielmehr die Astralgestalt eines stattlichen Mannes, der ein schwarzes Barett und eine alte grüne Armeejacke mit vielen Taschen trägt. Er nennt sich Pug. Er folgt Hund. Er besitzt große Macht. Bandit schwebt zu ihm herab.

»Du willst einem Magier gegenübertreten?« sagt Pug.

Bandit nickt. »Ich bin nicht auf eine Konfrontation aus. Nur auf Informationen.«

»Und wenn du kämpfen mußt?«

Bandit weiß, was er darauf antworten muß, zögert jedoch vor jemandem, der soviel weiß wie Pug. Löwe ist der bereitwillige Krieger, ebenso wie Wolf. Waschbär nicht. Bandit zwingt sich zur Antwort. »Waschbär kämpft, wenn er muß.«

»Wofür?«

»Für Blut. Für meine Schwester.«

»Du redest wie Wolf.«

Bandit schüttelt den Kopf. »Sogar der zurückgezogene Waschbär stellt sich einem Kampf, wenn sein eigen Fleisch und Blut bedroht wird. Das ist der Lauf der Dinge.«

Pug lächelt, aber das Lächeln verblaßt rasch. »Deine Schritte werden sicherer, junger Schamane. Das ist gut. Es gibt viel Böses im Plex, und du beschreitest einen gefährlichen Weg. Sei auf der Hut.«

»Das werde ich.«

Pug nickt und wartet. Es ist Bandit, der sich abwenden und gehen muß. Hund wendet sich nie von einem Freund oder auch dem Freund eines Freundes ab. Das liegt in Hunds Natur.

Bandit wendet sich ab und erhebt sich hoch über die Stadt. Die astrale Landschaft verschwimmt, aber er weiß, wohin ihn sein Weg führt. Er nimmt die Lage des Van Cortlandt-Industriegebiets und des Laborgebäudes von Hurley-Cooper zur Kenntnis, dann die Autobahn, die in nord-südlicher Richtung mehr oder weniger parallel zum breiten Band des Hudson durch den Sprawl führt.

Ein Augenblick vergeht, und dann schwebt er über einer stumpfgrauen Straße vor einem großen stumpfgrauen Gebäude, in dem primitive Gewalt und Farben des Hasses, des Verrats und des Todes vorherrschend sind. Merkwürdigerweise ist das Schild vor dem Gebäude blaß vor Apathie und Gleichgültigkeit. Bandit denkt darüber nach, bis ihm plötzlich aufgeht, daß er vor dem Zuchthaus für kriminelle Geistesgestörte in Ossining nördlich von Tarrytown schwebt.

Zu weit.

Das Reisen im Astralraum kann heikel sein.

Die Welt verschwimmt. Bandit jagt auf seinem Weg zurück und hält hundert Meter vor einem Autobahnkreuz an. Hier hat er sich verflogen. Er rast über die Kreuzung zu einer Ausfahrt. Das Straßennetz dahinter rauscht nur so an ihm vorbei, bis er langsamer wird und die Hauptzufahrt zur Riverside Corporate Community in Dobb's Ferry sieht. Jetzt ist er richtig.

Der Komplex ist ungewöhnlich, übervoll von Lebensenergien, eine Oase inmitten der Verwahrlosung des Sprawl. Alleen führen an großen Häusern vorbei, die von üppigen Rasenflächen umgeben sind. Das Leuchten des Lebens aus dem Innern dieser Häuser ist so gedämpft, daß nur ganz wenige darin wohnen können. Nur die Spitzen aus Wissenschaft und Konzernmanagement können es sich leisten, an so einem Ort zu wohnen. Amy sagt, daß Dr. Liron Phalen schon seit vielen Jahren hier wohnt. KFK International hat ihm dieses Haus seinerzeit als Anreiz zur Verfügung gestellt, ihn zum Wechsel zu Hurley-Cooper Laboratories zu veranlassen.

Bandit nähert sich Phalens Haus vorsichtig und findet Deckung inmitten der Bäume, die das Grundstück umgeben. Das Haus ist groß, zweigeschossig, hat steile Dächer und hohe Giebel. An den Ecken der Dächer warten Beobachter-Geister. Diese kleinen Wesen sehen ein wenig wie Kobolde aus, kleine Elfen mit Schmetterlingsflügeln, aber zusätzlich mit Hörnern. Bandit beschwört einen eigenen Beobachter, einen kleinen Geist in der Gestalt eines Waschbärs, der in seinem Schoß materialisiert und ihn mit großen runden Augen ansieht.

Bandit deutet auf die Beobachter. »Lenk sie ab.«

»Ja, Meister.« Der Geist steigt hundert Meter in die Höhe und fängt an, die Beobachter zu verspotten. Er schleudert ihnen Beleidigungen entgegen, verflucht sie und macht dabei einen Lärm, als knalle jemand mit einem Hammer gegen ein leeres Metallfaß.

Die Beobachter schweben rufend und gestikulierend aufwärts.

Die Astralebene verschwimmt – Bandit hat das Haus einen Augenblick später erreicht. Er gleitet durch die Mauer und hinein. In den Mauern sind Alarmanlagen angebracht, hochentwickelte Geräte, aber sie leben nicht und haben daher auf der Astralebene keine Bedeutung. Er betritt einen geräumigen Raum, der mit dem üblichen toten Mobiliar eingerichtet ist, darüber hinaus aber auch mit einer ganzen Reihe interessanter Gegenstände. Vasen und Schalen und andere Artefakte wie aus einem Museum stehen auf Tischen, Regalen und dem Kaminsims. Alle weisen das Glitzern und Glänzen magischer Energien auf. Bandit widmet sich zunächst den Artefakten. Sie sind ebensosehr ein Teil dieses Zimmers wie die vielfach unterteilten Fenster und der abgewetzte Teppich, und dennoch kommen sie ihm – oder vielleicht auch nur seinem Sinn für Ästhetik – fremdartig vor, als stammten sie ursprünglich von einem ihm unbekannten Ort, einem sehr weit entfernten Ort.

Außerdem haftet dem Zimmer ein merkwürdiger Charakter an. Eine Fremdartigkeit, die weit über das bloße Dekor, über bloße Artefakte, hinausgeht. Eine

Absonderlichkeit, die Bandit nicht ganz fassen kann. Es ist so, als sei er in ein fremdes Land gereist, an einen Ort jenseits der Welt des Mundanen. Vielleicht hängt dies mit der Tatsache zusammen, daß dieses Haus von einem Magier bewohnt wird – einem dieser hermetischen Typen, die versuchen, das Wunderbare in der Natur zu lächerlichen künstlichen Abstraktionen zu reduzieren. Oder vielleicht ist es auch noch mehr.

Bandit läßt sich auf der Suche nach einem Keller durch den Boden sinken, findet jedoch nur dunkle, staubige Räume, die schon seit Jahren nicht mehr benutzt worden sind. Er schwebt wieder ins Erdgeschoß hinauf, passiert eine offene Tür und gelangt in einen breiten Flur. Eine Treppe führt in den ersten Stock. Am Ende der Treppe befindet sich ein weiterer Flur, der sich nach links und rechts erstreckt. Direkt gegenüber der Treppe ist eine Doppeltür, die im Widerschein der Energie einer mächtigen Schutzvorrichtung leuchtet.

Mächtige Schutzvorrichtungen hüten große Geheimnisse. Hier, überlegt Bandit, wird er Phalens ganz speziellen Ort finden, seine hermetische Bibliothek, seine Bücher mit Zaubersprüchen, seine Schriftrollen und noch andere arkane Gegenstände.

Es ist keine Überraschung, als eine leuchtend weiße Gestalt durch die Tür tritt. Schutzvorrichtungen sind nur eine Form der Verteidigung. Dies wird Phalens Vertrauter oder irgendein anderer verbündeter Geist sein, der mit der Aufgabe betraut ist, Phalens Geheimnisse zu schützen. Bandit hat so etwas erwartet. Zuerst nimmt der Geist die Gestalt einer Frau an, einer umwerfenden Frau in fließenden Gewändern wie aus alten, längst nicht mehr modernen Videos. Doch plötzlich verwandelt er sich in eine Kreatur des Schreckens, in ein monströses Ding mit Flügeln und bedrohlichen Krallen, und kreischt wie ein Raubvogel.

»Du gehörst nicht hierher!«

Und dann erhebt sich hinter dem ersten Ungeheuer ein zweites, eine groteske Manifestation wie ein Sim-Sinn-Dämon aus Luft und Rauch. Bandit spürt sofort die Kraft seiner Magie. Ein Elementargeist. Es handelt sich ganz eindeutig um einen mächtigen Geist. Tatsächlich haben sowohl die Vertraute als auch der Elementar sehr viel Macht. Die Gefahr ist nicht von der Hand zu weisen.

Ein gewöhnlicher Eindringling wäre verloren.

Bandit zieht eine Handvoll Kräuter und Zweige aus der Tasche, wirft sie in den Flur und murmelt ein Wort der Macht. Es gibt einen Lichtblitz, und eine Rauchwolke steigt auf. Die Vertraute kreischt und leuchtet noch heller als zuvor. Der Elementar schwillt an und dehnt sich wie eine Wolke in Bandits Richtung aus. Bandit bemerkt, wie die Luft in seiner Umgebung dick und beengend und dann einen Augenblick später noch dicker wird.

Neue Zauber funktionieren nicht immer, wie sie sollten.

»Paß auf, Meister!« ruft sein Beobachter, der plötzlich neben seiner Schulter auftaucht. *»Sie greifen an!«*

Ohne Drek.

Die Vertraute schreit. Vielleicht handelt es sich dabei um einen arkanen Befehl. Der Elementar stürzt vorwärts, wobei er weiterhin anschwillt, um den größten Teil des Flurs auszufüllen. Bandit befreit sich mit einer Willensanstrengung aus dem Griff des Elementars und läßt sich durch den Boden in einen breiten Flur im Erdgeschoß sinken.

Unbelebte Gegenstände wie Böden und Wände besitzen im Astralraum keine Substanz, bilden jedoch ein Hindernis für die Sicht und alle anderen Sinne einschließlich des sechsten Sinns magisch aktiver Wesen. Das macht sie zu einer wirkungsvollen Barriere für alle Formen magischer Angriffe.

Unglücklicherweise sind solche Wesen wie Vertraute und Elementare genauso fähig, durch Böden und Wände zu gleiten wie der durchschnittliche Schamane. Sie folgen ihm augenblicklich und stoßen von der Decke auf ihn herab.

»Meister! Über dir!« ruft der Beobachter.

Bandit springt zur Seite, durch eine Wand und in einen Raum, der wie ein Eßzimmer aussieht. Er verstreut eine Handvoll Sand über das astrale Gelände. Die Magie, die mit dem Sand freigesetzt wird, zieht wirbelnde Ströme vibrierender Macht an, die sich augenblicklich sammeln und zu fünf fast perfekten Abbildern von Bandits Aura, seiner Astralgestalt, erheben.

Seine Verfolger dringen in dem Augenblick durch die Wand, als sich die falschen Auren erheben.

»Meister!«

»Ruhe.«

Der Beobachter schweigt.

Die Vertraute und der Elementar zögern.

Bandit gestikuliert mit seiner Flöte wie mit einem Zauberstab und sagt: »Geht weg.«

Und plötzlich befindet er sich im Zentrum eines wirbelnden Mahlstroms aus Energie, einer Energie, die so mächtig ist, daß er spürt, wie sich die Haare auf Rücken, Armen und Nacken sträuben. Die Astralgestalt der Vertrauten wird blendend weiß vor strahlender Energie. Der Elementar schwillt an und füllt den gesamten Raum aus. Der Beobachter schreit vor Entsetzen. Die Vertraute kreischt. Der Elementar heult. Die Magie, die immer wilder um Bandit kreist, entlädt sich wie eine Kanonade von Donnerschlägen, die vom Himmel herunterdröhnen, und ein Heulen erhebt sich, das geeignet scheint, das Haus in seinen Grundfesten zu erschüttern.

Und einen Augenblick später ist alles ruhig.

Der Elementar ist verschwunden.

Manche Zauber funktionieren so, wie sie sollten.

Die Vertraute schwebt an einer Wand des Zimmers und sieht jetzt nicht mehr wie ein monströser Raubvogel aus, sondern vielmehr wie eine attraktive Frau in fließenden Gewändern. Die sich ein wenig unsicher umsieht, als habe sie vielleicht ein wenig Angst davor, plötzlich ganz allein zu sein.

Große Macht kann es nicht immer mit Geschick in magischen Auseinandersetzungen aufnehmen.

Bandit hat die Maske des Sassacus mitgebracht, die er jetzt vor sein Gesicht hebt. Als er spricht, wird die Macht der Maske aktiv, wickelt sich wie eine Schlange um die Vertraute, umschlingt sie fest und durchdringt ihre Aura mit ihrem Einfluß. Die Vertraute widersetzt sich, doch am Ende ist ihre Gegenwehr vergeblich. »Du wirst mir gehorchen.«

»Ja ...«, sagt die Vertraute.

»Wie heißt du?«

»Ich werde ... Vorteria genannt.«

Wahrscheinlich nicht ihr richtiger Name, aber er reicht. Es lohnt sich nicht immer, pingelig zu sein. »Du wirst mit mir kommen, Vorteria.«

»Ja ...«

Sie steigen durch die Decke in den Flur im ersten Stock zu der Stelle vor der Doppeltür, die im Widerschein der Energie mächtiger Schutzvorrichtungen leuchtet. Zweifellos sind die Wände neben dieser Tür auf ähnliche Weise geschützt. Und sicherlich sind diese Schutzvorrichtungen von der Vertrauten errichtet worden. Nun, da Bandit einen Augenblick Zeit hat, sich die Dinge genauer anzusehen, spürt er die Verwandtschaft zwischen den Schutzbarrieren und der Aura der Vertrauten. Er hebt die Maske des Sassacus. »Neutralisiere die Schutzvorrichtungen.«

»Das ist verboten ...«

»Tu es trotzdem.«

Die Vertraute hebt eine Hand. Energie breitet sich

von ihr aus und bedeckt die Doppeltür. Die Schutzvorrichtungen flackern und erlöschen.

»Jetzt gehen wir hinein.«

»Nein …«

»Ja.«

Der Raum hinter der Tür ist ziemlich groß. An den Wänden stehen viele große und beeindruckende Bücher, die vor astraler Macht glänzen und Geheimwissen ahnen lassen. Der nackte Boden sieht aus, als bestünde er aus Holz, und auf ihm sind mehrere Zirkel eingezeichnet, die in der hermetischen Tradition benutzt werden. Bandit kennt sich mit derartigen Zirkeln nicht besonders gut aus und achtet sorgfältig darauf, sich von ihnen fernzuhalten. Er ist weit mehr an einem großen Buch interessiert, das auf einem Holztisch in der Ecke des Zimmers liegt. Daß sich in diesem Buch dunkle Geheimnisse verbergen, ist ihm schon klar, lange bevor er eine Hand nach der Astralgestalt des Buches ausstreckt. Kurz bevor er es berührt, hält er inne.

Die Worte auf dem Einband des Buches sind natürlich unleserlich. Abstrakte Symbole wie Buchstaben lassen sich auf der Astralebene nicht entziffern. Das spielt aber keine Rolle. Das Buch leuchtet vor dunkler Macht, so dunkel, daß ihm das, was er spürt, einen gewaltigen Schrecken einflößt. Bilder schießen ihm durch den Kopf, die die Struktur der Natur verzerren, entsetzliche Bilder, Ungeheuerlichkeiten. Selten ist ihm etwas begegnet, das so eindeutig auf etwas Böses hinwies, auf etwas Böses, das älter ist als die Menschen und vielfach bösartiger als der schändlichste Metamensch.

Er wendet sich an Vorteria. »Welches Wissen enthält dieses Buch?«

Vorteria erwidert: *»Es ist verboten …«*

»Sag es mir trotzdem.«

Die Worte, die die Vertraute ausspricht, die Dinge, die sie beschreibt, übersteigen fast sein Begriffsvermögen. Bandits Gefühl des Entsetzens steigert sich noch mehr. Nach kurzer Zeit klebt der Beobachter an Bandits Schulter und jammert entsetzlich. *»Wir müssen diesen Ort verlassen, Meister!«*

»Ja.« Es ist von entscheidender Bedeutung, daß sie gehen.

Er muß mit Denen-Die-Wachen reden.

53

Die Prozedur verläuft sehr gut. Die Wertigerin bleibt die ganze Zeit bewußtlos. Die Blut- und Gewebeproben werden konserviert, so daß sie für eine ganze Reihe metabiologischer Tests frisch bleiben. Ben wird die erste Testreihe beaufsichtigen. Liron Phalen hält im Vorzimmer inne, um sich der Atemmaske und der Chirurgenkleidung zu entledigen. Er lächelt und nickt den beiden Elfen zu, die speziell als Wachen für die Wertigerin angestellt worden sind.

»Es ist alles ruhig«, sagt er zu ihnen.

»Reiner Zufall«, sagt Tang.

Die Elfin pfeift leise.

Liron kehrt in sein Büro zurück. Als er durch die Tür tritt, manifestiert sich ein schwaches Flimmern in der Luft zur körperlichen Gestalt seiner Verbündeten Vorteria. *»Verzeih mir, Meister«*, sagt sie. *»Ich habe versagt.«*

In ihrer Stimme klingt große Sorge und Bestürzung mit. Ihre Aura zeigt Anzeichen großer Unruhe. Liron fragt sich, was wohl vorgefallen ist. Er hat Vorteria keine speziellen Aufgaben erteilt. »Meine Liebe… wovon redest du?«

Vorteria zittert sichtlich. *»Ein Eindringling ist in das innere Heiligtum meines Meisters eingedrungen. Er hat die Beobachter abgelenkt und den Elementarwächter meines Meisters gebannt. Dann hat er mich gezwungen, die Schutzvorrichtungen zur Bücherei meines Meisters zu neutralisieren und den Inhalt des Buches meines Meisters zu beschreiben.«*

Liron zögert. »Welchen Buches?«

»Des Roggoth'shoth.«

Das ist ein entsetzlicher Vorfall, der eine rasche, aber wohlüberlegte Reaktion erfordert. Liron tritt hinter seinen Schreibtisch, setzt sich und denkt nach. »Was kannst du mir über diesen Eindringling sagen?«

»Er war schon auf den Anderen Ebenen, Meister.«

Damit bezieht sich Vorteria auf die Ebenen jenseits des Ätherischen, auf die höheren Ebenen des Astralraums: die Metaebenen. Vier entsprechen den hermetischen Elementen Luft, Feuer, Wasser und Erde, vier weitere beziehen sich auf schamanische Magie, auf die Gefilde von Mensch, Wasser, Himmel und Land. Ein Zauberkundiger, der auch nur die zugänglichsten dieser Ebenen erreicht, muß ein Initiat und kann kein Anfänger sein. Also muß der Zauberkundige, der in Lirons Haus eingedrungen ist und seinen Geistverbündeten unterworfen hat, ein Initiat von einiger Befähigung sein. »Wie hat dieser Mann seine Magie gewirkt?«

»Er hat Kräuter und Zweige benutzt, Meister«, erwidert Vorteria. *»Und eine Flöte.«*

Die Flöte könnte noch von einem Zauberkundigen jeder Tradition benutzt worden sein, aber die Kräuter und Zweige lassen auf einen Schamanen schließen, und das ist beunruhigend. Er fühlt sich an den angeblichen ›Revisor‹ erinnert, der Amy Berman bei der Befragung von Ben Hill geholfen hat. Die Aura dieses Revisors war maskiert, was nur ein Initiat kann, und Liron hat einen kurzen Blick auf die Wahrheiten werfen können, die sich hinter dieser Maske verbargen. Was er gesehen hat, ließ auf die geistige Exzentrizität schließen, die im allgemeinen für Schamanen charakteristisch ist. Das hat ihm zu denken gegeben. Er kennt zwar einige wenige Schamanen, die eine behagliche Nische innerhalb der Konzernbürokratie gefunden haben, aber Schamanen sind im allgemeinen viel zu besessen von ihren Kinkerlitzchen und Totems, um noch anderen Dingen Beachtung zu schenken.

Die Frage, die sich Liron jetzt stellt, lautet, ob es möglich sein kann, daß dieser angebliche Revisor derjenige ist, der in sein Allerheiligstes eingedrungen ist. Er drückt die Tasten an seinem Computer, die das Programm starten, um mit der Chefassistentin der Metawissenschaftsgruppe Kontakt aufzunehmen, egal wo sie sich gerade befindet. Germaines Züge nehmen ein paar Augenblicke später auf seinem Monitor Gestalt an. »Ja, Dr. Phalen?«

»Meine Liebe, ist es möglich, daß unsere Muttergesellschaft ein paar Leute geschickt hat, die unsere Unterlagen durchsehen?«

»Dr. Phalen, das habe ich Ihnen doch erzählt«, sagt Germaine, die plötzlich ziemlich nervös zu sein scheint. »Ich meine, ja. Wissen Sie nicht mehr? Ich habe es Ihnen gesagt. Ich meine, ich dachte, ich hätte. Im Hauptquartier ist eine ganze Armee von KFK-Revisoren. Deshalb schnüffelt Amy Berman ja auch herum …«

»Ja, gewiß«, sagt Liron lächelnd. Er wollte nur eine Bestätigung. »Sie sind sicher, daß es sich dabei um Leute von KFK handelt?«

»Ja, absolut. Ich habe eine Freundin im Hauptquartier.«

»Danke, meine Liebe.«

Dann besteht das Problem also nicht etwa darin, daß einer von Hurley-Coopers Direktoren zu einem persönlichen Kreuzzug aufgebrochen ist, sondern vielmehr darin, daß KFK-Leute, Revisoren, Schamanen, was auch immer, Dinge aufrühren und viel zu naseweis werden. Er wird deswegen – und auch wegen des Schamanen – etwas unternehmen müssen. Die Arbeit eines halben Lebens hängt davon ab.

Ms. Berman müßte auf jeden Fall ein guter Anfang sein.

54

Der Schreibtisch sieht wie polierter schwarzer Marmor aus. Der verchromte Namenszug an der vorderen rechten Ecke wirkt wie ein Warnschild: Mercedes Feliz, Verwaltungsdirektor. Die Frau, die zu dieser Legende gehört, sitzt aufrecht hinter dem Schreibtisch, die Schultern ein wenig zurückfallend, die Hände auf dem Schreibtisch gefaltet.

Sie sieht nicht wie eine Frau mit Herz aus. Ihr grellweißes Haar, das kurz, aber so geschnitten ist, daß ihr eine Welle im Elektromag-Stil schroff in die Stirn fällt, betont nur die spitzen Winkel ihres schmalen Gesichts. Die Gläser ihrer Porsche-Datenbrille sind immer auf Schwarz oder chromversilberte Spiegel eingestellt. Das Gesicht hinter dieser Brille bleibt bis auf eine gelegentliche Zurschaustellung mißbilligender Gefühle in der Regel ausdruckslos. Sie trägt hochmoderne Execmode der Marke Dunhill UltraMana: nadelspitze Kragenenden, reflektierende Revers. Ihre Fingernägel sehen aus wie zehn kleine Spiegel und sind zu messerscharfen Spitzen zugefeilt. Ihre Lippen scheinen für immer und ewig zu einem tadelnden Schmollmund erstarrt zu sein.

Aber all das ist irreführend, wie Amy weiß. Mercedes Feliz ist eine ganz besondere Art Pinkel. Anders als Hurley-Coopers Geschäftsführer würde sich Feliz nicht erniedrigen, indem sie vor den Abgesandten ihrer Muttergesellschaft katzbuckelt. Sie ist niemandes Stiefellecker. Sie glaubt zwar, daß der Konzern an erster Stelle stehen muß, jawohl, aber *ihre Abteilung* des Konzerns muß an allererster Stelle stehen, und für die richtige Sache würde sie mit Klauen und Zähnen kämpfen.

Sie begreift die Bedeutung von Leuten. Sie weiß, daß die Leute am besten für Organisationen arbeiten, die ihre Angestellten wie wertvolle Ressourcen behandeln.

»Sie machen Ausflüchte«, sagt Feliz. »Natürlich unabsichtlich, wie ich annehme.«

»Es tut mir leid.«

»Sagen Sie einfach, was Sie mir zu sagen versuchen.«

Amy holt tief Luft, ringt mit ihrem Gewissen. Sie hat das Gefühl, als verrate sie nicht nur sich selbst, sondern auch die Angestellten von Hurley-Cooper, nur, daß sie sich diesem Glauben einfach nicht mehr hingeben darf, nicht nach ihrem Besuch mit Scottie im Metawissenschaftslabor. Man hat sie belogen – das ist gewiß. Schritte müssen unternommen werden. »Ich bin auf Hinweise gestoßen«, sagt sie, »die nahelegen, daß ein Mitglied der Metawissenschaftsgruppe die Einkaufs- und Auszahlungssysteme manipulieren könnte.«

»Meinen Sie damit Unterschlagung?«

Amy holt noch einmal tief Luft. »Es ist möglich, daß man uns dafür eingespannt hat, kontrollierte Materialien unzulässigerweise einzukaufen, darunter auch Substanzen arkaner Natur. Es ist außerdem möglich, daß man uns um einen Haufen Geld betrogen hat.«

»Um wieviel Geld?«

»Wahrscheinlich um bis zu dreizehn Millionen Nuyen.«

»Wen verdächtigen Sie?«

Halt. Wiederum ein tiefes Luftholen. »Zunächst möchte ich keinerlei Zweifel daran aufkommen lassen, daß ich hier niemanden im besonderen beschuldige. Ich habe keinen eindeutigen Beweis.«

Feliz mißbilligender Schmollmund wird noch offenkundiger. »Amy«, sagt sie, »kein Beweis ist absolut, und Sie brauchen mich nicht daran zu erinnern, daß Sie gerecht sein wollen. Dessen bin ich mir vollkommen bewußt. Und jetzt kommen Sie zur Sache. Das ist schließlich ein Gespräch unter vier Augen. Wen verdächtigen Sie?«

Nichts von alledem macht es ihr leichter, es zu sagen. Amy ringt mit ihrem Widerwillen, ihrer Unsicherheit und dem rein egoistischen Wunsch, daß dieses ganze Durcheinander einfach verschwinden und nie wieder auftauchen möge. Sie ringt mit dem Bewußtsein, daß sie die Worte nie mehr zurücknehmen kann, sobald sie sie einmal ausgesprochen hat.

»Dr. Hill ist der Hauptverdächtige. Womit ich meine, es ist wahrscheinlich, daß Dr. Hill auf irgendeine Weise darin verwickelt sein muß. Das ist meine Vermutung, und an dieser Stelle ist es nicht mehr, eben eine Vermutung. Wie Sie wissen, hat Dr. Hill die uneingeschränkte Befugnis, Materialanforderungen für die Metawissenschaftsgruppe zu genehmigen.«

Feliz nickt. »Wie hat das alles angefangen?«

Amy erzählt von den Gegenständen, die zwar gekauft, aber nicht benutzt worden sind, von der geheimnisvollen Datei im Computernetz der Metawissenschaftsgruppe und von den Konzernen, die zwar das Geld erhalten haben, nun aber nicht mehr existieren. Zu rasch gelangt sie zu dem belastendsten Indiz, das sie ausgegraben hat. »Außerdem habe ich erfahren, daß ein Mitarbeiter der Metawissenschaftsgruppe ein spezielles Bankkonto mit ungefähr drei Millionen Nuyen besitzt.«

»Damit meinen Sie Hill?«

»Das möchte ich an dieser Stelle lieber nicht bestätigen.«

»Was macht dieses Konto so verdächtig?«

»Es ist ein Haufen Geld, und das Konto befindet sich nicht bei der First Corporate Trust.«

»Das macht es in der Tat fragwürdig.«

Aus der Sicht eines KFK-Revisors muß allein schon die Bankverbindung fragwürdig sein. »Ja, ich weiß«, sagt Amy, »und ich habe die Person befragt, der es gehört. Die Antworten, die ich erhielt, entsprachen nicht der Wahrheit. Absolut nicht.«

»Das klingt ebenfalls sehr belastend.«

»Vielleicht ist es das. Ich bin aber noch nicht hundertprozentig überzeugt, und ich werde erst Anklage erheben, wenn ich es bin.«

»Bevor oder nachdem Sie ein volles Geständnis in der Hand halten?«

Amy spürt, wie ihr das Blut in die Wangen schießt. Sie ist zu weich, zu mitfühlend, zu entschlossen, fair zu sein – das will Feliz ihr damit sagen. Vielleicht hat sie recht. »Wissenschaftler sind von ihrem Ruf abhängig«, sagt Amy unnachgiebig. »Ich werde es nicht riskieren, jemandes Karriere zu ruinieren, bevor ich nicht absolut von seiner Schuld überzeugt bin.«

»Kein Beweis ist absolut.«

»Ja, dessen bin ich mir bewußt.«

»Also gut.« Feliz wischt sich kurz über eine hochgezogene Augenbraue, dann sagt sie: »Wie wollen Sie vorgehen?«

Amy zögert, da sie ein wenig Angst vor dieser Frage hatte, aber natürlich ist der Hauptgrund für ihr Gespräch mit dem Verwaltungsdirektor, Feliz' Zustimmung für ihren Aktionsplan zu bekommen. Ein halbherziger und aller Wahrscheinlichkeit nach vergeblicher Versuch des Selbstschutzes. Jedenfalls redet sie sich das ein. Andererseits flüstert ihr eine Stimme in ihrem Hinterkopf beständig zu, daß es falsch ist, Dinge für sich zu behalten, daß ihr Verdacht gemeldet werden muß, weil, nun... Dinge eben gemeldet werden sollten. Weil das verantwortungsbewußt und sogar ethisch ist. Weil sie ein leitender Angestellter von Hurley-Cooper und es ihre Pflicht ist, ihre Vorgesetzten auf dem laufenden zu halten. Das klingt so sehr wie die Stimme eines kerzengeraden, korrekten Pinkels, daß sie sie haßt.

»Sie müssen doch einen Plan haben«, hakt Feliz nach.

Amy nickt und sagt: »Ich will mich mit Dr. Phalen treffen, alles darlegen, was ich herausgefunden habe, und ihn nach seiner Meinung fragen.«

»Und wenn er Unwissenheit beteuert?«

Amy spürt, wie ihr der Schweiß die Seite herunterläuft. Sie spürt, wie ihr Herz schneller und fester pocht. Wenn Dr. Phalen keine annehmbare Erklärung für ihre Entdeckungen liefern kann, ist sie erledigt. Wenn Phalen in irgendeine Verschwörung verwickelt ist und sie belügt... »Dann bleibt mir wohl keine andere Wahl, als damit zu Janasova zu gehen.«

»Der damit sofort zum Revisionsstab laufen wird.«

»Ja, das weiß ich.«

»Haben Sie über Ihre eigene Schuld bei dieser Sache nachgedacht?«

Amy nickt, dann begegnet sie Feliz' Blick oder zumindest dem Spiegeln ihrer Augen. »Wenn ich unwissentlich zu jemandes Bemühungen beigetragen habe, Hurley-Cooper zu betrügen, werde ich die Konsequenzen tragen, wie sie auch ausfallen mögen. Ich werde nicht versuchen, irgend etwas zu verschleiern. Darum bin ich hier, darum erzähle ich Ihnen all das. Ich wollte Ihnen sagen, daß ich die Entdeckung gemacht habe und alles in meiner Macht Stehende tun werde, um die Wahrheit herauszufinden.«

»Sollte Tokio zu dem Schluß kommen, daß Sie die Schuld dafür tragen, kann ich sie vielleicht nicht retten.«

»Das weiß ich.«

Feliz nickt, fast unmerklich. »Dann konzentrieren wir uns darauf, was getan werden muß. Ich stimme zu: Befragen Sie Dr. Phalen. Er trägt die Verantwortung, auch wenn die Routineverwaltung der Metawissenschaftsgruppe in Dr. Hills Ressort fällt. Bestehen Sie auf einer umgehenden Besprechung. Sie können sich dabei durchaus auf mich berufen. In der Zwischenzeit werde ich mir überlegen, was ich tun kann, um diese Angelegenheit weiter zu untersuchen.«

»Wie zu untersuchen?«

»Haben Sie irgendwelche Vorschläge?«

Amy zögert, da sie spürt, wie sie wiederum errötet. Ihr kommt nur ein Gedanke, den sie jedoch niemals laut aussprechen würde. Sie könnte mit ihrem Bruder reden. Scottie kennt wahrscheinlich ein paar Shadowrunner, die bereitwillig schmutzige Geheimnisse über jeden ausgraben würden, den sie ihnen nennt. »Es tut mir leid, nein«, sagt sie. »Keine Vorschläge.«

Feliz nickt.

Besprechung beendet.

55

Sobald sich die Tür hinter Amy Berman geschlossen hat, greift Mercedes Feliz unter ihren Schreibtisch und berührt den Abdruckscanner neben ihrem Knie. Die unterste rechte Schublade ihres Schreibtisches öffnet sich. Der in die Schublade eingebaute Fuchi-Dektron-Warner informiert sie, daß niemand versucht, ihr Büro abzuhören, und falls doch, hört der Betreffende gerade das 1. Brandenburgische Konzert von Bach oder auch leeres Rauschen. Die Anzeige auf ihrem Sony Palmtop bestätigt, was sie ihr bereits als erstes heute morgen verraten hat, daß nämlich niemand versucht hat, sich an dem Warner zu schaffen zu machen.

Sie hat keinen absoluten Beweis dafür, daß Enoshi Ken oder die KFK-Revisoren versucht haben, sie überwachen zu lassen, aber wie sie gerade erst zu Amy Berman gesagt hat, kein Beweis ist je absolut.

Wie Amy Berman entdeckt hat, daß irgendein Angestellter ein Konto bei einer anderen Bank als der First Corporate Trust unterhält, ist die große Frage. Sie muß irgendwie darüber gestolpert sein. Sie ist viel zu konsequent, was die Einhaltung ihrer ethischen Prinzipien anbelangt, viel zu menschenfreundlich, um sich je auf offenkundig illegale Aktivitäten einzulassen, wie sie offenbar erforderlich sind, um geheime Bankkonten aufzuspüren. Das ist ihre größte Schwäche. Gleichzeitig ist es genau die Eigenschaft, die sie so wertvoll für Hurley-Cooper macht.

Sie ist wie Leim – zäh und hartnäckig, entschlossen, die Dinge zusammenzuhalten und die Leute in eine Richtung marschieren zu lassen. Sie ist eine Motivations- und Verhandlungskünstlerin und ein fähiger Exec. Sie ist zu wertvoll, um das Risiko einzugehen, sie wegen der Diebereien irgendeines Dummkopfs zu verlieren. Die Entdeckung, daß möglicherweise ein Betrug vorliegt, muß sie einiges gekostet haben.

Sie könnte sie durchaus ihre Karriere kosten.

Mercedes stöpselt sich in ihren Palmtop ein und ruft ihre Sicherheitsdateien auf. Ebenso wie kein Beweis je absolut ist, ist auch keine bei Hurley-Cooper oder sonst einem Konzern angestellte Person ein völlig unbeschriebenes Blatt und gänzlich unbescholten. In der Sechsten Welt gibt es solche Leute nicht. Jeder hat mindestens einen kleinen dunklen Fleck in seiner Akte, und das schließt nicht nur sie selbst, sondern auch die Leute ein, ob Wissenschaftler oder Verwaltungsstab, die für die Metawissenschaftsgruppe arbeiten.

Zum Wohle Hurley-Coopers, ganz zu schweigen von ihrer eigenen Karriere, hat sich Mercedes über den Hintergrund jener informiert, die in den kritischeren Bereichen Hurley-Coopers arbeiten.

Sie geht ihre Liste durch. Die Doktoren Liron Phalen und Ben Hill sind so sauber wie jede Durchschnittsperson. Phalen hat einmal bei einem Konzernwechsel Vertragsbruch begangen. Hill hat sich einmal betrunken und dabei seinen Wagen in die Garage eines Nachbarn gefahren. Einige andere Mitglieder der Metawissenschaftsgruppe sind durch Freunde oder Familie in Dinge verwickelt, die man als fragwürdig bezeichnen könnte. Mercedes lädt eine ausgewählte Gruppe von Namen, darunter auch Phalen und Hill, auf einen Datenchip, dann stöpselt sie sich aus und drückt ein paar Tasten auf ihrem Schreibtisch.

Zwei Minuten später kommt Zach Wanger herein. Sein offizieller Titel lautet Direktionsassistent für Firmensicherheit. Seine wahren Aufgaben beinhalten mehr als elektronische Überwachung, Alarmanlagen und uniformierte Wachen. Auf den ersten Blick würde das kein Mensch vermuten. Zach sieht wie ein großer Junge aus, erwachsen, aber im Herzen noch ein Kind, immer zu einer Feier bereit. Mercedes legt den Datenchip auf den Tisch und bedeutet Wanger, ihn zu nehmen.

»Was ist das?«

»Sie finden eine Personenliste auf diesem Chip«, erläutert Mercedes. »Ich brauche Hintergrundinformationen über jede einzelne. Richten Sie Ihr Augenmerk insbesondere auf die Finanzen. Ich will wissen, wie ihre Vermögenssituation aussieht, wo sie ihr Geld investieren und woher das Geld stammt. Außerdem will ich, daß große Eingänge zu ihrem Ursprung zurückverfolgt werden.«

»Wie groß ist ›groß‹?«

»Nun, sagen wir fünfzigtausend Nuyen.«

»Wie schnell brauchen Sie die Informationen?«

»Umgehend.«

»Umgehende Prioritäten kosten Geld.«

»Sie haben ein Budget. Benutzen Sie es.«

56

Als sie erwacht, hört Tikki ein Stimmengemurmel, das jedoch zu vage und zu weit für sie entfernt ist, um Worte zu verstehen, und danach einen dumpfen Knall, als fiele eine Tür ins Schloß. Es stinkt nach Zweibeinern und noch etwas anderem, irgendeiner Chemikalie, die sich rasch verflüchtigt.

Muskeln zucken, eine mächtige Tatze schlägt zu.

Jemand ruft: »Raus hier! *NICHTS WIE RAUS!*«

Der kahle, platingraue Raum hat sich verändert. Aus einem der Wandpaneele ist eine Tür geworden, und diese Tür ist nicht etwa geschlossen, sondern steht weit offen. Zwei Zweibeiner in weißen Overalls versuchen sich gleichzeitig durch die Öffnung zu quetschen. Tikki springt auf und wirft sich vorwärts. Bevor sie sie erreicht, sind die Zweibeiner draußen und schlagen die Tür vor Tikkis Nase zu.

Sie prallt dagegen, stolpert zur Seite, setzt sich abrupt auf die Hinterpfoten. Intensive Schmerzen. Wasser schießt ihr in die Augen. Ihr keuchender Atem wird zu einem kehligen Grollen, als die gebrochenen Knochen in ihrer Brust wieder zusammenwachsen. Sie niest heftig. Aus ihrer Nase spritzt ein wenig Blut und fällt auf den Boden. Die Schmerzen sind ebenso wie das Wasser in ihren Augen rasch verschwunden.

Die Zweibeiner sind ihr diesmal entkommen, aber jetzt weiß sie, wo die Tür ist. Sie betrachtet die Tür, dann setzt sie sich daneben, die Flanke gegen die Wand gepreßt.

Zeit vergeht.

Die Stimme aus der Decke meldet sich wieder. Sie ist merkwürdig, metallisch, computermoduliert, weder männlich noch weiblich. »Ich weiß, was du bist und wer du bist«, sagt sie. »Du bist Striper. Du bist eine

Mörderin. Du wirst dafür bezahlt, Leute umzubringen. Du arbeitest für die Yakuza und die Triaden. Du verursachst einem echt Gänsehaut. Wie gefällt dir deine neue Unterkunft bis jetzt?«

Tikki bleckt die Zähne und brüllt.

Die Stimme redet weiter. »Manchmal bringst du Leute auch kostenlos um. Du mußt es genießen. Das Töten muß dir gefallen. Ich wette, es gibt deinem Leben einen Sinn. Dadurch weißt du, daß du lebst, indem du Leute umbringst.«

Tikkis Ohren zucken gereizt. Diesem aufdringlichen Zweibeiner zuzuhören, ist so, als summe ein Fliegenschwarm beständig um ihren Kopf herum. Sie will aufstehen und erneut brüllen, erkennt jedoch, daß es keinen Sinn hätte. Die Komverbindung funktioniert nur einseitig. Sie ist völlig abgeschnitten. Nichts, was sie tun könnte, würde eine sichtbare Wirkung haben.

»Ich frage mich, ob du weißt, wie viele du umgebracht hast.«

Tikki bleckt die Zähne und imitiert ein menschliches Lächeln.

57

Als die U-Bahn aus dem Tunnel unter dem East River hervordonnert, wechselt die Welt hinter den drekverschmierten Fenstern des Zuges von Schwarz zu verschiedenen Braun- und Grautönen.

Bandit betrachtet die dunklen Wolken, die vorbeihuschenden Häuser, die Menschenmenge, die sich in den U-Bahn-Wagen gequetscht hat. Alles, was er sieht und hört, verstärkt seine Befürchtungen. Der Nachmittag ist düster geworden. Die Stadt trägt die Narben und offenen Wunden von Jahrzehnten der Vernachlässigung und des heftigsten Mißbrauchs. Die Leute in seiner unmittelbaren Nähe bemühen sich, ihre Angst und Nervosität zu zügeln.

Gefahr ist im Verzug. Bandit spürt sie förmlich warten, lauern, vielleicht hinter der nächsten Ecke. Bei Amys Problem geht es um viel mehr als nur darum, daß gewöhnliche Pinkel ihren Konzern betrügen.

Der Zug fährt rumpelnd und kreischend in den Bahnhof Smith Street ein. Ein kurzer Spaziergang führt Bandit in die Brooklyner Hafengegend. Er biegt in eine Gasse zwischen zwei alten Häusern aus Ziegeln und Mörtel ein. Auf halbem Weg inmitten gärender Abfallhaufen und weggeworfener Überreste vergangener Generationen gelangt er zu einer Tür.

Im Schatten der Tür steht eine große Gestalt, ein Ork. Sein Name lautet Grinder. Er folgt Hai. Sein Gesicht ist so hart und ausdruckslos wie ein Nagel. Sein Mantel ist lang und schwarz. Die in seinen Taschen verborgenen, auf der Astralebene jedoch deutlich sichtbaren Fetische glühen vor Macht. Seine Stimme klingt flach und monoton, als er sagt: »Warum bist du gekommen?«

Bandit erwidert: »Ich muß mit dem Alten reden.«

»Gefahr ist im Verzug.«

»Ja.«

Ein Augenblick verstreicht.

»Du darfst eintreten.«

Die Tür schwingt geräuschlos auf Angeln nach innen, die vor Schmutz und Schmier schwarz sind. Die Tür und die umliegenden Mauern sind mit mächtigen Schutzvorrichtungen versehen. Ein Schritt hinter der Schwelle befindet sich eine weitere Tür und links davon eine schmale Treppe. Diesen Ort ungebeten zu betreten, hieße selbst für jemanden wie Bandit, den sicheren Tod herauszufordern.

Bandit wendet sich nach links und geht die Treppe hinauf. Er war erst ein paarmal hier, aber er weiß, daß es hier viele Geheimnisse und unzählige interessante und wertvolle Gegenstände gibt. Die Versuchung, diese Geheimnisse zu erforschen und vielleicht sogar gewisse Dinge mit in sein Medizinzelt zu nehmen, sie dort zu untersuchen und herauszufinden, was es herauszufinden gibt, ist groß, aber Bandit weiß, daß er ihr widerstehen muß. Diejenigen-Die-Wachen würden ihn sofort erwischen, wenn er auch nur die Hand ausstreckte. Auf lange Sicht wird er mehr erfahren, indem er sich in Geduld faßt.

Vier Etagen höher endet die Treppe vor einer schmalen Tür. Bandit greift nach der Klinke, doch die Tür schwingt nach innen, bevor er sie berührt.

Hinter der Tür befindet sich das Dach, das vielleicht fünfzehn Meter breit und doppelt so lang ist. Am Ende des Dachs steht eine kleine Baracke, die aus Einzelteilen von Makroplastkisten zusammengesetzt worden zu sein scheint. Die Baracke hat nur ein halbes Dach und drei Wände. Das Innere leuchtet im weichen orangefarbenen Schein eines kleinen Feuers. Eine Rauchfahne erhebt sich von dem Feuer in den dunklen bewölkten Himmel.

Von innen sind die drei Wände der Baracke mit Fellen, Trommeln, Messern, Stäben aus Knochen, Masken und Medizinbeuteln behangen. Die Truhen und Kisten an der hinteren Wand sind mit allen möglichen Fetischen gefüllt: Mineralien, Kräutern, Tierteilen, Stücken von Fellen, Federn und Haaren, kleinen Steinen, Zweigen, Kristallen und mehr.

Alter Mann sitzt mit gekreuzten Beinen auf einem kleinen Läufer mit dem Gesicht zum Feuer im hinteren Teil der Baracke. Sein dünnes graues Haar fällt ihm über die Schultern. Seine Kleidung scheint aus echtem Leder zu bestehen. Er trägt Halsketten und Perlen und Knochen und sieht vage amerindianisch aus. Das Medaillon an seinem Halsansatz hat Ähnlichkeit mit einem schwarzen Vogel. Es ist Rabe, der Umgestalter, der lebende Widerspruch. »Du schon wieder«, sagt Alter Mann mit einer Stimme, die so trocken wie Sand und so knorrig wie ein altes Holzbrett ist und dennoch vor Kraft vibriert. »Gönne einem alten Mann etwas Ruhe«, sagt er. »Geh weg.«

Bandit bleibt vor dem regennassen, sandigen Läufer stehen, der die Grenze des Medizinzelts des Alten markiert. Ruhig sagt er: »Ich muß mit dir reden.«

»Ich bin nur ein alter Mann. Komm nicht zu mir, wenn du Antworten suchst. Wenn ich je welche wußte, habe ich sie wahrscheinlich vergessen, lange bevor du geboren wurdest.«

Alter Mann ist manchmal etwas wunderlich, besonders wenn er schlafen will. Wie Rabe kann er auch gierig und egoistisch sein. Bandit versteht das. Der Schamane muß seinen eigenen Weg suchen. Es ist nicht Alter Manns Weg zu tun, was ein anderer tun muß. Er bietet Hilfe an, wenn Hilfe gebraucht wird, aber nur, wenn sie sehr dringend gebraucht wird, und nur, wenn er Hilfe anzubieten wünscht. Wenn er es richtig findet zu helfen. Bandit setzt sich mit gekreuzten Beinen vor den Läufer und wartet. Er wird so lange warten, wie er muß.

»Komm ins Zelt«, sagt die trockene, knorrige Stimme.

Mittlerweile hat er den Eindruck, daß es Nacht ist. Der Himmel ist fast schwarz, und die schmutzigen Lichter Brooklyns leuchten in der sich abzeichnenden Dunkelheit. Das Feuer im Medizinzelt leuchtet in einem brütenden Rot. Bandit betritt den Läufer und setzt sich Alter Mann gegenüber, so daß sich das Feuer zwischen ihnen befindet.

»Du bist gekommen, um mir etwas mitzuteilen«, sagt Alter Mann. »Was glaubst du, was du mir mitteilen willst?«

»Ich habe etwas entdeckt.«

»Was für ein ›etwas‹?«

Bandit zögert, dann sagt er: »Ungeheures Übel.«

Seine Worte scheinen die Gefahr real zu machen, realer als zuvor. Bandit weiß nicht genau, welche Gefahr das Übel darstellt, aber er weiß, daß die Gefahr droht. Er kann sie spüren. Irgendwo in der Finsternis. Eine mächtige Präsenz, die ihn vielleicht sogar in diesem Augenblick von jenseits der Grenzen von Alter Manns Medizinzelt beobachtet. »Was für ein Übel?« sagt Alter Mann. »Was glaubst du, was du entdeckt hast?«

»Es ist ein Buch.«

»Was für ein Buch?«

»Das *Roggoth'shoth*.«

Eine lange Zeit verstreicht. Das Rot der Flammen wird intensiver. Die Rauchsäule, die sich aufwärts kräuselt, schwillt an und füllt das Medizinzelt aus. Alter Mann stimmt einen leisen Singsang an und schlägt dabei rhythmisch eine kleine Trommel, die er auf dem Schoß hat. Bandit spürt, wie sich die Magie entfaltet, lange bevor er auch nur die geringste Ahnung hat, wohin sie führt. Er spürt, wie sich die Welt des Medizinzelts verändert. Er spürt die Macht der Magie wie eine Flut ansteigen.

»Was weißt du über das *Roggoth'shoth?*« sagt Alter Mann.

»Ich weiß, daß das Buch großes Übel enthält«, sagt Bandit.

»Du weißt gar nichts.«

Der Rauch wird dicker und verhüllt alles.

»Öffne deine Sinne.«

Als Bandit die Augen öffnet, befindet er sich an einem anderen Ort und sieht auf einen großen Raum herab, der voller alter Bücher und gewaltiger Macht ist. In der Mitte des Raumes steht ein alter Mann mit einem langen grauen Bart. Er trägt einen Hut, der wie ein Kegel geformt ist, und ein langes dunkles Gewand, auf das mystische Symbole gestickt sind. Mit der glühenden Spitze eines leuchtenden Zauberstabs schreibt er Symbole in die Luft. Die Symbole sprechen. *»Ich bin der Magier Penticlese ... Die in diesem Text beschriebenen Phänomene, das Wissen, das ich nun weitergebe, stammen von den Alten ... Aus den dunklen Zeitaltern unserer Vorfahren ...*

Wisset, daß wir verloren sind ... Daß Welten über Welten existieren, wie sie sich der sterbliche Mensch nicht vorstellen kann ... Daß jenseits der Schwelle der Dunkelheit der größte Schrecken liegt ... Die Gruft des Roggoth'shoth.«

»Kennst du diesen Ort?« sagt Alter Mann.

»Hier bin ich noch nie gewesen«, sagt Bandit.

»Was siehst du?«

Bandit beschreibt, was er sieht.

»Was erkennst du in den Symbolen?«

Die Symbole flimmern und verschwimmen, wachsen und erfüllen sein Blickfeld, um dann Bilder zu formen. Ein Gang in die Dunkelheit, in eine tiefe und immer tiefere Dunkelheit, bis schließlich alles schwarz ist und irgendwo weit voraus ein Lichtpunkt auftaucht. Während das Licht näher kommt, wächst es. Es wird zu einer strahlend weißen Gestalt, dem Abbild seiner Schwester Amy. »Du hast mich beschämt«, sagt sie.

»Du und deine Schamanenart. Du hast mich vor meinen Eltern und Freunden beschämt. Du hast in mir den Wunsch geweckt, mich einfach hinzulegen und zu sterben. Manchmal habe ich die ganze Nacht wach gelegen und geweint.«

»Es tut mir leid.«

»Die Wahrheit hast du nie erfahren. Sie war dir egal.«

»Jetzt kenne ich sie.«

»Tatsächlich? Kennst du sie wirklich? Kannst du sie aussprechen?«

Es ist wie die erste Prüfung einer astralen Suche. Er tritt vor den Bewohner der Schwelle, nur um mit irgendeinem Geheimnis aus seiner Vergangenheit konfrontiert zu werden. Nichts bleibt dem Bewohner verborgen. Nicht einmal die persönlichsten, am besten gehüteten Geheimnisse.

Wovon der Bewohner spricht, ist völlig klar. Bandit weiß, worauf er sich bezieht. Er weiß, welche Antwort er geben muß. Er müht sich, die Worte herauszubringen. »Meine Schwester ... Amy ... Sie liebt mich. *Sie hat mich immer geliebt.* Sie will nur, daß ich diese Liebe erwidere.«

»Und wirst du das tun?«

»Ich werde es versuchen.«

Der Bewohner verschwindet.

Plötzlich spürt Bandit, daß er sich bewegt, daß er durch ungezählte, unbekannte Orte rast. Schließlich erreicht er einen Ort, wo die Dunkelheit regiert und Schatten lauern, wo böswillige Gestalten am Rande seines Blickfelds flackern und sich überall Gefahren auftürmen.

»Wo bist du?« sagt Alter Mann.

»Ich weiß nicht«, erwidert Bandit.

»Was siehst du?«

Bandit schildert es ihm.

»Sieh in die Schatten.«

Als Bandit hinschaut, sieht er, daß sich ihm eine düstere menschliche Gestalt nähert. Zuerst scheint alles nur dunkler Schatten zu sein, doch dann schaut Bandit tiefer. Er sieht die Macht darin, die blendende Macht von tausend Seelen, die alle im Widerschein der strahlenden Reinheit ihrer Lebensenergie leuchten. Und dann schaut er noch tiefer. Innerhalb dieser blendenden Aura des Lebens lauert eine Dunkelheit, die schwärzer als schwarz ist, ein bösartiger Kern, der sich vom Leben selbst nährt.

Das Grauen kommt näher. Bandit spürt, wie er vor Angst zittert. Plötzlich wird er mit einer Geschwindigkeit von dem Kern der Finsternis weggerissen, die jegliches Begreifen übersteigt, und dennoch kommt das Grauen und verfolgt ihn bis zur Schwelle dieser Metaebene und darüber hinaus. Krallen greifen nach ihm, um ihn zu packen, um ihn zu zerkratzen, um in ihn zu greifen …

Bandit schwinden die Sinne. Er spürt, wie er schwankt. Er stellt plötzlich fest, daß er vor Alter Manns kleinem Feuer sitzt, ihm der Kopf schmerzt und das Herz in der Brust hämmert. Er spürt die Gefahr jenseits der Grenzen des Medizinzelts lauern und erbebt.

»Was weißt du von dem Übel?« sagt Alter Mann.

Bandit denkt lange nach, dann sagt er: »Ich weiß seinen Namen. Ich weiß, daß es von jenseits der Schwelle stammt. Daß es das Leben jagt. Sich vom Leben nährt. Seelen stiehlt.«

Alter Mann schließt die Augen. »Was wirst du tun?«

»Ich weiß nicht.«

Alter Mann nickt. »Der Weg des Schamanen ist schwer zu finden. Ich erinnere mich, daß ich vor langer Zeit zwei Männer reden hörte. Der eine behauptete, daß Waschbär auch etwas vom Geist Adlers besitze, wie dies auch bei allen Menschen der Fall sei. Der andere Mann sagte, Waschbär sei nur ein Dieb, so wie alle Menschen Diebe seien. Ich weiß noch, daß mein Vater mir einmal gesagt hat, die Natur sei sehr mächtig, aber manchmal brauche sogar die Natur Hilfe. Du entscheidest, wer recht hat. Ich bin nur ein alter Mann. Ich habe keine Antworten.«

Bandit denkt nach und sagt: »Gut und Böse sind beide Teil der Natur.«

»Vielleicht ist das deine Antwort.«

Bandit grübelt weiter und sagt: »Es liegt in der Natur des Guten, sich dem Bösen entgegenzustellen. Es zu bekämpfen. Es sogar zu vernichten.«

»Wenn du das denkst«, sagt Alter Mann, »hast du vielleicht sogar recht.«

Bandit grübelt weiter. Vielleicht muß Waschbär diesmal die Zähne blecken und Blut vergießen.

58

Hey. Ihr Schlafmützen.«

Monk öffnet die Augen. Zwei Orkfrauen haben sich zu ihm heruntergebeugt und grinsen ihm ins Gesicht. Sie haben rote funkelnde Augen und echt große Eckzähne und wirken irgendwie belustigt. Sie heißen Erin und Paige und sind zwei von Minx' Freundinnen. Monk drückt ihre Schulter. Sie hebt den Kopf aus seinem Schoß, sieht auf und sagt: »Hey! Sahne! Wie habt ihr uns gefunden?«

Erin sagt: »Poochie hat euch gefunden.«

Das ist der andere Name für den Fürst der Dunkelheit, dem großen rötlich-schwarzen Dobermann mit den roten funkelnden Augen, der neben Paige steht. Bei der Nennung seines Namens knurrt Poochie böse, als wolle er etwas in Stücke reißen. Poochie macht Monk etwas nervös.

Minx kichert. »Wo geht es zum alten U-Bahn-Tunnel?«

»Da lang.«

Monk steht auf und streckt sich. Er ist steif. Er fühlt sich, als hätte er tagelang geschlafen. Er weiß nicht genau, was passiert ist. Alles wurde irgendwie verwirrend, nach… Nach… diesem oder jenem. Minx und er sind durch einen Haufen Tunnel gelaufen und gekrochen und haben sich irgendwie verirrt. Irgendwann ist er echt müde geworden, und Minx wohl auch, also haben sie sich hingesetzt, um sich auszuruhen, und sind eingeschlafen. Minx muß Erin und Paige mit ihrer Headware gerufen haben.

Ein Stück den Tunnel entlang zweigt ein anderer Gang ab, der in einem alten U-Bahn-Tunnel mit rötlichen verrosteten Gleisen endet. Erin und Paige bleiben abrupt stehen. Paige deutet mit dem Kopf zurück in die

Richtung, aus der sie gekommen sind. »Wir sind zum Meister unterwegs, um ihn zu füttern.«

Ja, genau, das war es: der Meister.

»Ach so, okay«, sagt Minx. »Kintama, *Omaes*.«

»Klar«, sagt Erin.

Sie gehen weiter, Erin, Paige und der Fürst der Dunkelheit in die eine Richtung, Monk und Minx weiter durch den alten U-Bahn-Tunnel. Als die Schritte der Orks verhallt sind, sagt Monk: »Was bedeutet das? Kintama.«

Minx lächelt. »Ach, das bedeutet ›Kugeln‹.«

»Kugeln?«

»Goldene Kugeln.«

»Echt?«

»Du Kick«, sagt Minx, wobei sie ihn angrinst. »Hast du nie das alte Sprichwort gehört? Hüte dich vor den goldenen Kugeln.«

»Wer hat das gesagt?«

»Woher soll ich das wissen?«

Monk kratzt sich hinter dem Ohr, wundert sich und sagt dann: »Es hört sich irgendwie so an wie in dieser Geschichte, die ich mal gelesen habe. Von diesem Burschen, wie hieß er noch gleich? Twain! Genau, Mark Twain. Die Geschichte hieß ›Mr. Blokes Gegenstand‹. Sie endete mit einer Warnung. ›Hüte dich vor der goldenen Schüssel.‹«

»Was bedeutet das?«

»Ich weiß es nicht. Twain wußte es auch nicht.«

Minx kichert. »Das ist wieder so eines von den vielen Rätseln unseres Zeitalters.«

»Das nehme ich an.«

Sie kommen zu einer rostig-rötlichen Tür mit der Aufschrift VERSORGUNG. Sie kreischt, als Minx sie öffnet. Der Gang dahinter liegt unter einem rötlichen Nebel. Vielleicht zwanzig Meter weiter tauchen zwei Gestalten aus dem Nebel auf. Sie sehen aus, als trügen sie Körperpanzer. Monk wundert sich.

»O nein«, flüstert Minx.

»Gib's ihnen, Junge!« ruft eine der beiden Gestalten.

Minx kreischt: *»Lauf, du Kick! LAUF!«*

Sie machen kehrt und fliehen. Automatische Waffen knattern und donnern. Irgendwas explodiert. Monk spürt kleine Stücke gegen seinen Rücken prallen, vielleicht Splitter und Dreckklumpen. Minx packt plötzlich sein Handgelenk und zieht ihn über die alten U-Bahn-Gleise, und dann verschwindet plötzlich der Boden unter ihren Füßen.

Sie fallen.

Vielleicht zwei oder drei Meter tief. Es ist mehr der Schock als alles andere. Monk schreit auf. Minx legt ihm die Hand auf den Mund, zieht ihn hoch und hinter sich her. Sie befinden sich in einem gewundenen Gang, der direkt in das rohe, rötliche Gestein gehauen zu sein scheint.

»Wer sind diese Burschen?« fragt Monk.

»Mörder!« platzt es aus Minx heraus. »Lauf weiter, Kick!«

Ohne Drek.

59

Harman geht einfach nicht ans Telekom. Amy nimmt an, daß er sich in einer Besprechung oder an irgendeinem Ort befindet, wo er nicht reden kann, und das ist wahrscheinlich auch gut so. Sie lehnt sich auf ihrem Schreibtischstuhl zurück und atmet tief durch. Sie brauchte eine Pause, einen Augenblick, der nichts mit den Revisoren aus Tokio und ihren Ängsten hinsichtlich der Betrügereien und ruinierten Leben – wie zum Beispiel ihrem eigenen – zu tun hatte, aber eigentlich dürfte sie die Zeit nicht so verschwenden. Sie sollte Dr. Phalen anrufen und um ein sofortiges Gespräch bitten, nein, darauf bestehen, so daß sie ihm ihre Entdeckungen präsentieren und nach seiner Meinung dazu fragen kann.

Sie dreht sich auf ihrem Stuhl und sieht durch die Fenster in der rückwärtigen Wand ihres Büros: die subtilen Grautöne des frühen Abends, die goldene Lichtflut, die die New Bronx Plaza erfüllt, das Hafenviertel, die Springbrunnen, die Wohnkomplexe, die unvollendete Arcologie. Sie muß jetzt Phalen anrufen, wie sie es Mercedes Feliz gesagt hat. Sie braucht den Verwaltungsdirektor auf ihrer Seite, wenn ihr der Wind ins Gesicht bläst.

»Schluß mit der Unentschlossenheit«, sagt sie sich.

Amy strafft sich auf ihrem Stuhl, doch bevor sie sich wieder zu ihrem Schreibtisch umdrehen kann, fällt ihr etwas ins Auge.

Einen Moment lang weiß sie nicht genau, was sie eigentlich gesehen hat – einen Vogel, eine Rakete, einen Meteoriten –, als ein dunkler Fleck durch ihre Fenster schießt, direkt auf ihre Nase zu. Sie zuckt unwillkürlich zurück, stößt sich mit den Füßen vom Boden ab. Die Rückenlehne ihres Stuhls knallt gegen den Schreibtisch.

Sie versteift sich, schnappt nach Luft, und gafft dann offenen Mundes.

Der dunkle Fleck wird zu einem Loch, wie ein Loch im Boden, in der nackten Erde, aber es hängt in der Luft vielleicht einen Meter vor ihrem Gesicht.

Wahrscheinlich zum erstenmal in ihrer gesamten Karriere fällt Amy der Alarmknopf unter ihrem Schreibtisch ein. Sie hat ihn ein halbes Dutzend Mal mit dem Knie gedrückt, völlig unabsichtlich, nur um überrascht aufzuschauen, als jedesmal ein Trupp bewaffneter Wachen in ihr Büro stürmte. Jetzt wünscht sie sich, sie könnte ihn erreichen, ihn erreichen, ohne daß es offensichtlich ist. Sie hat keinerlei Zweifel, daß sie Zeuge eines arkanen Phänomens ist.

Ihr Herz pocht.

Eine Gestalt taucht auf, ein Kopf, der sich aus dem Loch erhebt. Die Gestalt sieht wie ein Tier aus, dunkel und pelzig, ein wenig wie ein Waschbär. Sie verschränkt die Vorderbeine über dem Lochrand und sagt mit merkwürdig schriller Stimme: »Halt dich von Phalen fern. Er ist gefährlich.«

Amy staunt. »W-was?« stammelt sie.

Ihre Stimme kippt ungefähr tausend Oktaven nach oben. Die Gestalt starrt sie an, kratzt sich am Kopf und sagt dann: »Halt dich von Phalen fern …«

»Wer bist du?« platzt es aus Amy heraus.

»Ich?« Die Gestalt legt den Kopf auf die Seite und kratzt sich anscheinend verwirrt am Kopf. »Ich bin nur ein Wesen aus Quecksilber und Schatten.«

Und dann ist es weg, verschwunden.

Quecksilber? Amy starrt Löcher in die Luft.

Die nächsten fünf Minuten ist sie damit beschäftigt, wieder zu Atem zu kommen und sich zu fassen. Ihr fällt Scotties lebenslange Besessenheit hinsichtlich Waschbären ein und fragt sich, ob das alles nur ein Zufall ist. Hat diese Erscheinung, die sie vor Dr. Phalen gewarnt hat, irgend etwas mit Scottie zu tun?

Sie erinnert sich an eine Trideoshow namens *Die Shattergraves*, die vor einigen Jahren gesendet wurde. Sie genoß eine kurze, doch heftige Popularität, und zwar in erster Linie wegen ihres Magier-Helden, der direkt einem Katalog von Vashon Island hätte entsprungen sein können. Sogar ihre Assistentin Laurena redete über ihn. Er wurde Aragon genannt. In der Show hatte er einen Helfer, eine Art Geist. Der Geist hieß Quecksilber. Er war nicht besonders gescheit. Aragon beauftragte Quecksilber manchmal damit, Nachrichten zu überbringen. Der Geist schien praktisch jeden in Windeseile finden zu können, egal wo der Betreffende sich gerade befand.

Wenn in dieser Show die Funktionsweise von Magie und die Fähigkeiten von Geistern einigermaßen korrekt dargestellt waren, dann könnte Scottie ihr dieses Wesen geschickt haben, das einem Waschbär ähnelte, um sie vor Dr. Phalen zu warnen.

Aber warum?

Es ergibt keinen Sinn. Gefährlich? Dr. Phalen? Selbst wenn er persönlich verantwortlich für den Betrug an Hurley-Cooper wäre, kann Amy nicht glauben, daß der Mann versuchen würde, ihr persönlich ein Leid zuzufügen. Schließlich ist Dr. Phalen kein zur Gewalt neigender Straßenpunk mit einer ellenlangen kriminellen Vergangenheit. Er ist ein Mann, der sein Leben der Wissenschaft gewidmet hat. Ein Mann, der ihrer Erfahrung nach mit ihr und überhaupt mit jedem wie ein Gentleman aus der Alten Welt geredet hat: höflich, vielleicht sogar zu höflich, freundlich, zuvorkommend und ziemlich charmant. Gefährlich? Das ist einfach nicht möglich.

Amy kann sich erinnern, daß es mehrere *Shattergraves*-Episoden gab, in denen Quecksilber Aragons Botschaften durcheinandergebracht hat. Vielleicht ist das in diesem Fall auch geschehen. Scottie kann nicht gemeint haben, daß Dr. Phalen eine echte Gefahr für sie darstellt. Er muß etwas anderes gemeint haben.

Aber was?

Phalen ist in Gefahr, also halt dich von ihm fern? Sie versucht es sich mehrere Minuten lang zusammenzureimen. Das einzige, was ihr einfällt, ist die Möglichkeit, daß sie überwacht wird. Scottie scheint das zu denken. Doch wenn sie von KFK-Leuten beobachtet wird, dann sollte sie das, was sie tut, einfach fortsetzen. Das ist ihre einzige Hoffnung, ihre Karriere zu retten. Wenn sie von anderer Seite beobachtet wird ... sie weiß nicht genau, was das bedeuten könnte.

Ihr Sprechgerät summt.

»Dr. Phalen auf Eins«, sagt Laurena.

»Danke.«

Amy zögert, schüttelt den Kopf und drückt auf den Knopf, der die Verbindung herstellt. Dr. Phalens bleiche Gesichtszüge erscheinen auf dem Schirm. Er lächelt und sagt: »Guten Tag, meine Liebe. Ich hoffe, ich störe Sie nicht bei einer unsagbar wichtigen Verwaltungsfunktion.«

Amy kann sich trotz ihrer Sorgen ein Lächeln nicht verkneifen. »Nein. Tatsächlich wollte ich Sie auch gerade anrufen.«

»Das trifft sich gut«, sagt Dr. Phalen, doch dann verblaßt sein Lächeln, und er wird ernst. »Gehe ich richtig in der Annahme, daß Sie mit mir über die Angelegenheit reden wollen, mit der sie heute morgen an Ben herangetreten sind?«

»In der Tat«, erwidert Amy. »Es tut mir leid, aber ich kann mich des Eindrucks nicht erwehren, daß Dr. Hill nicht völlig aufrichtig zu mir war. Zumindest kam es mir so vor. Er schien, nun ja ... Sie wissen, wie das Gespräch endete. Und er schien von Anfang an ziemlich aufgeregt zu sein.«

»Ich bin ganz sicher, daß es so ausgesehen haben muß«, sagt Dr. Phalen in ruhigem, fast vertraulichem

Tonfall. »Ben steht unter einem ziemlichen Druck, meine Liebe. Streß. Alles streßbedingt. Ich bin sicher, Ihnen ist das Husten und Niesen nicht entgangen. Ausschließlich psychosomatisch. Er setzt so große Hoffnungen auf unser gegenwärtiges Forschungsprojekt. Kaum auszudenken, wie er reagieren könnte, sollten sich die Dinge nicht so entwickeln, wie er sich das vorstellt.«

Davon hat Amy nichts gewußt. Wenn Dr. Hill tatsächlich krank ist... »Befindet er sich in medizinischer Behandlung?«

»Meine Liebe, versuchen Sie mal, einen Arzt dazu zu bringen, einen Arzt aufzusuchen. Es ist völlig unmöglich. Aber ich habe ein wachsames Auge auf unseren Freund. Sie können versichert sein, daß ich eingreife, bevor Ben auch nur in die Nähe eines Zustands gerät, der sich als Krise bezeichnen ließe.«

Amy nimmt an, sie sollte sich beruhigt fühlen. Dr. Phalen hat, abgesehen von seinen anderen Errungenschaften, natürlich auch ein Diplom in Medizin. Aber wie wirkt sich das auf ihr Problem aus? »Tja... Es tut mir leid, wenn ich die Dinge für Dr. Hill verschlimmert haben sollte. Das lag gewiß nicht in meiner Absicht. Ich hoffe, er kommt wieder in Ordnung.«

»Ben ist stärker, als er aussieht, meine Liebe. Er wird es schon schaffen.«

»Ich bin sicher, daß Sie recht haben.«

Dr. Phalen lächelt verständnisvoll.

»Ich würde gerne auf ein Gespräch in Ihr Büro kommen.«

»Sie sind immer willkommen, meine Liebe. Unglücklicherweise bin ich gerade zu Hause. Meine Frau hatte einen Anfall, einen kleinen, aber ich bin der Ansicht, ich sollte in der Nähe bleiben, bis sich die Situation wieder stabilisiert hat.«

»Oh... ja, natürlich.«

Es ist allgemein bekannt, daß Dr. Phalens Frau

sterbenskrank ist, unheilbar. Sie siecht seit Jahren dahin. Irgendeine langsame, zehrende Krankheit. Diese Tatsache ist es, die Dr. Hills Geschichte, seine Frau sei krank und daher nicht fähig, sich um die Verwaltung ihres Geldes – die drei Millionen auf dem versteckten Konto – zu kümmern, so unglaublich erscheinen ließ.

Wenn man schon lügt, sollte man zumindest kreativ sein.

»Aber wenn es wichtig ist – und ich bin sicher, das ist es –, sind Sie herzlich eingeladen, zu mir nach Hause zu kommen.«

Amy zögert. Phalen privat aufsuchen? Keine gute Idee. Eine Besprechung, die weit jenseits der normalen Schranken des Konzernmilieus abgehalten würde, könnte als konspirativ und daher als belastend betrachtet werden. Hinzu kommt die Tatsache, daß sie in das Haus eines Mannes eindringen würde, dessen Frau nach allem, was sie weiß, gerade im Sterben liegen könnte.

»Nein, ich kann nicht einfach so bei Ihnen eindringen«, sagt Amy. »Wann rechnen Sie damit, wieder in Ihr Büro zurückzukehren?«

»Wahrscheinlich später am Abend«, sagt Dr. Phalen. »Ich könnte Sie anrufen, wenn ich sicher bin, daß sich der Zustand meiner Frau stabilisiert hat.«

Amy hat wohl keine andere Wahl. Auf eine sofortige Besprechung zu bestehen, wäre unerhört, grausam und unmenschlich. Sie wird ganz einfach warten müssen. Ihr Terminal wird auf jeden Fall eine Aufzeichnung dieses Gesprächs in ihrer permanenten Datenbank abspeichern, so daß sie die Verzögerung rechtfertigen kann, wenngleich fraglich bleibt, ob ihr das noch etwas nützen wird.

»Das wäre nett«, sagt sie, wobei sie sich Mühe gibt, zufrieden zu klingen. »Und wenn ich in bezug auf Ihre Frau irgend etwas tun kann, zögern Sie nicht, es zu sagen. Ich weiß, daß sie sehr krank ist. Ich hoffe, daß sich alles zum Besten entwickelt.«

»Sie sind sehr freundlich, meine Liebe«, erwidert Phalen. »Vielen Dank.«

Sie beenden das Gespräch. Amy lehnt sich zurück und seufzt.

Immer noch mehr Sorgen.

60

Tikki kratzt sich im Nacken, zuckt gereizt mit den Ohren und springt abrupt auf. Sie ist ruhelos, sie kann nicht schlafen. *Sie kann es einfach nicht mehr ertragen, in diesem öden grauen Raum eingesperrt zu sein!* Stunde um Stunde ist vergangen – mindestens ein Tag. Immer wieder muß sie an ihr Junges denken, und die Stimme an der Decke ist eine Plage. Ständig kommt sie wieder, ständig leiert sie ihr die Ohren voll. Sie spricht von Töten und vom Tod und davon, was für ein Ungeheuer sie ist und was sie verdient und wie sie für ihre Verbrechen büßen wird. Die Botschaft ist ziemlich eindeutig. Sie wird hier festgehalten und mit diesem Lärm gefoltert, mit ihren unbeantworteten Fragen, ihren Zweifeln und Unsicherheiten, bis sie wahnsinnig wird.

Sie beschnüffelt den Boden. Nichts. Nichts, was sie nicht schon zuvor gerochen hat.

In ihrer Jugend waren die Dinge einfacher. Sie war stark, mit den Waffen der Natur beschenkt, und alles, was nicht Tiger oder Wertiger war, war Beute. Manche Beute war gefährlich, manche nicht, aber sie kannte ihren Platz in der Welt, sowohl in der Wildnis als auch im Reich der Zweibeiner. Wer hätte auch daran zweifeln können? Ist sie nicht ganz offensichtlich ein Raubtier? Zur Jagd geboren? Zum Töten? Was konnte es schon für einen Unterschied machen, ob die Beute zwei oder vier Beine hat? Ihre Mutter hat ihr sowohl die Jagd auf zwei Beinen als auch auf vier Beinen beigebracht, wie man Schußwaffen benutzt, wie man Schlösser und Alarmanlagen überwindet und andere Dinge – Fähigkeiten, die sie zum Überleben benötigen würde.

Es war wie ein Schock, als sie erkannte, daß Zweibeiner sie dafür bezahlen würden, andere Zweibeiner zu jagen, und das bewies nur, was ihre Mutter ihr immer wieder gesagt hatte. Zweibeiner jagen einander. Sie sind Betrüger, hinterlistig und falsch, Verräter an ihrer eigenen Rasse. Sie tun alles, um sich selbst zu retten, um voranzukommen oder um Profit zu machen. Sie schätzen nur das eigene Leben, Macht, Sex und Nuyen.

Tikki fragte sich schließlich, warum sie die Unbilden des Lebens in der Wildnis ertragen sollte, wenn sie doch Zweibeiner in der Stadt jagen und sich eines angenehmen Lebensstils erfreuen konnte.

Die Stimme von der Decke meldet sich wieder. »Er war in Philadelphia, um ein paar Freunde zu besuchen. Am Abend fuhr er zu einer Bar namens Numero Uno. Dort hast du in einer Gasse gewartet. Du hast ihm einmal in den Fuß geschossen, dann zweimal in den Kopf und zweimal in die Brust. Dann hast du sein Motorrad gestohlen.«

Das Wort ›Philadelphia‹ erregt Tikkis Aufmerksamkeit. Ihr Aufenthalt in dieser Stadt vor zwei Jahren war nicht sehr angenehm. Sie hat dort einen Mann gesucht, um ihn dafür büßen zu lassen, daß er versucht hat, sie zu töten. Es endete damit, daß sie in die Fänge eines mächtigen Magiers geriet, dem sie wie eine Sklavin ergeben war. Sie ist sich immer noch nicht darüber im klaren, wie das geschehen konnte, aber sie weiß mit Sicherheit, daß er ihre Sinne, ihre Gedanken und viele Dinge, die sie tat, manipuliert hat. Diese Erfahrung brachte sie zu der Erkenntnis, daß sie genug von den Zweibeinern hatte, vielleicht ein für allemal, so daß sie mit Raman, dem Vater ihres Jungen, nach Norden in die Wildnis von Maine zog.

Hat sie in einer Gasse in Philadelphia irgendeinen Burschen umgelegt und dann sein Motorrad gestohlen? Sie erinnert sich an einen Vorfall in einer Gasse, in die so ein Bursche verwickelt war, möglicherweise ein Ork, aber sie weiß nicht mehr genau, was geschehen ist. Sie hat mit Sicherheit solche Dinge getan wie die, von denen die Stimme redet. Viele Zweibeiner haben sie dafür bezahlt, solche Dinge zu tun.

Und wenn schon? Gibt es einen Unterschied zwischen dem Töten eines Tiers, um es zu essen, und dem Töten eines Zweibeiners, um mit seinem Motorrad zu fahren? Das eine geschieht offensichtlich aus Gründen des Überlebens. Das andere?

»Das war mein Sohn in dieser Gasse«, sagt die Stimme. »Als du ihn umbrachtest, hast du mir damit alles genommen, das mir etwas bedeutete.«

Tikki fragt sich, was das jetzt wieder zu bedeuten hat.

Es hört sich fast nach Kummer an.

61

»Mein Standpunkt ist einfach der, Liron, daß ein Gestaltwandler eine Sprosse auf der intellektuellen Leiter höher steht als die meisten anderen paranormalen Spezies. Es liegt nicht nur daran, daß sie menschlich aussieht, wenn sie sich verwandelt. Ihr Verstand mag völlig fremdartig für uns sein, aber ich glaube, daß ihre Intelligenz der eines Metamenschen entspricht. Und ich glaube, daß sie daher auch dieselben Rechte wie ein Metamensch haben sollte.«

Als er seine kleine Ansprache beendet hat, zwingt sich Ben, wieder auf den Schirm seines Schreibtischterminals zu schauen. Sein Magen brennt, und seine Nasenhöhlen sind verstopft, und er weiß bereits, was Liron Phalen sagen wird. Sie haben diese Diskussion schon öfter geführt, immer mit demselben Ergebnis. Liron betrachtet ihn ein paar Augenblicke vom Bildschirm aus und sagt dann ruhig: »Unsere Forschung erfordert nun mal, daß wir gewisse Opfer bringen, Ben.«

Ben nickt. »Ja, natürlich. Ich weiß.«

»Du solltest dich nicht mit solchen Fragen belasten. Wir haben keinen eindeutigen Beweis, daß Gestaltwandler intelligent sind. Bis zu diesem Augenblick haben wir nur unsere einleitenden Testergebnisse, die darauf hindeuten, daß unsere Matrix – Striper? – vielleicht mehr ist als ein ungewöhnlich großer, merkwürdig gefärbter, aber ansonsten völlig normaler Tiger. Du regst dich völlig grundlos auf.«

Die Tatsachen lassen sich nicht bestreiten. Die finstere Königin hat ihre Geheimnisse gehütet. Striper hat seit ihrer Ankunft hier im Labor nichts Verständliches gesagt und auch keine gestaltwandlerischen Fähigkeiten demonstriert. Ben müht sich, eine neue These im Hinblick auf Stripers Intelligenz zu formulieren, aber nun, wo ihm Lirons Gesicht vom Bildschirm entgegenstarrt, ist sein Verstand einfach wie leergefegt, wie es wohl auch sein sollte. Seine Position ist unhaltbar. Warum gibt er sie nicht einfach auf?

»Setz das Testprogramm einfach wie besprochen fort.«

»Ja, natürlich.« Ben nickt.

Der Schirm wird schwarz.

Ben nimmt eine Injektionspistole aus der obersten linken Schublade seines Schreibtisches, setzt sich die Spitze an den Hals und drückt ab. Die Lösung, die in seinen Blutkreislauf eindringt, ist zum Teil entzündungshemmend, zum Teil magensäureneutralisierend und zum Teil beruhigend. Sie ist das einzige, was ihn noch auf den Beinen hält.

Er drückt die entsprechenden Tasten, um die Verwaltungsassistentin der Gruppe anzuwählen. »Ist das Team schon versammelt?«

»Die Leute machen sich gerade fertig, Dr. Hill«, erwidert Germaine.

»Ich bin schon unterwegs.«

Der Gang zu Labor 6E dauert nur ein paar Augenblicke. Der Vorbereitungsraum scheint mit Leuten überfüllt zu sein, die ihn alle ansehen und nur auf ihn warten, um anfangen zu können. Abgesehen von seinen Kollegen und einigen Techs sind auch der Kopfgeldjäger Tang und jetzt nicht mehr nur eine, sondern zwei Partnerinnen von ihm anwesend, beide ebenfalls Elfen.

Tang zeigt auf den Innenraum, der einmal Teil eines Labors zur Erforschung des Schlafes war. »Sorgen Sie dafür, daß dieser Raum mit Ihrem Gas geflutet wird, Doktor. Und halten Sie die Tür geschlossen.«

Ben nickt. »Ja, das ist die Vorgehensweise.«

»Das war die Vorgehensweise beim letztenmal. Zwei von Ihren Leuten hätten es beinahe nicht geschafft. Wenn die Luft nicht ständig mit dem Gas gesättigt ist, wird die Tigerin Sie in Stücke reißen.«

Ben nickt, und sein Magen verkrampft sich. »Mittlerweile haben wir das alle begriffen.«

»Das hoffe ich.«

Ben dreht sich um und betritt den zentralen Überwachungsraum. Germaine sitzt an der Hauptkonsole und beobachtet die Bildschirme. Die finstere Königin auf dem Hauptschirm sieht nicht nur wach, sondern im höchsten Maße aufmerksam aus. Sie sitzt aufrecht auf den Hinterpfoten neben der einzigen Tür des Raumes und läßt eben diese Tür nicht aus den Augen. Ihre Lebenszeichen sind stark. »Leiten Sie das Gas ein«, sagt Ben.

»Was? Was soll ich tun?«

Germaine sieht ihn mit einer Miene an, in der Verblüffung zu liegen scheint. Ben erkennt seinen Irrtum. Er fühlt sich, als wäre er im Halbschlaf, wie in einem bösen Traum. »Tut mir leid, Germaine«, sagt er. Er ringt sich ein Lächeln ab. »Ich nehme an, ich bin einfach zu sehr daran gewöhnt, daß Sie hier alle Knöpfe drücken.«

»Wer, ich?« Germaine lächelt zögernd. »Ich bin nur eine Computerassistentin und eine Bürokraft.«

»Dr. Phalen hält Sie für unersetzlich.«

»Tja, er ist der Boß.«

»Ja.«

Ben betätigt die Tasten, die den Innenraum mit Gas überfluten. Als er wieder auf den Schirm sieht, starrt die finstere Königin direkt an die Decke, als wisse sie, daß das Gas kommt. Sie muß es riechen. Der Geruchssinn des Tigers ist um ein Vielfaches stärker als der eines Metamenschen, stärker, als es sich ein Metamensch überhaupt vorstellen kann. Ben fragt sich, wie es wohl ist, allein mit Hilfe des Geruchssinns Beute durch eine halbe Million Hektar Wald zu verfolgen. Er fragt sich, wie die Welt der Metamenschen für jemanden mit so scharfen Sinnen aussehen muß. Könnte man ein Wesen mit solch tiefem Verständnis überhaupt belügen?

Striper fällt zu Boden.

»Soll ich Dr. Phalen rufen?« fragt Germaine.

»Nein«, erwidert Ben. »Liron widmet sich anderen Dingen.«

»Ach ja, richtig«, sagt Germaine. »Er ist nach Hause gegangen.«

Ben nickt. »Genau.«

Er geht wieder in den Vorbereitungsraum, um sich anzukleiden.

62

Die in den Keller führende Treppe ist dunkel und staubig, aber Liron Phalen macht sich nicht die Mühe, das Licht einzuschalten. Seine Augen haben sich längst an schlechte Lichtverhältnisse gewöhnt. Ein Vorteil seines Zustands.

Der Keller ist mit Kisten und Kästen gefüllt, Artefakten von Expeditionen, die er in jüngeren Jahren unternommen hat, als er auf der Suche nach universellen Wahrheiten durch die Weltgeschichte gereist ist. Welch eine Ironie, daß ihn seine Suche nach der Wahrheit nicht zum Wesen der Natur des Lebens oder der Existenz geführt hat, sondern in eine lebenslange Schlacht mit den degenerativen Auswirkungen von *Metamycobacterium Leprosis*, einer neuen und virulenteren Sechste-Welt-Form der Lepra. Wie traurig, daß er so viel von seiner Zeit nicht mit der Suche nach den bedeutenderen Wahrheiten des Arkanen, sondern mit dem Versuch verbracht hat, die kleine, düstere Wahrheit zu heilen, die ihn bei lebendigem Leib auffrißt.

Er bleibt an einem Ende des Kellers stehen. Aus einigen der Kisten und Kästen in seiner Umgebung dringen zischelnde Flüsterlaute und Kratzgeräusche. Sie sind wie die Worte der Alten, oft so vage und schwach, daß sie sich jedem Begreifen entziehen, und doch mit der Verheißung geheimen Wissens neckend. In diesem Fall erinnert ihn das Flüstern natürlich nur an seine frühen Fehlschläge. Er unterdrückt einen Seufzer des Kummers und des Bedauerns.

Doch jetzt steigt Vorteria durch den Kellerboden, und das schwache Schimmern ihrer Präsenz wird zur strahlenden Pracht ihrer vollen physikalischen Manifestation. *»Zwei der Jäger nähern sich, Meister«*, sagt sie. *»Es sind die beiden, die Erin und Paige genannt werden.«*

Geheiligte Gefäße, die die Essenz des Lebens transportieren.

Liron bückt sich und öffnet den Riegel, mit dem die Falltür im Betonboden versperrt ist. Die Tür schwingt sofort zurück. Einer nach dem anderen klettern seine Jäger durch die quadratische Öffnung, richten sich auf und drehen sich zu ihm um. Sie sind nicht sonderlich attraktiv, diese stämmigen Orkfrauen, mit ihren viehischen Fängen und ihrer schwarzen Kunstlederkleidung, aber sie sind stark und ausdauernd und gehören zu den gewissenhaftesten seiner Lakaien.

Liron öffnet seinen Umhang und verstärkt mit einer raschen Bewegung seiner Finger den Zauber, unter dem beide stehen.

»Komm, meine Liebe.«

Erin tritt mit einem fast mädchenhaften, koketten Lächeln vor. Liron hüllt sie in die Verzauberung des Umhangs ein, eine Verzauberung, die Abgeschiedenheit gewährleistet, und preßt seinen Mund auf ihren. Der Atem strömt rasch und üppig aus ihren Lungen. Er atmet ein, tief und begierig. Im Astralraum ist sie ein strahlendes Leuchtfeuer vor dem dunklen Hintergrund des Kellers. In ihren Augen brennt das Licht unzähliger Seelen. Jetzt fließt ihm der Überfluß an Lebensenergie zu, den sie gesammelt hat. Mit der Lebensenergie kommt die essentielle Kraft, die er braucht, um sich am Leben zu erhalten, und die Macht, der Lepra zu widerstehen und den weiteren Verfall aufzuhalten.

Während sein Energiereservoir steigt, steigert sich das Flüstern und Rascheln in den Kisten und Kästen zu einem subtilen Crescendo. Seine Fehlschläge spüren das Leben, das er absorbiert. Sie neiden ihm seine Macht. Das ist alles sehr traurig. Sie sind wie Erin und Paige und die anderen, verwandelt nach den Prinzipien des großartigen Werks des *Roggoth'shoth*, nur daß ihm die ersten Exemplare nicht so gut gelungen sind. Sie sind ziemlich wahnsinnig. Wie die Feinde des sagenhaften Azzorloth, der Brücke Zwischen Den Welten, die im *Roggoth'shot* von dem alten Magier Penticlese auf so arkane Weise beschrieben werden.

Erin seufzt und erschlafft. Liron läßt sie los, dann holt er Paige zu sich, in seine Umarmung. Seine Macht schwillt an. Sein Körper prickelt vor Entzücken. Wieder einmal haben ihm die Jäger Zeit gespart, kostbare Zeit, indem sie ihm Leben gebracht haben und ihm so ermöglichen, sein großes Werk fortzusetzen, die Suche nach einem Heilmittel für die Lepra.

Doch jetzt muß er zu seiner Frau, seiner geliebten Victoria, um sie zu füttern, sie am Leben zu erhalten, wie die Jäger ihn gefüttert haben. Morgen, wenn er in sein Büro zurückkehrt, wird er sich um Ms. Amy Berman kümmern.

Dieses liebe Kind.

63

Ivar wendet sich von den dunklen, überfüllten Straßen Morrisanias ab und einer limonengrünen, mit schwarzen und roten Graffiti besprühten Tür zu. Hinter der Tür befindet sich eine Treppe, noch dazu eine ziemlich dunkle. Sie führt etwa zwei Stockwerke hinab. Am Fuß der Treppe erwarten ihn ein kleiner dunkler Raum und zwei häßliche, in schwarzes Leder gekleidete Zwerge, auf deren Gesichter die Trollhammer-Insignien tätowiert sind.

»Was willst du, du Wicht?« fragt einer.

Ivar erwidert: »Ein Stück vom fetten Arsch deiner Mutter.«

Derjenige, der gesprochen hat, grinst jetzt. »Da wirst du dich anstellen müssen. Geh schon rein, du Wicht.«

So viel zu Losungsworten. Die einzige Tür führt zu einer Wendeltreppe, die auf dem Boden eines großen Raums endet, der an eine Höhle erinnert, doch im Penthaus-Stil oder etwas in der Art eingerichtet ist. Die Wände sind aus roh behauenem Stein, abgesehen von derjenigen, die von einem drei Meter breiten Trideoschirm in Beschlag genommen wird. Der Teppich sieht aus wie Samt. Weich wie ein Kissen. In eine Ecke des Raumes ist ein runder Tisch mit einer gleichfalls runden Sitzbank eingebaut. Das Arrangement erinnert an eine Restaurant-Nische. Neben dieser Nische steht noch ein Trollhammer-Kerl. Gerade in diesem Augenblick liefert eine magere asiatische Schnalle in einem rauchschwarzen Bodysuit und hochhackigen Schuhen einen Drink in der Nische ab, in der ein Zwerg in einem reflektierenden Multichromanzug und dazu passender Sonnenbrille sitzt. Der Zwerg hat weißes, stoppelkurzes Haar und einen dazu passenden Bart. Sein Name ist Flint. Er sitzt auf der Bank und streichelt einen Felswurm – eine Art Schlange, aber mit einem Maul voller Mahlzähne und Hornplatten, von dem zersetzenden Speichel ganz zu schweigen.

»Hoi, Conan«, sagt Flint. »Was liegt an, Chummer?«

Ivar zwingt sich zu einem Lächeln und sagt: »Hoi.«

»Auf der Suche nach einem schnellen Job?«

»Sozusagen.«

Flint drückt eine Taste auf einer Fernbedienung. In der Tischplatte öffnet sich ein kleines Paneel. Ein schlanker Zylinder steigt daraus empor. In dem Zylinder öffnet sich ein Fach, und ein Datenchip wird sichtbar. »Willst du Ice zum Schmelzen bringen? Dann sieh dir das mal an.«

»Wie steht's mit der Bezahlung?«

»Verhandlungsbasis, *Omae.*«

»Ist es das nicht immer?«

»Bei diesem Job ganz besonders. Heute einstöpseln, morgen liefern. Silikon-eilig.«

»Klar, was auch immer.« Ivar nimmt den Chip, legt ihn in den Datenscanner an seinem Gürtel ein und stöpselt sich den Scanner in den Schädel. Ein virtuelles Protokoll rollt an seinen Augen vorbei.

Der Job, den Flint anzubieten hat, sieht ziemlich normal aus – in die Matrix decken, ein paar Informationen organisieren, Wühlarbeit –, bis Ivar einen Blick auf die Namen wirft, um die es geht. Der erste Name lautet Phalen, der zweite Hill. Ein paar andere kommen ihm ebenfalls bekannt vor, und plötzlich wird ihm klar, daß er sich ein Run-Angebot ansieht, das sich auf Leute von Hurley-Cooper bezieht, auf verschiedene Burschen aus HCs Metawissenschaftsgruppe.

Das bringt ihn ins Grübeln, und zwar fieberhaft. Pixel*drek!* Amy Berman muß dafür verantwortlich sein! Sie wollte nicht, daß er seine Bewährung aufs Spiel setzt, also hat sie den Job durch irgendeine Schattenverbindung an einen Schieber weitervermittelt, nämlich an unseren lieben Flint. Das heißt, Ivar hat mit seiner

Vermutung ins Schwarze getroffen: *Das Problem ist ernst!* HC steckt irgendwie in Schwierigkeiten. Vielleicht wegen dieser verdammten Buchprüfer. Vielleicht auch nicht. Wer weiß? Wichtig ist, daß Berman Hilfe braucht, HC in Schwierigkeiten steckt und Ivar genau der Richtige für den Job ist.

Er stöpselt sich aus. »Zeit, über den Preis zu reden.«

Flint grinst. »Sechs Riesen.«

»Das kannst du verdoppeln.«

»Höher als sieben kann ich nicht gehen.«

»Du meinst acht.«

»Gib der halben Portion 'ne Zigarre.«

Die asiatische Schnalle kommt zu Ivar gewackelt und bietet ihm einen dicken fetten Stinkbolzen an. Ivar akzeptiert ihn, nur um nicht unhöflich zu sein.

»Lieferung binnen vierundzwanzig Stunden.«

»Irgendwann morgen.«

Flint grinst. »Aber nicht später.«

»Gemacht.«

Ivar ist schnell wieder auf der Straße. Er nimmt die U-Bahn und fährt mit ihr zu den Pelham Bay Projects zurück. Der Aufzug befördert ihn nach oben. In seiner Wohnung sitzt Novangeline auf dem schwarzen Neovuelite-Sofa und mustert ihn scharf, als er zur Tür hereinkommt.

»Warum kommst du so spät?« fragt sie.

»Ich hatte noch zu tun, das ist alles.«

»Was hattest du zu tun? Und für wen? Für diese Ms. Berman?«

»Nee, das hat nichts mit ihr zu tun.«

»Womit hat es denn zu tun?«

»Na ja. Ich verdiene mir was nebenbei.«

»In der Matrix?«

»Sehe ich wie ein BTL-Händler aus?«

Das sollte eine Art Witz sein, aber er zündet nicht. Ein echter Rohrkrepierer. Novangeline springt auf, kommt ihm bis zu seinem SoloFendi-Lehnstuhl entgegen und springt ihm fast ins Gesicht. »Ivar, du bist auf Bewährung draußen! Du kannst dich nicht einstöpseln. Sie stecken dich wieder ins Gefängnis!«

»Erst mal müssen sie mich erwischen.«

»Ivar!« Und plötzlich scheinen Novangelines Augen vor Tränen überzuquellen. »Warum – warum tust du das? Bist du irre?«

Ivar zögert, dann platzt es aus ihm heraus: »Du willst doch ein Kind, oder nicht?«

Das war dumm. Er hätte das nicht sagen sollen. Plötzlich sieht Novangelines Gesicht ganz verzerrt aus, und sie schluchzt laut vor sich hin. »Das ist nicht … du kannst doch nicht …«

»Geh und mach ein Nickerchen oder so.«

Hey, er ist geläutert, *oder was*? Er würde keine Kreds für einen Matrixrun annehmen, wenn es nicht wichtig wäre, und das hier ist ein besonderer Fall. Sie *brauchen* das Geld! Novangeline hat dieses Problem, das geregelt werden muß. Sie braucht irgendeine besondere Gentherapie. Die nicht von der Krankenversicherung bezahlt wird. Acht Riesen reichen dicke.

Daß HC und Berman in die Sache verwickelt sind, ist ein zusätzlicher Anreiz. Sozusagen.

Zehn Minuten später hat er sich mit Elektrolytgetränken vollgesogen und jagt im funkelnden Regenbogencockpit seiner virtuellen Boeing-Federated Death Eagle 2, dem *Iron Dog*, durch die Datenleitungen. Er schaltet die Nachbrenner ein und rast wie ein geölter Blitz durch die sternenhelle, glitzernde Nacht des LTG.

Ein ziemlicher Kick, wie üblich.

Nehmen wir uns für den Anfang diesen Burschen namens Hill vor, denkt er. Woher stammt das viele Geld, das er in der UCAS-Bank gebunkert hat? Ivar tritt durch ein Portal in einen grellroten Knoten und steht plötzlich dem muskulösen Icon einer Fuchi Centurion Kampfutility von Angesicht zu Angesicht gegenüber. Aber das ist cool, weil Ivar sein flammendgelbes Barbarenhaar in den Nacken wirft und ein besonderes Schleicherprogramm aktiviert.

Zweitausend Sararimann-Icons, die alle mit dem Identifikationscode der UCAS-Bank ausgestattet sind, fallen über den Knoten her. Die Centurion-Kampfutility weicht zur nächsten Wand zurück und erstarrt. Jawoll! Überlastung.

Ivar schlüpft vorbei.

Irgendwo außerhalb der Datenleitungen huschen seine Stummelfinger mit Silikon-Tempo über die berührungssensitiven Tasten, aber für derartige Überlegungen hat er jetzt keine Zeit.

Nach einer weiteren Nanosekunde oder so befindet er sich in den Datenarchiven der Bank. Er aktiviert seinen Scanner: Karnik den Mystiker. Die aufgemotzte Version eines Scannerprogramms von Hacker House, das einige Verbesserungen vertragen konnte. Ein brennendes, chrombesetztes Fenster öffnet sich. Karnik fährt wie eine Rauchwolke aus seiner bunten Flasche, faßt mit einer juwelenbesetzten Hand in die wirbelnden Ströme vorbeiziehenden Hexadezimalcodes und holt einen leuchtend pinkfarbenen Umschlag heraus, auf dem die Aufschrift blinkt: *Und die Antwort heißt ...!*

»Newark Interbank Credit Corp«, sagt Karnik.

»Woher sind Hills Nuyen gekommen?« fragt Ivar laut, weil es so üblich ist.

Links von ihm öffnet sich ein leuchtend pinkfarbenes Fenster. Ein fetter Ire kichert. Das Fenster verschwindet. Vielen Dank, Hacker House.

Ivar rast durch das regionale Telekommunikationsgitter und in das Newarker LTG, wo er direkt in das Vaux Hall Piratennetz eintaucht. Der Knoten blitzt vor ihm auf. Er hat wieder seine Barbarengestalt und steht auf dem Achterdeck eines Piratenseglers mit gehißter schwarzer Flagge, der durch ein rauchverhangenes Meer stampft und schlingert. Kanonenicons donnern. Ein glänzend silberner Captain Blood führt eine Mannschaft von Piratenicons an, um ein längsseits liegendes Schiff zu entern. Ivar wendet sich an den Burschen am Steuerruder, der ein Messer zwischen die Zähne geklemmt hat, und sagt: »Ich muß mich in die Newark Interbank Credit Corp schleichen.«

»ARRR, ich bin begeistert!« krächzt der grellgrüne Papagei auf der Schulter des Burschen. »Da wirst du wohl eine Code-Rot-Maskenutility aus Davy Jones' Spind brauchen!«

Ivar spannt seine mächtigen Barbarenmuskeln und nickt.

Eine oder zwei Nanosekunden später steht er im Archiv der Newarker Bank, und Karnik zieht einen leuchtend pinkfarbenen Umschlag aus den Hexadezimalströmen. *Und die Antwort heißt ...!* »First Corporate Trust of New York.«

»Woher ist das Geld gekommen«, fragt Ivar laut, es ist so üblich, »das auf Hills Konto bei der UCAS-Bank gewandert ist?«

»Hurley-Cooper-Konto für Konzernbedarf.«

»Von welchem spezifischen Konto stammt das Geld?«

Der fette Ire kichert.

Schön.

Also hat dieser Bursche namens Hill seine drei Millionen Nuyen indirekt von Hurley-Cooper-Bankkonten bezogen. Ivar fragt sich, ob das wohl etwas zu bedeuten hat. Wer, zum Teufel, ist dieser Hill überhaupt? Vielleicht irgendein Laborkittel.

Er jagt zurück durch die Datenleitungen.

Er muß noch ein Dutzend Namen überprüfen.

64

Der Raum ähnelt dem Gelaß, in dem Striper eingesperrt ist: mattgraue Wände, keine Fenster. Das Mobiliar beschränkt sich auf drei Feldbetten, einen Tisch mit Stühlen und ein großes Telekom mit integriertem Trideo auf einem fahrbaren Wägelchen. Die einzige Tür steht offen und gibt den Blick auf den Vorbereitungsraum und die Tür zum Kontrollraum sowie auf Stripers Gefängnis frei.

Whistle liegt ausgestreckt auf ihrer Koje und zeichnet mit den Fingern Bilder in die Luft. Shaver kümmert sich um ihre Waffen. O'Keefe hat ein wachsames Auge auf Shaver. Ihre Begegnung mit Striper und den Trollen hat Spuren hinterlassen. Wie tief sie sind, ist schwer zu sagen, aber O'Keefe hat den Verdacht, daß die tiefsten Spuren unter der Oberfläche verborgen sind. Sie verbringt jeden freien Augenblick mit ihren Waffen. Sie spricht im Schlaf. O'Keefe hat wenig Zweifel, daß Striper eine herausragende Rolle in Shavers Träumen spielt.

O'Keefe, der am Tisch sitzt, richtet seine Aufmerksamkeit wieder auf den Telekomschirm. Der Titel *Söldner der Moderne* verblaßt gerade und wird durch den Blick auf einen Trupp sechsrädriger Panzerspähfahrzeuge verdrängt, die durch das hügelige Gelände der südöstlichen Türkei rollen und auf irgendeiner nicht asphaltierten Straße Staub aufwirbeln. Der Mann, der in seinem stadtgrauen Tarnanzug vor der Straße steht und direkt in die Kamera sieht, ist Duke Baader, ehemals ein hochrangiger Kommandeur in Deutschlands Söldnerkorps MET 2000. Dies ist der Mann, der 2032 die russische Offensive auf die Festung Berlin gestoppt und der später den Blitzangriff auf die Zitadelle Sofia koordiniert hat. Jetzt moderiert er Trideoshows für den Sender Arms and Armor. O'Keefe unterdrückt einen Seufzer.

Die Zeit bleibt nicht stehen, und für gute Männer führt der Weg, vom Luxus verleitet, steil abwärts, bis sie nur noch Parodien ihrer selbst sind.

O'Keefe würde sich lieber eine Kugel durch den Kopf jagen.

Ein metallisches Klappern ertönt. Germaine Olsson schiebt einen Verpflegungswagen aus dem Vorbereitungsraum. Whistle springt auf, um das Essen zu begutachten. Shaver wirft nur einen kurzen Blick, dann fährt sie fort, ihre Ingram-20t-MP zu reinigen. Olsson läßt den Wagen stehen, dann geht sie zu O'Keefe und sagt: »Dr. Hill ist der Ansicht, daß wir alles unter Kontrolle haben, wenn Sie also noch bis nach der nächsten Prozedur warten, betrachten wir den Vertrag damit als erfüllt.«

O'Keefe zögert, dann nickt er. Es ist nicht sein Begräbnis. »Ist mir recht.«

»Wie kann ich Sie erreichen, wenn wir ein neues Vertragsangebot haben?«

»Genauso wie bisher.«

»Ja, okay. Ich wollte mich nur vergewissern.«

O'Keefe lächelt. Olsson dreht sich um und geht hinaus. O'Keefe richtet seine Aufmerksamkeit wieder auf den Telekomschirm und denkt nach.

Er ist froh, wenn dieser Vertrag endlich erfüllt ist. Er hat ihm von Anfang an Sorgen bereitet. Das Interesse der Wissenschaftler an Werwesen ist ihm logisch vorgekommen, aber das Beharren darauf, daß er eine so starke und gefährliche Bestie wie einen Wertiger fangen sollte, erschien ihm unklug. Alle Werwesen sind Gestaltwandler. Alle verfügen über gewisse Erwachte Fähigkeiten, zum Beispiel die, verlorene Gliedmaßen zu regenerieren und Verletzungen mit bemerkenswerter Schnelligkeit auszuheilen. Sie sind jedoch nicht alle gleich gefährlich. Warum mußte es also ausgerechnet eine der gefährlichsten Arten sein?

Schlimmer noch, als sie den Vertrag zuerst besprochen haben, bestand Olsson auf einem ganz bestimmten Individuum, von dem man in gewissen Kreisen munkelte, daß es sich dabei um genau so eine Erwachte Bestie und, schlimmer noch, eine bekannte Attentäterin handelte. O'Keefe hätte es nicht für möglich gehalten, daß jemandem wie Olsson oder den Wissenschaftlern, für die sie arbeitete, oder überhaupt einem Konzern jemals der Name ›Striper‹ zu Ohren gekommen ist; geschweige denn, daß sie eine Vorstellung davon haben, wer mit diesem Namen gemeint ist.

O'Keefe nimmt an, daß einer der Wissenschaftler ein besonderes Interesse an Striper haben muß. Wahrscheinlich ist es etwas Persönliches.

Welche andere Erklärung kann es geben?

65

Die Stimme an der Decke leiert ihr endlos die Ohren voll über Schmerzen und Töten und Tod, über den Sohn, der in einer Gasse in Philadelphia getötet worden ist, und über die Millionen Dinge, die all das zu bedeuten hat.

»Ich habe nächtelang wach im Bett gelegen und mir vorgestellt, was ich tun würde, wenn ich dich je erwische«, sagt die Stimme. »Und mir Dinge überlegt, die ich nie jemandem erzählen werde, so furchtbar sind sie. Das brachte mich zu der Frage, was wohl das Schlimmste wäre. Das Schlimmste, was dir passieren könnte. Du bist ein Tier. Du verhältst dich wie eins. Eingesperrt zu sein, das mußte schlimm sein. Echt schlimm. Für Forschungszwecke benutzt zu werden, mußte schlimmer sein. Eingesperrt zu sein und für Forschungszwecke benutzt zu werden. Wie das Tier, das du bist. Das mußte noch schlimmer sein, als zu sterben.

Ich wäre nie auf den Gedanken gekommen, du könntest auch ein Kind haben. Da habe ich Glück gehabt. Ich will, daß du darüber nachdenkst: Was aus deinem Kind wird. Was du tun würdest, um es zurückzubekommen. Was wäre, wenn du es nie zurückbekommen könntest. Was gerade in diesem Augenblick mit ihm geschieht und daß du nichts dagegen tun kannst.«

Tikki liegt neben dem Paneel, hinter dem sich die einzige Tür zu diesem Raum verbirgt, die Flanke an die Wand gepreßt. Die Stunden ihrer Gefangenschaft in diesem Raum haben sie gelehrt, daß es sinnlos ist, Energie mit Zorn zu verschwenden. Aber wenn sich die Tür wieder öffnet, wird sie bereit sein. Falls sie wach bleiben kann.

Sie hat sehr viel an ihr Junges gedacht und ist zu dem Schluß gekommen, daß es wahrscheinlich längst tot ist.

Die Vorstellung erschreckt sie, aber sie ist nicht real. Sie wird erst real sein, wenn sie es mit eigenen Augen sehen kann, wenn sie es riechen kann, wenn sie mit der Nase darauf stößt. Sollte sie je aus diesem Raum herauskommen, wird sie unbarmherzige Rache für diesen Tod nehmen. In letzter Zeit fragt sie sich jedoch immer öfter, ob sie überhaupt je aus diesem Raum herauskommen wird. Außerdem fragt sie sich auch andere Dinge. Ein Gedanke kehrt immer wieder.

Die Stimme an der Decke hat gesagt: »Du hast mir alles genommen, das mir etwas bedeutet hat.«

Das ist unglaublich. Was soll das bedeuten? Daß irgendeinem Zweibeiner tatsächlich etwas an seinem Abkömmling liegt? Daß Tikki dadurch, daß sie in einer Gasse in Philadelphia einen Ork tötete, das Leben irgendeines Zweibeiners jeglichen Werts beraubt hat? Tikki findet das schwer zu glauben und noch schwerer zu begreifen. Sie hat weibliche Zweibeiner gekannt, die ihre Jungen lieber in die Müllpresse geworfen haben, anstatt sich die Mühe zu machen, sie zu füttern. Sie hat gesehen, wie sich Zweibeiner-Geschwister bis zum Tod bekämpft haben und der Sieger lachend davonging. Zweibeiner sind die großen Verräter. Ihnen liegt nur etwas an ihrem eigenen Überleben.

»Du hast mir alles genommen, das mir etwas bedeutet hat.«

Geld, Macht, sexuelle Befriedigung – darum dreht sich alles im Reich der Metamenschen. Die Vorstellung, daß irgendeine Orkfrau über den Verlust eines ihrer Jungen zu Tode betrübt sein könnte, ist ganz offensichtlich albern.

Sie erinnert sich an eine ihrer allerersten Erfahrungen mit Zweibeinern. Menschen kamen von Tsitsihar den Nunkiang-Fluß hinauf und töteten ihren Vater. Warum taten sie das? Ihre Mutter erklärte ihr, daß Menschen aus denselben Gründen töten wie alle anderen Tiere auch – um zu essen, um zu herrschen, um zu überleben. Töten gehört zum Lauf der Welt, aber Zweibeiner machen es persönlich. Manchmal töten sie auch einfach nur aus Spaß, was gleichbedeutend ist mit grundlos.

Ihre Mutter hat ihr erklärt, daß am Ende des zwanzigsten Jahrhunderts die halbintelligenten Wesen, die ihre Vorfahren sind, von der Ausrottung bedroht waren. Hätte nicht das Erwachen und die Geburt von Wesen wie ihrer Mutter und sie selbst stattgefunden – also Wesen, die tatsächlich denken, die den Zweibeiner-Jägern entkommen und sie sogar töten können –, würde es keine Tiger und auch keine Wertiger geben. Keine Tikki. Ihre ganze Art wäre verschwunden. Tot. Ausgerottet.

Das hat Tikki erschreckt und gleichzeitig mit Wut erfüllt. Es hat einen bleibenden Eindruck hinterlassen. Es hat sie davon überzeugt, daß Zweibeiner als Beute betrachtet werden sollten. Als rivalisierende Raubtiere. Als Feinde ihrer Art und von ihr selbst. Als nur auf die Chance lauernd, sie zu töten. Wahrscheinlich hat sie deshalb nie Schwierigkeiten gehabt, sie zu töten.

Es sind unbarmherzige Mörder. Jeder einzelne von ihnen.

Jetzt fragt sie sich, ob das stimmt.

Wenn ein Ork über den Verlust seines Sohnes Kummer und Trauer empfinden kann, so wie sie Kummer und Trauer über den Verlust ihres Vaters empfunden hat... So wie sie ihr Junges vermißt...

Es will ihr fast unmöglich erscheinen.

66

Auf der Uhr an der Wand ist es nach acht Uhr, als Amy ihr Bürovorzimmer betritt und sofort erkennt, daß sie gerade rechtzeitig kommt, um einzugreifen. Ein Mann in schwarzem Anzug und mit KFK-Ausweis knurrt irgend etwas darüber, daß er nicht den ganzen Tag Zeit hat. Amys persönliche Assistentin Laurena sieht hierhin und dorthin, wobei sie sich die Augen zuerst mit der einen und dann mit der anderen Hand abwischt, um sich dann vorzubeugen und abrupt beide Hände vor das Gesicht zu schlagen.

Amy unterdrückt einen jähen Anflug von Wut. Sie sieht den Mann an, der wahrscheinlich zum Revisionsstab gehört, und sagt kurz angebunden: »Danke, das ist alles.«

Der Mann runzelt die Stirn und verbeugt sich abrupt. »Entschuldigen Sie ...«

»Machen Sie, daß Sie rauskommen.«

Das Gesicht des Mannes läuft rot an, und er versteift sich, doch dann verbeugt er sich noch einmal, wendet sich ab und geht. Amy zieht ein Papiertaschentuch aus dem pastellfarbenen Päckchen auf dem Schreibtisch, zieht sanft Laurenas Hände nach unten und tupft ihr vorsichtig die Augen trocken. Ihr Gesicht ist gerötet und glänzt, sie selbst atmet unregelmäßig und ringt mit der Fassung. »Er wollte ... wollte nur das Materialhandbuch«, sagt sie mit gequälter Stimme. »Ich weiß nicht, warum ... warum er so gemein wurde. Ich ... ich nehme an, jemand hat es sich ausgeborgt.«

»Das gehört nicht zu Ihrem Job«, sagt Amy leise. »Es gehört zu meinem Job. Wenn die Revisoren etwas wollen, schicken Sie sie zu mir.«

»Aber ich ... ich bin doch Ihre A-Assistentin.«

»Sie sind meine Assistentin. Sie arbeiten für mich.

Und für niemand anders.« Amy streicht Laurenas goldenes Haar zurück und lächelt ein wenig. »Gehen Sie in den Waschraum und machen Sie sich zurecht.«

Laurena lächelt, offensichtlich verlegen, und greift nach ihrer Handtasche. Amy geht in ihr Büro. Durch die Fensterwand im hinteren Teil sieht die Sonne wie ein schmutziggelber Ball aus, der sich über den Horizont erhebt und die Plaza unter ihr ebenso wie den Harlem River, Manhattan, den Hudson und die entfernten Strände New Jerseys in morgendlichen Schatten hüllt. Eines weiß Amy ganz genau. Der Tag mag gerade erst begonnen haben, aber die Schatten werden länger.

Ihr Schreibtischtelekom klingelt. Sie drückt die Taste, um den Anruf entgegenzunehmen. Joey Chang, der Finanzdirektor, erscheint auf dem Schirm. Sein Haar kommt ihr grauer vor als üblich. »Wir sind gerade dabei, einen Ochsen zu schlachten.«

Amy runzelt die Stirn. »Was?«

»Ich habe soeben gehört, daß der Revisionsstab auf ein Problem in bezug auf Vernon Janasovas Bürobudget gestoßen ist. Ungefähr eine halbe Million Nuyen an persönlichen Geschäftsausgaben scheinen in seine Manhattaner Eigentumswohnung gewandert zu sein.«

Amy stöhnt und läßt sich auf ihren Stuhl fallen. Das einzig Gute an dieser Nachricht ist die Tatsache, daß ihr spezieller Verantwortungsbereich nicht darin verwickelt ist. Falls das überhaupt eine Rolle spielt. Aber es spielt keine. »Wie gut sind Sie mit Seifenlauge und Lappen?«

»Machen Sie nicht auch noch Witze darüber.«

»Ich mache Witze?«

Wenn Hurley-Coopers Geschäftsführer den Konzern betrogen hat, werden sie wahrscheinlich alle gefeuert: schuldig, weil sie in derselben Firma arbeiten. Vielleicht ist das eine Übertreibung. Und vielleicht nicht. Jedenfalls scheint das Gewitter, daß sich seit der Ankunft der Revisoren zusammenbraut, offenbar schnell über sie hereinzubrechen, und zwar mit ohrenbetäubenden

Donnerschlägen, blendenden Blitzen und einem Himmel so schwarz wie Teer. »Weiß Mercedes Feliz Bescheid?«

»Das kann ich Ihnen nicht sagen, Amy.«

»Am besten, Sie teilen es ihr mit.«

Der Verwaltungsdirektor ist jetzt so ungefähr alles, was sie noch in die Waagschale werfen können.

Chang erklärt sich widerwillig einverstanden und legt auf. Das Telekom klingelt erneut. Diesmal ist es Kurushima, Mr. Revisor persönlich, der eine Erklärung bezüglich der Vorkommnisse in ihrem Vorzimmer verlangt.

Amy drückt sich unmißverständlich aus. »Niemand geht mit meinem persönlichen Stab oder einem anderen Mitglied dieses Unternehmens so unhöflich und beleidigend um! Hurley-Cooper ist eine KFK-Tochter. Das macht uns weder zu Sklaven noch zu Leibeigenen. *Und vor allem macht es meine persönliche Assistentin nicht zu einem Hund, den Ihre Leute nach Belieben anknurren können!* Sollte es noch einen weiteren Zwischenfall dieser Art geben, rufe ich die Sicherheit und sorge dafür, daß die betreffende Person vom Werksgelände entfernt wird.«

Und als Direktor des Konzerns Hurley-Cooper, der die Miete für dieses Werksgelände bezahlt, hat Amy auch alle Befugnisse, die sie dazu benötigt.

Kurushimas Augen weiten sich. Sein Gesicht wird ein wenig blaß. Zweifellos betrachtet er eine derartig direkte Aussage als unhöflich, vielleicht sogar als verblüffend. Wahrscheinlich kommt sie auch einem Selbstmord gleich, zumindest was ihre Karriere betrifft.

Amy fügt hinzu: »Ich verlange eine umgehende Entschuldigung.«

Kurushima starrt sie an. Er stammelt mehrere Entschuldigungen. Amy wartet, bis er fertig ist, dann unterbricht sie die Verbindung. Sie lehnt sich zurück, starrt an die Decke und schließt dann die Augen.

Das Telekom klingelt. Es ist Dr. Phalen.

»Wann immer Sie bereit sind, meine Liebe.«

Sie ist so bereit, wie sie nur sein kann.

Noch einmal versucht sie Harman zu erreichen, hat jedoch kein Glück. Wo mag er nur stecken? Letzte Nacht hat sie ihn zweimal anzurufen versucht und heute morgen, bevor sie zur Arbeit ging, einmal, doch ohne Erfolg. Es sieht ihm überhaupt nicht ähnlich, so lange nichts von sich hören zu lassen.

Mit einem Seufzer nimmt Amy ihre Aktentasche und ihren Zoé-Trench und geht zu ihrem Wagen. Der Verkehr in der Umgebung der Plaza ist ein Alptraum, die Straßen sind mit Autos verstopft und wimmeln von Menschen, die von einer Straßenecke zur nächsten wollen. Sie braucht über eine Viertelstunde, um auf den Major Deegan Expressway zu gelangen, und kriecht dann fast eine Dreiviertelstunde über die Schnellstraße bis zum Van Cortlandt-Industriegebiet.

Ihr fallen Scotties Warnungen wieder ein, und sie schaut mehrmals in den Rückspiegel, kann aber kein Auto ausmachen, das ihr zu folgen scheint. Vielleicht haben die Jahre in den Schatten Scottie übermäßig mißtrauisch oder vorsichtig gemacht. Wahrscheinlich spielt es keine Rolle.

Wenn das stimmt, was Joey Chang sagte, dann gehen die Revisoren weit über eine simple Prüfung der Bücher Hurley-Coopers hinaus. In diesem Fall wissen sie wahrscheinlich längst alles, was es über die Unregelmäßigkeiten, denen sie nachgeht, zu erfahren gibt. Die Frage lautet dann, warum läßt man sie all das durchmachen, was sie durchgemacht hat? Wenn jemand zusieht, kann sie nur hoffen, daß der Betreffende die Vorstellung, diese letzten Augenblicke ihrer Karriere, genießt.

Es ist weit nach neun, als sie die Anlage der Metawissenschaftsgruppe erreicht. Der Parkplatz ist voller Wagen. Manche Mitglieder des Wissenschaftsstabes scheinen niemals nach Hause zu gehen. Amy hat den Grad ihres Pflichteifers immer bewundert, aber heute ist diese Anerkennung mit einem gewissen Kummer durchsetzt. Sie ist ebenfalls pflichteifrig. Nur scheint ihr das nicht zu helfen.

Wenn das ihre Abschlußvorstellung ist, wird sie sich nach Kräften bemühen, sich so gut wie möglich zu präsentieren. Das ist sie sich schuldig. Jeder andere würde wahrscheinlich die Zeichen erkennen und einfach verschwinden. Ein Jammer, daß das nicht ihr Stil ist.

Sie nimmt den Fahrstuhl in den ersten Stock und trifft Dr. Phalen in seinem düsteren kleinen Büro, das mit überquellenden Bücherregalen, einem antiken Holzschreibtisch und einem alten Kunstledersofa gefüllt ist. Dr. Phalen ist groß und wirkt in seinem seit zehn Jahren unmodernen Anzug auf eine drollige Weise elegant. Er erhebt sich von seinem Schreibtischstuhl, um sie zu begrüßen, schüttelt ihr die Hand, tätschelt sie und führt sie zu einem Sessel. Seine ganze Art ist freundlich und liebenswert. Der Gedanke, daß dieser Mann oder gar seine Abteilung in Betrügereien verwickelt sein könnte, ruft in Amy ein Gefühl akuten Entsetzens wach.

»Darf ich Ihnen ein Täßchen Tee anbieten, meine Liebe?«

»Das wäre nett. Vielen Dank.«

»Oh, es ist mir ein Vergnügen«, sagt Dr. Phalen lächelnd. Der Tee ist bereits fertig. Auf einer kleinen Anrichte steht ein antikes Service. Dr. Phalen gießt den Tee ein. »Ich darf Ihnen versichern, meine Liebe, ich bin mir ziemlich gewiß, daß alle Probleme, die möglicherweise aufgetreten sein mögen, zu jedermanns Zufriedenheit aufgeklärt werden können, sogar zur Zufriedenheit unserer Freunde aus Tokio.«

»Das hoffe ich«, erwidert Amy. »Aber ich muß Ihnen sagen, daß das, was ich entdeckt habe, nicht besonders gut aussieht. Es gibt Hinweise auf Aktivitäten, die ich nur als betrügerisch bezeichnen kann.«

Dr. Phalen bringt ihr eine Tasse Tee. »Nun, ich muß sagen, daß ich schockiert wäre, wenn sich dieser Verdacht als wahr erweisen würde. Ich frage mich aber, ob nicht vielleicht Informationen existieren, die noch nicht entdeckt worden sind. Aus persönlicher Erfahrung weiß ich, daß die kleinste Information manchmal einen gewaltigen Unterschied bedeuten kann, wie man einen bestimmten Sachverhalt wahrnimmt.«

»Ich bin sicher, daß Sie recht haben«, sagt Amy. Sie hält inne, um einen Schluck Tee zu trinken, der irgendwie merkwürdig schmeckt, und plötzlich spürt sie, wie sie erschlafft und in den Sessel sinkt, wie ihr das Kinn auf die Brust fällt und sich der Tee aus der Tasse über ihren Schoß ergießt. Der Tee durchnäßt ihre Hosenbeine und ist so heiß, daß er sie fast verbrennt, aber sie kann nichts dagegen tun. Ihre Ellbogen rutschen von den Sessellehnen. Ihre Hände fallen schlaff herab. Ihre Augenlider werden schwer und schließen sich fast. Ihr Kopf schwankt hin und her.

»Oh, es tut mir leid, meine Liebe.« Dr. Phalen betupft ihre Hosenbeine mit einer Stoffserviette. »Wie unbedacht. Ich hätte daran denken müssen. Ich hoffe sehr, daß Sie mir noch einmal verzeihen.«

Amy sind der Tee und die Flecken auf ihren Hosenbeinen vollkommen egal. Sie fühlt sich so schwach, so völlig entkräftet, so losgelöst von allem – einschließlich ihrem eigenen Körper –, daß es wirklich beängstigend ist. Warum kann sie sich nicht bewegen? *Hat sie einen Schlaganfall? Eine Art Gehirnschlag?* Sie braucht Hilfe. Sie braucht Hilfe und müht sich, eine Bitte, einen Schrei, irgend etwas herauszubringen, aber es kommt nichts, nichts außer einem vagen Stöhnen, das von gefühllosen Lippen und Lungen gebildet wird, die luftleer zu sein scheinen.

Aus dem Augenwinkel sieht sie einen rötlichen Schein wie das reflektierte Licht eines Edelsteins, doch greller. Der Schein wird immer heller, durchdringend, überflutet ihr Blickfeld und schließlich alles.

Was geht hier vor? *Was ist das?*

Eine Stimme murmelt in ihr rechtes Ohr. Sie scheint stundenlang zu leiern, bevor Amy einigermaßen versteht, was sie sagt. Die Dinge, die sie ihr sagt, sind falsch, ungeheuerlich, sogar unmoralisch. Nein, sie wird es nicht tun. Auf keinen Fall! Niemals! Sie wird nicht tun, was die Stimme will. Doch die Wörter, die die Stimme spricht, sind wie eine fühlbare Kraft – sie kann sie spüren –, die sie niederdrückt, die sich auf ihren Verstand und ihren Körper legt und sie in den Sessel preßt. Sie ist wie das Gewicht eines ganzen Planeten, der sie zerquetschen will. Sie kämpft dagegen an, legt alles in einen Versuch, sich hochzustemmen, aufzuspringen und zu fliehen, aber ihr gelingt lediglich ein tiefer Seufzer. Ihr Herz hämmert. Ihr Widerstand bröckelt. Sie hat nicht die Kraft zu kämpfen. Sie ist zu müde, zu schwach, kaum in der Lage, bei Bewußtsein zu bleiben.

Ein Bild taucht vor ihr auf. Es sind die ausdruckslosen Züge des Revisors aus Tokio, Kurushima Jussai. Sie sagt zu ihm, was sie sagen muß. »Dr. Phalen … kann alles erklären. Was vorgefallen ist. Er ist jetzt abkömmlich. Er hat die Daten in seinem Computer. Er würde sich gerne … gerne mit Ihnen in seinem Büro treffen … hier … in der metawissenschaftlichen Anlage.«

Kurushima sagt: »Das ist sehr schwierig, Ms. Berman. Was Sie von mir verlangen … ist höchst vorschriftswidrig.«

»Es ist … unbedingt erforderlich«, erwidert Amy.

»Also gut«, sagt Kurushima.

Und dann versinkt alles in Dunkelheit.

67

Rauch kräuselt sich und steigt auf. Bandit befingert das glatte polierte Holz seiner Flöte und läßt seine astralen Augen über die Grenzen seines Medizinzelts wandern. Er betrachtet die Felle und Knochen, die Rasseln und Trommeln und die anderen Arkana. Er hat in Gedanken nach einer Möglichkeit gesucht, wie sich das Kommende vermeiden läßt, doch seine Suche war fruchtlos.

Der Zauber, den er vorbereitet hat, ist einer der ganz wenigen, die er kennt, welche keinen anderen Zweck haben als den, ein Leben zu nehmen. Er ist absichtlich, speziell und mit peinlicher Akribie ersonnen worden, um zu töten. Er will ihn nicht benutzen, aber er weiß, daß er aller Wahrscheinlichkeit nach keine andere Wahl haben wird.

Es liegt in der Natur des Bösen, das heimzusuchen, was gut ist. Es liegt in der Natur des Guten, sich dem zu widersetzen. Wenngleich es falsch sein mag, ein Leben zu nehmen, ist es doch wahrscheinlich, daß in manchen Fällen, in besonderen Fällen, das, was gut ist, verteidigt und das, was böse ist, ausgetilgt werden muß, und zwar koste es, was es wolle.

Bandit sagt sich, daß selbst Waschbär kämpft, sogar bis zum Tod kämpft, wenn ihm keine andere Wahl bleibt.

Es liegt in der Natur der Dinge.

Und da ist noch etwas anderes, das er nicht vergessen darf. Heute nacht, wenn er tut, was getan werden muß, wenn er ein Leben nimmt, mag er auch eines geben, Leben geben oder es zumindest zu seinem natürlichen Zustand zurückführen. Das heißt, natürlich nur, wenn er richtig begriffen hat, was er im Medizinzelt von Alter Mann erlebt hat. Er hofft, daß es so ist.

Sein Beobachter kehrt zurück, indem er neben seiner linken Schulter materialisiert. »*Er ist da, Meister. Wie du gesagt hast.*«

»Gut.«

Er muß dem Magier namens Phalen entgegentreten, aber er will nicht, daß die Konfrontation im Haus des Magiers stattfindet, wo dieser all seine Bücher und Zirkel und insbesondere diesen einen Gegenstand aufbewahrt, das *Roggoth'shoth*, das von der Vertrauten Vorteria und anderen Geistern bewacht wird. Vielmehr will er, daß diese Konfrontation an einem Ort stattfindet, wo der Magier wahrscheinlich am verletzlichsten ist. Der einzige andere Ort, den Phalen aufsucht, ist das Metawissenschaftslabor von Hurley-Cooper, also muß es dieser Ort sein. Der Bericht des Beobachters bedeutet, daß Phalen dort ist.

Also wird es Zeit aufzubrechen.

Er steht auf. Die Taschen seines langen Mantels sind mit Dingen gefüllt, die er brauchen könnte, mit allem, was er sich vorstellen kann. Er tritt durch die Tür seines Zelts und sieht, daß Shell am Treppenabsatz auf ihn wartet. Sie sitzt auf dem Boden in einer Ecke. Als sie ihn ansieht, entdeckt er etwas in ihren Augen, vielleicht eine Anklage. Ansonsten sind ihre Züge gelassen, aber ihre Aura befindet sich in Aufruhr. Er sinkt neben ihr auf ein Knie. Sie umarmt ihn und schmiegt sich an ihn.

»Ich muß jetzt gehen.«

»Wirst du zurückkommen?«

»Ja.« Auf die eine oder andere Weise wird er zurückkommen. Vielleicht nicht in einem Körper, vielleicht nicht für sehr lange, aber er wird zurückkommen. Im Tod wird der Geist befreit, und Geister können sich sehr rasch bewegen. Er könnte praktisch überall hingehen in der Zeit, in der ein sterbendes Herz seinen letzten Schlag tut. »Mach dir keine Sorgen.«

»Wie kann ich das verhindern?« Shell löst sich von ihm, sieht ihn an. Gefühle huschen über ihr Gesicht.

Tränen laufen ihre Wangen hinunter. »Du willst mir nicht sagen, was los ist, was für ein Run das wird. Was soll ich denn davon halten?«

»Waschbär hat geschickte Pfoten und kennt viele Tricks.«

Shell grunzt und schluchzt dann, klammert sich an ihn. »Mir liegt nichts an Waschbär! Mir liegt etwas an *dir!*«

»Ich bin Waschbär.«

Tatsächlich muß er es sein, jetzt mehr denn je.

»Ich komme zurück.«

»Halt mich fest.«

Ein paar Augenblicke hält er sie ganz fest, aber dann löst er sich sanft aus ihrer Umarmung und erhebt sich. Shell weicht seinem Blick aus. Sie reibt und wischt sich die Augen. Sie folgt ihm die Treppe hinauf bis zur Tür, umarmt ihn noch einmal und läßt ihn dann gehen. Bandit tritt in die morgendliche Kühle. Die Tür schließt sich hinter ihm.

Bandit schaut nach links.

Dort wartet Zetana im Schatten. Sie ist schlank und klein, sieht jedoch gefährlicher aus als alle Frauen, die Bandit je gesehen hat. Ihr Haar ist eine zottelige schwarze Mähne, die über Gesicht und Schultern fällt. Ihre Augen sind mit Kohlestift umrahmt, und ihre Pupillen sind wie Ebenholzmurmeln, die ihn aus den harten, dunklen Linien ihres Gesichts anfunkeln. Sie ist ganz in Schwarz gekleidet: beschlagene schwarze Kunstlederweste und -hose, Stiefel und ein voluminöser Mantel, der ihr fast bis zu den Knöcheln reicht. Halsketten und Perlen hängen um ihren Hals. Ein Gewirr aus Armbändern und Ringen umgibt Gelenke und Finger. Ihre Stimme ist heiser, tief und leise, wie ein Knurren.

»Ich passe auf die Frau auf«, sagt sie.

»Und auf die Kinder?«

Zetana nickt.

Das ist beruhigend, denn Zetana folgt Wolf. Wenn Wolf einmal jemand unter seinen Schutz nimmt, kann ihn nichts dazu veranlassen, sich dieser Verantwortung zu entziehen. Und da ist noch etwas anderes, eine ganz besondere Eigenschaft. Es heißt, daß Wolf jeden Kampf gewinnt außer seinem letzten, und in diesem Kampf stirbt er. Bandit zweifelt nicht daran, daß er bei seiner Rückkehr entweder alle wohlauf oder Zetana, Shell und die Kinder tot vorfinden wird.

Es liegt in der Natur dieses Tages, daß die Dinge entweder sehr gut oder sehr schlecht laufen werden.

»Danke«, sagt er.

»Gib auf dich acht, Schamane«, warnt Zetana.

Bandit nickt und macht sich auf den Weg.

68

Brian ißt den letzten nach Waldmeister schmeckenden Nutrisoy-Keks aus seinem Proviant und spült ihn mit einem Schluck Wasser herunter. Alles, was er jetzt noch hat, sind ein paar Vitamine und Nährstoffe, die im Wasser seiner Feldflasche herumschwimmen. Er lehnt sich gegen die Tunnelwand und wünschte, er könnte schlafen. »Wie lange sind wir überhaupt schon hier?« sagt er. »Es kommt mir so vor, als seien es Wochen.«

»Hast du was gehört, Junge?«

Brian öffnet die Augen und stellt fest, daß Art bereits aufgesprungen ist und sich waffenstarrend, wie er ist, in dem alten U-Bahn-Tunnel umsieht.

»Es kommt in unsere Richtung«, flüstert Art. »Mach dich fertig.«

Art läßt das Helmvisier herunter. Brian setzt seinen Helm auf und zieht sich schwerfällig hoch. Er ist an dem Punkt angelangt, wo die Angst vor dem Unbekannten nicht mehr reicht, die Müdigkeit zu überwinden und seine Batterien neu aufzuladen. Dazu bedarf es schon einer eindeutigen und unmittelbaren Bedrohung. Und darauf freut er sich nicht besonders.

Sie gehen den Tunnel entlang, die Waffen im Anschlag. Art öffnet ein Metallgitter in der Tunnelwand. Sie gelangen in ein Labyrinth kleinerer Gänge. Als sie um eine Ecke biegen, kommen zwei Gestalten in Sicht. Im grauen Dämmerlicht von Brians Nightfighter-Visier sehen sie wie Frauen aus, Orkfrauen, groß und massiv und in schwarzes Kunstleder gekleidet. Brian sieht, wie sie plötzlich stehenbleiben, während sich ihre glühenden Augen vor Überraschung weiten, und der Anblick trifft ihn wie eine Kugel in die Brust.

Vor dem dämmrigen Dunkel des Tunnels glühen die Augen der Orks in einem infernalischen Rot.

»GIB'S IHNEN, JUNGE!« brüllt Art.

Und dann schießen sie, was das Zeug hält. Das sind keine Orks, nicht mehr. Brian weiß nicht, was, zum Teufel, sie sind, aber irgend etwas an Arts kryptischen Warnungen hat ihn davon überzeugt, daß es besser ist, wenn diese Bestien, was sie auch sein mögen, tot sind, anstatt mit rotglühenden Augen herumzulaufen.

Der Tunnel vibriert im donnernden Hämmern der Waffen. Die Orks torkeln herum und brechen zusammen. Blendend weiße Streifen wie Kometenschweife blitzen in alle Richtungen. Ein grünlicher Dunst, der wie ein arkaner Energieschild funkelt und glitzert, entsteht aus dem Nichts und erfüllt den Tunnel vor ihnen. Dann erheben sich von den gefallenen Orks ein halbes Dutzend halbtransparenter, orangefarbener Kugeln wie Blasen, doch ungefähr in der Größe von Melonen. Die Kugeln schweben aufwärts wie auf einer Luftströmung und treiben umher. Ein weiteres Dutzend folgt, dann immer mehr. Sie schweben durch Wände und Decke des Tunnels und verschwinden.

»Okay, Junge.«

Die Leichen haben sich halb in den Tunnelboden gebrannt. Sie sind ausgehöhlt und sehen wie geschmolzenes Plastik aus, geschmolzen und erstarrt und schwarz verbrannt. Sie stinken wie der Tod.

»Wir sind jetzt nah dran, Junge«, sagt Art. »Ganz nah.«

Brian sieht ihn an und sagt: »Nah dran an wem oder was?«

Art klappt sein Visier hoch, begegnet Brians Blick, hält ihm eine Zeitlang stand, verzieht dann das Gesicht, wendet sich ab und geht weiter durch den Tunnel.

»Meine Munition wird knapp, Art.«

Art bleibt stehen und sagt: »Erzähl mir mehr davon.«

69

Kurushima Jussai nimmt seine Aktentasche, seinen Assistent und einen einzelnen KFK-Sicherheitsbeamten mit und fährt mit dem Aufzug hinunter in das Parkhaus unter der New Bronx Plaza. Der Wagen, der ihn dort erwartet, ist ein ziemlich gewöhnlicher Toyota Elite. Der Fahrer ist ebenfalls ein Angestellter von KFK International.

Als er hinten in der Fahrgastzelle sitzt, benutzt Kurushima den Interkom, um den Fahrer über seinen Bestimmungsort in Kenntnis zu setzen. Kurushimas Assistent bemerkt: »Es dürfte interessant sein, Kurushima-*san*, zu hören, wie Dr. Liron Phalen die Unregelmäßigkeiten in den Materialbüchern erklären will.«

Kurushima nickt. »Ja.«

Es gibt jedoch für alle Dinge eine Zeit und einen Ort und auch korrekte Methoden und korrekte Kanäle. Dieses morgendliche Treffen in der Metawissenschaftsanlage beleidigt Kurushimas Sinn für Anstand. Warum sollte er, ein Revisor, sich mit irgend jemandem irgendwo anders als im vollen und unparteiischen Licht seines ihm zugewiesenen Platzes in den Verwaltungsbüros von Hurley-Cooper treffen? Er hätte dieser Besprechung nicht zugestimmt, wäre der Vorschlag nicht von Amy Berman gekommen, und er hat nur aus Angst zugestimmt, sie könne wieder eine ihrer Tiraden vom Stapel lassen, falls er sich weigerte. Er hat diese erstaunlichen Ausbrüche mehr als einmal miterlebt, und einmal war mehr als genug. Amy Berman ist mit Sicherheit einer der unverblümtesten, aggressivsten, zänkischsten weiblichen Execs, denen er je begegnet ist, und er betrachtet diese Begegnung nicht als erfreulich. Es gibt Möglichkeiten, wie man seine Meinung äußern kann, und Möglichkeiten, aggressiv zu sein, ohne die feineren Wesensmerkmale der Zivilisation dabei außer acht zu lassen. Amy Berman beherrscht offensichtlich keine dieser Techniken. Sie verleiht den Argumenten jener neues Gewicht, die alle Frauen als chaotische Bündel hysterischer Emotionen betrachten und in allen Nicht-Japanern – insbesondere Anglos – kaum mehr als Barbaren sehen.

Und dann ist da noch die Angelegenheit der kurzen Konfrontation zwischen Amy Berman und einem von Kurushimas Junior-Revisoren, insbesondere Amy Bermans Bemerkungen hinsichtlich ›Sklaven und Leibeigenen‹. Absolut verblüffend. Kurushima hofft, daß dieser Ausflug zur Metawissenschaftsanlage – die Tatsache, daß er jetzt ein übriges tut, um einen Hurley-Cooper-Exec zu beschwichtigen – zumindest ein wenig dazu beitragen wird, solche lächerlichen Ansichten aus Amy Bermans Kopf zu vertreiben.

Sklaven und Leibeigene. Unglaublich.

Könnte irgend etwas weiter von der Wahrheit entfernt sein?

Bevor ihn derartige Gedanken jedoch völlig aus der Fassung bringen können, hält glücklicherweise der Wagen vor der Einfahrt zur Metawissenschaftsanlage. Kurushima schreitet in die Empfangshalle und wird dort von einem großen, blassen Mann in einem merkwürdigen Anzug begrüßt, der einige Jahre aus der Mode zu sein scheint. »Ich bin Dr. Liron Phalen«, sagt der Mann. »Gestatten Sie mir, Sie, werter Herr, in unserer bescheidenen Hütte willkommen zu heißen.«

»Das Vergnügen ist ganz meinerseits«, erwidert Kurushima, der sich kurz verbeugt, bevor er sich beherrschen kann. Von dem bedeutenden Dr. Phalen persönlich begrüßt zu werden, ist eine Überraschung. Sie schütteln sich die Hände. Kurushima beeilt sich zu sagen: »Und es ist mir auch eine Ehre, Dr. Phalen. Ich darf sagen, daß Ihr Ruf als Wissenschaftler in der nordamerikanischen Niederlassung von Kono-Furata-Ko und zu Hause in Tokio wohlbekannt ist. Wir sind sehr stolz darauf, daß ein Mann mit Ihrer Reputation Mitglied unserer Konzernfamilie bei unserer Tochter Hurley-Cooper Laboratories ist.«

Dr. Phalen kichert und scheint sehr erfreut zu sein. »Werter Herr«, sagt er, »verzeihen Sie meine Bescheidenheit, wenn ich sage, daß Sie mir übermäßig schmeicheln. Ich hatte das Glück, ein paar kleine Beiträge zu den Metawissenschaften zu leisten, aber belassen Sie es bitte dabei. Wenn Sie die Analogie verzeihen, ich bin nur eine Biene in einem Stock von Arbeitern, nicht mehr. Wollen wir in mein Büro gehen?«

»Es wird mir ein Vergnügen sein.«

Natürlich müssen in einer Anlage wie dieser Sicherheitsvorschriften befolgt werden. Kurushima präsentiert den Wachen hinter dem Empfangsschalter seinen KFK-Ausweis. Das alles ist Routine, doch es tritt ein Problem auf. Die Ausweise seines Assistenten und des Sicherheitsbeamten werden von den Geräten nicht als solche erkannt.

»Da muß irgendein Fehler vorliegen«, sagt Dr. Phalen.

»Diese beiden Herren sind nicht im Computer«, sagt eine der Wachen in ziemlich kategorischem Tonfall. So ungehobelt, daß man es nicht mehr als höflich bezeichnen kann. »Wir können niemanden einlassen, dessen Identität nicht vom Computer bestätigt wird, Dr. Phalen.«

»Du liebe Güte«, erwidert Dr. Phalen, »das ist doch absurd.«

»Es läßt sich nicht ändern«, sagt die Wache. »Das sind nun mal die Vorschriften.«

»Aber Sie sehen doch selbst, guter Mann, daß diese Herren ihre Ausweise haben.«

»Ich kann niemanden ohne Computerbestätigung einlassen. Das ist Vorschrift.«

Dr. Phalen zögert.

Kurushima fühlt sich verpflichtet einzugreifen, anstatt dies noch länger mit anzusehen und zu riskieren, daß ein Mann von Dr. Phalens Rang beschämt wird. »Ich bin sicher, es handelt sich lediglich um irgendeinen Computerfehler«, sagt Kurushima. »Aber das ist unbedeutend. Meine Begleiter können hier auf mich warten.«

Dr. Phalen lächelt, als sei er erleichtert. »Ich bin durch diese Sicherheitsangelegenheiten völlig verwirrt. Und Ihnen macht es gewiß nichts aus, Ihre Freunde hier zurückzulassen?«

»Ich bin davon überzeugt, daß ich auch ohne sie völlig sicher bin«, erwidert Kurushima. »Es handelt sich lediglich um Sicherheitsbegleiter.«

»Ach so, ich verstehe«, sagt Dr. Phalen. »Nun denn… sollen wir gehen?«

»Gewiß.«

»Hier entlang, werter Herr.«

Sie nehmen den Fahrstuhl zum ersten Stock und betreten Dr. Phalens kleines Büro, das exzentrisch möbliert ist, wie man es, nimmt Kurushima an, von einem Magier und Wissenschaftler auch erwarten darf. Solche Leute sind oft ein wenig exzentrisch. »Unsere gute Ms. Berman wird sich gleich zu uns gesellen«, erklärt Dr. Phalen. »Sie mußte sich mit ihrem Büro in Verbindung setzen. Darf ich Ihnen in der Zwischenzeit eine Tasse Tee anbieten?«

»Ein sehr freundliches Angebot«, sagt Kurushima. »Ich nehme es dankend und mit dem größten Vergnügen an.«

70

Es ist elf Uhr, als Shaver sich aufrichtet, die Beine von ihrem Feldbett schwingt und aufsteht.

Whistle pfeift fragend.

»Wohin gehst du?« fragt Tang.

Shaver funkelt den Mann an, der auf der anderen Seite des Raumes sitzt. Sie mag die ständige Überwachung durch Tang nicht, wird ihr Mißfallen aber noch dieses eine Mal herunterschlucken. Sie verkneift sich ein höhnisches Grinsen und sagt: »Ich muß mal pinkeln. Willst du mir dabei helfen?«

»Nein, danke«, erwidert Tang. »Ich bin sicher, das schaffst du auch alleine.«

Arroganter Drekskerl.

Shaver geht weiter: durch die offene Tür, den Vorbereitungsraum und den Flur zum Waschraum. Aufrecht und ohne Hinken zu gehen, ist mit einiger Mühe verbunden. Die Schmerzen beginnen in ihren Oberschenkeln und ziehen sich dann durch ihren Unterleib bis in den Rücken. Dafür kann sie sich bei diesen verdammten Trollen von den Kong Destroyers bedanken, und sie wird sich auch bei ihnen bedanken, sobald dieser Job erledigt ist. Ihre Freundinnen bei den Sisters Sinister werden ihr helfen. Das wird ein Festtag. So wie heute.

In einer Kabine im Waschraum zieht sie die Ingram-MP aus dem Hüfthalfter und wirft das Magazin aus. Dieses Magazin wandert in eine Tasche. Das neue Magazin, mit dem sie die Kanone lädt, ist mit zweiunddreißig ganz besonderen Kugeln gefüllt. Die Hälfte sind Explosivgeschosse. Die andere Hälfte besteht aus reinem Silber. Die Kugeln sind in wechselnder Reihenfolge geladen.

Für die Trolle muß sie sich bei Striper bedanken, und das wird sie gleich jetzt tun. Die Wissenschaftler haben das Miststück lange genug untersucht. Jetzt ist sie an der Reihe.

Zum Teufel mit Tang, zum Teufel mit dem Geld.

Sie verläßt den Waschraum und betritt den Flur. Diese Ork-Schnalle Germaine, die immer überall herumhängt, geht wortlos an ihr vorbei. Sie wirft ihr lediglich einen nervösen Seitenblick zu. Shaver feixt und geht zur Tür des Vorbereitungsraums. Sie hat den Code, um sie zu öffnen, und geht direkt hindurch, dann direkt durch den Raum zur Tür der Wer-Schlampe. Den Code für diese Tür dürfte sie eigentlich nicht haben, aber es war kein Problem, ihn zu bekommen. Nicht für sie.

»Shaver!« ruft Tang.

Sie ignoriert ihn, tippt den Code ein, zieht die Smartgun und tritt durch die Tür.

71

Der Tee tut seine Wirkung. Der Mann sackt zusammen. Das brennende Rot der Macht auf der Astralebene erfüllt bald den Raum, sammelt sich, konzentriert sich zu einer intensiven Nadelspitze der Macht, die vor der Stirn des Mannes hängt.

Diesen Mann aus Tokio zu beeinflussen, diesen *Kurushima,* ist weniger eine Frage der Kontrolle seines Verstandes oder seiner Gedanken, sondern vielmehr der simplen Einpflanzung einer Idee, die er in seinen Verstand einschleusen und dort festsetzen muß. Das ist eine Art von Magie, die Liron schon oft praktiziert hat, in erster Linie in der Absicht, andere davon abzuhalten, seine Arbeit zu stören. Die damit für ihn verbundene Anstrengung ist vernachlässigbar. Er ist stark geworden seit seiner Metamorphose, seiner Transmutation in einen der Verwandelten des Roggoth'shoth. Außerdem haben seine Fähigkeiten als Initiat zugenommen. Alles in allem hat er es weit gebracht. Und doch hat er noch einen weiten Weg vor sich.

Sobald die Idee sicher verankert ist, wechselt Liron wieder auf normale Wahrnehmung, nimmt einen Datenchip aus seinem Schreibtisch und gibt ihn Kurushima. »Dieser Chip enthält die Nachweise, die Sie suchen, werter Herr. Sie können ihn in Ihre Computer einlegen, wenn Sie wollen, um Ihren Untergebenen einen besseren Überblick über die Angelegenheit zu verschaffen.«

Kurushima erhebt sich aus seinem Sessel wie ein Mann, der gerade aus einem tiefen Schlaf erwacht ist. Er reibt sich die Stirn, die Augen. Er schüttelt den Kopf, als wolle er ihn von den Spinnweben nachwirkender Träume klären. »Ja«, sagt er. »Ich verstehe … was Sie meinen. Ich werde es tun. Vielen Dank.«

»Gern geschehen«, erwidert Liron.

»Eine äußerst erhellende Besprechung, Dr. Phalen«, fügt Kurushima hinzu. »Ich bin sicher, daß angemessene Maßnahmen ergriffen werden … so daß … daß in Zukunft ihre Forschungsarbeiten nicht durch administrative Dinge unterbrochen oder gestört werden müssen.«

»Es war mir ein Vergnügen, werter Herr.« Liron schaltet das Interkom auf seinem Schreibtisch ein, und Augenblicke später taucht Germaine auf. Sie ist sehr nützlich. Insbesondere bei der Handhabung solcher Dinge, die mit Computern zu tun haben. »Meine Liebe, wären Sie vielleicht so nett, Mr. Kurushima zu seinem Wagen zu bringen? Entschuldigen Sie bitte, daß ich Sie nicht persönlich hinausbegleite. Eine ziemlich dringende Angelegenheit, die bereits im Gange ist, verlangt meine Aufmerksamkeit.«

»Gewiß«, erwidert Kurushima. Sie schütteln sich die Hände. »Auf Wiedersehen, Dr. Phalen. Vielen Dank für Ihre Zeit.«

»Es war mir ein Vergnügen, das versichere ich Ihnen.«

Während Germaine den Mann aus Tokio hinausführt, geht Liron durch die kleine Seitentür in den Konferenzraum nebenan. Dort wartet Amy Berman, die in einem Sessel zusammengesunken und völlig besänftigt ist.

Liron sagt die Worte, um die Macht des Ätherischen zu sammeln, und schwingt den Ring, der dazu dient, die Magie zu fokussieren. Sein Ziel besteht jetzt darin, die Geheimnisse des Verstandes zu entschleiern, anstatt welche einzupflanzen. Er hüllt Amy in den Zauber ein und beginnt mit seinen Fragen. Wiederum findet er sie sehr halsstarrig für eine Normalsterbliche.

Es dauert einige Minuten, bis sie zugibt, Kenntnis von einem Schamanen zu haben, und noch ein paar Minuten länger, bis sie zugibt, einen eingeschaltet zu haben, um sich in Lirons Angelegenheiten zu mischen. Schließlich gibt sie zu, den Schamanen hierher in das Metawissenschaftslabor gebracht zu haben, streitet jedoch ab, ihn zu Lirons Haus geschickt zu haben. Seltsam. Liron war der festen Überzeugung, die beiden Ereignisse müßten zusammenhängen. Kann er sich getäuscht haben? Aber eines nach dem anderen: Wie heißt der Schamane? Wo kann er gefunden werden? Amy schüttelt den Kopf, will nicht reden. Liron setzt nach. Er sammelt mehr Macht und verstärkt den Druck auf ihren Verstand. Endlich gibt sie nach.

»Bandit«, flüstert sie.

»Das ist kein Name.«

»Doch.«

Wie seltsam. Es muß sich um irgendeinen Spitznamen handeln. Doch so sehr Liron sich auch bemüht, er kann Amy nicht dazu zwingen, etwas Derartiges zuzugeben. Ihre Aura ist turbulent genug, um eine Lüge vermuten zu lassen, doch ihr Wille ist wie ein Steinwall, als sage sie die absolute Wahrheit. Bandit. Sie nennt den Namen immer wieder. Er heißt Bandit. Bandit. Bandit. Bandit.

Liron seufzt. »Also schön.«

Wo kann man diesen Bandit finden?

»Ich weiß es nicht.«

Noch ein Steinwall.

72

Tikki liegt auf dem Boden, die Flanke an die Wand gedrückt, die Nase vielleicht zehn Zentimeter von der Tür entfernt. Sie wartet seit Stunden, vielleicht sogar seit Tagen.

Als sich die Tür mit einem Zischen öffnet, springt Tikki ab und wirft sich vorwärts. Sie weiß, wer kommt, bevor sie mehr als nur die Kante des Türrahmens sehen kann. Es ist diese Elfin, die nach Metall stinkt. Das Miststück, das sie bei den Trollen von den Kong Destroyers zurückgelassen hat. Einer von den Zweibeinern, die ihr Junges gestohlen haben. Shaver.

Ein Mann schreit – Tikki erkennt die Stimme.

Perfekt.

Als sie springt, die Vorderpfoten zum Schlag erhoben, während ihre Hinterbeine sie wie Stahlfedern vom Boden abstoßen, taucht eine schlanke Hand vor ihren Augen auf, die eine Maschinenpistole hält. Tikki schlägt die MP zur Seite, und im nächsten Augenblick prallt sie frontal und mit voller Wucht gegen die Gestalt in der Tür. Sie sieht, daß es Shaver ist, und Shaver öffnet den Mund, als wolle sie rufen oder schreien, aber die Falle ist bereits zugeschnappt. Tikki packt die Elfin mit den Vorderpfoten, schleudert sie gegen den Türrahmen und wirft sie dann zu Boden.

Die MP rutscht über den Boden außer Reichweite.

Tikki hockt auf der Elfin, die Kiefer weit geöffnet. Mit einer einzigen Bewegung ihres Kopfes könnte sie dieses Miststück vom Leben zum Tod befördern. Dann sieht sie den Zustand der Raserei, in dem sich die Elfin befindet, riecht ihre verzweifelte Wut und zögert.

Was ist, wenn sich ihre Mutter geirrt hat? Was ist, wenn Zweibeiner nicht nur heimtückische Verräter und Mörder sind? Was ist, wenn sie ihr und ihrer

Rasse ähnlicher sind, als sie sich je hätte träumen lassen?

Und was ist, wenn sich die Tür schließt?

Aufbrüllend rammt Tikki die Schultern der Elfin gegen den Boden, dann wirft sie sich herum und der Tür entgegen.

Die Elfin kreischt. »DU DREKSTÜCK! *ICH LEG DICH UM!*«

Die Tür gleitet zu. Tikki schiebt eine Pfote zwischen Tür und Rahmen, und unglaublicherweise prallt die Tür zurück wie eine Fahrstuhltür. Rutschend und stolpernd stößt sich Tikki vom Boden ab und springt vorwärts.

Der Raum dahinter ist mit Wägelchen und Schränken und Hi-Tech-Ausrüstung gefüllt. Tikki sieht drei Türen. Die beiden vor ihr und links sind geschlossen. Die rechte steht offen. Ihre Nase läßt sie nach rechts herumfahren, bevor sie die Zeit hat zu überlegen, welcher Weg wohl eine Fluchtmöglichkeit bietet. Durch die offene Tür stürmen der Elf O'Keefe und die andere Elfin, Whistle. O'Keefes Augen weiten sich, und plötzlich stinkt es nach Angst, als Tikki die Ohren anlegt und angreift.

»*Whistle!*«

O'Keefe reißt eine Pistole aus seinem Gürtel. Tikki begegnet ihm Nase an Nase – brüllend und mit gebleckten Zähnen –, wobei sie ihre Brust wie einen Rammbock einsetzt und O'Keefe drei oder vier Meter zurückdrängt, direkt durch die offene Tür und in einen anderen Raum. Whistle stößt einen schrillen Schrei aus, als sie dabei umgeworfen wird. O'Keefes Pistole knattert auf Vollautomatik, doch Tikki drückt die Hand, die sie hält, wie den Elf, der zu der Hand gehört, mit einer Pfote flach auf den Boden.

»MISTSTÜCK!«

Tikki brüllt und schlägt ihre Krallen in seine Brust. Hier ist ein Zweibeiner, der es verdient hat zu bluten, wenn nicht sogar zu sterben. Und vielleicht würde sie ihn auch getötet haben, aber in diesem Augenblick läuft ihr ein kalter Schauer über den Rücken. Die Luft ist plötzlich elektrisch aufgeladen. Ihr Kopf ruckt nach links und rechts. Sie befindet sich in einem Raum wie dem, in dem sie eingesperrt war – graue Wände, keine Fenster –, mit nur einer Tür. *Was ist das hier für ein Ort? Was geht hier vor?* Sie sieht, daß Whistle aufgestanden ist und mit den Fingern Gesten vollführt, wie dies möglicherweise ein Magier tun würde. Tikki wirbelt herum, springt und reißt die Schlampe zu Boden. *Wie kommt sie hier raus!*

Eine MP knattert hinter ihr. Tikki wirft sich herum. Aus dem Raum mit der Hi-Tech-Ausrüstung humpelt Shaver auf sie zu, die MP in der Hand. Tikki wirft sich zur Seite, aus der Schußlinie. O'Keefe wälzt sich herum und greift nach seiner Pistole. Mit einer Pfote wie eine Hand hebt Tikki die Waffe auf, dann wirbelt sie zur Tür herum und richtet sie auf Shavers Gesicht.

Whistle schreit: »*NEEEIIIIN!*«

Und dann explodiert die Welt.

73

Mein Ausweis ist gültig.«

»Ja, Sir. Vielen Dank, Sir. Sie können hineingehen.«

Die Wache hinter dem Empfangsschalter im hinteren Teil der Lobby des Metawissenschaftsgebäudes hat den Satz kaum ausgesprochen, als das dumpfe Dröhnen einer Explosion die Gebäudemauern erbeben läßt.

Bandit spürt, wie der Boden der Lobby vibriert.

Hat jemand die falschen Chemikalien zusammengemischt? Oder gibt es eine unheilvollere Erklärung?

Alarmsirenen beginnen zu jaulen. Bernsteinfarbene Lichter senken sich aus der Decke der Lobby und fangen an zu blinken. Die Wache blinzelt, schüttelt den Kopf, reibt sich mit der Hand über den Mund und nimmt dann den Telekomhörer von der Konsole hinter dem Schalter ab. »Hier spricht der wachhabende Sergeant«, sagt er in den Hörer. »Meine Schalttafel zeigt einen Zwischenfall an, und zwar in … Labor Sechs. Es klang wie eine Explosion. Ja, Sir. Leite Sicherheitsabsperrung ein.«

Eine Hupe ertönt. Bandit dreht sich um und sieht, wie massive Metallrolleaus vor den Türen der Lobby herabgelassen werden. Das könnte ein Problem werden, aber es könnte sich auch zu seinem Vorteil auswirken. Die Person, deretwegen er hier ist, könnte eine ganze Weile gezwungen sein, hier zu bleiben.

»Wo finde ich Dr. Phalen?«

Jemand schreit die Wache hektisch über ein Interkom an. Die Wache spricht sehr schnell in den Hörer.

»Wo ist Labor Sechs?«

»Durch die Tür und dann nach rechts!« ruft die Wache.

Bandit geht durch die Tür neben dem Schalter, wendet sich nach rechts und betritt eine Szene wie aus einem Pandämonium.

Sirenen jaulen, Hupen blöken, Blinklichter blitzen. Staub und Qualm wogen durch den Flur. Leute schreien und kreischen. Drei Männer in weißen Laborkitteln rennen links an Bandit vorbei, wobei einer im Vorbeigehen stolpert, fällt und sich sofort wieder aufrappelt. Je weiter Bandit geht, desto dichter wird die Wolke aus Staub und Rauch, bevor sie sich ein wenig lichtet. Er erreicht einen Abschnitt des Flurs, der mit Schutt und Trümmern übersät ist. In der Flurwand links ist ein großes gezacktes Loch. Das Loch flackert und blitzt im Widerschein arkaner Energie. Hinter dem Loch sieht Bandit einen mit Trümmern übersäten Raum, einen umgestürzten Tisch und Stühle sowie die reglos daliegenden Gestalten mehrerer Metamenschen.

Durch das Loch in der Wand tritt eine ungewöhnliche Gestalt. Sie ähnelt der einer Frau, aber keiner Frau, wie Bandit sie je gesehen hat. Unterhalb der Hüfte ist sie sehr schlank – und auch nackt. Oberhalb der Hüfte ist sie kräftig, stark gebaut und in ein rötliches, blutüberströmtes Fell mit schwarzen Streifen gehüllt. Ihr Gesicht ist nicht menschlich. Ihre Augen glitzern rötlich im flackernden Schein der Blinklichter. Sie hält eine Waffe in der Hand.

Dies scheint nichts mit dem Grund für Bandits Hiersein zu tun zu haben.

Er runzelt verwirrt die Stirn, um so mehr, als er das ungewöhnliche Wesen auf der Astralebene betrachtet. Seine Aura ist nicht die eines Menschen. Es dauert ein paar Augenblicke, bis er begreift, daß die Aura Ähnlichkeit mit der eines Tigers hat.

Das Wesen bleibt stehen und beobachtet ihn leise knurrend.

Ist dies ein natürliches Wesen? Ein Wesen mit einer Doppelnatur? Oder ist es das Resultat irgendeines schrecklichen Experiments, das die Verzerrung der Substanz der Natur an diesem Ort erklären könnte?

Irgend etwas verändert sich. Das Tigergesicht sieht plötzlich menschlicher aus. Mit einer Stimme, die wie ein heiseres Fauchen klingt, sagt das Wesen: »Mein Junges ...

Wo ist es?!«

Ihr Junges? Was meint sie damit? Das ist ein Wort für ein Tier, aber kein Wort für ein menschliches Kind. Bandit starrt sie verblüfft an, dann fällt ihm etwas ein. Er erinnert sich an seinen ersten Besuch an diesem Ort, dem Labor von Dr. Ben Hill, an das kleine rot und schwarz gestreifte Wesen in dem Käfig, das er gesehen hat. Kann das ein Zufall sein? »Ich habe ein kleines ... Wesen wie einen Tiger in Labor Sechzehn gesehen. Es hatte das gleiche Fell wie du. Die gleiche Farbe.«

Weitere Schreie. Bandit sieht, wie zwei uniformierte Wachen in den Flur gerannt kommen. Das mysteriöse gestreifte Wesen vor ihm wirbelt herum und hebt ihre Waffe. Die Wachen reißen ihre Waffen aus den Halftern. Bandit murmelt Worte der Macht. Die Arme der Wachen recken sich nach oben. Die Waffen lösen sich aus ihren Händen los und segeln über ihre Schultern nach hinten. Ihre Hosen fallen ihnen auf die Knöchel herunter, so daß sie stolpern und fallen.

Das gestreifte Wesen wirbelt zu ihm herum und richtet die Waffe auf ihn.

»Schieß nicht«, sagt Bandit, indem er die Hände hebt.

»Wo ist Labor Sechzehn?« knurrt das Wesen.

Bandit zeigt in eine Richtung. »Da entlang.«

74

Was soll das? Tikki verzieht das Gesicht. Der Zweibeiner trägt einen langen dunklen Mantel wie einen Duster und hält eine Holzflöte in den Händen. Er riecht wie ein Magier, und doch greift er sie nicht an. Statt dessen tut er etwas, und plötzlich sind die heranstürmenden Wachen entwaffnet und liegen am Boden. Als sie sich wieder zu ihm umwendet, hebt er in einer Geste der Kapitulation beide Hände.

Seinem Geruch nach zu urteilen, bringt ihr dieser Magier weder freundschaftliche noch feindselige Gefühle entgegen, abgesehen vielleicht von einer vagen Neugier.

»Wo ist Labor Sechzehn?«

Er zeigt in eine Richtung. »Da entlang.«

Kann sie es wagen, ihm den Rücken zuzudrehen? *Hat sie eine andere Wahl?* Sie muß ihm trauen oder ihn töten, und unglaublicherweise scheint er ihr zu helfen, ohne wirklich bedroht worden zu sein.

Tikki wendet sich ab und rennt los. Die Wachen rufen und rappeln sich auf, als sie sich ihnen nähert, tun aber nichts, um sie aufzuhalten. Sie hebt eine ihrer Kanonen vom Boden auf und läuft weiter. Jetzt hat sie zwei Kanonen, und damit steigen ihre Chancen beim nächstenmal, wenn irgendwelche Zweibeiner versuchen, ihr Steine in den Weg zu legen. Sie kann jede Verbesserung ihrer Chancen gut gebrauchen, weil sie müde ist – ihre Reserven gehen zur Neige. Sie braucht Schlaf, richtigen Schlaf und genug Fleisch, um sich richtig satt zu essen. Sie ist in zu kurzer Zeit von zu vielen Kugeln getroffen worden und hat zu viele Explosionen erlebt. So wie bisher kann sie nicht weitermachen.

Sie sieht eine Tür mit zwei großen Zahlen darauf: Eins-Sechs. Sie betrachtet das Kombinationsschloß an der Wand neben der Tür.

Wie kommt sie hinein?

Ohne Warnung gleitet die Tür zur Seite. Der menschliche Mann, der durch die Tür gehen will, bleibt abrupt stehen. Seine Augen flackern. Der Gestank nach Angst liegt in der Luft. »Nein«, sagt er.

Tikki stößt dem Mann den harten Metallauf einer ihrer beiden Kanonen gegen den Hals, schiebt ihn durch die Tür und läßt dann eine Kanone fallen, um ihn an der Kehle zu packen und ihm die andere Kanone an die Schläfe zu drücken.

Sie kennt diesen Zweibeiner. Er ist einer der Menschen, die sie in dem Raum ohne Fenster besucht haben. Er hat seine Witterung auf ihrem Fell hinterlassen.

»Bitte!« keucht er.

Angst verstärkt sich zu Entsetzen. Tikki spürt, wie sich ihre Fänge verlängern und in ihrem Gesicht Fell sprießt. Dann riecht sie das Junge. »WO IST ES?«

Der Zweibeiner schreit auf und zuckt vor Überraschung zusammen.

Tikki faucht, aber mittlerweile kennt sie die Antwort auf ihre Frage. Der Geruch in der Luft läßt ihren Blick zum Ende des Raumes wandern. Hinter einem Meer aus technischer Ausrüstung und kochenden, blubbernden Flüssigkeiten steht ein Käfig. In diesem Käfig befindet sich ein roter und schwarzgestreifter Körper, der die Käfigstäbe bearbeitet und dabei verzweifelt und voller Furcht abwechselnd faucht und brüllt. Ihr Junges ist nicht tot, es blutet nicht einmal. *Es lebt!*

Tikki zieht dem Zweibeiner den Lauf ihrer Maschinenpistole über den Kopf, läßt den erschlaffenden Körper achtlos fallen und wendet sich dann – brüllend – dem hinteren Ende des Raumes zu. Mehr Zweibeiner in weißen Kitteln rufen und schreien und rennen ihr hektisch aus dem Weg. Sie erreicht den Käfig und hämmert mit dem Kolben der MP gegen das Schloß, bis die Tür aufspringt.

Das Junge wirft sich ihr in die Arme.

75

Einen Moment lang ist sich Ben Hill nur des Schmerzes, der durch die linke Seite seines Kopfes pulsiert, und der kühlen, ebenen Härte des Bodens an seiner rechten Schläfe bewußt.

Als er den Kopf hebt, wird der Schmerz noch stärker. Farbkleckse blinken vor seinen Augen. Er hört Leute rufen und schreien, Dinge krachen und bersten und ein plötzliches Anschwellen klatschender, stampfender Schritte. Als sich sein Blick klärt, sieht er den kurzen Abschnitt weißgrauen Bodens zwischen sich und der Tür zum Flur und die schwarze Form einer Pistole, die kaum zwei Meter entfernt liegt.

Ihm kommt der Gedanke, daß er die Waffe brauchen könnte. Striper ist aus ihrem Gefängnis entkommen. Sie ist rasend vor animalischer Wut. Die Angst treibt ihn vorwärts, kriechend, dann auf Händen und Knien. Als er die Waffe aufhebt, kommt es ihm plötzlich sehr ruhig im Labor vor.

Unsicher erhebt er sich, indem er sich auf eine Laborbank und dann auf einen Tisch stützt. Er sieht auf den ersten Blick, daß seine Kollegen und die Laborassistenten geflohen sind. Die Gestalt im hinteren Teil des Raumes sieht nur zum Teil menschlich aus, da sie im Bereich von Kopf und Schultern mit Fell bewachsen ist.

Als sie sich umdreht, sieht Ben, daß sie ein Kind in den Armen hält, ein menschliches Kind im Alter von etwa vier oder fünf Jahren.

Aber das kann nicht sein. Es ist Striper, es muß Striper mit ihrem Jungen sein. Der Anblick ist seltsam faszinierend. Sie haben sowohl die Mutter als auch das Junge jetzt schon seit einiger Zeit hier, und bis jetzt hat weder die eine noch das andere seine menschliche Gestalt angenommen. Keiner der beiden hat auch nur den geringsten Anflug dieser Fähigkeit erkennen lassen. Warum ausgerechnet jetzt? Striper hat vermutlich einen guten Grund, aber was ist mit dem Jungen? Nimmt es einfach die Gestalt der Mutter an?

Striper sagt: »Wirst du mich erschießen, *Mensch*?«

»Mennnnnsch!« echot das Kind knurrend.

Und der kleine Kopf dreht sich, und das Gesicht des Kindes wird sichtbar. Es sieht halb tierisch, halb dämonisch aus, die Lippen zurückgezogen, die Fänge gebleckt.

Die Augen funkeln im Licht.

Ben spürt, wie ihm ein Schauer über den Rücken läuft. Ihm wird jetzt mehr denn je klar, daß er einer Intelligenzform gegenübersteht, die nur eine oberflächliche Ähnlichkeit mit der menschlichen Rasse hat. Er hat es mit einem geborenen Raubtier zu tun, einem Wesen, das dem Leben als solchem vielleicht keinen Wert beimißt, sondern nur dem *Über*leben. Der Gedanke jagt ihm eine schreckliche Angst ein. Er hebt die Waffe in seinen Händen ein wenig höher. Unwillkürlich muß er niesen. »Ich ... ich kann dich nicht gehen lassen«, stammelt er. »Weder dich noch dein Junges. Es tut mir leid.«

Striper sagt mit tiefer und leiser Stimme: »Komm mir in die Quere, und du stirbst.«

Das Kind faucht: *»Stiiirrrrbst!«*

»Es ist nicht ... nicht meine Entscheidung!«

Striper stellt das Kind auf die Füße, nimmt seine Hand und geht durch den Mittelgang des Labors auf Ben zu. Ihre Augen bohren sich in seine. Die Maschinenpistole in ihrer Hand hängt locker herab. Das Kind funkelt ihn an und knurrt, seine Züge sind vor Wut und Haß verzerrt. Mutter und Kind bleiben kaum zwei Schritt vor ihm stehen. Beide scheinen die Waffe, die auf Stripers Brust gerichtet ist, nicht zur Kenntnis zu nehmen. Ben spürt, wie sein Arm schwach wird und langsam zu Boden sinkt. Es hat keinen Sinn.

Doch plötzlich packt jemand sein Handgelenk und

reißt ihm die Pistole aus der Hand. Zu seiner Verblüffung sieht er Germaine, die jetzt kreischt: *»SIE HAT MEINEN SOHN ERMORDET!«*

Was? »Germaine! NICHT!«

»MÖRDERIN!«

Es dauert kaum eine Sekunde. Ben sieht nicht, wer zuerst schießt. Er registriert den Ausdruck blindwütiger Gewalttätigkeit auf Germaines Gesicht und die jähe bösartige Wut, die Stripers Züge verzerrt. Er hört ein doppeltes Knattern. Germaine taumelt, während sich rote Flecken auf ihrer Brust bilden, und kippt hintenüber. Striper fährt herum, geht in die Hocke, schützt das Kind und beugt sich darüber, während ihr Kopf herumgerissen wird und die eine Hälfte zu einer blutigen Masse wird, die ihren Hals herunterläuft.

Striper bricht zusammen. Germaine liegt reglos da. Ben taumelt zurück, sinkt auf die Knie, beugt sich vor und übergibt sich. Und über allem hört er Liron Phalens Stimme, drängend, überzeugend, die ihm sagt, was er zu tun hat.

76

Die Stufen der Treppe haben einen matten graublauen Farbton. Das Geländer ist chromsilbern. Der Absatz im ersten Stock ist leer. Bandit hält an der Treppenhaustür inne, um zu lauschen, dann öffnet er die Tür und betritt einen Flur ähnlich wie den im Erdgeschoß: Lichtleisten an der Decke, graue und gelbe Fliesen an den Wänden, graublauer Fußboden. Bandit bleibt stehen, als vor ihm in der Luft ein schwaches Flimmern erscheint. Im Astralen sieht er die kleine waschbärähnliche Gestalt seines Beobachters.

»Er ist immer noch drinnen, Meister.«

»Gut.«

Tatsächlich hat die Situation vieles an sich, was gut ist. Die jaulenden Alarmsirenen könnten Phalen ablenken. Der Alarm scheint außerdem viele Leute dazu zu veranlassen, sich in die Eingangshalle zu begeben. Also sollten keine Unbeteiligten in der Nähe sein, die verletzt werden könnten.

Ein kurzes Stück den Flur entlang ist ein kleines Schild im rechten Winkel zur Wand angebracht. Auf dem Schild steht:

DR. LIRON PHALEN
WISSENSCHAFTLICHER LEITER

Bandit überlegt, wie er an dem Abdruckscanner vorbeikommt, dann hört er die Tür klicken und sieht sie zur Seite gleiten.

»Nur herein, werter Schamane«, sagt eine Stimme.

Nicht gut. Nicht die Art, wie Bandit die Sache angehen wollte. Er mustert den Flur astral, bemerkt aber keine Möglichkeit, wie er entdeckt worden sein kann. Das ist beunruhigend. Ist er dabei, sich einem Initiaten zu stellen, dessen Fähigkeiten so hoch entwickelt sind, daß sie Bandits Begriffsvermögen übersteigen? Bandit nimmt an, daß das möglich ist, aber eine Umkehr ist jetzt ausgeschlossen. Er tritt durch die Tür, geht sofort in die Hocke, huscht nach links und streckt einen Finger aus.

Der Raum ist wie ein kleines Arbeitszimmer eingerichtet: Bücherregale, Sessel, ein Ledersofa. Phalen steht am hinteren Ende des Zimmers hinter einem alten Schreibtisch. Er schaut kurz nach rechts, als ein Krach und ein Knall sowie das Fauchen eines Hinterhofkaters aus einer Ecke des Raumes ertönt, doch ansonsten lächelt er lediglich.

»Nun, nun«, sagt er angelegentlich. »Wir brauchen doch keine Kunstgriffe. Ich glaube, Sie werden Bandit genannt. Ich bin Dr. Liron Phalen. Wir sind beide Gentlemen, dessen bin ich mir gewiß. Lassen Sie uns über unsere Differenzen wie Männer reden, die ihr Leben der Erringung arkanen Wissens gewidmet haben. Ich bin sicher, wir könnten beide viel lernen. Darf ich Ihnen eine Tasse Tee anbieten?«

Bandit hebt die Maske des Sassacus vor das Gesicht. »Du wirst mir gehorchen.«

Die Macht der Maske greift augenblicklich aus, um Phalens Aura einzuhüllen, ein glühender Kometenschweif. Die Willenskraft, die Phalen der Macht der Maske sofort entgegensetzt, kommt zu Bandit in Form eines dumpfen, pochenden Kopfschmerzes zurück.

»Jetzt ... Vorteria«, sagt Phalen mit einer Stimme, die gequält klingt. »Rasch, meine Liebe.«

Eine strahlend weiße Gestalt sinkt durch die Decke: Phalens Vertraute. Vorteria. Sie stellt sich zwischen Bandit und Phalen auf, ein pulsierender Schild aus Lebensenergie, der die Kraft von Bandits Zauber ablenkt. Sie ablenkt und dann bricht. Die Kraft blitzt auf und teilt sich, tost um den Schild wie Wasser um Felsen.

Eine kluge Strategie, doch Waschbär ist vorbereitet.

Phalen schüttelt die Ausläufer der Macht der Maske ab und beginnt mit der Beschwörung eines Zaubers. Es ist ein Zauber, der sich langsam und stetig aufbaut und dabei die Macht des Astralen sammelt. Bandit schnippt mit den Fingern. Das Fenster hinter Phalen explodiert. Tassen und Teller zerbrechen. Bücher springen aus den Regalen. Bücher, Glassplitter und Tonscherben regnen auf Phalen herab, sammeln sich zu einem Wirbelwind, wobei sie die Vertraute völlig umgehen, und zwingen Phalen das Wirken des Zaubers einzustellen und hastig einen weiteren Schild zu errichten, um es nicht zu riskieren, in Stücke geschnitten zu werden.

»Vorteria!« ruft Phalen mit schriller Stimme.

Ein verwirrter Ausdruck huscht über Vorterias Züge. Sie dreht sich um, sieht hinter sich. Sofort umgibt sie Phalen mit ihrem Schild.

Bandit öffnet die Handflächen und flüstert etwas.

Die Gestalt, die neben ihm auftaucht, hat ungefähr Größe und Gestalt eines Zwerges. Sie scheint echtes Leder zu tragen, vom dicken Fransenhemd bis hin zu den perlenbesetzten Mokassins. Eine Waschbärmütze sitzt auf ihrem Kopf. Der lange graue Bart verleiht dem Gesicht einen betagten Charakter, was für ein ehrwürdiges Ding wie einen Herdgeist auch höchst angemessen zu sein scheint.

»Mögen Geister gegen Geister kämpfen«, murmelt Bandit.

»Jawoll.« Der Herdgeist streckt einen Arm aus, Zeigefinger voraus. Energie wogt durch den Astralraum.

»Meister!« ruft Vorteria.

Doch da hat Vorteria den Schild, der Phalen schützt, bereits fallen gelassen, um sich selbst zu schützen. Lebensenergie blitzt und knistert. Herdgeist und Vertraute führen einen Krieg mit der Lebenskraft ihrer eigenen Existenz, und der Kampf verspricht sehr lange zu dauern, da die beiden sich ziemlich ebenbürtig zu sein scheinen.

Bandit huscht an der Vertrauten vorbei, um Phalen direkt anzugreifen, und läuft direkt in den Zauber, den Phalen vorbereitet hat.

Nicht gut.

Die Energie trifft ihn wie eine Flutwelle, umgibt ihn, lastet auf ihm, ganz besonders im Bereich seines Kopfes. Sofort fühlt sich sein Kopf an, als werde er von einem Dutzend wahnsinniger Zwerge mit Streitäxten bearbeitet. Es ist eine ziemliche Ablenkung. Der Zauber scheint darauf abzuzielen, ihn zu verwirren oder vielleicht auch seinen Willen zu brechen. Darüber hinaus ist er sehr mächtig. Bandit nimmt an, daß Phalen nicht mit den explosiven, Feuerbälle und Druckwellen produzierenden pyrotechnischen Zaubern vertraut ist, denen man manchmal auf der Straße begegnet. Gut so.

Bandit taumelt ein paar Schritte zurück. Die Last des Zaubers erschwert das Denken. Erschwert die Überlegung, was er jetzt tun soll. Er muß doch einen Weg kennen, diesen Zauber abzuwehren. Irgend etwas Cleveres. Schnell.

Bevor es zu spät ist.

77

Das Labyrinth der Tunnel endet vor einem schmalen Gang, der direkt in das Grundgestein gehauen zu sein scheint, und dieser Gang hört nach zwanzig Metern einfach auf. Brian seufzt tief, da er annimmt, daß dies endlich das Ende ist, und sich fragt, ob Art und er sich verirrt haben, doch dann sieht er, daß Art hochsieht.

»Wir sind da, Junge«, sagt Art.

»Ja? Wo ist ›da‹?«

»Dreimal darfst du raten.«

Die felsige Decke ist weniger als einen Meter über ihnen. Direkt über Arts Kopf befindet sich eine rechteckige Aussparung im Fels, in die eine rechteckige Tür oder Luke eingelassen ist.

Art holt etwas aus seinem Rucksack und dreht sich zu Brian um. »Kannst du damit umgehen?«

Der Gegenstand in Arts Hand ist tellerförmig und hat einen Durchmesser von zwanzig Zentimetern. Auf dem Rand steht in durchbrochenen Druckbuchstaben ARMTECH SAD-190. Außerdem gibt es eine Warnung, die besagt, daß der Umgang mit Sprengstoff ausschließlich qualifiziertem Personal vorbehalten bleiben sollte. Brian fragt: »Hast du einen Zünder?«

Art zieht einen aus der Tasche. Er hat ungefähr die Größe einer Zigarettenschachtel. Ein Armtech DD-7-Zeitzünder, der auf eine Verzögerung von dreißig Sekunden voreingestellt ist.

»Laß mich nur eine Frage stellen.«

Art preßt die Lippen aufeinander, runzelt die Stirn und sagt dann: »Okay, Junge. Eine Frage. Schieß los.«

»Diese Wesen, die wir umlegen ... Ich weiß nicht, was das für Wesen sind, und vielleicht will ich es auch gar nicht wissen. Darum geht es gar nicht. Mir geht es darum, daß ich für das städtische Wasseramt arbeite, und ich habe jetzt seit mindestens ein paar Stunden kein Wasserrohr mehr gesehen. Ich bin nicht mal sicher, ob wir noch in Manhattan sind. Was ich wissen will, ist... woher weißt du, daß diese Dinger mit den roten Monsteraugen eine Gefahr für die Wasserversorgung des Plex' sind?«

Art verzieht das Gesicht, dann zeigt er mit dem Finger auf Brians Gesicht. »Hast du irgendeinen Schimmer, Junge, wie diese Wesen das geworden sind, was sie sind?«

»Nicht den leisesten.«

Arts Finger kommt ein wenig näher. »Nimm mal an, sie sind ansteckend. Nimm mal an, sie vermehren sich, indem sie ganz normale Leute anstecken. Und jetzt nimm mal an, sie stecken den ganzen Plex an. Was dann?«

Brian denkt darüber nach und sagt dann: »Dann würde es wohl keine Rolle mehr spielen, ob sie sich an der Wasserversorgung zu schaffen machten oder nicht.«

»Genau«, sagt Art. »Weil es keine Wasserversorgung mehr gäbe. Es wäre keiner mehr übrig, der sich darum kümmert.«

Brian zögert. »Dann wären wir arbeitslos.«

Art nickt.

»Weiß die Gewerkschaft davon?«

Art funkelt ihn an, gibt Brian die Mine und den Zünder und verschränkt dann seine Hände zu einer Hühnerleiter. Brian hängt sich seine Waffe um, setzt einen Fuß auf Arts Hände, wird nach oben befördert und hebt ein Knie auf Arts Schulter. Die Mine hat einen Gelatine-Boden, der praktisch an allem haftet. Brian reißt die Plastikfolie von der Gelatine ab, hält die Mine hoch über seinen Kopf und drückt sie an der Luke fest. Der Zünder hat ebenfalls einen Gelatineboden und wird einfach auf die Mine gepreßt.

»Alles klar?«

»Mach schon, Junge«, knurrt Art.

Brian macht den Zünder scharf, dann springt er auf den Boden. Art und er traben durch den Tunnel zurück. Die Explosion ist ohrenbetäubend.

Als sie zurückkehren, ist ein etwa einen Meter durchmessendes Loch in der Decke und keine Spur mehr von der Luke zu sehen. Brian hilft Art nach oben durch das Loch. Art reicht nach unten und zieht ihn herauf.

Sie stehen in einem dunklen, staubigen Raum, der wie ein Keller aussieht. Überall sind Kisten und Kästen gestapelt. Mit Spinnweben behangene Regale teilen den Raum in Gänge. Brian beschleicht plötzlich das komische Gefühl, daß er und Art vielleicht nicht mehr allein sind. Ist das Rascheln, das er hört, das Geräusch seines eigenen Atems, oder bewegt sich hier etwas, bewegt sich überall in dem Keller etwas, vielleicht in einigen dieser Kisten?

Art signalisiert im Militärstil. Granaten. Dort, dort und dort. Zeitzünder. Fünf Minuten Verzögerung. Brian antwortet mit einer Geste. Fragend. *Negativ!* antwortet Art mit einer stoßenden Handbewegung. *Tu es einfach!*

Na schön.

Brian zieht drei Granaten aus seinem Brustgurt und legt sie neben die Kisten, auf die Art gezeigt hat. Zeitzünder auf fünf Minuten Verzögerung. Als er aufsieht, bedeutet ihn Art vorwärts, durch den Keller, um eine Ecke und dann eine Treppe hinauf.

Die Treppe führt ins Erdgeschoß eines üppig möblierten Hauses. Brian wird klar, daß es sich um ein Haus und nicht um eine Wohnung handelt, als Art und er rasch von Raum zu Raum gehen. Er wirft einen Blick durch ein Fenster, und ihm fällt auf, daß die Bude viel geräumiger ist als alle Wohnungen, die er je gesehen hat, außer vielleicht in *Corporate Lifestyles*. Vielleicht haben die Wesen, die sie jagen, irgendein hohes Tier von einem Konzernexec angesteckt. Der Bursche muß jedenfalls ein echter Krösus sein, wenn er sich ein richtiges Haus leisten kann.

Eine weitere Treppe bringt sie zu einer mit Schnitzereien verzierten Doppeltür aus Holz. Art bleibt davor stehen, dann geht er den Flur entlang. Er gibt Brian ein Zeichen. *Kampf steht unmittelbar bevor!*

Die Tür am Ende des Flurs öffnet sich. Sie huschen in ein Schlafzimmer, das wie ein Viktorianisches Hologramm aussieht: fließende Vorhänge, Onyxmöbel, ein riesiges Himmelbett. Neben dem Bett steht eine hochgewachsene Elfin in der weißen Uniform eines Medtechs. In dem Bett liegt etwas Unmenschliches.

Es sieht aus wie ein toter Mann oder auch eine tote Frau. Der Schädel ist völlig kahl, und ihm fehlen jegliche Züge, die ein menschliches Gesicht ausmachen. Es ist ein Totenschädel mit eingefallenen Augen, einem Loch anstelle einer Nase, geschwärzten Zähnen und keiner Spur von Lippen. Arme und Hände liegen auf dem Bettlaken und sind dünn wie ein Skelett und so weiß wie Knochen. Die eingefallenen Augen glühen feuerrot.

»Drek!« ruft Brian.

»JETZT, JUNGE!« brüllt Art.

Sie eröffnen das Feuer mit ihren automatischen Waffen. Die Elfin scheint in Ohnmacht zu fallen. Das Ding im Bett zuckt und ruckt und schreit, und dann gibt es einen weißen Blitz.

78

Der Schrei des Entsetzens und des Schmerzes schallt unmißverständlich durch den Astralraum und ruft ein Grauen in Liron Phalen hervor, das sein Bewußtsein bis ins Mark erschüttert.

Beobachtergeister jagen ihm entgegen.

»Meister!« rufen sie. *»Eindringlinge!«*

»Vorteria!« gellt Liron. »Meine Frau! *GEH!*«

Vorteria muß seine Frau retten. Er selbst muß hier in seinem Büro bleiben, weil der Schamane besiegt werden muß, sonst ist alles verloren. Er muß sich enorm konzentrieren, alle seine Macht und seine Fähigkeiten bündeln. Das komplizierte Konstrukt seines Zaubers löst sich rapide auf und nähert sich dem Zusammenbruch. So weit darf er es nicht kommen lassen.

79

Phalens Zauber wird schwächer. Seine Vertraute verschwindet. Bandit weiß nicht, warum, und er hat auch keine Zeit, sich deswegen Gedanken zu machen. Sein Herdgeist, dessen Aufgabe damit erledigt ist, verschwindet ebenfalls, so daß er Phalen allein gegenübersteht.

»Deezle«, stöhnt er.

Ein Beobachter in Waschbärgestalt taucht direkt neben Phalens Kopf auf und fängt an zu schreien, zu *schreien*, zu *SCHREIEN*, und zwar so laut wie Feueralarm und Luftschutzsirenen und Autohupen zusammen. Phalen zuckt sichtlich zusammen. Die Kraft von Phalens Zauber läßt weiter nach, und Bandit erhebt sich aus seiner Hockstellung, eine Hand ausgestreckt, bietet all seine Willenskraft auf, und wehrt die strahlenden Energien von Phalens Magie ab.

Jetzt muß er sich konzentrieren. Er muß so vollständig zu Waschbär werden, wie es ihm überhaupt möglich ist. Der Zauber, den er wirken muß, steht ihm klar vor Augen. Er geht Phalen einen Schritt entgegen. Er muß Phalen sehr nah kommen, um zu tun, was getan werden muß, und diesem Übel ein Ende bereiten.

80

Amy hebt den Kopf aus der Wiege ihrer verschränkten Arme und stellt fest, daß sie an einem kleinen rechteckigen Tisch in einem Zimmer sitzt, das mit Aktenschränken, Bücherregalen und etwas anderem gefüllt ist, das sie für eine ausrangierte Computerausrüstung hält. Sie lehnt sich zurück, streicht sich das Haar aus den Augen und fragt sich, was geschehen ist. Sie fühlt sich… Merkwürdig. Schwach, ein wenig zittrig, als sei sie in Ohnmacht gefallen oder so. Ihr Magen fühlt sich sonderbarerweise leer an, als sei ihr vor kurzer Zeit übel geworden und als habe sie ihr Mittagessen nicht bei sich behalten. Nur kann sie sich nicht daran erinnern, zu Mittag gegessen oder sich übergeben zu haben.

Welcher Tag ist heute? Wo ist sie und was macht sie hier? Ihre Armbanduhr verrät ihr, daß es kurz vor Mittag ist. Warum ist sie nicht in ihrem Büro?

Sie fühlt sich wie durch den Wolf gedreht.

Das Zimmer hat zwei Türen. Sie steht auf und geht zur nächsten der beiden. Sie gleitet zur Seite. Sie macht einen Schritt, bevor ihr klar wird, wo sie ist, und sie sieht, was vorgeht.

Das Zimmer vor ihr ist Dr. Phalens Büro. Phalen steht hinter seinem Schreibtisch und beschreibt arkane Gesten mit den Händen. Der Schreibtisch und der Boden in seiner Nähe sind mit Scherben und Büchern übersät. Am anderen Ende des Zimmers steht jemand, der sie jetzt ansieht. Die Gestalt ähnelt irgendwie Scottie. Sie trägt seinen langen dunklen Mantel und seine Flöte, nur sein Gesicht und sein Kopf sehen weniger wie Gesicht und Kopf eines Menschen, sondern vielmehr wie die eines Tieres, eines Waschbärs, aus.

Amy starrt ihn an. »*Scottie?*«

An verschiedenen Stellen flimmert die Luft. Beide Männer beschreiben geheimnisvolle Gesten. Dr. Phalen scheint sich zu straffen, größer zu werden, stärker. Der andere Mann wirkt plötzlich kleiner, schwächer. Als werde er in eine Ecke gedrängt. Für einen Augenblick ist die Ähnlichkeit mit einem Waschbären verschwunden, und sie sieht, daß es tatsächlich Scottie ist, der Phalen gegenübersteht, und sie stößt ein verblüfftes Keuchen aus.

Was tun sie? Was geht hier vor?

»Gehen Sie, meine Liebe«, sagt Phalen. »Sie sind in Gefahr.«

Eine Stimme flüstert ihr ins Ohr. Es ist Scotties Stimme. »Tu etwas«, sagt er. »Er bricht meinen Willen.«

Amy ruft: »Was? Was soll ich tun?«

»Phalens Machenschaften muß ein Ende bereitet werden.«

Der Raum flimmert und verschwimmt, und plötzlich kann Amy nur noch Dr. Phalen sehen, aber er ist nicht Dr. Phalen. Er ist das Grauen, eine groteske Skelettgestalt mit einem Totenschädel als Kopf und Krallen als Finger. Amys erste Reaktion ist Schock. Sie schreit auf, doch noch während ihr der Schock durch die Glieder fährt, erinnert sie sich… an die Tasse Tee, an das niederdrückende Gewicht von Phalens Willen. Er hat versucht, sie auf irgendeine Weise zu benutzen, und seine Kräfte gegen sie eingesetzt. Sie gezwungen zu sprechen. Kurushima herzulocken. Ihr wird klar, daß sie sich in bezug auf Scotties Warnung und insbesondere Dr. Phalen geirrt haben muß.

Die Luft flimmert um Scotties Kopf. Die Ähnlichkeit mit Waschbär schwindet. »O Gott!« ruft Amy. »Was soll ich tun?«

Scottie flüstert: »Lenk ihn ab.«

Wie? Amy sieht sich hektisch um.

Wie soll sie das tun?

81

Amys plötzliches Auftauchen ist wie ein Schock.

»Lenk ihn ab«, flüstert Bandit, und kaum hat er das ausgesprochen, als sich das Gleichgewicht der Macht erneut ändert. Phalens Zauber hat an Kraft und Gewicht zugelegt und drängt ihn jetzt zurück wie eine Sturmbö, die zu heftig ist, um ihr zu widerstehen. Er kann dem Angriff auf seinen Willen kaum länger standhalten. Seine Hand und sein Arm beginnen zu zittern von der Anstrengung, den Schild aufrechtzuerhalten. Er müht sich, noch einen Schritt vorwärts zu gehen, stellt jedoch fest, daß ihm seine Füße nicht gehorchen.

Phalen kichert. Seine Stimme klingt in Bandits Ohren leise und selbstgefällig. »Du bist stark, verehrter Schamane, ein würdiger Gegner, aber ich habe durch die Verbrüderung mit dem Transzendentalen zuviel Macht gewonnen.«

Dann steht Amy plötzlich neben Phalen. Sie schreit ihn an, wobei sie ein dickes Buch wie eine Keule schwingt und Phalen am Kopf trifft.

Phalen schwankt und grunzt. Die kosmetische Maske, die sein Gesicht bedeckt, verrutscht und fällt zu Boden, so daß die gräßlichen Züge darunter zum Vorschein kommen. Phalen schreit vor Wut auf, und das Gewicht seiner Magie läßt plötzlich nach. Bandit hebt die Flöte und zwingt sich, einen Schritt vorwärts zu machen, und dann beginnt die letzte Runde ihres Kampfes. Seine besonderen Zauber entfalten sich, sammeln Energie, nehmen die Astralgestalt eines riesigen bepelzten Waschbärs an, der sich wie ein Schatten erhebt und dann aufrecht auf zwei Beinen hinter Phalen steht.

Phalen scheint die Macht zu spüren, die sich hinter

ihm sammelt, und dreht sich um, doch dann wirkt der Zauber.

Der riesige Waschbär schlägt Phalen seine Pfoten ins Gesicht, zerrt daran und verschwindet dann. Phalens schriller Schmerzensschrei erhebt sich hoch und laut. Er hebt die Hände vor seine blutigen Augenhöhlen und taumelt.

Bandit springt vor und schnippt mit den Fingern. Der antike Schreibtisch kippt zur Seite und prallt gegen die Wand. Phalen schreit: »*NEEEEIIIIN!*«, doch da singt Bandit bereits die letzten Worte der Macht und treibt den Schaft seiner Flöte wie einen Speer in Phalens Körper.

Phalens Schrei steigert sich zu einem donnernden Schmerzgebrüll. Die Lebensenergie, die Phalens Körper entweicht, taucht den Astralraum in ein weißes Licht – ein reines, strahlendes, blendendes Weiß. Eine wogende Flut orangefarbener Kugeln ergießt sich aus ihm, einstmals verlorene Seelen, die jetzt frei sind, ihrer Bestimmung zu folgen, jede ihrer Natur entsprechend.

Phalen fällt zu Boden, und sein Körper schmilzt, fällt förmlich in sich zusammen, von der Macht des Lebens verbrannt und geschmolzen.

Dann kommt das Roggoth'shoth, das Herz der Dunkelheit, das Übel. Es ist ein schwarzes, bösartiges Ding. Seine Astralgestalt hat eine vage Ähnlichkeit mit dem Zerrbild einer Fledermaus mit Fangzähnen und Hörnern. Es kommt schreiend heraus, auf dem Weg zurück zu den höllischen Metaebenen, denen es einst entsprungen ist, aber dann geht irgend etwas schief.

Etwas, mit dem Bandit nicht gerechnet hat.

Die Wesenheit manifestiert sich, nimmt eine körperliche Gestalt an. Sie saust gedankenschnell an Bandit vorbei. Er hört Amy aufschreien. Als er herumfährt, sieht er sie zurücktaumeln und zusammenbrechen, während sich die Wesenheit an ihrem Gesicht festklammert. Als Bandit sich bückt, um die Kreatur wegzureißen, öffnen sich Amys Augen. Sie glühen feuerrot.

Das Übel hat ihre Aura vergiftet.

»Drek«, flüstert Bandit.

82

Der Schacht ist glatt und kühl, mit Beton verkleidet. Metallsprossen dienen als Leiter. Monk greift nach oben, um Minx' Knöchel festzuhalten, bis sie sich losreißt, dann macht er es noch einmal und noch einmal und …

»Hör auf, du Kick!« Minx kichert. Dann hört sie auf zu klettern. Monk lugt an den entzückenden Rundungen ihrer wohlgeformten Kehrseite vorbei und sieht, wie sie ihr üppiges gelocktes Haar ausschüttelt, dessen Farbe von Rot zu Rotorange zu Rotgold und wieder zurück wechselt. Vielleicht hundert Meter über ihrem wunderbaren Kopf ist ein schwacher Lichtschimmer und das Ende des Schachts zu sehen. Monk erinnert sich an diesen Schacht. Er befindet sich auf der Newarker Seite des Hudson. Noch etwa eine Stunde, dann sind sie zu Hause.

Minx flüstert: »Hör mal … hast du gerade etwas gehört?«

»Was denn?«

»Ich weiß nicht genau.«

»Echt?« sagt Monk, indem er angestrengt nach oben sieht.

»Weißt du was?« sagt Minx leise. »Ich habe plötzlich so ein komisches Gefühl. Als wäre dem Meister etwas passiert. Als wäre er zum Beispiel gestorben.«

Monk ist verwirrt. »Ich dachte, du hättest gesagt, wir würden auch sterben, wenn der Meister stirbt.«

»Ja, das habe ich, nicht?«

»Und?«

»Ich hätte schwören können, ich meine … ich dachte …« Minx zögert, dann dreht sie sich so weit um, daß sie zu ihm hinuntersehen kann, vorbei an den strammen, runden, üppigen Wölbungen ihrer Brüste. Dann kichert sie. »Du Kick, vielleicht hab ich auch nur was Falsches gegessen.«

Was Falsches *gegessen*. Ha-ha-ha!

Monk grinst. »Sahne.«

83

Als er den Kopf hebt und sich den Speichel von den Lippen wischt, sieht Ben Hill, daß er das kleine Wunder der Transformation wieder nicht mitbekommen hat.

Striper liegt auf der Seite. Sie hat erneut ihre natürliche Gestalt angenommen, den massigen Körper, der so stark an einen sibirischen Tiger erinnert. Das Blut aus der riesigen Kopfwunde hat ihr rotes, schwarzgestreiftes Fell befleckt. Die Wunde scheint sogar für ihre bemerkenswerte Werbiologie zu groß zu sein, um noch zu heilen.

Ihr Kind hat sich ebenfalls wieder verwandelt. Es steht auf vier Beinen neben dem reglosen Körper seiner Mutter. Sein Blick irrt hierhin und dorthin, und es brüllt traurig, mitleiderregend, und jetzt beschnüffelt es die grausame Wunde und leckt daran. Ben kann den Anblick einfach nicht mehr ertragen. Er wendet sich ab, nur um Germaine zu sehen, die kaum eine Armeslänge entfernt auf dem Rücken liegt. Ihre Brust ist mit Blut durchtränkt, das sich in der Umgebung der Einschußlöcher in ihrer Bluse konzentriert.

Es übersteigt jedes Begreifen, jedes Vorstellungsvermögen, daß die Dinge eine derart furchtbare Wendung nehmen konnten, daß die Suche nach einem metabiologischen Serum mit dem Tod, mit einem Doppelmord, enden konnte.

Zwei Leben unwiederbringlich verloren, vergeudet…

Liron Phalen war die motivierende Kraft, und Germaine hat ihre Rolle gespielt, doch Ben weiß ganz genau, bei wem die eigentliche Schuld liegt, wo sie immer gelegen hat. Er fühlt sich an die Worte von Sir Thomas More erinnert. Als man ihn aufforderte, sich um der Kameradschaft willen den Adligen anzuschließen, die einen König unterstützten, erwiderte More: »Und wenn wir sterben, und ihr werdet in den Himmel geschickt, weil ihr eurem Gewissen gefolgt seid, und ich in die Hölle, weil ich meines mißachtet habe, werdet ihr dann um der Kameradschaft willen mit mir kommen?«

Das rückt alles ins rechte Licht.

Er hat sich von Liron Phalen übermäßig beeinflussen lassen. Er hatte nicht die Willenskraft, darauf zu bestehen, daß ihre Forschung den moralischen und ethischen Prinzipien folgt, die einzuhalten er sich während seines gesamten Erwachsenenlebens bemüht hat. Als es darauf ankam, als er vielleicht sogar zwei Leben hätte retten können, hat er versagt. Er hat versagt, weil er seine eigenen Prinzipien mißachtet hat. Er hat sich selbst verraten, die Wissenschaft, die ganze Metamenschheit. Und dies ist nur ein weiterer Verrat am Ende einer Karriere, die von Unzulänglichkeiten und krassem Versagen geplagt war.

Er hat noch nie ein sonderlich ausgeprägtes Vorstellungsvermögen gehabt. Vielleicht ist das sein größtes Versagen. Vielleicht hat ihn das dazu verdammt, immer nur den verantwortlichen Personen zu assistieren und nie selbst die Verantwortung zu übernehmen.

Doch das ist jetzt bedeutungslos. Er muß nur noch eine Aufgabe erfüllen. Er muß die Verantwortung für seine Taten übernehmen. Er muß reinen Tisch machen. Die endgültige Verantwortung akzeptieren.

Langsam greift er nach der Pistole, die neben ihm liegt, und schiebt sich den Lauf in den Mund. Das glänzende Metall fühlt sich hart und unnachgiebig an seinen Zähnen an und schmeckt nach scharfen Chemikalien. Genau wie das Leben.

Es bedarf nur eines sanften Fingerdrucks.

84

Das Ende des Tunnels erstrahlt in grellem Licht. Sie spürt, wie sie von ihm angezogen wird. Auf eine Weise, die sie nicht versteht, spürt sie, daß irgendwo hinter dem grellen Licht ein goldenes Land der Beute und der Verheißung liegt.

Plötzlich erhebt sich eine Gestalt vor ihr, eine dunkle vierbeinige Gestalt, unbestreitbar männlich und so massig, daß sie den Blick auf das Licht versperrt. Das Brüllen des Männchens ist wie ein Donnerschlag, der das Ende der Welt ankündigt. Sein Geruch kündet von Besitz und von der Gewalt, die er auszuüben bereit ist, um das zu verteidigen, was er als sein Eigentum betrachtet.

Geh zurück! sagt er.

Nein … sie will weitergehen.

Du hast keine Wahl …

Eine Woge der Bestürzung überfällt sie plötzlich, niederschmetternd, überwältigend. Die Beute und die Verheißung jenes Landes werden ihr verweigert. Das Land gehört dem Männchen. Es ist sein Revier. Ein Kampf mit dem Männchen um das Recht, es zu betreten, würde unausweichlich zur völligen Auslöschung ihrer Existenz führen.

Sie muß zurück.

Das strahlende Licht verblaßt zu Schwärze, und plötzlich hört Tikki einen Pistolenschuß. Unwillkürlich zuckt sie zusammen und hebt den Kopf. Die grelle Laborbeleuchtung treibt ihr das Wasser in die Augen. Sie fährt mit einer Pfote über die juckende Stelle an ihrem Kopf, dann bemerkt sie das Junge, das, vor Angst schreiend, sie immer wieder mit der Nase anstupst.

Sie springt mit zuckenden Ohren auf und sieht sich rasch um. Der Boden ist mit Blut verschmiert. Zwei

Zweibeiner liegen lang ausgestreckt und reglos da: eine Orkfrau in Straßenkleidung und ein Mann in weißem Kittel. Die Orkfrau hat versucht sie zu töten, und der Mann wollte sie daran hindern zu gehen. Beide sehen tot aus. Sie riechen auch tot. Sie bewegen sich nicht. Tikki schüttelt den Kopf, während sie zu verstehen versucht, wie das möglich ist, verdrängt diese Gedanken dann jedoch. Tot ist tot. Sie hat die Orkfrau erschossen, um sich und ihr Junges zu beschützen. Was mit dem Mann geschehen ist, ist jetzt nicht wichtig.

Sie erzwingt die Verwandlung: Knochen und Muskeln ziehen sich zusammen, Fell verschwindet und wird zu Haut, Pfoten werden zu Händen und Füßen. Das Junge folgt ihrem Beispiel und schlingt beide Arme um ihr rechtes Knie.

»Tik-*ki!*«

»Still«, schnappt sie.

Tikki hebt die Kanonen auf, die auf dem Boden liegen, und führt das Junge zur Tür. Sie brauchen Kleidung und Geld, und sehr bald werden sie auch Nahrung brauchen, doch zuerst müssen sie diesen Ort verlassen. Wenn ihr irgendwelche Zweibeiner in die Quere kommen, wird sie tun, was sie tun muß, und zwar aus dem einzigen Grund, der außer Frage zu stehen scheint.

Was zählt, ist jetzt nur noch das Junge.

85

Enoshi Ken beobachtet die Regentropfen, die von außen über die Scheiben der Fenster zum Central Park laufen. Sie sind alle nur Wirbel in einem Strom, kleine Wellen an der Oberfläche eines gewaltigen, unverständlichen Ozeans. Er zieht an seiner Zigarette, trinkt einen Schluck Kaffee und fragt sich, was seine Frau wohl gerade tut. Er fühlt sich sehr weit von ihrem Heim in Philadelphia entfernt. Mit jeder neuen Entwicklung kommt ihm die Distanz größer vor.

Früher am Nachmittag hat er einen Anruf von seinem Hauptrevisor, Kurushima Jussai, erhalten, der ihm berichtet hat, die Auswertung der Bücher von Hurley-Cooper habe ergeben, daß höchstwahrscheinlich mehrere Personen, darunter auch der Geschäftsführer Vernon Janasova, Konzerngelder hinterzogen haben, um sich persönlich zu bereichern. Kurushima hat außerdem erwähnt, daß gewisse Dinge, die Amy Bermans Abteilung betreffen, zufriedenstellend geklärt worden seien, und zwar mit Hilfe des Leiters der Metawissenschaftsgruppe, Dr. Liron Phalen.

Enoshi fragt sich, wie es kommt, daß sein eigener Revisor solch einen Bericht abliefert. Besonders bemerkenswert ist die Tatsache, wann er diesen Bericht erhalten hat: kaum eine Stunde bevor der Verwaltungsdirektor von Hurley-Cooper, Mercedes Feliz, persönlich einen Datenchip mit Beweismaterial abgeliefert hat, welches stark darauf hindeutet, daß die Köpfe der Metawissenschaftsgruppe in betrügerische Machenschaften verwickelt sind und insgesamt dreizehn Millionen Nuyen hinterzogen haben. Eine Person, ein gewisser Dr. Hill, hat nicht weniger als drei Millionen Nuyen auf einem Geheimkonto bei der UCAS-Bank. Das Beweismaterial legt nahe, daß dieses Konto benutzt wurde, um hinterzogene Gelder in fragwürdige Kanäle weiterzuleiten, die tatsächlich zu Shadowrunnern und anderen Kriminellen führen könnten.

»Den größten Teil dieser Informationen hat Amy Berman zusammengetragen«, hat Mercedes Feliz berichtet, »und zwar auf meine Anweisung.«

Enoshi reibt sich die Stirn, da er spürt, daß Kopfschmerzen im Anzug sind.

Sein Sekretär kommt, um die Ankunft Usami Geks, seines obersten Sicherheitsbeamten, und des Magiers zu melden, der kürzlich von KFK Nordamerika abgestellt wurde, um bei der Untersuchung zu helfen: Kajitori Saru. Der Magier war kaum einen Tag in New York, als plötzlich die Hölle ausbrach.

Usami berichtet: »Es hat den Anschein, als habe die Störung in der Metawissenschaftsanlage mit einer Explosion unbestimmten Ursprungs begonnen. Das Personal der Abteilung berichtet, daß ein paranormales Wesen entkommen ist, das als Testobjekt benutzt wurde. Zahlreiche Personen wurden verletzt. Drei sind tot: Dr. Liron Phalen, Dr. Benjamin Hill und eine Assistentin. Dr. Phalen scheint einem Anschlag arkaner Natur zum Opfer gefallen zu sein. Vorläufige Indizien weisen darauf hin, daß Dr. Ben Hill die Assistentin getötet haben könnte, bevor er sich selbst das Leben nahm. Die exakte Abfolge der Ereignisse wird derzeit von meinen Leuten noch recherchiert.«

Enoshi ringt nach Fassung. Der Verlust von Phalen und Hill wird sich zweifellos nachteilig auf die Forschungen von Hurley-Cooper auswirken. Die Auswirkungen der gewaltsamen Todesfälle auf den Ruf der Firma und Kono-Furata-Ko International sind unkalkulierbar. Vielleicht steht ihm eine Krise von alptraumhaften Ausmaßen bevor. Er muß dem stellvertretenden Vorstandsvorsitzenden von KFK, Torakido Buntaro, bald per Telekom Bericht erstatten.

Usami fügt hinzu: »Die Prüfung der Überwachungsaufzeichnungen hat ergeben, daß Mr. Scott Berman in der Anlage anwesend war, als die Explosion stattfand.«

»War Amy Berman anwesend?«

Usami nickt. »Ja, Enoshi-*sama*. Sie war schon anwesend, bevor es zu dem Ausbruch von Gewalt kam, und zwar in einer Konferenz mit Dr. Liron Phalen. Die Überwachungsaufzeichnungen zeigen, daß sich Kurushima Jussai dieser Konferenz ebenso angeschlossen hat wie Mr. Scott Berman. Weder Ms. Amy Berman noch Mr. Scott Berman sind nach der Explosion in der Anlage angetroffen worden. Es ist noch unbekannt, wie sie die Anlage verlassen haben und wohin sie verschwunden sind.«

Das ist alles sehr verwirrend. Enoshi bemüht sich, alles in einen logischen Zusammenhang zu bringen. Man könnte annehmen, daß Amy Berman an einem wohlüberlegten Versuch beteiligt war, kritische Aktivposten von Hurley-Cooper zu vernichten, wie zum Beispiel die Doktoren Phalen und Hill, und es darüber hinaus irgendwie geschafft hat, den Revisor von KFK, Kurushima Jussai, in diese Verschwörung mit einzubeziehen. Enoshi hat jedoch genug von derart offensichtlichen Mutmaßungen. »Wie hat sich Scott Berman Zugang zur Metawissenschaftsanlage verschafft?«

»Durch arkane Mittel, die noch ermittelt werden müssen«, erwidert Usami. »Es ist unklar, welche Rolle Ms. Amy Berman und Mr. Scott Berman bei Dr. Liron Phalens Tod gespielt haben.«

An dieser Stelle hüstelt Kajitori Saru, der Magier.

»Haben Sie dem etwas hinzuzufügen?« fragt Enoshi.

»Ja«, sagt Kajitori.

»Bitte fahren Sie fort.«

»Ich bin der Überzeugung, daß Scott Berman und Liron Phalen eine magische Auseinandersetzung ausgetragen haben. Die Zeichen sind eindeutig, Enoshi-*sama*. Außerdem bin ich der Überzeugung, daß noch eine dritte Partei oder Wesenheit, deren Ursprung möglicherweise in den Metaebenen zu suchen ist, in diese Auseinandersetzung verwickelt war.«

Enoshi denkt darüber nach und sagt: »Wollen Sie damit sagen, daß Scott Berman irgendeine metaphysische Wesenheit gerufen hat in der Absicht, Dr. Phalen zu töten?«

»Ich glaube, daß diese Wesenheit in dem Konflikt auf Dr. Phalens Seite war. Ich glaube außerdem, daß sie böswilliger Natur war.«

»Böswilliger Natur?«

»Bösartig.«

Enoshi fragt sich, was er davon halten soll. »War diese Wesenheit von der Art, wie sie ein Magier gewöhnlich rufen würde, um ihm in einem magischen Konflikt beizustehen?«

»Wahrscheinlich war es eine Art von Wesenheit, wie sie mir noch nie begegnet ist«, erwidert Kajitori. »Aber ich glaube nicht, daß irgendein Magier so eine bösartige Wesenheit rufen würde, wenn er nicht entweder irgendwie dazu gezwungen oder selbst von ebenso bösartiger Natur wäre.«

»Wollen Sie damit andeuten, daß Dr. Liron Phalen bösartiger Natur war?«

»Natürlich ist es möglich, daß die Wesenheit von Anfang an die Kontrolle über Dr. Liron Phalen hatte. Daß er von ihr beeinflußt oder gar besessen war.«

Eine höchst bemerkenswerte und gänzlich unbegründete Theorie. Enoshi wird sich eines Urteils enthalten, bis mehr Fakten gesammelt worden sind. Er weist Usami und Kajitori an, ihre Suche nach diesen Fakten und auch nach Amy Berman fortzusetzen, die viele Dinge zu erklären hat. Dann geht Enoshi durch den Flur in sein Schlafzimmer und in das kleine Wohnzimmer nebenan. Einer seiner Sicherheitsbeamten steht Wache an der Tür.

Auf dem mit kunstvollen Schnitzereien verzierten Mobiliar darin, das vom Waldorf Park East Hotel zur

Verfügung gestellt worden ist, sitzen seine Geliebte Frederique und ein Mann namens Harman Franck-Natali. Sie trinken gemeinsam Tee. Franck-Natali lächelt wie ein Mann, der unter dem Bann eines Zaubers steht.

Als Enoshi eintritt, entschuldigt sich Frederique und gleitet aus dem Zimmer. Enoshi wundert sich, was ihn dazu bewogen haben kann, seine Geliebte so sehr in Konzernangelegenheiten mit einzubeziehen, daß sie sich mit diesem Mann unterhalten hat. Andererseits ist das Ergebnis erstaunlich. Frederique hat mit einem Lächeln und ein paar leisen Worten mehr von Harman Franck-Natali erfahren als Usamis Leute mit all ihren raffinierten Verhörmethoden. Darüber hinaus glaubt Frederique, Franck-Natali davon überzeugt zu haben, daß seine Entführung und das anschließende Verhör zumindest teilweise auf den Übereifer einiger Sicherheitsleute zurückzuführen und ein Vorfall ist, den Enoshi aufrichtig bedauert.

»Äußerst charmant«, sagt Franck-Natali, nachdem sich Frederique verabschiedet hat. Er nippt an seinem Tee. Enoshi setzt sich ihm gegenüber und überlegt, wie er ihre unterbrochene Unterhaltung am besten fortsetzen kann.

Sie hatten über die hiesigen Einheiten von Mitsuhama Computer Technologies diskutiert. In seinem Gespräch mit Frederique hat Franck-Natali große Unzufriedenheit mit MCT zum Ausdruck gebracht; er scheint gewillt, vielleicht sogar erpicht darauf zu sein, den Konzern zu wechseln. Enoshi fragt sich, ob er das als aufrichtig gemeint akzeptieren kann. Es ist immerhin möglich, daß Harman Franck-Natali Frederiques Erklärungen nicht geglaubt hat und lediglich Zeit gewinnen will.

Möglicherweise sind Franck-Natalis kooperatives Verhalten und seine Aussagen auf ein besonderes Ziel – ein ganz bestimmtes Motiv – zurückzuführen, genauso wie auch Enoshis Handlungsweise in dieser Angelegenheit von einem ganz bestimmten Ziel bestimmt wird.

Kono-Furata-Ko International beabsichtigt, sich zu diversifizieren, um den Herausforderungen der Zukunft zu begegnen. Diese Diversifizierungspläne beinhalten die Übernahme gewisser Tochtergesellschaften von MCT. Enoshi ist sich durchaus der Tatsache bewußt, daß Harman Franck-Natali wertvolle Informationen über diese Gesellschaften besitzen könnte.

»Ich glaube, Sie haben angedeutet«, sagt Enoshi, »daß Amy Berman versucht hat, Sie zu einem Wechsel zu Hurley-Cooper Laboratories zu bewegen.«

»Nun«, erwidert Franck-Natali, »in den letzten Wochen haben wir oft Gespräche hinsichtlich unserer Zukunft geführt. Amy weiß, wie ich über die Situation bei Mitsuhama denke. In erster Linie ist ihr daran gelegen, daß ich Mitsuhama verlasse. Sie hat keinen bestimmten Konzern erwähnt, aber ich kann mir vorstellen, daß sie sehr erfreut wäre, sollte ich mich entschließen, an Hurley-Cooper heranzutreten.«

»Das würde fraglos ihrem Status innerhalb des Konzerns dienlich sein.«

»Wahrscheinlich, aber ich glaube, Amy wäre in erster Linie darüber erfreut, daß ich bei Hurley-Cooper glücklicher wäre und im Bereich Verkauf und Marketing eine Menge für Hurley-Cooper tun könnte.«

»Haben Sie den Eindruck, daß Amy Berman ein loyaler Konzerndirektor ist?«

»Aber gewiß.« Franck-Natali hält inne und lächelt. Er tut das sehr oft. Diese Angewohnheit vermittelt Enoshi den Eindruck, daß der Mann jedes Wort sehr sorgfältig abwägt. »Sie ist unzweifelhaft loyal.«

»Erläutern Sie das bitte näher.«

»Nun, Sie müßten Amy kennen, um das wirklich zu verstehen.«

»Ich würde Sie sehr gerne besser kennen«, sagt Enoshi, »so daß ich ihre Motive besser verstehen kann.

KFK International legt sehr viel Wert auf Verstehen. Ich hätte gern das Gefühl, Amy Berman persönlich zu kennen. Als Freundin und Kollegin.«

»Nun«, sagt Franck-Natali lächelnd. »Wo soll ich anfangen?«

86

In der kleinen Baracke aus Teilen von Makroplastkisten sitzt Alter Mann am Feuer. Dark Rain Hunter und Pug sitzen neben ihm. Ebenfalls nah beim Feuer liegt Amy, die Augen geschlossen, schlaff, im Tiefschlaf.

Amy den ganzen Weg von Brooklyn hierher in die Bronx zu bringen, war nicht leicht. Sie nur aus dem Gebäude der Metawissenschaftsgruppe zu schaffen, hat schon mehr magische Energie erfordert, als Bandit noch zu haben glaubte, und das war bei weitem nicht alles, was er zu tun hatte. Er ist müde, so müde, daß er zusammenbrechen könnte, aber seine Feuerprobe nähert sich dem Ende. Abrupt setzt er sich, dann zieht er die Fersen hoch, um die Beine unterzuschlagen.

»Die Dunkelheit ist in ihr«, sagt Alter Mann. »Sie wird ihren Verstand umbringen. Adler und Hund werden ihr helfen, weil das ihre Natur ist. Sie sind großzügig, aber Rabe ist gierig. Was gibst du mir, um sie zu retten?«

Bandit zieht das dicke Buch aus seinem Rucksack, das Buch mit den mystischen Symbolen, das er aus den rauchenden Trümmern von Phalens Haus gerettet hat. Das Buch abzugeben, ist schwer für ihn, denn obwohl es das Werk eines Magiers und unaussprechlich böse ist, enthält es große Macht und viele Geheimnisse. Sein Wert ist unschätzbar. Es spricht seine Waschbärnatur an, Bandits Neugier. Wahrscheinlich könnte er es nicht abgeben, wenn nicht das Leben seiner Schwester auf dem Spiel stünde. Auch wenn er nie hinter die Geheimnisse des Buches käme, würde er es gerne behalten, es horten.

»Ich gebe dir das hier.«

»Ich bin einverstanden«, sagt Alter Mann. Doch es ist

Dark Rain Hunter, der nach dem Buch greift, und Dark Rain Hunter, der es ins Feuer wirft. Nach einer Weile sagt Alter Mann: »Das Wissen in diesem Buch sollte aus der Welt getilgt werden. Die Menschen sind nicht weise genug, um es beherrschen zu können.«

Bandit nickt zustimmend und ertappt sich dabei, daß er beinahe eingeschlafen wäre. Er ist so müde, daß er sich mit praktisch allem einverstanden erklären würde. Wenn das hier vorbei ist, wird er vermutlich einen ganzen Monat lang schlafen.

»Jetzt werden wir deiner Schwester helfen«, sagt Alter Mann. »Achte auf das Lied, das wir singen. Du könntest etwas daraus lernen.«

Bandit nickt.

Plötzlich schüttelt Pug eine Rassel. Dark Rain Hunter beginnt, eine kleine Trommel zu schlagen. Alter Mann singt als erster, und sein leise vorgetragenes Lied erzählt von Veränderungen und der Welt und der Art und Weise, wie Leute erwachsen werden. Dark Rain Hunter singt von der Natur und der Notwendigkeit, die Natur vom Bösen zu reinigen. Pug singt von Treue und Liebe und der Bedeutung der Bande zwischen Leuten und insbesondere zwischen Leuten, die blutsverwandt sind. Die drei Lieder zusammen erzählen vom Leben und der Natur des Lebens und von Dingen, die getan werden müssen. Sie verraten Bandit, daß der schlaue Waschbär manchmal die schattige Behaglichkeit seiner Lieblingsplätze verlassen und sich den unwirscheren Realitäten stellen muß, die im unsagbar wichtigen Sonnenlicht sichtbar werden.

Die Auren der drei Schamanen vereinigen sich. Langsam bildet sich die Magie, erfüllt das Medizinzelt. Als sie sich wieder verflüchtigt, rührt sich Amy und seufzt.

Eine Dunkelheit flattert durch die Astralebene und verschwindet.

Bandit kniet sich neben Amy und streicht ihr das Haar aus der Stirn. Ihre Augen öffnen sich träge, als seien die Lider schwer vom Schlaf. Der feurige Glanz ist verschwunden. Ihre Augen sind jetzt wieder braun, nur braun, wie Bandits Augen. »Scottie …?« murmelt sie. »Was ist passiert …«

Bandit sagt: »Jetzt geht es dir wieder gut.«

»Bist du in Ordnung?«

Bandit nickt. »Alles ist in Ordnung.«

87

Der Führer trifft sie ungefähr zehn Kilometer hinter Boulder auf einem alten Holzfällerweg auf halbem Weg zum Gipfel eines Berges. Er wird Ed Flashing Deer genannt.

Kontakte haben ihn hergebracht, sehr sorgfältig ausgewählte Kontakte. Diesmal wird es keine Fehler und keinen Verrat geben. Tikki hat dafür gesorgt, daß alle interessierten Parteien wissen, wie groß ihr Unmut sein wird, falls ihr noch einmal jemand Schwierigkeiten bereiten sollte.

»Zeig deine Augen«, sagt Flashing Deer.

Tikki nimmt die schwarze verspiegelte Sonnenbrille ab und schaut in die spätnachmittägliche Sonne. Flashing Deer betrachtet ihr Gesicht. Er sollte sehen, daß ihre Augen im Sonnenlicht glitzern. Man hat ihm gesagt, er solle nach reflektierenden Augen Ausschau halten. Wahrscheinlich nimmt er an, das bedeutet, daß sie Cyberaugen hat. Das kann ihr nur recht sein.

Was jetzt geschieht, ist simpel. Sie gehen in die Berge, und Tikki sucht sich ein Heim für sie und das Junge. Und danach? Schwer zu sagen. Tikki hat ein paar merkwürdige Ideen.

Ihre Mutter hat ihr beigebracht, daß Beute Beute ist. Egal ob zwei Beine oder vier. Erst jetzt sind ihr einige Unterschiede aufgefallen. Diese zweibeinige Orkfrau, die unablässig über ihren in Philadelphia getöteten Sohn gejammert hat. Dieser Bursche im weißen Kittel, der sie nicht gehen lassen wollte, sich aber dann nicht dazu überwinden konnte, sie zu erschießen. Und dieser Magier, der zwei Wachen ausgeschaltet und ihr dann gesagt hat, wo sie ihr Junges finden kann. Nach alledem fällt es ihr schwer, weiter an dem Glauben festzuhalten, den sie immer gehegt hat, daß alle Zweibeiner heimtückische Verräter sind. Die Magier ganz besonders.

Warum hat er ihr geholfen? Er hat nichts dadurch gewonnen. Das ist es, was sie wirklich nachdenklich gemacht hat. Kein gewöhnliches Tier hätte das oder etwas Vergleichbares getan. Gewöhnliche Tiere verhalten sich nicht so.

Vielleicht hat der Magier ebenso wie die Orkfrau etwas empfunden, etwas gefühlt, das ihn dazu bewogen hat, so zu handeln. Vielleicht dreht sich alles nur um Gefühle. Vielleicht hat sie mehr mit den Zweibeinern gemeinsam, als sie sich je hätte träumen lassen.

Es wird Zeit, daß sich Striper zurückzieht. Sie will keine Zweibeiner mehr jagen. Sie will kein Geld mehr dafür nehmen, sie zu töten. Ihr gefällt der Gedanke nicht, was so eine Tötung für jemanden irgendwo bedeuten könnte, zum Beispiel für jemanden wie die Orkfrau. Sie weiß, was ihr der Verlust ihres Jungen bedeutet hat, und jetzt kann sie sich beinahe vorstellen, wie es wäre, in irgendeiner Gasse in Philadelphia ein Junges an irgendeinen Killer zu verlieren.

Es ist nicht gut. Nicht richtig.

Sie wird das Junge großziehen und sich dann ein neues Leben aufbauen. Ein neues Leben und eine neue Karriere. Jemand mit ihren Fähigkeiten und Kontakten sollte in der Lage sein, eine Beschäftigung zu finden. Eine interessante. Befriedigende. Eine, die den Jäger in ihr anspricht und den Instinkt zufriedenstellt, ohne sie zu zwingen zu töten, zu töten und immer wieder zu töten… Anderer Leute Junge zu töten…

Plötzlich geht Ed Flashing Deer in die Hocke und streckt eine Hand nach ihrem Jungen aus. Tikki verlagert ihr Gewicht und will zuschlagen, hält dann jedoch inne, als sie das Lächeln des Mannes und den harmlosen Charakter seiner Witterung registriert.

Als sich seine Hand dem Jungen weiter nähert, faucht es und schnappt nach ihr.

»Puh!« sagt Flashing Deer, indem er zurückzuckt. Er richtet sich auf, wobei er lächelt, als sei er belustigt, und betrachtet seine Hand, als wolle er sich überzeugen, daß nichts fehlt. »Nettes Kind«, sagt er. »Hat es auch einen Namen?«

Tikki nickt und setzt sich die Sonnenbrille wieder auf.

Der Mann versteht den Wink.

Glossar

Arcologie – Abkürzung für ›**Ar**chitectural **Ecology**‹. In Seattle ist sie der Turm des Renraku-Konzerns, ein Bauwerk von gigantischen Ausmaßen. Mit ihren Privatwohnungen, Geschäften, Büros, Parks, Promenaden und einem eigenen Vergnügungsviertel gleicht sie im Prinzip einer selbständigen, kompletten Stadt.

Aztechnology-Pyramide – Niederlassung des multinationalen Konzerns Aztechnology, die den Pyramiden der Azteken des alten Mexiko nachempfunden ist. Obwohl sie sich in ihren Ausmaßen nicht mit der Renraku-Arcologie messen kann, bietet die Pyramide mit ihrer grellen Neonbeleuchtung einen atemberaubenden Anblick.

BTL-Chips – Abkürzung für ›**B**etter **T**han **L**ife‹ – besser als die Wirklichkeit. Spezielle Form der SimSinn-Chips, die dem User (Benutzer) einen extrem hohen Grad an Erlebnisdichte und Realität direkt ins Gehirn vermitteln. BTL-Chips sind hochgradig suchterzeugend und haben chemische Drogen weitgehend verdrängt.

Chiphead, Chippie, Chipper – Umgangssprachliche Bezeichnung für einen BTL-Chip-Süchtigen.

chippen – umgangssprachlich für: einen (BTL-)Chip reinschieben, auf BTL-Trip sein usw.

Chummer – Umgangssprachlich für Kumpel, Partner, Alter usw.

Cyberdeck – Tragbares Computerterminal, das wenig größer ist als eine Tastatur, aber in Rechengeschwindigkeit und Datenverarbeitung jeder Ansammlung von Großrechnern des 20. Jahrhunderts überlegen ist. Ein Cyberdeck hat darüber hinaus ein SimSinn-Interface, das dem User das Erlebnis der Matrix in voller sinnlicher Pracht ermöglicht. Das derzeitige Spitzenmodell, das *Fairlight Excalibur,* kostet 990 000 Nuyen, während das Billigmodell *Radio Shack PCD-100* schon für 6200 Nuyen zu haben ist. Die Leistungsunterschiede entsprechen durchaus dem Preisunterschied.

Cyberware – Im Jahr 2050 kann man einen Menschen im Prinzip komplett neu bauen, und da die cybernetischen Ersatzteile die ›Leistung‹ eines Menschen zum Teil beträchtlich erhöhen, machen sehr viele Menschen, insbesondere die Straßensamurai, Gebrauch davon. Andererseits hat die Cyberware ihren Preis, und das nicht nur in Nuyen: Der künstliche Bio-Ersatz zehrt an der Essenz des Menschlichen. Zuviel Cyberware kann zu Verzweiflung, Melancholie, Depression und Tod führen.

Grundsätzlich gibt es zwei verschiedene Arten von Cyberware, die **Headware** und die **Bodyware.**

Beispiele für Headware sind **Chipbuchsen,** die eine unerläßliche Voraussetzung für die Nutzung von **Talentsofts** (und auch BTL-Chips) sind. **Talentsofts** sind Chips, die dem User die Nutzung der auf den Chips enthaltenen Programme ermöglicht, als wären die Fähigkeiten seine eigenen. Ein Beispiel für ein gebräuchliches Talentsoft ist ein Sprachchip, der dem User die Fähigkeit verleiht, eine Fremdsprache so zu benutzen, als sei sie seine Muttersprache.

Eine **Datenbuchse** ist eine universellere Form der Chipbuchse und ermöglicht nicht nur Input, sondern auch Output. Ohne implantierte Datenbuchse ist der Zugang zur Matrix unmöglich.

Zur gebräuchlichsten Headware zählen die **Cyberaugen.** Die äußere Erscheinung der Implantate kann so ausgelegt werden, daß sie rein optisch nicht von biologischen Augen zu unterscheiden sind. Möglich sind aber auch absonderliche Effekte durch Gold-

oder Neon-Iris. Cyberaugen können mit allen möglichen Extras wie Kamera, Lichtverstärker und Infrarotsicht ausgestattet werden.
Bodyware ist der Sammelbegriff für alle körperlichen Verbesserungen. Ein Beispiel für Bodyware ist die **Dermalpanzerung,** Panzerplatten aus Hartplastik und Metallfasern, die chemisch mit der Haut verbunden werden. Die **Smartgunverbindung** ist eine Feedback-Schaltschleife, die nötig ist, um vollen Nutzen aus einer Smartgun zu ziehen. Die zur Zielerfassung gehörenden Informationen werden auf die Netzhaut des Trägers oder in ein Cyberauge eingeblendet. Im Blickfeldzentrum erscheint ein blitzendes Fadenkreuz, das stabil wird, sobald das System die Hand des Trägers so ausgerichtet hat, daß die Waffe auf diesen Punkt zielt. Ein typisches System dieser Art verwendet ein subdermales **Induktionspolster** in der Handfläche des Trägers, um die Verbindung mit der Smartgun herzustellen.
Jeder Straßensamurai, der etwas auf sich hält, ist mit **Nagelmessern** und/oder **Spornen** ausgerüstet, Klingen, die im Hand- oder Fingerknochen verankert werden und in der Regel einziehbar sind.
Die sogenannten Reflexbooster sind Nervenverstärker und Adrenalin-Stimulatoren, die die Reaktion ihres Trägers beträchtlich beschleunigen.

decken – Das Eindringen in die Matrix vermittels eines Cyberdecks.

Decker – Im Grunde jeder User eines Cyberdecks.

DocWagon – Das DocWagon-Unternehmen ist eine private Lebensrettungsgesellschaft, eine Art Kombination von Krankenversicherung und ärztlichem Notfalldienst, die nach Anruf in kürzester Zeit ein Rettungsteam am Tat- oder Unfallort hat und den Anrufer behandelt. Will man die Dienste des Unternehmens in Anspruch nehmen, benötigt man eine Mitgliedskarte, die es in drei Ausführungen gibt: Normal, Gold und Platin. Je besser die Karte, desto umfangreicher die Leistungen (von ärztlicher Notversorgung bis zu vollständigem Organersatz). Das DocWagon-Unternehmen hat sich den Slogan eines im 20. Jahrhundert relativ bekannten Kreditkartenunternehmens zu eigen gemacht, an dem, wie jeder Shadowrunner weiß, tatsächlich etwas dran ist: Never leave home without it.

Drek, Drekhead – Gebräuchlicher Fluch; abfällige Bezeichnung, jemand der nur Drek im Kopf hat.

ECM – Abkürzung für ›**E**lectronic **C**ounter**m**easures‹; elektronische Abwehrsysteme in Flugzeugen, Panzern usw.

einstöpseln – Bezeichnet ähnlich wie **einklinken** den Vorgang, wenn über Datenbuchse ein Interface hergestellt wird, eine direkte Verbindung zwischen menschlichem Gehirn und elektronischem System. Das Einstöpseln ist die notwendige Voraussetzung für das Decken.

Exec – Hochrangiger Konzernmanager mit weitreichenden Kompetenzen.

Fee – Abwertende, beleidigende Bezeichnung für einen Elf. (Die Beleidigung besteht darin, daß amer. mit ›Fee‹ auch Homosexuelle, insbesondere Transvestiten bezeichnet werden.)

geeken – Umgangssprachlich für ›töten‹, ›umbringen‹.

Goblinisierung – Gebräuchlicher Ausdruck für die sogenannte Ungeklärte Genetische Expression (UGE). UGE ist eine Bezeichnung für das zu Beginn des 21. Jahrhunderts erstmals aufgetretene Phänomen der Verwandlung ›normaler‹ Menschen in **Metamenschen.**

Hauer – Abwertende Bezeichnung für Trolle und Orks, die auf ihre vergrößerten Eckzähne anspielt.

ICE – Abkürzung für ›**I**ntrusion **C**ountermeasure **E**quipment‹, im Deckerslang auch Ice (Eis) genannt. Grundsätzlich sind ICE Schutzmaßnahmen gegen unbefugtes Decken. Man unterscheidet drei Klassen von Eis: **Weißes Eis** leistet lediglich passiven Widerstand mit dem Ziel, einem Decker das Eindringen so schwer wie möglich zu machen. **Graues Eis** greift Eindringlinge aktiv an oder spürt ihren Eintrittspunkt in die Matrix auf. **Schwarzes Eis** (auch Killer-Eis genannt) versucht, den eingedrungenen Decker zu töten, indem es ihm das Gehirn ausbrennt.

Jackhead – Umgangssprachliche Bezeichnung für alle Personen mit Buchsenimplantaten. Darunter fallen zum Beispiel Decker und Rigger.

Knoten – Konstruktionselemente der Matrix, die aus Milliarden von Knoten besteht, die untereinander durch Datenleitungen verbunden sind. Sämtliche Vorgänge in der Matrix finden in den Knoten statt. Knoten sind zum Beispiel: I/O-Ports, Datenspeicher, Subprozessoren und **Sklavenknoten,** die irgendeinen physikalischen Vorgang oder ein entsprechendes Gerät kontrollieren.

Lone Star Security Services – Die Polizeieinheit Seattles. Im Jahre 2050 sind sämtliche Datenleistungsunternehmen, auch die sogenannten ›öffentlichen‹ privatisiert. Die Stadt schließt Verträge mit unabhängigen Gesellschaften, die dann die wesentlichen öffentlichen Aufgaben wahrnehmen. Renraku Computer Systems ist zum Beispiel für die öffentliche Datenbank zuständig.

Matrix – Die Matrix – auch Gitter genannt – ist ein Netz aus Computersystemen, die durch das globale Telekommunikationsnetz miteinander verbunden sind. Sobald ein Computer mit irgendeinem Teil des Gitters verbunden ist, kann man von jedem anderen Teil des Gitters aus dorthin gelangen.

In der Welt des Jahres 2050 ist der direkte physische Zugang zur Matrix möglich, und zwar vermittels eines ›Matrix-Metaphorischen Cybernetischen Interface‹, kurz Cyberdeck genannt. Die sogenannte **Ma-**

trix-Metaphorik ist das optische Erscheinungsbild der Matrix, wie sie sich dem Betrachter (User) von innen darbietet. Diese Matrix-Metaphorik ist erstaunlicherweise für alle Matrixbesucher gleich, ein Phänomen, das mit dem Begriff **Konsensuelle Halluzination** bezeichnet wird.

Die Matrix ist, kurz gesagt, eine informations-elektronische Analogwelt.

Messerklaue – Umgangssprachliche Bezeichnung für einen Straßensamurai.

Metamenschen – Sammelbezeichnung für alle ›Opfer‹ der UGE. Die Gruppe der Metamenschen zerfällt in vier Untergruppen:

a) **Elfen:** Bei einer Durchschnittsgröße von 190 cm und einem durchschnittlichen Gewicht von 68 kg wirken Elfen extrem schlank. Die Hautfarbe ist blaßrosa bis weiß oder ebenholzfarben. Die Augen sind mandelförmig, und die Ohren enden in einer deutlichen Spitze. Elfen sind Nachtwesen, die nicht nur im Dunkeln wesentlich besser sehen können als normale Menschen. Ihre Lebenserwartung ist unbekannt.

b) **Orks:** Orks sind im Mittel 190 cm groß, 73 kg schwer und äußerst robust gebaut. Die Hautfarbe variiert zwischen rosa und schwarz. Die Körperbehaarung ist in der Regel stark entwickelt. Die Ohren weisen deutliche Spitzen auf, die unteren Eckzähne sind stark vergrößert. Das Sehvermögen der Orks ist auch bei schwachem Licht sehr gut. Die durchschnittliche Lebenserwartung liegt zwischen 35 und 40 Jahren.

c) **Trolle:** Typische Trolle sind 280 cm groß und wiegen 120 kg. Die Hautfarbe variiert zwischen rötlichweiß und mahagonibraun. Die Arme sind proportional länger als beim normalen Menschen. Trolle haben einen massigen Körperbau und zeigen gelegentlich eine dermale Knochenbildung, die sich in Stacheln und rauher Oberflächenbeschaffenheit äußert. Die Ohren weisen deutliche Spitzen auf. Der schräg gebaute Schädel hat 34 Zähne mit vergrößerten unteren Eckzähnen. Trollaugen sind für den Infrarotbereich empfindlich und können daher nachts unbeschränkt aktiv sein. Ihre durchschnittliche Lebenserwartung beträgt etwa 50 Jahre.

d) **Zwerge:** Der durchschnittliche Zwerg ist 120 cm groß und wiegt 72 kg. Seine Hautfarbe ist normalerweise rötlich weiß oder hellbraun, seltener dunkelbraun. Zwerge haben unproportional kurze Beine. Der Rumpf ist gedrungen und breitschultrig. Die Behaarung ist ausgeprägt, bei männlichen Zwergen ist auch die Gesichtsbehaarung üppig. Die Augen sind für infrarotes Licht empfindlich. Zwerge zeigen eine erhöhte Resistenz gegenüber Krankheitserregern. Ihre Lebensspanne ist nicht bekannt, aber Vorhersagen belaufen sich auf über 100 Jahre.

Darüber hinaus sind auch Verwandlungen von Menschen oder Metamenschen in Paraspezies wie **Sasquatchs** bekannt.

Metroplex – Ein Großstadtkomplex.

Mr. Johnson – Die übliche Bezeichnung für einen beliebigen anonymen Auftraggeber oder Konzernagenten.

Norm – Umgangssprachliche, insbesondere bei Metamenschen gebräuchliche Bezeichnung für ›normale‹ Menschen.

Nuyen – Weltstandardwährung (New Yen, Neue Yen).

Paraspezies – Paraspezies sind ›erwachte‹ Wesen mit angeborenen magischen Fähigkeiten, und es gibt eine Vielzahl verschiedener Varianten, darunter auch folgende:

a) **Barghest:** Die hundeähnliche Kreatur hat eine Schulterhöhe von knapp einem Meter bei einem Gewicht von etwa 80 kg. Ihr Heulen ruft beim Menschen und bei vielen anderen Tieren eine Angstreaktion hervor, die das Opfer lähmt.

b) **Sasquatch:** Der Sasquatch erreicht eine Größe von knapp drei Metern und wiegt etwa 110 kg. Er geht aufrecht und kann praktisch alle Laute imitieren. Man vermutet, daß Sasquatche aktive Magier sind. Der Sasquatch wurde 2041 trotz des Fehlens einer materiellen Kultur und der Unfähigkeit der Wissenschaftler, seine Sprache zu entschlüsseln, von den Vereinten Nationen als intelligentes Lebewesen anerkannt.

c) **Schreckhahn:** Er ist eine vogelähnliche Kreatur von vorwiegend gelber Farbe. Kopf und Rumpf des Schreckhahns messen zusammen 2 Meter. Der Schwanz ist 120 cm lang. Der Kopf hat einen hellroten Kamm und einen scharfen Schnabel. Der ausgewachsene Schreckhahn verfügt über die Fähigkeit, Opfer mit einer Schwanzberührung zu lähmen.

d) **Dracoformen:** Im wesentlichen wird zwischen drei Spezies unterschieden, die alle magisch aktiv sind: Gefiederte Schlange, Östlicher Drache und Westlicher Drache. Zusätzlich gibt es noch die Großen Drachen, die einfach extrem große Vertreter ihres Typs (oft bis zu 50 % größer) sind.

Die Gefiederten Schlangen sind von Kopf bis Schwanz in der Regel 20 m lang, haben eine Flügelspannweite von 15 m und wiegen etwa 6 Tonnen. Das Gebiß weist 60 Zähne auf.

Kopf und Rumpf des Östlichen Drachen messen 15 m, wozu weitere 15 m Schwanz kommen. Die Schulterhöhe beträgt 2 m, das Gewicht 7,5 Tonnen. Der Östliche Drache hat keine Flügel. Sein Gebiß weist 40 Zähne auf.

Kopf und Rumpf des Westlichen Drachen sind 20 m lang, wozu 17 m Schwanz kommen. Die Schulterhöhe beträgt 3 m, die Flügelspannweite 30 m und das Gewicht etwa 20 Tonnen. Sein Gebiß weist 40 Zähne auf.

Zu den bekannten Großen Drachen zählt auch der Westliche Drache *Lofwyr,* der mit Gold aus seinem Hort einen maßgeblichen Anteil an Saeder-Krupp Heavy Industries erwarb. Das war aber nur der Auftakt einer ganzen Reihe von Anteilskäufen, so daß seine diversen Aktienpakete inzwischen eine beträchtliche Wirtschaftsmacht verkörpern. Der volle Umfang seines Finanzimperiums ist jedoch unbekannt!

Persona-Icon – Das Persona-Icon ist die Matrix-Metaphorik für das Persona-Programm, ohne das der Zugang zur Matrix nicht möglich ist.

Pinkel – Umgangssprachliche Bezeichnung für einen Normalbürger.

Rigger – Person, die Riggerkontrollen bedienen kann. Riggerkontrollen ermöglichen ein Interface von Mensch und Maschine, wobei es sich bei den Maschinen um Fahr- oder Flugzeuge handelt. Der Rigger steuert das Gefährt nicht mehr manuell, sondern gedanklich durch eine direkte Verbindung seines Gehirns mit dem Bordcomputer.

Sararimann – Japanische Verballhornung des englischen ›Salaryman‹ (Lohnsklave). Ein Konzernangestellter.

SimSinn – Abkürzung für **Sim**ulierte **Sinn**esempfindungen, d. h. über Chipbuchsen direkt ins Gehirn gespielte Sendungen. Elektronische Halluzinogene. Eine Sonderform des SimSinns sind die BTL-Chips.

SIN – Abkürzung für **S**ystem**i**dentifikations**n**ummer, die jedem Angehörigen der Gesellschaft zugewiesen wird.

So ka – Japanisch für: Ich verstehe, aha, interessant, alles klar.

Soykaf – Kaffeesurrogat aus Sojabohnen.

STOL – Senkrecht startendes und landendes Flugzeug.

Straßensamurai – So bezeichnen sich die Muskelhelden der Straßen selbst gerne.

Trid(eo) – Dreidimensionaler Video-Nachfolger.

Trog, Troggy – Beleidigende Bezeichnung für einen Ork oder Troll.

Verchippt, verdrahtet – Mit Cyberware ausgestattet, durch Cyberware verstärkt, hochgerüstet.

UCAS – Abkürzung für ›**U**nited **C**anadian & **A**merican **S**tates‹; die Reste der ehemaligen USA und Kanada.

Wetwork – Mord auf Bestellung.

Yakuza – Japanische Mafia.